Kan man dö två gånger?

Leif GW Persson

Kan man dö två gånger?

En roman om ett brott

ALBERT BONNIERS FÖRLAG

Av Leif GW Persson har tidigare utgivits:

Grisfesten 1978
Profitörerna 1979
Samhällsbärarna 1982
Mellan sommarens längtan och vinterns köld 2002
En annan tid, ett annat liv 2003
Linda – som i Lindamordet 2005
Faller fritt som i en dröm 2007
Den som dödar draken 2008
Den döende detektiven 2010
Gustavs grabb 2011
Den sanna historien om Pinocchios näsa 2013
Bombmakaren och hans kvinna 2015

www.albertbonniersforlag.se

© Leif GW Persson 2016
OMSLAG Miroslav Sokcic
OMSLAGSBILD mask Pernilla Stödberg, foto Henrik Mårtensson
TRYCK ScandBook AB, Falun 2017
ISBN 978-91-0-016141-5
Sjätte tryckningen

Detta är en ond saga för vuxna barn, men den här gången är det även så att en av huvudpersonerna i historien är ett barn, nämligen Evert Bäckströms granne, lille Edvin, som bara är tio år gammal.

Om man vill kan man betrakta honom som en sentida litterär motsvarighet till de gatupojkar vi möter i Conan Doyles historier om Sherlock Holmes, The Baker Street Irregulars, eller kanske Emil Tischbein i Erich Kästners berättelse om Emil und die Detektive. Eller – för att till sist nämna den som säkert är mest känd för de svenska läsarna – vår egen unge mästerdetektiv, Kalle Blomkvist, i de tre böckerna av Astrid Lindgren.

Mellan Bäckström och Edvin finns inte minsta yttre likhet, men däremot en stark inre gemenskap. Edvin är Bäckströms trogne väpnare och hans skickebud i ett flertal enklare ärenden av en mer huslig och privat natur medan Bäckström – som Edvin föredrar att se på saken – väl närmast kan beskrivas som gossens mentor och manliga förebild. När Edvin under sin vistelse på sjöscouternas sommarläger råkar göra ett mycket skrämmande fynd med tydliga polisiära förtecken är det givetvis till Bäckström som han vänder sig för att få hjälp med sin upptäckt.

Kanske när han också en förhoppning om att han ska få chansen att biträda "kommissarien" i hans arbete med det som redan från första stund, enligt Bäckströms uppfattning, ter sig som ett mycket lovande spaningsmord. En kommissarie och legendarisk mordutredare som passerat femtio, ett gossebarn på tio år, och lämpligheten av att den senare har den förre som något slags andlig fadersgestalt kan man givetvis diskutera. Icke förty, om vi nu bortser från allt sådant och istället öppnar våra hjärtan och bejakar vidsyntheten i vårt inre, är det även en berättelse om ett ädelt kamratskap mellan män där den inre gemenskapen väger tyngre än alla yttre skillnader. I allt övrigt är det däremot en förskräcklig historia. Onda krafter som driver sitt spel, mörka moln som hopas över både Bäckströms och lille Edvins huvuden.

Men nu jag ska inte gå händelserna i förväg. Låt mig i stället börja från början och i god ordning berätta om det som sedan hände, ända fram till det sorgesamma slutet.

Leif GW Persson
Professorsvillan, Elghammar,
sommaren 2016

I

Ett "ganska läskigt" fynd med
polisiära förtecken

I

Strax före klockan sex på tisdag eftermiddag den nittonde juli hade någon ringt på dörren till kriminalkommissarie Evert Bäckströms lägenhet på Kungsholmen i Stockholm. Det var en diskret men samtidigt lite uppfordrande signal, dessutom inledningen till ännu en mordutredning i Bäckströms liv och normalt brukade det aldrig börja på det viset.

Vanligen följde det hela sedan länge fastlagda rutiner. Kriminalkommissarie Evert Bäckström var chef för den utredningsgrupp som arbetade med grova brott vid polisen i Solna. De grövsta brotten man hade var olika fall av dödligt våld och Bäckström var den som ansvarade för att man fick någon ordning på det som fortfarande gick att göra något åt, det vill säga att brotten klarades upp, att gärningsmännen greps och fick sitt straff, och att offrens anhöriga därmed kunde erbjudas en möjlighet till ett personligt avslut i den delen av det sorgearbete som återstod.

För Bäckströms vidkommande började det nästan alltid med ett telefonsamtal. Någon av hans chefer, kolleger eller kanske vakthavande – om det hela hade inträffat efter kontorstid vilket inte sällan var fallet – som ringde och bad att han skulle ta hand om saken.

Bäckström hade inga invändningar och ingen annan heller för den delen. Hur någon nu skulle kunna ha det? Sedan Bäckström börjat vid Solnapolisen några år tidigare hade han varit spaningsledare vid ett tjugotal mord och klarat upp samtliga utom ett. Ett tag hade han till och med varit så framgångsrik att han äventyrat sin egen existens i och med att antalet mord i distriktet hade minskat på ett högst oroväckande sätt. Lyckligtvis hade även det löst sig och under det senaste året hade Bäckström kunnat notera en mycket glädjande ökning av det dödliga våldet i allmänhet och spaningsmorden i synnerhet. Ett telefonsamtal i tjänsten, ännu ett lik som på grund av någon annans handaverkan hade hamnat på Bäckströms skrivbord, vilket var helt i sin ordning.

Fast den här gången började det med att det ringde på hans egen ytterdörr och närmare än så – i personlig och privat mening – kan ju en mordutredare knappast komma det som ganska snart visade sig vara det inledande skedet av en högst komplicerad mordutredning.

En diskret men samtidigt uppfordrande signal på hans egen dörrklocka, vilket var ett mysterium i sig eftersom Bäckström hört samma signal åtskilliga gånger förut och väl visste vem som brukade ringa på hans dörr på det viset. Lille Edvin, tänkte Bäckström. Märkligt, eftersom det sista han sett och hört av honom var veckan före midsommar då Edvin berättat att han skulle åka på sommarläger med scouterna och återvända först en månad senare, i slutet på juli.

2

Fram till att det hade ringt på hans dörr hade det varit en helt vanlig arbetsdag i Bäckströms liv. Eftersom det var utmärkt väder hade han på telefon hört av sig till jobbet och meddelat att han tyvärr var tvungen att arbeta i sin bostad under förmiddagen. Det var Rikspolisstyrelsen som behövde hans hjälp med ett trängande ärende, vilket han enklast ordnade med hjälp av sin hemdator och utan en massa onödigt spring.

Sedan hade han satt sig på balkongen, ätit frukost och läst morgontidningarna i lugn och ro. Därefter duschat, klätt sig med omsorg, anpassat till väderleken, ännu en strålande svensk högsommardag i det goda liv han numera levde, innan han till sist ringde efter en taxi som kunde köra honom till polishuset i Solna. Redan en timme före lunch fanns han på plats på sitt i stort sett folktomma kontor. Halva styrkan var på semester eftersom de inte insett att just sommaren var den bästa tiden att vila upp sig om man nu föredrog att göra det på betald arbetstid. Eftersom de var så få var det helt enkelt inte tal om att ge sig in på några mer arbetskrävande äventyrligheter, oavsett polisledningens önskemål. Istället handlade det om att bläddra i gamla papper och skriva av ärenden som gått i stå. Kort sagt undvika allt som inte var av en omedelbar och tungt drabbande karaktär.

Hur som helst hade han först varit tvungen att klara av sin vanliga kontrollrunda för att försäkra sig om att ingen av hans medarbetare ägnade sig åt sådant som kunde ge upphov till ytterligare polisiära insatser. Det hela verkade lugnt, mestadels tomma rum, korridorer och skrivbord, de vanliga latoxarna som satt i kafferummet och pratade om allt mellan himmel och jord så länge det inte handlade om jobbet, och så fort han gjort sin kontroll hade han knappat in ett meddelande på sin telefonsvarare att han befann sig på sammanträde under eftermiddagen och avsåg att återvända först dagen därpå.

Sedan hade han tagit en taxi ut till Djurgården för att äta lunch på ett välbeläget värdshus där risken att stöta på någon kollega som bara smitit från jobbet var obefintlig. Först en liten sillbricka, en kall tjeckisk pilsner och en rysk vodka för matsmältningens skull. Därefter en grillad biff, ännu en pilsner och en mer rejäl matsup för att motverka effekterna av den stekta löken som man hade serverat till hans biff. Allt avslutat med kaffe och konjak innan han satt sig i dagens tredje taxi för att åka hem och inleda sin välförtjänta middagsvila.

Bäckström hade vaknat först en kvart innan Edvin ringde på hans dörr. Utvilad, vid gott mod, klar som kristall i huvudet, och han hade till och med hunnit blanda en första svalkande kvällsgrogg innan signalen på dörrklockan stört hans frid. Ungefär samtidigt som han i huvudet hade börjat planera hur han skulle avsluta ännu en arbetsdag.

Märkligt, tänkte Bäckström. Å ena sidan lille Edvins typiska signal. Å den andra Edvins egna uppgifter som för övrigt hans mamma hade bekräftat när hon och Bäckström sprungit på varandra i huset för bara några dagar sedan. Att Edvin befann sig på ett sommarläger för scouter, längst ut på Ekerölandet vid Mälaren och åtminstone tre mil från huset där han bodde. Och att han väntades komma hem igen först i slutet på nästa vecka.

Bäckström var visserligen landets mest kände och respekterade polis. En levande symbol för den trygghet som alla vanliga medborgare ansåg sig ha rätt till. En stadig klippa bakom vilken man ännu kunde söka skydd i en ond och osäker tid. Det var så hyggliga och normala människor – på goda grunder – uppfattade honom och det han stod för. Samtidigt fanns det alldeles för många som inte delade deras uppfattning och som inte ens skulle dra sig för att använda Edvins ringsignal för att kunna komma honom inpå livet och skada eller döda honom. Det hade till och med hans enfaldige arbetsgivare insett när han till sist hade gett honom rätten att bära tjänstevapen även när han inte var i tjänst.

Veckans alla dagar, dygnets alla timmar, oavsett var han befann sig och vad han gjorde, kunde han alltså numera medföra sin bäste vän i livet. Lille Sigge, hans tjänstepistol av märket Sig Sauer, med ett magasin av den största modellen som rymde femton skott. Låt vara att det hade suttit långt inne och till och med krävt ett ingripande från den högsta ledningen inom polisfacket innan någon av alla hans pärmbärande chefer hade vågat ta det beslutet.

Dumt att chansa, tänkte Bäckström och tog upp Sigge ur fickan på sin morgonrock innan han gick ut i hallen för att ta sig en närmare titt på sin besökare.

ptal
3

Bäckström var en försiktig general. Onda människor strök omkring alldeles utanför hans egen farstukvist och skulle han veva ner vindbryggan till den borg som också var hans hem så var det han, och endast han, som fattade beslutet och tog hand om det praktiska.

Att kika genom titthålet i dörren var heller inte att tänka på. Endast den svagbegåvade kategorin av självmordsbenägna valde att få skallen skjuten i bitar på det viset, och att det fanns ett titthål i hans dörr var enbart till för att förvilla motståndaren. Det som gällde var istället den väl dolda övervakningskameran som han låtit installera för några månader sedan och som han av praktiska skäl kopplat till både sin hemdator och sin smarta mobiltelefon.

Definitivt Edvin, tänkte Bäckström. Knappade igen på mobilen för att växla bild till trapphuset och försäkra sig om att han också var ensam. Och enbart Edvin, tänkte han.

Innan han öppnade dörren hade han stoppat Lille Sigge i fickan på sin morgonrock för att inte oroa sin gäst i onödan.

– Edvin, sa Bäckström. Roligt att se dig. Berätta! Vad kan jag göra för dig då, unge man?

– Om kommissarien ursäktar, med all respekt, sa Edvin och bockade artigt, så får jag för mig att den här gången är det jag som kan göra något för kommissarien.

– Det säger du. Det låter bra, det. Kliv på, vet jag.

Märklig grabb, tänkte Bäckström. För att inte tala om vilka jävla konstiga kläder han har på sig.

Edvin var liten och mager. Tunn som en tandtråd och obetydligt längre än den som Bäckström brukade vika på mitten innan han morgon och kväll flossade de veritabla kronjuveler som numera hade ersatt hans ursprungliga garnityr. Edvin hade runda hornbågade glasögon med linser som var tjocka som buteljbottnar och han talade som en bok med små bokstäver. En liten förläst glasögonorm som flyttat in i huset några år tidigare och fördelen med det var att han var väluppfostrad på det där gammaldags viset och lyckligtvis enda barnet i både sin familj och i huset där han och Bäckström bodde.

Bäckström tyckte inte om barn. I och för sig inte så konstigt eftersom han ogillade i stort sett alla människor utom sig själv, och även de flesta djur och växter, men för just Edvin hade han gjort ett undantag. Det hade nämligen visat sig att pojken var tystlåten, obrottsligt lojal och även högst användbar när det kom till att uträtta mindre ärenden som att köpa tidningar, groggvirke och diverse blandade viktualier från delikatesshökaren i gallerian uppe vid Sankt Eriksgatan. Låt vara att det skulle dröja ännu några år innan Bäckström kunde skicka honom till Systembolaget för att fullgöra de lite tyngre uppdragen. Men tids nog så, och redan nu hade Bäckström fäst sig vid honom.

Just i dag var Edvin dessutom iförd uniform. En långärmad blå skjorta, en gul halsduk som hölls ihop av en flätad lädersnodd, korta blå byxor som gick ner till knäna och blåa sneakers. På skjortan satt ett flertal tygemblem och några märken i metall, i livremmen runt hans midja hängde en mindre slidkniv samt tre bältesväskor av varierande storlek, och på ryggen bar han en liten ryggsäck i brunt läder.

Förmodligen på rymmen från sjöscouterna, tänkte Bäckström som den polis han var.

Bäckström och hans gäst hade satt sig i soffgruppen i hans vardagsrum. Bäckström i sin tronliknande fåtölj med fotpall medan Edvin först hade tagit av sig ryggsäcken och ställt den på soffbordet mellan dem innan han slagit sig ner i det närmast belägna soffhörnet. Rak i ryggen som en tennsoldat och med allvarlig min.

– Du hade ett ärende, påminde Bäckström, smuttade på sin grogg och nickade vänligt mot sin besökare.

– Ja, sa Edvin. För några timmar sedan gjorde jag ett litet fynd på en ö utanför scoutlägret där jag är. Jag tror att det kan vara av intresse för kommissarien.

– Jag lyssnar, sa Bäckström och log fryntligt. Berätta.

Edvin nickade ännu en gång. Öppnade sin ryggsäck och tog fram en plastpåse som han räckte över och så fort Bäckström hade tagit påsen i handen förstod han vad som fanns i den. Det var som fan, tänkte han.

– Ganska läskigt, faktiskt, instämde Edvin och nickade allvarligt.

4

Tidigare under dagen hade Edvin varit ute och seglat med sina kamrater på scoutlägret, men strax efter lunch hade han tilldelats ett specialuppdrag och blivit landsatt på en närbelägen holme för att plocka kantareller, andra ätliga svampar eller i stort sett vad som helst som kunde användas för att hålla nere matkostnaderna för Edvin och hans kamrater utan att för den skull ta livet av dem.

Någon svamp hade han inte hittat, vilket enligt Edvin inte var så konstigt med tanke på den torra väderlek som de hade haft sedan snart en månad. Inget annat ätligt heller, för den delen. Däremot hade han gjort ett annat slags fynd.

– När jag såg det där trodde jag först att det var en stor röksvamp, sa Edvin och nickade mot det vita kraniet som låg på bordet mellan dem. Det låg nedbäddat i mossan, så det var bara toppen på hjässan som stack upp.

– Vad gjorde du då? sa Bäckström.

Lite blek om nosen är du allt, tänkte han.

– Ja, jag sparkade till den. Som man gör med röksvampar. Så att de ska poffa till och ryka lite, liksom. Men då förstod jag ju vad det var. Det låg alldeles vid ingången till ett rävgryt också. Så det borde jag kanske ha förstått redan innan.

Bäckström nöjde sig med att nicka instämmande. Sedan stack han in en penna i ögonhålan på kraniet, höll upp det för att kunna titta närmare på det utan att avsätta några egna avtryck eller andra spår.

– Jag har gjort precis som kommissarien gör. För att inte lämna några onödiga spår, sa Edvin. Jag har inte tagit i det, alltså, förtydligade han.

– Det är klart att du inte har, sa Bäckström. Vi är ju yrkesmän, du och jag. Inte några tokiga privatspanare.

Den grabben kan gå hur långt som helst, tänkte han medan han granskade fyndet som Edvin gjort.

Det var ett kranium från en människa där underkäken saknades, vilket ofta var fallet så fort de legat ute i naturen en tid. Annars verkade det vara i utmärkt skick. Vitt och utan några vävnadsrester. Inga verktygsspår som hamnat där med hjälp av en människohand. Heller inga spår av djurtänder. Bara sådant som borde finnas där med tanke på vad Edvin hade berättat. Spår av mossa och gräs, ett längre grässtrå som fastnat mellan framtänderna i överkäken, jord som satt kvar på den övre käken. Så långt inget märkligt med tanke på omständigheterna, och under de senaste tvåhundra åren hade olika generationer av svenska arkeologer gjort tusentals liknande fynd i Mälardalen som härstammade från bronsåldern och tidigare. Därmed fanns det heller ingen anledning för en sådan som Bäckström att jaga upp sig i onödan. Om det inte hade varit för det lilla runda hålet i höger tinning, i höjd med mittlinjen på ögonhålan.

– Kulan ligger kvar inne i skallen, sa Edvin samtidigt som han räckte över en liten ficklampa till Bäckström. Jag hörde hur den skramlade när jag lyfte upp den. Så då kikade jag på den med min ficklampa.

– Det gjorde du, sa Bäckström. Vickade försiktigt på skallen, lutade den i rätt vinkel och lyste in i kraniet. Där låg den, precis som Edvin hade sagt.

En blykula utan mantel, sannolikt i kaliber tjugotvå. Ett ingångshål, med skarpa och väl slutna kanter, men inget utgångshål. Kulan hade blivit tillplattad så fort den passerat genom tinningen på kraniet och hade numera dubbelt så stor diameter som den hade haft innan den avlossats. För stor för att trilla ut genom hålet den hade åstadkommit, därmed också kvar i huvudet på den människa som den hade dödat. Och en anledning så god som någon att fyndet som Edvin gjort hade hamnat på Bäckströms bord. Hans eget soffbord till och med.

– Jaha, ja, sa Bäckström samtidigt som han ställde ner kraniet på bordet. Vad tror vi om det här då? Eftersom det är ditt fynd, Edvin, föreslår jag att du börjar. Vad tror du om dödskallen där?

Först hade Edvin nöjt sig med att nicka. Därefter plockat fram en liten svart anteckningsbok ur en av de små väskorna som han bar fästade vid sin livrem plus en penna som han hade i bröstfickan på sin skjorta. Rättat till sina glasögon och hummat lite diskret, mest för sig själv som det verkade, innan han slutligen tog till orda.

– Tack, kommissarien, sa Edvin. Jag tror det är en kvinna. En vuxen kvinna. Någonstans mellan tjugo och fyrtio år. När hon dog, alltså. Fast jag är nog helt säker, faktiskt.

– Hur kan du vara det, då? Så säker, alltså?

Den grabben är kanske lite i mesta laget, tänkte Bäckström.

– Jag googlade när jag satt på bussen på vägen hit, sa Edvin som plötsligt hade svårt att dölja sin förvåning och till och med höll upp sin Iphone för att bekräfta det han just sagt.

– Med risk för att verka tjatig, sa Bäckström. Vad är det som gör dig så säker på den saken?

Allt, precis allt, talade enligt Edvin för att det var på det viset. Ett väl hopvuxet kranium med tydliga suturlinjer. Precis som hos en vuxen. Permanenta tänder som hos en vuxen. Inga mjölktänder, som barn kunde ha ända fram till trettonårsåldern. Definitivt en vuxen människa.

– Varför tror du att det är en kvinna, då? frågade Bäckström.

– Ja, det är ju inte storleken i första hand, sa Edvin. Kvinnor har visserligen mindre huvuden än män, i genomsnitt alltså, och det här är ju väldigt litet om det nu skulle ha suttit på en vuxen man. Fast samtidigt finns det ju stora skillnader. Även mellan män, alltså.

Så sant, så sant, tänkte Bäckström och nickade uppmuntrande.

– Det är mest andra saker, sa Edvin. Lodrät panna, avrundad. Män har ofta en mer bakåtlutad och lite fyrkantig panna. Ja, så har vi ögonbrynsbågarna, då. Hos oss är de ofta markerade, men hos kvinnor är de små eller saknas till och med. Ögonhålorna är rundare hos kvinnor och om kommissarien tittar noga på dem så ser man att den övre kanten på ögonhålan är tunn och skarp. Hos män är den betydligt bredare och mer avrundad. Fast hakan kan vi ju tyvärr inte säga något om eftersom hon saknar underkäke.

– Men du är helt säker?

Vad fan ska vi med Nationellt forensiskt centrum till, tänkte Bäckström. Hundratals idioter som går runt och släpar benen efter sig trots att de med fördel kunde ersättas med enbart hans egen Edvin.

– Ja, helt säker.

– Något mer som du kommit fram till?

– Jag tror inte att hon var missbrukare eller kriminell eller så. Jag tror att hon var en vanlig människa. En skötsam människa som levde ett bra liv. Hon har vita och helt friska tänder till exempel. Inte en enda lagning. Inga hål eller ens spår av tandsten eller karies. Hon har heller inga tidigare hopläkta skador i huvudet. Som om någon hade slagit henne, eller att hon råkat ut för en olycka, menar jag.

– Allt det där räknade du ut medan du satt på bussen och googlade, sa Bäckström.

– Ja, sa Edvin. Jag var nästan ensam på bussen, så jag satte mig längst bak så ingen kunde se när jag tittade på henne. Dessutom tog det drygt en timme in till Kungsholmen.

Fram i bussen sitter några vuxna idioter och funderar på om de ska ha pizza eller pasta till middag och hur de ska hinna till Systemet innan det stänger, tänkte Bäckström. Medan de sitter där med sina små grubblerier har lille Edvin satt sig längst bak för att i lugn och ro utifrån noga prövade vetenskapliga fakta kunna granska det kranium som han hittat ett par timmar tidigare. Precis som jag skulle ha gjort, tänkte han. Ännu fanns det hopp om mänskligheten. Trots att den i rättvisans namn borde ha gått förlorad för bra länge sedan.

– Är det något som du tycker att jag glömt att fråga dig om? tillade han.

Möjligen en sak, enligt Edvin, men det var inget som han visste säkert utan mest något han hade funderat över. En känsla som han hade haft.

– Vad är det då? frågade Bäckström.

– Jag får för mig att hon inte är född i Sverige eller Europa. Det är ingen skalle av kaukasisk typ, som man säger inom antropologin. Att hon skulle ha samiskt ursprung är väl heller inte så troligt.

– Tror inte jag heller, instämde Bäckström.

Frekvensen lappjävlar i Mälardalen talade starkt mot det, lyckligtvis, tänkte han.

– Varifrån kommer hon då? frågade Bäckström.

– Jag får för mig att hon kommer från Asien, sa Edvin. Thailand, Vietnam, Filippinerna, kanske Kina eller Japan till och med. Fjärran Östern, inte Mellanöstern. Fast det är alltså mest ett intryck som jag har.

– Jag tror den biten kommer att lösa sig, sa Bäckström. Så fort vi fått fram hennes DNA.

– Tandpulpan, sa Edvin och nickade. Med tanke på hur hennes tänder ser ut så borde det kunna gå.

– Jo, sa Bäckström.

Vad hade jag väntat mig, tänkte han.

– Återstår den avgörande frågan, sa Edvin samtidigt som han med pennan gjorde en liten kråka i sin anteckningsbok.

– Vad tänker du då på, sa Bäckström.

– Mord eller självmord, sa Edvin.

– Ja, jag hade just tänkt fråga dig om den saken, sa Bäckström, vilket i och för sig var en ren lögn eftersom det enda som han funderat på under de senaste minuterna av deras samtal var att det var hög tid att han blandade till en ny grogg.

– Vad tror du om den saken, upprepade han.

Troligen ett självmord. Av ingångshålet och skottvinkeln att döma ett närsittande skott mot höger tinning. Kanske till och med ett påsittande skott om det vapen som använts var en pistol eller en revolver och inte ett gevär. Självmord med hjälp av skjutvapen var dessutom vanligare än mord, även om det i regel var män och inte kvinnor som tog sig själva av daga på det viset. Om ingångshålet hade suttit i gommen på överkäken skulle Edvin till och med ha varit ganska säker på att det inte var fråga om ett mord.

– Vad tror du egentligen, då, envisades Bäckström. Hur, var och när som du ju vet att jag brukar tjata om.

Bäst att passa på, tänkte han, innan lille Edvin återvände till den galax i yttre rymden som han rimligen kom ifrån. Det där stället där man redan visste allt sådant som alla andra, och tyvärr även han själv, var tvungna att fundera över.

Mord, enligt Edvin. Fast mest på grund av den polisiära regel som gällde i oklara fall och till dess att motsatsen var bevisad bortom varje rimligt tvivel.

– Som kommissarien brukar säga: Tänk mord till dess att motsatsen är bevisad, sa Edvin och nickade.

I övrigt hade han inte så mycket att tillföra. Annat än att platsen där han hittat skallen troligen inte var en brottsplats utan en fyndplats. Med tanke på rävgrytet där den legat trodde han också att kroppen ursprungligen hade grävts ner eller gömts någon annanstans på ön. Det var närmare hundra meter till närmsta strand, gott om bra ställen på vägen där man kunde dölja en död kropp, så varför släpa iväg den i onödan? En fyndplats. Inte en brottsplats.

– Jag har ju själv varit där, förtydligade Edvin. Det är mest buskar och snår. Som en djungel, nästan. Ingen vill väl bära omkring på en död människa om man kan slippa.

– Brottsplatsen, då? frågade Bäckström.
– Kanske en båt, sa Edvin. I så fall tror jag också att det hände på sommaren då folk som har båt brukar vara ute på sjön.

Tror jag också, tänkte Bäckström som ändå nöjde sig med att nicka. Vad skulle man annars ut på sjön att göra om man nu bara ville göra sig av med en död kropp? Först hade han ankrat upp för natten i någon lämplig vik. Lagom till sillen och nubben hade kvinnan som han hade med sig börjat jävlas med honom. Då hade han hämtat salongsgeväret som han hade ombord och avslutat alla fortsatta diskussioner med att skjuta henne i skallen. Varför krångla till det i onödan, tänkte kriminalkommissarie Evert Bäckström.

– När hände det här då? frågade han.

På den punkten – när det dödande skottet hade avlossats – var Edvin fortfarande osäker. Kulor i kaliber .22 hade funnits i närmare hundratretio år, för det hade han sett när han googlat, och just sådana uppgifter brukade oftast stämma. Dessutom fanns det kranier som var i samma goda skick som det han hade hittat trots att de kunde ha legat i jorden i mer än hundra år. Men om han fick välja trodde han att det handlade om ett mord som hade inträffat under hans egen livstid. Under de senaste tio åren.

– Om du fick välja, upprepade Bäckström. Hur menar du då?

– Eftersom det var jag som hittade henne, sa Edvin. Det skulle kännas rättvist på något sätt. Kommissarien förstår säkert vad jag menar.

5

–Du ska ha stort tack, Edvin, sa Bäckström och nickade vänligt mot sin besökare. Är det något mer som jag kan göra för dig?
–Jag skulle inte kunna få en smörgås? frågade Edvin. Jag är lite hungrig, nämligen.
–Självklart, sa Bäckström med påtaglig värme. Det finns både skinka och korv och leverpastej och allt det där andra också. Sill och skagenröra och löjrom och rökt ål och lax. Du kan ta precis vad du vill ha.
–Tack, sa Edvin. Sedan var det en sak som jag undrade över.
–Jag lyssnar, sa Bäckström.
–Vi kanske borde prata med Furuhjelm, sa Edvin.
–Furuhjelm?
–Ja, det är han som är föreståndare på lägret som jag är på. Han kan vara ganska petig, faktiskt. Eftersom jag inte sa något innan jag stack, menar jag. Jag har inte pratat med någon. Om det där, alltså, sa han och nickade mot plastpåsen på bordet.
–Klokt av dig, sa Bäckström. Folk pratar alldeles för mycket och det här får stanna mellan oss. Oroa dig inte. Det löser jag.
–Hur gör vi med mamma och pappa? frågade Edvin.
–Det löser jag också.
–Vad bra, sa Edvin och ljusnade märkbart.
–Så, det är lugnt, sa Bäckström. Se till att du får något i magen nu.

Problem, problem, problem, tänkte Bäckström så fort Edvin försvunnit ut i hans kök. Utan att ens ha behövt fundera närmare på saken kunde han redan se ett halvdussin praktiska problem som krävde omedelbara åtgärder på grund av det bidrag till den polisiära verksamheten som hans lille granne hade lämnat över och som för tillfället låg i en Konsumpåse av plast på soffbordet i hans egen lägenhet. Fördelen med just den typen av problem var samtidigt att de hade anknytning till tjänsten och eftersom Bäckström var chef var det bara att peka med hela handen och se till att någon av hans medarbetare ordnade den delen av det hela.

Jag får delegera det praktiska, tänkte Bäckström. Jag ringer Ankan.

Annika Carlsson var nyutnämnd kriminalkommissarie och Bäckströms "närmaste man" på avdelningen för grova brott. Bland kollegerna kallades hon för "Ankan" och om detta nu var ett öknamn eller ett smeknamn berodde helt på vem som sa det. Oavsett vilket var det samtidigt klokt att förvissa sig om att hon själv var på säkert avstånd och inte kunde höra det.

Sagt och gjort. Bäckström hade ringt till Ankan och i mycket korta drag förklarat vad det hela handlade om. Upprätta en ingångsanmälan om ett misstänkt mord, se till att någon höll förhör med det tioåriga vittnet, lämna över ett kranium med kulhål och medföljande kula till den jourhavande teknikern. Plus allt det där andra som följde naturligt när man skulle inleda en mordutredning.

– Edvin, sa Ankan. Är det den där lille grannen som du använder som springsjas? Han som knappt är större än en metmask? Det är en gullig liten kille. En riktig liten nörd.

– Jag förstår inte vad det har med saken att göra, sa Bäckström. Jag vill att du får ordning på ärendet.

– Det är klart det. Det vill vi väl alla. Var det allt du ville? frågade Ankan Carlsson så fort Bäckström hade slutat prata.

– Ja, plus att han har rymt från något jävla scoutläger ute på Ekerö. Så man borde kanske prata med både dem och hans

föräldrar så att han inte blir anmäld försvunnen alldeles i onödan.
– Du tycks ju ha tänkt på allt, Bäckström, konstaterade Annika Carlsson.
– Ja, vad är problemet?

Vad håller hon på med, tänkte Bäckström.
– Så nu vill du att jag ska komma över till dig och hämta honom?
– Det vore ju onekligen praktiskt.
– Ja, verkligen, instämde Annika Carlsson. För själv har du planer för kvällen som inte inkluderar din lille granne.
– Vad nu det har med saken att göra, sa Bäckström. Rätta mig om jag har fel, men jag trodde att det var du som hade jouren?
– Du har rätt, Bäckström. Det är jag som svarar. Dessutom har du alltid rätt. Även när du har fel, menar jag.
– Vad bra, sa Bäckström. Så vad väntar vi på?
– Vi ses om en halvtimme, sa Annika Carlsson.

Lata, odugliga jävlar, tänkte Bäckström så fort han lagt ifrån sig mobilen. Som alltid ska käfta emot. Var kommer de ifrån? Fast i just Ankans fall vågade han knappt fundera på svaret på den frågan. Varför måste alla bli poliser, tänkte han och suckade tungt. Själv tänkte han visa överseende, djupandas ett par extra gånger och försöka göra något konstruktivt av den uppkomna situationen. Inte rusa iväg utan börja lugnt och stilla med att blanda till en ny grogg och så fort han var klar med den biten brukade ju det mesta lösa sig. Det visste han av väl beprövad erfarenhet.

Först en liten middag på hans kära kvarterskrog i upphöjd avskildhet, innan han uppsökte stadens centrala delar för att till sist avsluta den offentliga delen av kvällen i Skilsmässodiket på Riches bar. Där var Bäckström och hans Supersalami ett väl inarbetat varumärke sedan länge och eftersom ryktet löpt som en gräsbrand hade det marknadsfört sig självt. Kundkretsen kunde bli hur stor som helst och det fanns redan åtskilligt att välja mellan bland de kvinnor som sökte sig dit för att släcka törsten i sitt inre.

Släcka törsten i fler avseenden än ett, tänkte Bäckström.

6

När Ankan Carlsson dök upp hemma hos Evert Bäckström en halvtimme senare hade hon redan löst två av de praktiska problemen och skapat ett nytt.

Först hade hon ringt upp föreståndare Furuhjelm på hans mobiltelefon innan hon hade lämnat sitt kontor, om han nu var den där typen som ville kontrollringa. Någon anmälan om Edvins försvinnande hade han inte gjort. Däremot hade han skickat ut några av de äldre pojkarna för att leta efter honom. Tidigare erfarenheter talade för att rymmare brukade återvända när de blev hungriga. Återstod de disciplinära åtgärderna som han avsåg att genomföra så fort polisen hade återbördat Edvin till scoutlägret. Furuhjelm såg allvarligt på rymningar. De stred mot scoutrörelsens värdegrunder, det absolut nödvändiga kravet på disciplin och viljan att alltid ställa upp för sin omgivning.

– Att jag blir tvungen att ringa hans pappa och mamma förstår du säkert, fortsatte Furuhjelm. Vid rymningar tillämpar vi nolltolerans.

– Vem har påstått att han har rymt? sa Ankan Carlsson. Han har uppsökt oss för att vittna i ett ärende. Ett allvarligt ärende, och vi är mycket glada över att han har ställt upp. Det är det tyvärr alldeles för få vuxna som gör, men det här är en modig liten kille.

– Vittna, sa Furuhjelm. Vittna om vadå, om jag får fråga?

27

−Det är klart att du får fråga, svarade Annika Carlsson med len stämma. Men du ska inte räkna med att få något svar. Edvin biträder polisen som vittne i en brottsutredning som vi har inlett. Det handlar om ett mycket allvarligt brott och all den här informationen vill jag att du behåller för dig själv. Den är nämligen sekretessbelagd. Är det uppfattat?

−Ja, ja. Det är bara...

−Vad bra, avbröt Annika Carlsson. Du får träffa Edvin i morgon förmiddag. Då kommer du även att få träffa mig och några av mina kolleger och bland annat skriva på ett papper om yppandeförbud på grund av förundersökningssekretess i samband med att vi hör dig upplysningsvis.

−Men vad ska jag säga till hans kamrater?

−Du får väl hitta på något bra. Det kan väl inte vara första gången som någon har dragit iväg från det där lägret. Det måste väl ha hänt förr?

−Ja, fast inte särskilt ofta, lyckligtvis.

−Vad bra, sa Annika Carlsson. Nu får du ursäkta. Vi får prata mer i morgon, du och jag.

−I morgon kan bli svårt, invände Furuhjelm. Då ska vi göra en utflykt och titta på några gamla fornlämningar här i närheten. Så jag är tyvärr borta hela dagen.

−Okej, sa Annika Carlsson. Då föreslår jag att du tittar i din kalender, hör av dig igen och själv föreslår en tid. Så fort som möjligt.

−Självklart, självklart, sa Furuhjelm. Jag hör av mig. Jag lovar.

−Vad bra, sa Annika Carlsson. Då säger vi så.

Åtskilligt spakare nu, tänkte hon när hon avslutade samtalet.

7

Medan Annika Carlsson satt i sin tjänstebil på väg hem till sin närmaste chef Evert Bäckström för att lösa de praktiska problem som hans granne Edvin hade orsakat honom, hade hon klarat av det andra av dem och ringt upp Edvins föräldrar för att berätta vad deras son hade råkat ut för. De var på semester hos släktingar nere i Skåne och eftersom deras minderårige son nu skulle höras som vittne i en utredning om ett misstänkt mord fanns det åtskilliga regler som man måste ta hänsyn till. Bäckström själv hade – inte helt oväntat – föreslagit en annan och mer praktisk lösning. Varför inte låta Edvin sms:a över den där vanliga glada gula gubben som han skickade varje kväll för att försäkra dem att allt var bra med honom och i övrigt lösa frågan om en vecka när föräldrarna skulle hämta hem honom från hans lägervistelse?

– Det är väl onödigt att hetsa upp dem i onödan, förtydligade Bäckström.

– Javisst, instämde Annika Carlsson. Låter som en lysande idé. Du ber honom skicka en smiley. Sedan kan du höra honom också så slipper jag få JO på halsen.

– Väldigt vad du är snarstucken. Det var ett förslag, bara. Du gör som du vill. Det lägger jag mig inte i.

– Kul att vi är överens, konstaterade Annika Carlsson och avslutade samtalet.

Det stora mysteriet, tänkte hon. Hur den mannen fortfarande, efter trettio år som polis, lyckas hålla sig kvar i tjänsten. Med tanke på allt han hållit på med och allt som han nogsamt undvikit att göra. Sedan ringde hon upp Edvins pappa.

Edvin hette visserligen Edvin i förnamn men hans pappa hette Slobodan och hans mamma Dusanka. De var serbiska flyktingar från Kroatien. De hade kommit till Sverige i början på nittiotalet – då de varit obetydligt äldre än vad deras son var nu – mitt under brinnande krig, tillsammans med de familjemedlemmar som fortfarande hade haft kraft nog att kunna fly för sina liv. Sedan hade de blivit kvar i Sverige och var numera svenska medborgare sedan länge.

Med tanke på vad Edvins pappa helt säkert hade varit med om i sitt gamla hemland borde han knappast ha några problem med att hans son hade råkat hitta ett människokranium på en ö i Mälaren, mitt i den svenska sommaridyllen. Trots att just det här tydligen hade ett kulhål i tinningen.

Annika Carlsson berättade i korta drag om det som hade hänt. Slobodan lyssnade under tystnad. Grymtade instämmande vid något tillfälle, oklart åt vad.

– Ja, det var väl det hela, sammanfattade Annika Carlsson.

– Men grabben mår bra? frågade Slobodan.

– Inga problem, intygade Annika Carlsson. Jag tror mest att han tycker det är spännande. Just nu sitter han hemma hos Bäckström och äter smörgås.

– Ge honom en kram från hans pappa, sa Slobodan. Säg att jag tänker på honom.

– Jag lovar, sa Annika Carlsson.

I övrigt hade Edvins pappa bara haft ett önskemål. Att hon och Bäckström pratade med honom och inte med hans fru.

– Så behöver hon inte hetsa upp sig i onödan. Du vet, för husfridens skull, förklarade han.

Ännu en av alla dessa omtänksamma män, tänkte Annika Carlsson.

8

Annika Carlsson hade tagit med sig Edvin och hans lilla ryggsäck i brunt läder, plus en Konsumpåse i plast som innehöll ett kranium från en död kvinna, och åkt ner till polishuset i Solna för att hålla förhör med honom. Ett barnförhör enligt lagens alla paragrafer och konstens alla regler. Visserligen utan att hans föräldrar kunde närvara men med hans pappas godkännande. Istället hade Annika Carlsson kallat in den socialarbetare som hade jouren som förhörsvittne i föräldrarnas frånvaro.

För att han inte i onödan skulle störa samtalet med Edvin hade Annika placerat honom i rummet bredvid där han kunde följa det som hände på en teveskärm. Det skulle bli ett videoinspelat dialogförhör i det särskilda rum som man i stort sett bara använde när man förhörde barn och där hon varit noga med att städa undan alla mjukisdjur och småbarnsleksaker för att inte genera honom i onödan. Edvin var ju ändå tio år fyllda och som hon själv mindes det var sådant inte oviktigt när man var i den åldern.

Edvin hade berättat om sitt fynd och inlett med det som uppenbarligen låg honom närmast om hjärtat: de olika rön och slutsatser om mänskliga kranier som han dragit med hjälp av sådant som han hade hittat på Google. Efter att ha lyssnat på hans utläggningar under drygt fem minuter hade Annika Carlsson inte kunnat hålla sig längre. Vad hade Bäckström sagt när han berättat allt detta för honom? Om vem deras okända offer hade varit medan hon ännu var i livet? Inget konstigt med det, enligt Edvin. Han och kommissarien hade varit helt överens.

– Kommissarien och jag är oftast överens, konstaterade Edvin.

– Du kanske själv funderar på att bli polis? frågade Annika Carlsson.

– Ja, fast inte en sådan polis som kommissarien. Mer som sådana där som jobbar på CSI som man ser på teve hela tiden, sa Edvin. Jag är väldigt intresserad av naturvetenskap, nämligen.

– Låter klokt, konstaterade Annika Carlsson utan att gå närmare in på vari denna klokskap bestod.

Väl klara med själva fyndet kom de så in på de omständigheter som hon egentligen hade tänkt börja med. Var någonstans hade han hittat sin dödskalle och hur kom det sig att han hade hamnat ensam på den ö där fyndet gjordes? Och det var först nu som Edvin, åtminstone glimtvis, började likna en helt vanlig liten kille på tio år.

"På ett ganska läskigt ställe, faktiskt." Ön hette Ofärdsön på sjökortet trots att det väl egentligen bara var en holme. Inte alls så stor som en ö. Som den där Robinson hade träffat Fredag, för den var ju jättestor. Fast inget skär dock, betydligt större än ett skär. Skär kunde vara väldigt små, nämligen. "Jättesmå till och med."

– Jo, jag har förstått det, instämde Annika Carlsson. Men varför kallas den för Ofärdsön? Vet du det?

– Det beror på att den för olycka med sig. För dem som stiger i land där, alltså, sa Edvin samtidigt som han sänkte rösten. Dessutom spökar det där också. Åtminstone förr gjorde det det.

– Tror du på spöken? frågade Annika.

– Jag vet faktiskt inte, sa Edvin och skakade tveksamt på huvudet. Men om det finns några tror jag att de flesta är ganska snälla. Fast kanske olyckliga, så det är därför som de springer omkring fast de ju är döda.

– Det tror jag också, instämde Annika Carlsson. Att de flesta spöken är snälla, alltså, förtydligade hon. Den där ön, var ligger den någonstans? Om man åker båt från scoutlägret?

—Fem distansminuter väst, nordväst lägret, sa Edvin och lät plötsligt som den sjöscout han var.

—Nu får du förklara, sa Annika Carlsson och log. Jag är inte så bra på båtar.

Det var inte alls svårt, enligt Edvin. En distansminut eller en sjömil, eller nautisk mil som det egentligen hette, var 1852 meter. Avståndet mellan scoutlägret och Ofärdsön var alltså drygt nio kilometer.

—Fast du kanske undrar varför det heter distansminut, sa han.

—Ja, gärna, sa Annika Carlsson. Kan du berätta om det också?

—Om du tänker dig att du åker i en båt, alltså, som går med en hastighet av fem knop i timmen...

—Så är du framme på fem minuter, sa Annika Carlsson.

—Neej, sa Edvin som hade svårt att dölja sin förvåning. I så fall tar det en timme.

—Ja, det är klart. Så måste det ju bli...

—Vill du veta det där med kursen också? Väst, nordväst, alltså? frågade Edvin som inte verkade helt övertygad om att hans budskap hade nått fram.

—Nej, det där med kompassen kan jag faktiskt. Det får alla poliser lära sig eftersom vi måste kunna orientera oss med kompass. Men på land, ute i naturen.

—Kommissarien, sa Edvin. Han är väl jättebra på orientering.

—Varför tror du det? frågade Annika Carlsson.

—Han är världsbäst på att skjuta, sa Edvin. En gång sköt han en gubbe i vårt hus som försökte mörda honom.

—Jag vet, sa Annika Carlsson som hade infunnit sig på skottplatsen en halvtimme senare. Jo, han är jättebra på orientering också. Det är till och med så att han kan hitta till vissa ställen utan att han ens behöver någon kompass och även om man håller för ögonen på honom.

—Wow, sa Edvin med stora ögon. Fast du är en typisk landkrabba, förstås?
—Ja, sa Annika Carlsson. Jättetypisk. Fast berätta för mig. Hur kommer det sig att du hamnade på Ofärdsön?

Edvin verkade inte helt komfortabel med frågan, men till sist hade han ändå klämt ur sig hur det hela gått till. Föreståndaren på lägret, som hette Haqvin Furuhjelm och, enligt Edvin, inte bara "hette ett konstigt namn" utan även var "en ganska konstig gubbe", hade på morgonen rekryterat honom som gast på sin egen segelbåt. En USA-tillverkad Sparkman och Stevens på trettiosju fot.
—Sparkman och Stevens är gubbarna som har hittat på den, förtydligade han. De båtarna är jättedyra, sa Edvin och himlade med ögonen. Kostar miljoners miljoner.

Tillsammans med fem kamrater från lägret skulle Edvin nu få lära sig att segla en större båt än de optimistjollar i vilka han och hans kamrater vanligen tillbringade dagarna när de kajkade runt i viken utanför lägret medan Furuhjelm och hans medarbetare stod på badbryggan och gav dem närmare anvisningar med hjälp av en megafon. Edvin hade också sett fram mot detta. Att få åka på en längre utflykt i en riktig båt. Att få ett avbrott i den vanliga tristessen, så att säga.

Tyvärr hade det hela slutat mindre väl. Föreståndare Furuhjelms segelbåt på trettiosju fot hade betett sig på ett för Edvin helt obekant sätt, trots att den var rena atlantångaren jämfört med en vanlig optimistjolle. Den slingrade, hoppade och for och Edvin hade blivit sjösjuk, helt enkelt.

Sedan Edvin hade spytt ner däcket för andra gången hade han därför blivit landsatt på Ofärdsön där han tilldelats ett specialuppdrag som bestod i att plocka så mycket svamp, bär och annat ätligt som det nu var möjligt, för att förstärka kosthållet på lägret, innan man hämtade upp honom före hemfärden.

—Trots att det spökar där, sa Annika Carlsson. Det var inte snällt av honom.

—Nej, sa Edvin. Fast Furuhjelm är ganska sträng, faktiskt.
—Kan du berätta om det? sa Annika Carlsson.
I värsta fall får jag väl upprätta en anmälan till, tänkte hon.

Skälen till Edvins dubier om lägrets föreståndare var tre. För det första, enligt vad alla hans kamrater viskade om efter sänggåendet innan de somnade, så hade föreståndare Furuhjelm obegripligt mycket pengar, vilket ju hans egen segelbåt vittnade om, och enligt en av Edvins äldre kamrater berodde Furuhjelms rikedom på att hans farfar hade varit en gammal nazist som hade stulit tusentals guldtänder från alla stackars judar som blivit mördade under andra världskriget.

—Men hur visste han det då, din kompis alltså? frågade Annika Carlsson. Låter väldigt konstigt om du frågar mig, Edvin.

—Hans pappa hade berättat det, sa Edvin och nickade trosvisst. Han jobbar på Svenska Dagbladet, så jag tror nog att det är sant. Min pappa säger att det är den enda tidningen som man kan lita på. De andra tidningarna hittar bara på en massa hela tiden.

—Jag tror ändå att det är ljug, sa Annika Carlsson. Tänk efter nu, Edvin. Vilken pappa skulle skicka sitt barn till ett sådant ställe? Med en sådan föreståndare menar jag. Är det något mer som du vill berätta om? tillade hon.

Två saker till, enligt Edvin. För det andra att Furuhjelm betedde sig lite konstigt och för det tredje att han även sa konstiga saker.

—Kan du ge mig några exempel? frågade Annika Carlsson.

—Han är faktiskt väldigt, väldigt sträng, sa Edvin.

—Ge mig ett exempel, upprepade Annika Carlsson.

Efter kvällsdoppet – till exempel – när de stod i varmduschen och spolade av sig sjövattnet och skulle tvätta sig innan de gick och lade sig, brukade Furuhjelm gå runt bland Edvin och hans kamrater och rappa dem på rumpan med en våt frottéhandduk. Så att de inte skulle göra av med för mycket varmvatten.

—Han kanske bara är orolig för det där med miljön, sa Annika Carlsson.

Eller också gillar han att rappa småkillar på rumpan, tänkte hon.
– Ja, kanske. Fast så säger han jättekonstiga saker också, sa Edvin motvilligt.
– Och det vill du inte berätta om för att du tycker det är jobbigt, sa Annika Carlsson.
– Helst inte, sa Edvin.
– Helt okej, Edvin, sa Annika Carlsson. Med tanke på det som du just har berättat... Vad jag menar är att den där Furuhjelm inte verkar vara någon jättekul kille.
– Jaa...
– Vad tror du om att du sover hos mig i natt så åker du och jag och alla andra poliser ut till den där ön i morgon, så får du visa var någonstans du hittade den där dödskallen?
– Super, sa Edvin. Grymt super, faktiskt.
– Vad bra, sa Annika Carlsson. Då har jag bara en fråga till. Om man åker från scoutlägret till den där Ofärdsön med en båt som går i trettio knop. Hur lång tid tar det då?
– Tio minuter, sa Edvin. Högst tio minuter.
– Då ska du få göra det i morgon, sa Annika Carlsson. För då ska du och jag och alla andra poliser åka med polisbåten ut till Ofärdsön.
– Är det säkert? frågade Edvin och gjorde stora ögon.
– Ja, det är helt säkert. Så ska vi ha med oss en polishund också. Kanske två till och med. Vi får se.
– En hund är bra, instämde Edvin och nickade. Man kan säga så här, alltså. Att om vår näsa, vårt luktsinne alltså, är lika stort som ett frimärke. Vet du hur stort ett hundluktsinne är då?
– Nej, sa Annika Carlsson och skakade på huvudet. Hur stort då?
– Som en fotbollsplan, sa Edvin. Fast våra näsor till och med kan vara större än nosen på en hund.
– Det är ju helt fantastiskt, sa Annika Carlsson.
– Ja, sa Edvin. Man tror knappt det är sant.

9

Så fort de var klara med förhöret hade Annika Carlsson och Edvin tagit vägen förbi tekniska roteln och lämnat över Edvins kranium till den tekniker som hade jouren under kvällen, biträdande kommissarien Jorge Hernandez. Han var invandrarpojke från Chile och kallades för Chico bland sina kolleger. Utan minsta ond avsikt för övrigt, trots att hans smeknamn närmast betydde "snorunge" på spanska.

– Kulan ligger kvar inne i skallen, sa Annika. Om du kan pilla ut den och ge mig ett första utlåtande så blir ingen gladare än jag. Det här är Edvin, förresten. Det var han som hittade den när han skulle plocka svamp.

– Nemas problemas, svarade teknikern. Det är inte spanska, utan mest serbiska om du undrar. Men inga problem. Du har det på din dator inom en timme. Här har det varit lugna gatan hela kvällen. Inga döingar eller skadskjutna. Inte ens en tomhylsa som någon behövt hjälp med. Sedan nickade han till Edvin, klappade honom på axeln och tackade honom för hjälpen.

– Tack, sa Edvin och slog ner blicken. Blyg plötsligt.

– Är det inte du som bor granne med Bäckström, förresten? frågade Hernandez.

– Jo, sa Edvin. Kommissarien och jag bor grannar.

– Han har berättat om dig här på jobbet. Säger att du är en cool kille. Säg till om du vill prya här när du börjat plugget igen, sa Hernandez och log mot Edvin. Det fixar vi lätt.

Annika Carlsson skakade avvärjande på huvudet. Tackade för titten, tog med sig Edvin och återvände till sitt tjänsterum.

Medan han halvlåg i hennes besöksstol och spelade dataspel på sin Iphone tog hon på telefon hand om de praktiska detaljer som återstod inför nästa morgon då hon och Evert Bäckström skulle inleda ännu en mordutredning.

Först upprättade hon en anmälan om "misstänkt mord". Därefter mailade hon över en kopia till chefen för kriminalavdelningen vid Solnapolisen, kommissarie Toivonen, med en begäran om mer personal. Det här kunde bli en besvärlig utredning: ett oidentifierat offer – identifieringar var ofta resurskrävande. Därför behövde hon extra personal omgående.

Sedan ringde hon upp Peter Niemi som var chef för den tekniska roteln vid Solnapolisen och berättade vad det hela handlade om.

– Jag tar det själv, avbröt Niemi innan hon ens hunnit till punkt. Jag behöver komma ut och röra på mig efter semestern, andas lite sjöluft. Slippa alla mygg som vi har hemma i Tornedalen.

– Tack, sa Annika Carlsson. Du är en klippa.

Sista samtalet var med Sjöpolisen som skulle ordna transporterna i samband med besöket ute på Ofärdsön. Inga problem där heller. En av deras båtar hade ankrat för natten i Mariefred efter att ha hjälpt Sörmlandskollegerna att leta rätt på ett sjölik utanför Strängnäs. Annika Carlsson fick numret till den kollega som var befäl på båten.

– Det är väl enklast att du reder ut detaljerna med honom. Du ska få hans mobilnummer.

– Vi är praktiskt taget redan på plats, bekräftade nästa sjöpolis som hon pratade med. Vad tror du om att vi plockar upp er vid sjöscouternas brygga längst ut på Ekerö? Ge mig en tid bara.

– Vad sägs om klockan nio i morgon bitti? frågade Annika Carlsson som tänkte på Edvin och hans behov av en natts stärkande sömn.

– Sovmorgon, konstaterade kollegan. Inte mig emot.

Fast nio på morgonen var väl mitt i natten för Evert Bäckström, tänkte Annika Carlsson när hon avslutade kvällens sista tjänstesamtal. Äntligen, tänkte hon, nickade åt Edvin och log.

Edvin verkade förvånansvärt pigg trots att klockan närmade sig halv tio på kvällen och han måste ha varit i gång sedan tidigt på morgonen.

– Hur är det, Edvin? frågade Annika Carlsson. Vad tror du om att åka hem till mig och sova så vi är pigga och utvilade i morgon?

– Det är helt okej, sa Edvin. Fast det är en grej som jag undrar över.

– Tandborste, pyjamas, föreslog Annika Carlsson. Oroa dig inte. Det kan jag fixa.

– Nej, inte det, sa Edvin och skakade på huvudet. Det tog jag med mig när jag stack från lägret. Ligger i min ryggsäck.

– Vad är det då? frågade Annika. Edvin var tydligen en förutseende ung man.

– Jag undrar om vi kan stanna på vägen och köpa en hamburgare. Jag är lite hungrig, nämligen.

– Klart vi kan, sa Annika Carlsson och log. Dessutom är det jag som bjuder. Ska vi ta McDonald's eller Max?

– Max, sa Edvin. Max gör världens bästa hamburgare. Vet du varför?

– Nej. Berätta.

– De har ett hemligt recept, sa Edvin samtidigt som han lutade sig fram mot henne och sänkte rösten. Det är jättehemligt, fast om du vill kan jag tala om det för dig. Om du lovar att inte säga något. Det var min pappa som berättade om det.

– Ja, gör det. Jag lovar, sa Annika.

– Han som äger Max. Det är en lappgubbe, alltså. Ja, eller samegubbe då som det kanske heter, sa Edvin.

– En lappgubbe? Fast en samegubbe.

– Man får inte säga lappgubbe, förklarade Edvin.

– Nej, jag vet, sa Annika Carlsson. Vad är det med den där samegubben som äger Max, då?

– Han har en massa renar också. Han har hur många renar som helst. Så när han gör köttfärsen till sina hamburgare så blandar han alltid i några stycken renar. Det är därför som hans burgare blir så goda. Fast det är jättehemligt.
– Jag lovar att inte säga något, sa Annika Carlsson.
Knappast något som Edvins pappa läst i Svenska Dagbladet, tänkte hon.

Edvin hade slukat sin hamburgare redan då de satt i bilen under fem minuters körning och som sista åtgärd hade han slickat av majonnäsen från fingrarna medan Annika Carlsson fickparkerade bilen utanför huset där hon bodde.
Undrar var han gör av allt käk, tänkte Annika Carlsson. Det var ingen dålig smörgås han hade stoppat i sig hemma hos Bäckström. Ungefär samma modell och storlek som de som hade tagit livet av Elvis Presley. Och nu, bara ett par timmar senare, en hamburgare av största modellen. Fortfarande tunn som en metmask trots att han just hade svalt en get. Eller snarare en ren, kanske.

Medan Annika Carlsson bäddade åt Edvin på soffan i sitt vardagsrum hade Edvin försvunnit ut i badrummet. Av ljudet att döma både tvättade han sig och borstade tänderna och fem minuter senare var han tillbaka. Iklädd en blå pyjamas där någon, sannolikt hans mamma, hade sytt på sjöscouternas emblem. För gammal för Bamse, tänkte Annika Carlsson som var både faster och moster och inte saknade erbjudanden om att passa sina syskonbarn.
Edvin hade tackat nej till den filt som hon erbjudit honom. Det räckte med ett lakan. Sedan hade han slagit av sin mobiltelefon och lagt den på soffbordet bredvid sig.
– Jag sover där, sa Annika Carlsson och nickade mot den öppna dörren till sitt sovrum. Om det är något du behöver så är det bara att du säger till.

Han har ändå hittat en skalle efter en skjuten människa och han är bara tio år gammal, tänkte hon.

—Hmmuu, sa Edvin, blinkade och saggade med huvudet.

—Jag lovar att inte snarka, sa Annika Carlsson, log och böjde sig fram över honom. Inget svar. Edvin hade redan somnat. Som att blåsa ut ett ljus, bara, tänkte hon förundrat.

Den här natten hade hon själv problem med den saken. Något som hon annars nästan aldrig hade alldeles oavsett vad hon varit med om medan hon varit vaken. Först hade hon mest legat och dåsat, pendlat mellan sömn och dvala. Efter en timme hade hon klivit upp och smugit in i vardagsrummet. Där var det öronbedövande tyst. Edvin sov. Orörlig, liggande på sidan, med lakanet halvt avsparkat, en kudde som han höll mot magen, och utan att hon ens kunde se om han andades.

För helvete, Annika, tänkte hon medan hon bara stod och tittade på honom. Ryck upp dig. Inga kids. Remember.

Sedan hade hon återvänt till sin säng. Somnat i stort sett omgående och vaknat sex timmar senare. Edvin sov fortfarande. Svettig i pannan, lakanet hade han sparkat av sig, det låg på golvet, men kudden fanns kvar mot hans mage. Bäst att fixa till en ordentlig frukost, tänkte hon.

10

Medan Ankan Carlsson hade tagit hand om det praktiska av polisiär natur hade Bäckström promenerat ner till sin kära kvarterskrog för att inta en enkel middag. Den låg på bekvämt gångavstånd – var sedan länge närmast en del av hans dagliga rutin – men att ta sig dit med förbundna ögon hade han givetvis aldrig haft en tanke på. Inget överdåd eftersom det var en vanlig dag mitt i veckan. Först en toast med löjrom och skagenröra, därefter en grillad fläskkotlett, väl marmorerad och med den tjocka svålen kvar, och han hade bytt ut den tillhörande franska grönsaksröran mot svensk färskpotatis och rejält med vitlökssmör. Till detta hans vanliga måltidsdrycker, tjeckisk pilsner och rysk vodka. En enkel kvällsvard mot slutet av ännu en dag i en kriminalkommissaries liv.

Medan han åt ägnade han sig åt upphöjda funderingar som var hämtade från hans egen barndom och sannolikt var det hans möte med Edvin som hade väckt minnena till liv. Även Bäckström hade nämligen ett förflutet inom scoutrörelsen. Det var hans pappa, den alkoholiserade överkonstapeln, som sett till att han hamnat där. Ett led i unge Everts karaktärsdanande fostran, till de plikter och dygder som enligt pappa överkonstapeln var nödvändiga för varje ung svensk man värd namnet.

Bäckström – som då varit obetydligt äldre än lille Edvin – hade inte haft något val. Hade han haft det hade han hellre stannat hemma på Söder. Ställt till jävelskap i kvarteret där han bodde, snattat i den närbelägna tobaksaffären som drevs av en i stort sett blind innehavare, tjuvrökt och åkt moped trots att han bara var elva år gammal.

Normalt var somrarna en bra tid då han inte ens behövde tänka på att skolka från skolan, men inte det här året då hans pappa hade tvångsrekryterat honom till scouterna och redan veckan efter skolavslutningen sett till att han placerats på ett läger ute på Tyresö. Rena bonnalandet på den här tiden.

Innan han hamnat där hade han också fått svära scouteden iförd sin nya blåa uniform. Lova att göra sin plikt mot Gud, Konungen och Fosterlandet, att alltid hjälpa andra människor och att i övrigt slaviskt följa alla de regler som scoutlagen krävde av honom. Det var också hans far som hade ansvarat för hans fångtransport ut till Tyresö och personligen lämnat över honom till föreståndaren för lägret, och om Evert Bäckström hade varit en annan än den han var kunde det hela ha slutat riktigt illa. Istället hade han lyckats med att bli relegerad från scouterna redan inom loppet av en vecka, vilket var nytt rekord även för avdelningen på Tyresö, som redan före Bäckströms ankomst inte var känd för att ligga i moralisk framkant av den svenska scoutrörelsen.

När Bäckström anlänt till Tyresölägret hade han bland en hel del annat kontraband, som slangbella, morakniv, hartsfiol, ett par råttfällor av större modell samt snus och cigaretter, även medfört en rejäl bunt med porrtidningar som han stulit från den blinde tobakshandlaren. Han hade kort sagt haft allt han behövde för att få ordning på sin nya omgivning och dessutom tjäna lite pengar medan han ändå varit tvungen att vistas där.

Redan under det första dygnet hade han därför bildat en läsecirkel bland sina kamrater. Mot kontant ersättning kunde de få smaka på de läsefrukter som Bäckström hade medfört och trots alla löften om att de egentligen var där för att göra sin plikt mot Gud, Konungen och Fosterlandet hade han mötts av en efterfrågan som överträffat även hans vildaste ekonomiska förväntningar.

En av hans kamrater, ett par år äldre än han själv, hade således redan inom loppet av några dagar förbrukat alla fickpengar som hans föräldrar skickat med honom. De skulle räcka hela sommaren men nu tog de slut redan efter tre dagar av intensivt tidningsläsande, och väl utblottad fanns ingen hjälp att få för en sådan som han.

Inga kontanter, ingen läsning, förklarade Bäckström och skakade på sitt runda huvud, varpå hans största kund hade brutit ihop. Gått till föreståndaren för lägret, skvallrat på Bäckström och gråtande bekänt hur denne hade utnyttjat honom och hans svåra beroende.

Föreståndaren, som redan hade ett gott öga till Bäckström, hade inte vilat på hanen. Bäckström hade avskedats ur kåren på grund av misskötsamhet och brott mot scoutlagen och redan till helgen hade hans pappa kommit ut till Tyresö och hämtat hem sin enfödde son till Söder igen. Tidningarna hade hans far tagit i beslag, gissningsvis hade de hamnat i fikarummet på polisstationen nere i Maria, men slangbellan och det andra hade han fått behålla mot löfte att ta kål på grannens katt som störde nattsömnen för hans pappa i huset där de bodde.

Säkert en sådan där blivande sexmissbrukare och definitivt en brottsförebyggande åtgärd att neka honom läsning, tänkte Evert Bäckström femtio år senare medan han suckade av välbehag och hyfsade sitt glas. Barndomsminnen, goda minnen, tänkte han, och hög tid att beställa in kaffe på maten och en liten konjak därtill, innan han fortsatte kvällen med ett besök i de mer centrala delarna av Kungliga Huvudstaden.

Alldeles innan han skulle betala notan hade han dock fått ett sms från Ankan Carlsson som stört hans sinnesfrid så pass att han varit tvungen att ta in ännu en liten konjak före sin avfärd.

Samling klockan åtta, det var ju mitt i natten. Om han skulle hinna med sin frukost, personliga hygien och påklädning så skulle han vara tvungen att kasta sig ur sängen före sex på morgonen.

Glöm det, tänkte Bäckström och skakade på huvudet. Sedan drack han ur de sista dropparna, betalade sin nota, beställde en taxi och åkte ner till krogarna vid Stureplan.

11

Därefter hade allt rullat på som vanligt för kommissarie Bäckström. Först hade han tittat in på Sturehof för att få en liten mellanbindare på vägen till sitt slutmål för aftonen. Lokalen var på sin höjd halvfull. Mest lantisar i övre medelåldern som åkt till Stockholm på sin semester. Kört förbi Ullared på vägen dit och passat på att ekipera sig inför visiten i huvudstaden. Det får bli ett kort besök, tänkte Bäckström. Betalade den öl han beställt redan när han fick den i näven och gick därifrån innan han ens hade druckit ur den. Tragiskt, tänkte Bäckström så fort han kommit ut på gatan igen. Vad var det för fel på en välskräddad linnekostym, ett par handsydda italienska skor och en vanlig Rolex?

Fem minuter senare – ungefär samtidigt som Ankan Carlsson hade nattat lille Edvin och äntligen somnat hemma i sin lägenhet i Filmstaden i Råsunda – hade Bäckström intagit sin plats i Skilsmässodiket på Riches bar och allt var som vanligt igen.

Där lät han sig uppvaktas och bjudas på svalkande groggar av den övriga publiken. Den bäckströmska Supersalamin, svaret på alla kvinnors hemliga drömmar och så inarbetad som ett varumärke kunde bli. Volvo kunde slänga sig i väggen. Vem ville skumpa omkring i baksätet på en kinesisk bil när man kunde ligga i Bäckströms Hästens-säng och åka Salamihissen rakt upp i sjunde himlen?

Inte särskilt många på det här stället, tänkte Bäckström, för runt honom flockades ständigt nya reslystna som skickat ut maken och barnen till landet och nu ville försäkra sig om en biljett till ett ställe som de aldrig tidigare hade besökt.

Apropå varumärken, tänkte Bäckström. Ikea kunde också slänga sig i väggen trots alla pengar som de tjänat på att sälja bokhyllor som man fick skruva ihop själv. Dessutom var det bara idioter som läste böcker. En riktig människa, som han själv, levde i kraft av sina egna erfarenheter. Och gillade man inte det som man varit med om var det väl inte värre än att man glömde bort det.

Det goda livet var inget som man kunde läsa sig till, än mindre förvara i bokhyllan Billy från Ikea. Där hade man bantningsböcker och handledningar om hur man hjälpte sig själv, startade företag, köpte hund och blev en hel människa, blandat med seriemördarromaner och vanligt tantsnusk. Som alla andra utblottade idioter som inte ens hade råd med en riktig engelsk hylla i cederträ och palisander.

Till skillnad från Bäckström som använde den platsbyggda engelska bokhyllan som han låtit sätta upp i sitt nya arbetsrum till att förvara sin stora och snabbt växande samling av miniatyrbuteljer med alkoholhaltiga drycker från världens alla hörn.

Böcker var ett överskattat njutningsmedel för livets förlorare och själv hade han helt slutat att läsa dem så fort han förstått att hans gamle favoritförfattare, den ende värd namnet på den svenska parnassen, tydligen hade drabbats av en svår livskris och börjat skriva bögromaner.

Vad var det för fel på den där Hamilton? tänkte Bäckström. Kampen för en högre rättvisa, för att inte tala om att skydda rikets säkerhet, krävde att man tog ut svängarna ordentligt och att ranta omkring med en lagbok under armen när man höll på med sådant var rena självmordet. Det visste han av egen erfarenhet.

Visst, hans före detta kollega Hamilton hade råkat ta livet av sin sambo på grund av någon gammal yrkesskada som han tydligen ådragit sig, men det var ju sådant som kunde hända den bäste i skarpa lägen och själv hade han varit med om värre än så i den vardag där han vistades.

Upphöjda funderingar, som det lätt blir för en man med en naturligt filosofisk läggning, tänkte Bäckström och nickade mest för sig själv, medan han smuttade på sin vodka tonic och lyssnade med två halva öron på alla unga damer som hela tiden viskade i dem.

Bäckström hade lämnat Riche strax före stängning och i god ordning. Natten var visserligen ännu ung men om några timmar väntade en ny arbetsdag fylld av id och ävlan. Eftersom han samtidigt var en man som tog ansvar för sitt rykte hade han dock medfört ett oprövat kort. En liten jurist med pigga ögon och en intressant glugg mellan framtänderna, som jobbade på Skattemyndigheten, och om hon nu inte klarade av Salamiritten var det väl inte värre än att hon gick att använda i andra sammanhang. Kanske till och med för att ge lite goda råd om hur man undgick den konfiskatoriska verksamhet som hennes arbetsgivare ägnade sig åt.

En timme senare, efter avklarat värv, bjöd han henne till och med på en taxi hem till förorten. I och för sig var hon en stark sexa på den tiogradiga skalan men definitivt inte värd en egen resa. Möjligen ett återbesök hemma hos Hästens ägare om hon ändå råkade ha vägarna förbi och i fortsättningen stod för sina egna transporter. En liten puss på kinden, bara på kinden så att hon inte fick några nya griller i sitt lilla huvud, därefter snabbt adjö, adjö och själv hade han en mordutredning som väntade. Plikten kallar, tänkte Bäckström och så fort han låst ordentligt om sig återvände han till sin säng och somnade omgående.

12

Bäckström hade vaknat ungefär samtidigt som Ankan Carlsson hade skickat sitt andra sms till honom. Den här gången kvart i åtta på onsdag morgon. "Ska du med, eller? Vi åker om en kvart." Bäckström hade suckat, skakat på huvudet och skickat ett kortfattat svar. "Egen transport. Ses på fyndplatsen." Det borde väl till och med hon begripa och vad var det för fel med lite gammaldags artighet och korrekthet? tänkte han. Det var ju faktiskt han som var chef. Sedan hade han ringt upp en av sina gamla kontakter, utlovat den vanliga belöningen och stämt möte om drygt en timme.

Därefter hade han intagit en gedigen frukost, ordnat med matsäck och övrig utrustning innan han gick in i badrummet för att ta hand om sin personliga hygien och påklädning. Slutligen packat för avfärd: matsäck, gummistövlar i reserv, oömma kläder. Myggolja, givetvis. Ett absolut måste vid vistelser utanför innerstaden. En extra smörgås och en läsk till lille Edvin och om Ankan Carlsson hade glömt matsäck var det väl inte värre än att hon svalt ihjäl. Plus allt det där andra, förstås, som han alltid hade med sig så fort han lämnade lägenheten: den lilla svarta anteckningsbok där han gjorde sina tjänstenoteringar, Rolexen av stål som han använde i tjänsten och ute på fältet, pengar och kort, två mobiltelefoner, halstabletter och den diskreta pluntan som han förvarade i en specialsydd ficka i sin kavaj. Sist men inte minst hans trogne vän Sigge i sällskap med ett extra magasin.

När han klev ut på gatan stod hans taxi redan och väntade. Bäckström satte sig i baksätet som han brukade för att inte uppmuntra chauffören till en massa intimiteter och onödigt svammel.

– Det är en ära att få köra kommissarien, kommissarien, sa chauffören som tydligen inte förstod budskapet. Vart vill kommissarien åka?

– Till Karolinska sjukhuset, sa Bäckström.

– Jag hoppas verkligen att det inte har hänt något allvarligt.

Fanskapet vände sig till och med om och tittade på honom när han sa det.

– Under absolut tystnad, tillade Bäckström.

Idioter, tänkte han. Varifrån kommer alla dessa dårar och varför tar de aldrig slut?

Hans kollega Annika Carlsson hade haft fullt upp med sitt och trots att hon tyckte att hon hade planerat allt i detalj var hon ändå drygt en halvtimme försenad när hon, lille Edvin och ett halvdussin av hennes kolleger – fördelade på tre bilar – äntligen kunde lämna polishuset i Solna. Irriterad var hon också, men Edvin var så glad och förväntansfull att det lyste ur ögonen på honom. Det enda han undrade över var vart "kommissarien" hade tagit vägen.

– Han skulle visst åka dit själv, sa Annika Carlsson. Så du lär väl snart få träffa honom.

– Vad bra, sa Edvin. Det ser jag verkligen fram emot.

Vem var det som gav dig frukost och rena kläder i morse, tänkte Annika Carlsson som kände ett lätt styng av svartsjuka. Hur kommer det sig att ingen har slagit ihjäl den där fetknoppen, tänkte hon.

De vanliga bilköerna på vägen ut tog en extra halvtimme, och när de äntligen kunde parkera vid sjöscouternas läger längst ut på Ekerölandet låg de drygt en timme efter tidsplanen. På lägret var det i stort sett tomt. Lägerföreståndaren och flertalet av hans adepter hade åkt på bussutflykt till Helgö för att besöka en gammal boplats från vikingatiden. Kvar fanns bara två ledare i övre tonåren som skulle vakta anläggningen och i övrigt försöka laga en båt som kört på grund och tappat rodret under gårdagens seglingar. Trots att de verkade sprickfärdiga av nyfikenhet hade ingen av dem ställt några frågor. Inte ens till sin kamrat Edvin trots att han säkert var den minste av alla som vistades på det lägret. Även Edvin hade varit formell och korrekt, gjort scouthonnör med höger hand och tummen mot lillfingret, innan han marscherade iväg i riktning mot den väntande polisbåten.

Så fort de taxat ut från bryggan hade Annika Carlsson framfört sina ursäkter till den manlige kollega som var befäl ombord.

Ingen stor sak, enligt kollegan. Om det inte hände något akut stod han och hans besättning dessutom till deras förfogande under hela dagen, så hemtransporten behövde hon inte oroa sig för.

– Jag fattar att det handlar om ett likfynd, sa han samtidigt som han sänkte rösten och av någon anledning sneglade på Edvin.

– Ett kranium, bekräftade Annika Carlsson. Som i vart fall inte tycks vara något fornfynd.

Så mycket kan jag väl säga, tänkte hon.

– Som lillgrabben hittade när han skulle plocka svamp?

– Ja, sa Annika Carlsson. Men om du frågar mig tycks han klara det bra. Tycker nog mest att det är spännande.

– På Ofärdsön av alla ställen, sa kollegan och skakade på huvudet. Vet du hur den ön fick sitt namn?

– Enligt Edvin beror det på att det spökar där, sa Annika Carlsson och log.

– Det gör det säkert, men enligt historien är det mer än så.

– Berätta, sa Annika Carlsson.

I gamla tider, i det här fallet fram till slutet på artonhundratalet, hade bönderna i trakten använt ön som sommarbete för sina kritter, kor, får och getter, kanske en och annan häst som

51

behövde vila sig från plogen, som man hade fraktat ut till ön så fort grönskan tagit fart på allvar. Ingen stor ö, snarare en holme på knappt hundra hektar, men stor nog för att göra det mödan värt. Gott om bete för tiotalet kor och betydligt fler får och getter. Ett levande landskap dessutom, som man fick på köpet innan det ens hade fått ett namn. Det hade också fungerat väl under åtskilliga generationer ända tills det börjat hända saker för drygt hundra år sedan och Betesholmen hade fått byta namn till Ofärdsön.

– Det var i slutet på artonhundratalet, 1895 tror jag, som blixten slog ner i boningshuset på ön. De två pigor som hade hand om djuren brann inne. Sommaren därpå drabbades hela besättningen, samtliga mjölkkor på ön och deras kalvar, av någon mystisk magåkomma. De dog som flugor. Förmodligen hade de ätit något giftigt om du frågar mig, men det var inte över med det.

– Vad hände sedan då? frågade Annika Carlsson.

– När man skulle plocka hem de kritter som överlevt, man hade en så kallad kofärja för att ordna den saken...

– Kofärja, avbröt Annika Carlsson. Nu får du förklara. Tänk på att du talar med en typisk landkrabba.

– Jo, sa hennes kollega och nickade vänligt. Inget som du hittar på båtmässan nu för tiden. Man kan väl enklast beskriva den som en mycket stor flatbottnad eka av trä. Visserligen med höga fribord, men särskilt sjösäker var den ju inte...

– Fribord vet jag vad det är, sa Annika Carlsson.

– Bra, jo, den var stor nog att rymma tiotalet kor och kalvar. Hur som helst. När man skulle frakta hem de kritter som klarat sig så slog stormen till. Mitt ute på fjärden. Bonden själv och drängen som skulle hjälpa honom, samtliga kor och kalvar, alla drunknade. Enligt vad som fortfarande berättas bland dem som är bofasta här ute lär de ha spolats i land längs en sträcka på flera kilometer längs Ekerölandet. Då förstod man att man inte var välkommen på Betesholmen längre. Onda krafter och annat oknytt hade tagit över och holmen fick sitt nya namn, Ofärdsön.

Allt enligt den muntliga traditionen. Själv tror jag nog att det ligger en hel del i det, sammanfattade hennes kollega med ett snett leende.

–Fast i dag hade de väl haft flytvästar på sig, sa Annika Carlsson.

–Men inte på den tiden. Simma kunde de inte heller, konstaterade hennes kollega. Trots att de bott granne med sjön hela livet. Vanligt folk badade ju aldrig på den här tiden. Det var ett påfund som fina människor höll på med när de var på sina sommarställen. Mälaren är inte att leka med ska du veta.

–Hur är det i dag då, på Ofärdsön?

–Det är ett ogästvänligt ställe, finns varken badstränder eller klippor som kan locka dig iland. Rena djungeln. Du ser den förresten rakt föröver, sa han och visade med handen mot en liten ö som låg mitt ute på fjärden på drygt en kilometers avstånd.

Buskar och sly som gick ända ner till vattnet, enstaka tallar och granar som stack upp ur grönskan på de högre belägna inre delarna av ön. Så långt från ett öppet landskap som man kunde tänka sig och vad var det för vuxen man som satte i land en tioåring på ett sådant ställe, tänkte Annika Carlsson. För att han råkat kräkas på däcket på hans fina båt.

–Du måste åka runt udden för att kunna lägga till, sa Edvin som plötsligt dykt upp från ingenstans.

–Aj, aj, sir, sa deras befälhavare och log mot Edvin.

–Sedan har jag snitslat vägen till stället där jag hittade henne, sa Edvin. Det gjorde jag när jag gick tillbaka. Jag satte en granruska där hon låg.

–Det är ordning och reda på dig, grabben, konstaterade båtbefälet.

–Alltid redo, bekräftade Edvin och gjorde honnör med höger hand och tummen över lillfingret.

Sedan hade de rundat udden till platsen där de skulle lägga till och där satt han.

13

Bäckström hade svårt för vatten i alla dess former och att åka båt var något han helst undvek. Det var först i vuxen ålder som han hade lärt sig att simma, därtill nödd och tvungen eftersom det var ett krav för att han skulle kunna komma in på polisskolan. En smärtsam erfarenhet som han försökt glömma och som han aldrig pratade om.

När Bäckströms taxi hade släppt av honom vid helikopterplattan på Karolinska sjukhuset stod polishelikoptern redan och väntade på honom. Sedan högt upp i det blå och när han sett plåtormen som ringlat sig fram över Ekerölandet långt därnere så hade han glatts av hela sitt hjärta. Konstigt att sådana där som Ankan Carlsson över huvud taget lyckas ta sig ur sängen på morgnarna, tänkte han.

Tjugo minuter senare hade han landat på Ofärdsön, tackat sin kontakt vid helikopterdivisionen och lovat att snarast skicka honom den vanliga färdlegan i form av skotsk hårdvaluta.

Som första åtgärd efter landning hade han placerat sin fällstol på ett lagom skuggigt ställe, för att undvika det värsta solgasset och samtidigt kunna smekas av en laber bris som drog in från sjön. Därefter öppnat en kall tonic som han förstärkt med en väl avvägd dos ur sin fickplunta innan han gjort den första tjänsteanteckningen i sin lilla svarta bok.

"Onsdag den 20 juli klockan 0945. Misstänkt mord. Anlänt

till fyndplatsen på Ofärdsön i Mälaren." Först därefter hade han tagit fram Dagens industri för att i lugn och ro kunna gå igenom sina senaste placeringar på börsen.

Speciellt det där nyintroducerade spelbolaget som hans vän GeGurra hade hjälpt honom att köpa aktier i hade visat sig vara rena börsraketen. Inte så konstigt kanske eftersom verksamheten drevs enligt samma principer som hans egen läsecirkel den där sommarveckan för snart femtio år sedan när han suttit internerad på scoutlägret ute på Tyresö, och trognare kunder än missbrukare fanns inte. Det behövde man inte ens vara colombian för att räkna ut, tänkte Bäckström.

De måste ha ett svart hål högst upp där normala människor har huvudet, tänkte han samtidigt som han skakade medlidsamt på sitt eget. Att deras hustrur och barn svalt ihjäl medan de spelade bort hela hushållskassan, och till och med sålde ungarnas gångkläder och leksaker på Blocket, verkade de ge fullkomligt fan i.

Alla ombord upptäckte honom i stort sett samtidigt. Alla ombord, med ett undantag, blev glada som barn. Gladast av alla var Edvin som ju var barn på riktigt.

– Kommissarien, ropade Edvin medan han pekade mot honom och formligen strålade av förtjusning.

Där satt han utan att göra en min av att han just hade fått sällskap, trots att han ju rimligen borde ha hört dem på långt håll. Bekvämt tillbakalutad i en fällstol medan han läste tidningen. Strumpor och skor hade han tagit av sig för att kunna svalka fötterna i Mälarens vågor. Kommissarie Evert Bäckström, iförd blå linnekavaj, vita seglarbyxor, stråhatt av panamamodell och solglasögon.

Jag ska dränka fanskapet, tänkte Annika Carlsson. Vill ingen annan göra det så ska jag göra det själv. Inte ens Niemi verkade ju gå att lita på längre. Även han hade flinat och skakat på huvudet av förtjusning.

55

14

– Jag blev nästan lite orolig, sa Bäckström medan han tittade på sitt armbandsur och log vänligt mot Annika Carlsson. Att ni hade gått i kvav eller så, menar jag.

– Själv har du simmat hit, svarade Annika Carlsson trots att hon visste att sådant var helt bortkastat på honom.

– Nej, sa Bäckström. Jag fick skjuts med helikoptern. Det trodde jag att jag hade sagt. Man vill ju vara i tid som du förstår. Det handlar ändå om en mordutredning. Hur går det med grabben, förresten? frågade han och nickade mot Edvin som var fullt upptagen med att klappa om en polishund av den större modellen.

– Hittills tycks han ha klarat det bra. Verkar mest som om han tycker att det är spännande, inga mardrömmar i natt i varje fall.

– Han sov hemma hos dig, sa Bäckström och det var mer ett konstaterande än en fråga.

– Ja, sa Annika Carlsson. Vad trodde du? Att jag låtit honom sova i finkan nere i Solna eller skjutsat tillbaka honom till scoutlägret mitt i natten?

– Det är klart att jag inte trodde, sa Bäckström. Jag är lite orolig för honom, bara. Grabben är ju bara tio år och har han varit med om sådana där saker kan det komma surt efter.

– Mitt intryck är att han inte vill tillbaka till lägret. Vi pratade om det när vi åt frukost, sa Annika Carlsson.

Som om du skulle bry dig, morsning, tänkte hon.

−Det där lägret är ju ändå slut om några dagar, sa Bäckström av någon anledning. Frågan är bara var han...
−I natt kan han sova hos mig, avbröt Annika Carlsson. Vi har till och med planerat att gå på Gröna Lund i kväll. Edvin har utmanat mig på femkamp. Sedan får väl hans föräldrar komma hem och ta över.
−Låter klokt, instämde Bäckström. Ska du eller jag ringa dem?
−Du kan vara helt lugn, Bäckström, jag fixar det också.
Vad håller han på med, tänkte hon.
−En helt annan sak, sa Bäckström. Innan du kom hem till mig igår... när han satt och åt smörgås... så berättade han om den där scoutledaren. Han med det där konstiga namnet.
−Haqvin Furuhjelm, sa Annika Carlsson. Jag pratade med honom på telefon i går kväll, så att han inte skulle efterlysa grabben alldeles i onödan. Vad är det med honom?
−Jag vill att du hör honom, sa Bäckström. Upplysningsvis, fast du behöver inte vara alltför vänlig.
−Du tror att han är inblandad i den här historien?
−Nej, sa Bäckström och skakade på huvudet. Det kan jag inte tänka mig att han är. Om det är vårt kranium som vi pratar om.
−Varför ska jag då höra honom?
−Jag har svårt för scoutledare, sa Bäckström med en bekräftande nick. Väldigt svårt, faktiskt.
−Har Edvin berättat om guldtänderna?
−Vilka guldtänder? frågade Bäckström förvånat.
−Glöm det, sa Annika Carlsson avvärjande.
−Nej, sa Bäckström. Att jag har svårt för scoutledare handlar väl mest om upplevelser från min egen barndom.
−Något du vill berätta om? frågade Annika Carlsson.
−Nej, sa Bäckström. En mycket traumatisk historia. Men inget du vill höra om. Inget man berättar om heller.
Kan det vara så enkelt, tänkte Annika Carlsson som nöjde sig med att nicka.

15

Peter Niemi hade tagit över. Först pratade han med Edvin som visade på en karta över ön var han påträffat skallen.
– Det är i den riktningen, sa Edvin och pekade mot det inre av ön. Högst en hundra meter härifrån. När jag hade hittat... hittat den alltså... så snitslade jag när jag gick tillbaka hit. Det var ju här som de skulle hämta mig, och jag tänkte att då blir det lättare att hitta tillbaka sedan.
– Ja, sa Niemi. Det var väl klokt av dig.
Fast lite blek om nosen är du allt, tänkte han.
– Ja, så stack jag ner en granruska där den låg, som jag täljde av från ett träd.
– Helt rätt, Edvin, sa Niemi. Skulle jag också ha gjort. Vanligt folk fattar inte hur svårt det kan vara att hitta tillbaka sådana här gånger.
– Vad bra, sa Edvin och såg lite lättad ut.
– När du var på det där stället där den låg. Letade du runt då? För att se om du skulle hitta något mer?
– Jag kikade in i rävgrytet, för det ligger ett rävgryt där, men jag såg inget mer. Skelett eller så, alltså. Så tittade jag lite runtomkring också. Men där fanns inget heller.
– Så då gick du tillbaka hit, sa Niemi. Och snitslade på vägen ner.
– Ja, sa Edvin. Fast först lade jag den i min ryggsäck eftersom jag inte tänkte berätta för någon annan än kommissarien.

—Klokt av dig, sa Niemi och klappade honom på axeln. Vad tror du om att följa med mig och de andra och kika igen på stället där den låg? Fixar du det?
—Ja, sa Edvin. Det är helt okej. Fast då var det ganska läskigt, faktiskt. Innan de andra på båten kom och hämtade mig, alltså.
—Men nu är det lugnt, sa Niemi och klappade honom på axeln igen. Det här löser vi, du och jag.
—Ja, sa Edvin.

Därefter delade Niemi ut kartor till samtliga och visade de två yngre ordningspoliserna som de tagit med från stationen i Solna var de skulle sätta upp avspärrningarna runt platsen där de lagt till med båten. Sedan bad han kollegerna vid sjöpolisen att ta en tur med båten och kontrollera stränderna runt ön.
—Okej, sa Niemi och vände sig till samtliga. Vi andra gör så här. Edvin och jag och mina kolleger från tekniska, plus vår hundförare, ska ta en första koll. Ni som redan har fått uppgifter tar itu med dem. Du, Bäckström, och Annika avvaktar tills jag ropar på er. Sedan är det bara att ni följer den där röda snitseln som sitter på björken där borta. Det är Edvin som har satt upp den när han var här igår.

—Medan vi väntar, sa Bäckström och nickade efter de andra som försvann in bland buskagen.
—Förklara hur det kan vara så jävligt med mygg här av alla ställen, vi står ju alldeles nere vid vattnet. Stora som gråsparvar är de också, sa Annika Carlsson och daskade till den femte som av blodfläcken på hennes överarm att döma redan hade försett sig.
—Det blir ännu värre så fort du sticker in näsan i djungeln där, sa Bäckström tröstande och nickade i riktning mot den första snitseln. Att kuta omkring på ett sådant här ställe i kortbyxor och kortärmat är rena självmordet, förklarade han med en beklagande nick mot Annika Carlsson och hennes blåa shorts och skjorta med korta ärmar.

– Det säger du, sa Annika Carlsson samtidigt som hon slog ihjäl ännu en mygga som frossade på hennes brunbrända lår.
– Det skulle du ha tänkt på, Annika, sa Bäckström med en bekymrad huvudskakning.
– Ja, det skulle jag. Fast jag gjorde ju inte det.
– Inget myggmedel tog du med dig heller, konstaterade Bäckström med oskyldig min medan han stack ner handen i sin campingväska.
– Nej, inte det heller.
Nu ska du passa dig jävligt noga, tänkte Annika Carlsson. Inga vittnen på plats och vad var det egentligen som hindrade henne?
– Du kan få låna av mig om du vill, sa Bäckström och höll fram en liten grön plastflaska. Det är djungelolja. Jag föredrar den, faktiskt, vid sådana här expeditioner. Mycket effektiv, dessutom går den förvånansvärt väl ihop med mitt rakvatten.
– Tack, sa Annika Carlsson och tog emot flaskan med myggmedel.
Du har just räddat livet på dig själv, tänkte hon.
– Så lite, så lite, sa Bäckström med en lätt suck. Säg till om du vill ha något att dricka, förresten. Jag har både mineralvatten, tonic och cola. Fast inget starkare än så, är jag rädd.

Niemi och de andra hade följt Edvins snitsel och av äldre spår att döma var det en gammal viltstig som de gick på. Något som stämde väl med de iakttagelser som Edvin gjort under gårdagen. Enligt honom fanns det vildsvin på ön. Det var gott om dem också att döma av de rikliga spår som han hittat medan han fortfarande hade letat efter svamp och bär.
Niemi nöjde sig med att nicka medan han registrerade omgivningen runt omkring dem. Rena djungeln, och det här blir inte lätt, tänkte han. Täta buskage, snår av sly med björk, hassel och asp, lågvuxna granar och tallar där det nedersta grenverket täckte marken, tätt med bärris från både blåbär och lingon. Sanka partier omväxlande med rena surdrog där inte berghällen gick i dagen.

– Nu är det bara tjugo meter kvar, viskade Edvin samtidigt som han fattade tag om Niemis underarm. Du sa att jag skulle säga till då, tillade han.

– Bra, Edvin, sa Niemi och nickade till hundföraren som bara behövde göra en handrörelse för att hans schäfer skulle sätta i väg längs stigen framför dem och försvinna mellan buskarna. Sedan dröjde det bara några sekunder innan de hörde honom skälla. Dova, rytmiska skall. Högst tjugo meter bort eftersom de fortfarande såg den röda spårlinan som hans husse hade fäst vid hans halsband innan han släppt iväg honom.

– Så där låter min Sacco när han döskäller, konstaterade hans husse.

Sacco själv hade lagt sig tätt mot marken en halvmeter från en granruska som stack upp ur bärriset. Ett par meter bort låg rävgrytet som Edvin hade berättat om. En mjukt avrundad kulle, täckt av bärris och buskar, som höjde sig någon meter över den omgivande terrängen.

– Duktig hund, sa hans förare och klappade om honom. Nu har du två vittnen, konstaterade han och nickade till Niemi. Edvin här och så min Sacco, då. Som just har bekräftat det som Edvin berättat för oss.

– Han låter glad, sa Edvin. När han skäller, alltså.

– Han är glad, sa hans husse samtidigt som han lade handen på Edvins axel. Det beror på att hundar inte tänker på samma sätt som du och jag och andra människor gör.

– Jag vet, sa Edvin och nickade allvarligt.

Efter en halvtimme hörde Niemi av sig på Annika Carlssons kommunikationsradio. Om de ville ta sig en titt på Edvins fyndplats så gick det bra.

– Vi är redan på väg, klart slut, bekräftade Annika Carlsson samtidigt som hon såg uppfordrande på sin chef som inte gjorde någon min av att resa sig ur sin fällstol.

– Kommer, kommer, sa Bäckström, viftade avvärjande med handen och reste sig med viss möda.

Bäckström hade fått på sig ett par gröna gummistövlar av klassisk jägarmodell medan Annika Carlsson snart hade börjat svära tyst över sina redan genomblöta sneakers. Efter femtio meter stannade Bäckström och pekade på en av de röda snitslarna som Edvin hade fäst på en björkgren i höjd med den översta knappen på Bäckströms blåa kavaj.

– Har du tänkt på en sak, sa Bäckström och pekade på snitseln.
– Tänkt på vad då? frågade Annika.
Vad är det nu han håller på med, tänkte hon.
– Att Edvin också är en mycket omtänksam ung man. Han är inte bara väldigt klok för sin ålder. Han är även en liten man med ett stort hjärta. Han bryr sig verkligen om oss vuxna människor.
– Hur menar du då?
Vad är han nu ute efter? tänkte hon.
– Han måste ju ha stått på tå med armarna rakt upp när han knöt fast de här snitslarna. Med tanke på hans längd menar jag. För att vi vuxna skulle slippa gå dubbelvikta för att se dem. Mycket omtänksamt av honom. Enligt min enkla mening, alltså.

Annika Carlsson sa ingenting. Nöjde sig med att nicka.
Du får inte säga så där, tänkte hon.

Fem minuter senare stod Bäckström och Annika Carlsson utanför Edvins rävgryt. Niemi stod och pratade med Edvin medan de två kolleger som han lånat in från länets tekniska rotel försiktigt tassade omkring i den omgivande terrängen. Av hundföraren och hans fyrbente medhjälpare syntes däremot inte ett spår.

– Vad har hänt med jycken och hans husse? frågade Bäckström.
– De gör ett sök i närområdet, sa Niemi. Utifall att. Men om du frågar mig tror jag inte att det kommer att ge något. Den här platsundersökningen kommer att kräva rejäla insatser. Om någon grävt ner kroppen här på ön så tror jag dessutom att den

ligger betydligt närmare stället där vi lade till med båten.
—Det tror jag också, sa Bäckström. Varför bära omkring på en död kropp alldeles i onödan.
—Med tanke på alla flygfän kommer jag inte att protestera om du och Annika och Edvin vill åka tillbaka till huset, sa Niemi och viftade undan de mest enträgna myggorna.
—Då gör vi så, sa Bäckström.
—Ja, så gör vi, upprepade Niemi. Här har jag ingen användning av er. Ni är mest i vägen, om jag ska vara ärlig. Jag lovar att höra av mig senast i kväll.
—Det där rävgrytet, sa Bäckström och vände sig mot Edvin, kan du berätta om det?
—Ja, sa Edvin. Det är ett sandgryt. Det finns stengryt också, gamla stenrösen och så, där rävarna bor, alltså, men det här är ett sandgryt. Fast det kan heta lya också, om det är rävar som bor där alltså.
—Det där lilla hålet där, mellan buskarna, det är ingången? frågade Bäckström och pekade mot grytet.
—Ja, eller utgången då. Som en dörr ungefär, sa Edvin. Fast utan dörr, alltså. Stället som man använder när man ska gå in och ut, menar jag.
—Brukar det finnas många hål i ett sådant här rävgryt?
—I det här hittade jag sex när jag gick runt och letade. Fast mitt rekord är femton. Men det var ett stengryt.
—Så ett rävgryt har alltid många in- och utgångar. Varför har rävarna det, då?
—Det är väl inte så konstigt, sa Edvin förvånat. Om kommissarien tänker sig att det kommer jägare, exempelvis, för att skjuta rävarna som bor där. Då släpper de först in en grythund som jagar ut rävarna och så står de utanför och passar på dem för att skjuta dem när de kommer ut. Har rävarna många hål att smita ut genom så är det större chans att de klarar sig. De är väldigt listiga djur.
—Ett rävgryt har många utgångar. För att de ska klara sig om någon jagar dem.

– Ja, sa Edvin. Fast jag skulle aldrig göra det. Jag är mot all jakt.
– Ett rävgryt har många utgångar, upprepade Bäckström och nickade.

Bäckström, Annika Carlsson och Edvin återvände till stranden för att vänta in polisbåten som redan var på väg för att köra dem tillbaka till scoutlägret. Bäckström bjöd Edvin på en smörgås och en läsk innan han började packa ihop sina saker.
– Du har väl redan ringt efter din helikopter, sa Annika Carlsson.

Det där var onödigt, tänkte hon i samma ögonblick som hon hade sagt det. Sista timmen hade han ju ändå betett sig som en normal människa.
– Nej, sa Bäckström. Jag tänkte faktiskt åka båt med dig och Edvin. Ska bli trevligt med en liten tur på sjön. Solen skiner, kav lugnt är det också, så det ser jag fram emot, sa Bäckström.

Plus att de säkert har en mugg ombord där jag kan smyga in med min lilla plunta med världens bästa vodka och i lugn och ro ta mig en liten hutt före min sena lunch, tänkte Bäckström som redan hade börjat planera återstoden av sin dag.
– Du upphör aldrig att förvåna, Bäckström, sa Annika Carlsson.
– Nej, jag vet, sa Bäckström.

En kvart senare klev de av vid scoutlägret. Trots det Bäckström hade sagt före avfärd hade han tillbringat i stort sett hela resan på toaletten ombord, så något konstigt var det ju, tänkte Annika Carlsson.

Scoutlägret låg tomt och övergivet. Inga spår av vare sig föreståndare Furuhjelm eller hans scouter. Enklast var väl att ringa honom så fick han komma in till huset när han skulle höras.

Det var Annika Carlsson som körde dem in till stan. Bäckström körde aldrig bil, oklart varför, för körkort hade ju alla poliser, men resan hem genomfördes utan köer och på halva tiden. Så fort de närmade sig polishuset i Solna tog Bäckström fram sin mobil och ringde efter en taxi.

– Jag hörde att du och Annika ska gå på Gröna Lund i kväll, sa Bäckström och nickade till Edvin.

– Ja, sa Edvin. Vill kommissarien följa med?

– Tyvärr, sa Bäckström och skakade beklagande på huvudet. Jag har en hel del att göra som du förstår. Fast vi ses ju i morgon bitti på polishuset.

Innan de skildes åt nere i garaget hade Bäckström plockat fram sin tjocka sedelklämma och skalat av en femhundring som han gav till Edvin.

– Ta den här, Edvin, sa Bäckström och klappade honom på huvudet. Så kan du bjuda Annika på en tur i berg-och-dal-banan.

– Tack, sa Edvin och bockade till och med. Det är alldeles för mycket, kommissarien.

Bäckström verkade inte som om han hade hört honom. Först såg han ut som om han tänkte djupt, sedan skalade han av ännu en femhundring som han stoppade ner i Edvins bröstficka.

– Ta den här också, sa Bäckström. Ifall ni vill åka taxi hem. Glöm inte att ge mig kvittot som vanligt.

16

Kommissarie Toivonen var chef för kriminalavdelningen vid Solnapolisen. Han var även Bäckströms närmaste chef, men definitivt ingen av hans beundrare. Framför honom på hans skrivbord låg en uppslagen pärm där han hade satt in en kopia på den anmälan om ett misstänkt mord som Annika Carlsson hade mailat över till honom kvällen innan samt hennes kortfattade begäran om hjälp med extra personal för att kunna identifiera offret.

Toivonen föredrog att ha det på det viset. Hellre papper i en pärm som man kunde bläddra i och göra anteckningar på än att sitta och glo på en dataskärm tills det började flimra för ögonen och huvudvärken gjorde det omöjligt att tänka klart.

Något vanligt fornfynd kunde det ju inte vara, tänkte Toivonen. Kulan som man hittat i kraniet talade starkt för att det som hänt måste ha inträffat åtskilligt senare än så. Det uteslöt i och för sig inte att det kunde vara ett preskriberat ärende eller inte ens handlade om ett brott. De flesta som dog för att de blivit skjutna hade skjutit sig själva.

Å ena sidan, å andra sidan, suckade Toivonen. Oavsett vilket var han och hans kolleger tvungna att ta reda på hur det förhöll sig och innan man kunde fastställa identiteten på offret skulle utredningen inte röra sig ur fläcken. Det visste Toivonen lika bra som Bäckström och Annika Carlsson. Det här var inte något som man bara kunde bära ner i arkivet och låtsas som om det aldrig hade hänt.

Tandstatus, upprätta ett tandkort och förhoppningsvis kunna säkra ett DNA från kraniet. Det var förhållandevis enkla uppgifter som inte krävde några större arbetsinsatser, dessutom ett arbete som kriminalteknikerna vid det nyinrättade Nationellt forensiskt centrum nere i Linköping skulle ta hand om.

Kvar fanns allt det andra. Att hitta den person som det handlade om, bland alla hundratals försvunna och aldrig återfunna. För att inte tala om alla andra som försvunnit utan att ens hamna i polisens register. Det var sådant som krävde extra personal. Personal som han inte hade.

Jag får snacka med Gunsan, tänkte Toivonen. Tur att inte hon också har åkt på semester.

Gunsan hette egentligen Gun Nilsson. Hon var civilanställd kanslist på kriminalavdelningen, men i det som egentligen räknades var hon också den som brukade ordna alla praktiska och administrativa problem. Tillika omtyckt och respekterad av sina arbetskamrater. Gunsan var ett smeknamn. På den punkten var alla som jobbade på avdelningen rörande överens.

Ungefär samtidigt som Bäckström och hans kolleger följde spåret som Edvin lagt ut med både omsorg och omtanke, slog sig Toivonen ner i besöksstolen på Gunsans rum.

–Rätta mig om jag har fel, men i dag är det onsdag den tjugonde juli, mitt i semestern, halva styrkan utflugen, och du vill att jag ska fixa fram extra personal åt dig för att hjälpa till att identifiera ett gammalt kranium som mycket väl kan vara hundra år, sa Gunsan och log vänligt mot Toivonen.

–Jaa, ungefär så, sa Toivonen.

–En nyfiken fråga. Hur många hade du tänkt dig? frågade Gunsan.

–Jag är glad om jag bara får någon som fungerar, sa Toivonen.

–Jag kan ordna fram två åt dig, sa Gunsan.

–Två, upprepade Toivonen. Två fullt fungerande kolleger? Undrar om hon kan gå på vattnet också, tänkte han.

– Med tanke på att det mest handlar om registerslagningar tror jag knappast du kan få bättre.
– Men hur i hela fridens namn kan du fixa det?
– Med hjälp av en stukad fot och ett gipsat knä, sa Gunsan. Så de är fullt fungerande. Det är inga kroppsdelar som du behöver om du bara ska sitta framför din dator.

17

På torsdag förmiddag den 21 juli, klockan tio, hade man sitt första möte med spaningsstyrkan. Det hade Bäckström bestämt när han skickat ett sms till Annika Carlsson kvällen före.

Annika Carlsson hade kommit till jobbet i god tid för att hinna få alla detaljerna på plats innan Bäckström dök upp och började lägga sig i hennes noggranna planering. Mest praktiska saker, vad själva ärendet beträffade visste de ju i stort sett ingenting, men även sådant tog sin rundliga tid.

Normalt, eller kanske snarare i bästa fall, brukade Bäckström dyka upp i sista minuten, men den här gången klev han plötsligt in på hennes rum en halvtimme innan mötet skulle börja.

– Var är Edvin? frågade Bäckström medan han för säkerhets skull såg sig om i rummet.

– God morgon, Bäckström, sa Annika Carlsson och log vänligt. Du ser väldigt pigg och fräsch ut. Du håller väl inte på att bli sjuk?

– Edvin, upprepade Bäckström och nickade åt henne.

Edvin var hos sin pappa som hade tagit morgonplanet upp från Skåne och hämtat honom hemma hos Annika Carlsson redan till frukost. Edvins mamma däremot skulle stanna kvar i ytterligare ett dygn för att kunna umgås med sin syster som bodde i Helsingborg och hon skulle komma till Stockholm först till helgen. Edvin mådde bra. Hans pappa Slobodan hade för övrigt hälsat till Bäckström och tackat för att Bäckström hade ställt upp för hans grabb.

– Är det något mer du undrar över? frågade Annika Carlsson med ett vänligt leende.
– Nej, sa Bäckström, skakade på huvudet och försvann ut.

Fem minuter innan mötet skulle börja gick Annika Carlsson in till Bäckström och slog sig ner på andra sidan av hans skrivbord, utan större krusiduller. Han måste ändå ha hört henne eftersom han stoppade nyckeln till sin skrivbordslåda i fickan i samma ögonblick som hon slog sig ner.

– Vad kan jag göra för dig, Annika, sa Bäckström samtidigt som han tog en halstablett och stoppade i munnen.

– Ingenting, sa Annika. Så det är precis som vanligt, men däremot har jag en del saker att berätta som du kanske vill veta före mötet. Två saker som gäller utredningen och så lite allmän information om Edvin och hur han mår och allt det där. Vad vill du höra först?

– Ta det där om utredningen, sa Bäckström och sög på sin halspastill. Börja med den dåliga.

– Båda är bra, sa Annika Carlsson.

– Då kan du ta den bästa först.

– Jag pratade med Nadja i morse, sa Annika Carlsson. Det var hon som ringde mig. Nadja Högberg, du vet. Din enda medarbetare värd namnet, som du brukar beskriva henne för alla andra stackare som jobbar här. Säkert kul för dem att höra.

– Skit i det nu, sa Bäckström med en irriterad handrörelse. Har jag hamnat på någon chefskurs, eller?

– Kan jag inte tänka mig, sa Annika Carlsson. När vi har sådana brukar du alltid vara sjukskriven och såvitt jag kan se...

– Nadja är på semester hemma i sitt kära Ryssland, avbröt Bäckström. Hon kommer tillbaka första veckan i augusti. Hade det hänt något eftersom hon ringde?

– Inte annat än att hon tänkt avbryta sin semester och börja jobba igen efter helgen. Hon hade visst pratat med Toivonen.

Åtminstone en som han bryr sig om, tänkte Annika Carlsson.

Det måste vara all den där vodkan som hon ger honom.
—Det är ju lysande, sa Bäckström och ljusnade märkbart. Så får vi äntligen lite ordning omkring oss.
—Vad det där andra beträffar, sa Annika Carlsson.
—Ta det sedan, sa Bäckström och skakade på huvudet samtidigt som han tittade på klockan och reste sig.
—Vi har fått förstärkning av två yngre kolleger från ordningen som Toivonen fixat åt oss, fortsatte Annika Carlsson som inte tänkte låta sig hejdas den här gången. De verkar båda bra. Jag pratade med dem för en stund sedan.
—Jag hör vad du säger, sa Bäckström. Du tar den biten.
Skit samma. Eftersom Nadja snart skulle vara tillbaka skulle det säkert ordna sig alldeles oavsett hur oanvändbara de var, tänkte han.
—Så undrar du säkert hur Edvin och jag hade det på Gröna Lund i går?
—Nej, sa Bäckström.
—Vi var där till sena kvällen, sa Annika till Bäckström och gav honom ett stort leende, och innan vi åkte hem så tog vi en tur i Kärlekstunneln tillsammans.
—Va, sa Bäckström och sjönk tillbaka i sin stol.
Vad fan är det hon säger, människan? Grabben är ju bara tio år, tänkte han.

Nej, Annika Carlsson och Edvin hade inte åkt Kärlekstunneln tillsammans. När hon hade föreslagit det, för att skoja med honom, hade han rodnat och skakat på huvudet. Däremot hade de gjort allt annat som man skulle göra när man besökte Gröna Lund. Edvin hade ätit popcorn, glass och sockervadd, hamburgare och varm korv och druckit en läsk och två juice. Annika Carlsson hade avstått socker och kolhydrater till förmån för proteiner och grönsaker. Fast med ett undantag. Mot slutet av aftonen hade hon unnat sig en stor öl. Dessutom hade de åkt karusell, pariserhjul, slänggunga och tävlat i femkamp. Bäst av allt – som avslutning på kvällen – hade Edvin fått åka i den stora berg-och-dal-banan för första gången i sitt liv. I vanliga fall brukade vakterna bara skaka på huvudet åt honom för att han var för liten, men inte den här gången. Inte när Annika var med.

– Edvin är en mycket märklig liten man, sa Annika Carlsson. Om du inte blir förtjust i honom så är det något fel på dig. Du har aldrig funderat på att skaffa barn, Bäckström?

– Nej, sa Bäckström, reste sig med ett ryck och skakade på huvudet. Jag har svårt för barn.

18

De hade satt sig i det minsta sammanträdesrummet på avdelningen, Bäckström på sin vanliga plats vid kortändan av bordet, och eftersom de bara var sex personer så rymdes de gott. Annika Carlsson hade delat ut det underlag som fanns, gett dem varsin plastficka med totalt ett tiotal sidor, och så fort hon var klar med det hade hon nickat åt sin chef innan hon satt sig mitt emot honom.

– Då ska ni känna er välkomna, sa Bäckström och såg närmast fryntlig ut. Som vi ser av anmälan som Annika har upprättat så betraktar vi det, tills vidare åtminstone, som ett misstänkt mord. Kan bli en knepig historia om vi inte lyckas identifiera den som det handlar om.

– Jag tänkte att du skulle börja, Hernandez, fortsatte Bäckström och nickade åt deras tekniker. Har du något som du kan ge oss på vägen?

De vanliga idioterna, tänkte Bäckström, och enda trösten den här gången var väl att de var betydligt färre än vad de brukade vara. Ankan Carlsson, som dessutom alltid skulle käfta emot, deras egen chilenare, lille Chico Hernandez som väl knappast var något ljushuvud, kriminalinspektören Jan Stigson, som var från Dalarna, säkert från någon vänort till Valparaíso, och i allt övrigt en ren jubelidiot.

Den här gången hade deras egen finnpajsare Toivonen, han som var chef för det större eländet som omgav honom, för säkerhets skull prackat på dem två yngre invalider från ordningsavdelningen. För tillfället omplacerade från utryckningsverksamheten till inre tjänst på grund av skador som de ådragit sig i jobbet. En kvinna i tjugofemårsåldern, blond med kortklippt hår, vältränad, utan tillstymmelse till kvinnliga former, en typisk flatsmälla, tänkte Bäckström. Hon hade tagit sig till stolen där hon satt hoppande på ett ben och med hjälp av två kryckor.

Detta till skillnad från hennes manlige kollega, som var i samma ålder och såg ut som om han medverkade i Paradise Hotel, som visserligen haltade svårt men ändå klarade sig med bara en krycka.

Det här blir toppen, tänkte Bäckström, och nickade åt Hernandez.

– Var så god! Vi har inte hela dagen på oss.

– Jag tänkte att våra nytillkomna kolleger kunde få presentera sig innan Chico börjar, invände Annika Carlsson samtidigt som hon nickade åt blondinen med kryckorna.

Klart du tänkte, tänkte Bäckström, samtidigt som han kvävde en djup suck.

– Jag heter Kristin Olsson. Olsson, vanlig stavning med två s, Kristin med K, sa blondinen och log mot Bäckström. Normalt jobbar jag på radiobilarna.

Olsson med två s. Alltid något, man får vara glad åt det lilla, tänkte Bäckström.

– Om ni undrar över de här, fortsatte hon och höll upp en av kryckorna, så var det fotbollsmatchen mot kollegerna i Söderort i måndags. Fast vi spöade dem med fem–två, så det är helt okej. Sitta vid datorn är inga problem.

Nej, kanske inte att sitta där, tänkte Bäckström. Återstår allt det andra som du förväntas göra.

– Och du, då? frågade han och nickade mot hennes manlige kollega. Innebandy, eller?

– Nej, svarade han. Brottades med en buse. Råkade stuka foten. Inget som chefen vill höra om.

—Sitter han i finkan? frågade Bäckström.
—Ligger, snarare, i sjukcellen, förtydligade den tillfrågade.
—Lysande, sa Bäckström. Har du något namn? Förr eller senare så, tänkte han. Förr eller senare borde det ju rimligen dyka upp någon som det fanns hopp om.
—Adam. Adam Oleszkiewicz. Med två z.
—Det kan inte vara lätt, sa Bäckström och skakade på huvudet.
—Hur menar chefen, svarade Oleszkiewicz med ett avvaktande leende.
—Med alla konsonanter i efternamnet.
—Sju, sa Oleszkiewicz. Nej, det är inte lätt. Lika många som i Bäckström, faktiskt, tillade han med ett betydligt bredare leende.

Där försvann det hoppet, tänkte Bäckström. Istället har man fått en ståuppkomiker på halsen.

—Vi kanske ska låta Chico börja, sa Annika Carlsson avledande.

Vad glada alla blev plötsligt, tänkte Bäckström. Det här tar aldrig slut. Jag borde sluta och börja göra något annat. Vad det nu skulle vara.

Hernandez visade bilder med hjälp av sin Powerpoint. Först på kraniet som Edvin hade hittat, sedan på kulan som låg inuti skallen och som han själv hade pillat ut.

Underkäken på kraniet saknades, men i övrigt var det i gott skick. Inga så kallade verktygsspår eller spår av djur. Inga spår av äldre skador som uppkommit genom sjukdom, missbruk, olyckshändelser eller våld. Enda undantaget var det kulhål som satt centralt placerat i höger tinning. Allt sammantaget var det trots skicket möjligt att det ändå var åtskilliga år gammalt.

Förmodligen skallen efter en kvinna, fortsatte Hernandez. Han var visserligen ingen osteolog, men en del hade han ändå lärt sig när det kom till att bestämma könet på olika skelettfynd. En vuxen kvinna. Gissningsvis någonstans mellan tjugo och femtio år gammal, men mer än så kunde han inte säga.

Om kulan och skottet när den avfyrades hade han däremot

mer att tillföra. En blykula, kaliber .22, av den vanliga modellen. Så kallad salongsgevärsammunition, konstaterade Hernandez. Sannolikt också avfyrad genom en gevärspipa, trots att ammunitionstypen och de övriga spår han säkrat inte uteslöt vare sig en revolver eller ens en pistol i samma kaliber. På en punkt var han dock mer bestämd. Nämligen att det handlade om ett närskott som avfyrats på högst en halvmeters håll men troligen betydligt närmare än så. Om han själv skulle gissa på något alternativ trodde han att det var fråga om ett påsittande skott där pipans mynning tryckts mot offrets tinning.

När han granskat kraniet i sitt mikroskop hade han hittat rester av något som sannolikt var tändsatspartiklar och krut från patronen som satt insprängda i benet runt ingångshålet. För övrigt ett mycket distinkt hål, vilket talade för en hög utgångshastighet på kulan.

– Ungefär som när man daskar till en hålslagare för ett göra hål i ett papper, skarpa, fina kanter runt hålet, sa Hernandez. Hastigheten på en sådan här kula minskar ganska fort med avståndet från pipans mynning. I och för sig kan den säkert penetrera en skalle på tjugo meter eller mer, om det nu är ett gevär du använder, men ju längre avstånd det är till huvudet som du skjuter på desto större är sannolikheten att det bildas sprickor runt ingångshålet.

– Mord eller självmord? frågade Bäckström.

– Jag tror att det är ett mord, svarade Hernandez. Till dess att någon har övertygat mig om motsatsen.

– Har du någon idé om hur det kan ha gått till? frågade Stigson. Innan det small, menar jag.

– Någon kör upp ett gevär mot ansiktet på offret. Hon håller upp händerna för att värja sig, vrider bort huvudet för att hon blir rädd, sådana där spontana rörelser som man gör på ren reflex, gärningsmannen kör fram pipan och trycker av.

– Men visst, vi kan inte utesluta ett självmord, fortsatte han. Högerhänt skytt, för nästan alla är ju högerhänta, talar för höger tinning. Om det är ett gevär blir det lite väl långt till avtryckaren om man ska sätta skottet i vänster tinning. Enklast om man nu ska skjuta sig själv är att sätta skottet i pannan eller stoppa in pipan i munnen, så placeringen av ingångshålet talar ju mot ett självmord.

—Men att folk skjuter sig själva är väl ändå betydligt vanligare än att de blir skjutna av andra, invände Kristin Olsson.

—Ja, ungefär fem gånger så vanligt, sa Hernandez. Fast inte bland kvinnor. Nästan alla som skjuter sig är män.

—När hände det här, då? frågade Annika Carlsson.

—Jag vet inte, sa Hernandez. Det kan ha hänt för ett år sedan. Det kan ha hänt för femtio år sedan. Trots att kraniet är i prima skick. Inte en susning, faktiskt.

—Jag tror att det hände för sisådär en fem år sedan, sa Bäckström samtidigt som han lutade sig tillbaka i stolen där han satt. Dessutom tror jag att vårt offer sover när hon blir skjuten. Hon sover på vänster sida. Vänster arm under huvudet. Gärningsmannen smyger fram till henne, sätter pipan mot hennes tinning och trycker av.

Sådant här funkar alltid, tänkte han. Plötsligt satt alla, till och med den notoriska Ankan Carlsson, som tända ljus och bara tittade på honom.

—Varför tror du det? frågade Annika Carlsson.

—Det är den bilden som jag ser framför mig, sa Bäckström, nickade lätt med halvslutna ögon och mest för sig själv som det verkade, samtidigt som han förstärkte intrycket genom att hålla upp båda handflatorna. Det är den bild jag ser framför mig, om ni förstår vad jag menar.

Och annars är det väl inte värre än att jag frågar fanskapet när han väl sitter i finkan, tänkte han.

—Med all respekt chefen, när det gäller tidpunkten alltså, sa Hernandez, så finns det en omständighet som talar för att det här kan vara en äldre historia. Äldre än fem år, alltså.

—Vad är det då? sa Bäckström och lät ganska ointresserad.

—Ja, det vore intressant att höra, sa Annika Carlsson. Kan du utveckla det?

Det fanns till och med två omständigheter, enligt Hernandez, som talade för en äldre historia.

För det första var han ganska säker på att det vapen som använts var ett gevär. Ett av de vanligaste vapen som fanns i landet för övrigt, ett så kallat salongsgevär. Kulan som han hittat hade således inte svampat upp på det sätt som den borde ha gjort om den avlossats med hjälp av ett vapen med kortare pipa, som en revolver eller pistol. Ju längre pipa, desto större chans att nedre delen av kulan behöll sin ursprungliga form sedan den tryckts ihop när den träffade målet.

– Det kallas för uppsvampning, sa Hernandez. Sådana här kulor brukar se ut som små karljohanssvampar ungefär. Tjockare längst ner och så en hatt högst upp när spetsen på kulan plattas ut. När den väl träffat sitt mål, alltså.

– Vad har det med åldern att göra, grymtade Bäckström som redan räknat ut vad Hernandez iakttagelse egentligen handlade om.

– Ingenting, instämde Hernandez. Men det gevär som har använts är en så kallad rakräffla.

– Nu får du förklara, sa Annika Carlsson.

Inuti pipan på ett vapen fanns räfflor och bommar som vred sig som ett slags räls som kulan färdades på. Avsikten med att den vred sig var att få kulan att rotera och därmed ge den en jämnare flykt när den väl passerat ut genom pipan. Gevär av äldre modeller var däremot rakräfflade. Kulan roterade inte och vapnets precision blev sämre.

– Gissningsvis tillverkades det här vapnet för ungefär hundra år sedan, sa Hernandez. Remington och Huskvarna och alla andra stora vapentillverkare slutade göra sådana i kaliber .22 redan i början på tjugotalet.

– Men fortfarande finns det åtskilliga tusen som är i bruk och duger gott till att skjuta skallen av någon, sammanfattade Bäckström.

– Visst, sa Hernandez. Farfars gamla salongsgevär som gått i arv. Chefen har helt rätt. Men i dag är sådana faktiskt inte särskilt vanliga.

– Okej, sa Bäckström, satte händerna bakom huvudet och vickade stolen bakåt. Innan den här utredningen kan röra sig ur fläcken måste vi få veta vem hon är. När kan vi räkna med att få något från det där nya forensiska centrumet nere i Linköping? Såväl deras kranium som kulan hade skickats dit redan under gårdagen, svarade Hernandez. Själv hade han en speciell kontaktperson som jobbade där, så trots semestrarna hoppades han kunna få de första preliminära beskeden redan i mitten på nästa vecka.

– I mitten på nästa vecka, fnös Bäckström.

– Om kulan då, alltså, förtydligade Hernandez. Det där med kraniet lär väl dröja längre. De har en ny avdelning för forensisk osteologi där nere. Jag har bett att de ska titta på skallen. Det är inte omöjligt att de kan ge oss mer än att det sannolikt är en kvinna. Vad ett DNA beträffar så kan det nog dröja ytterligare. Om det ens är möjligt att få fram något.

– Osteolog, fnös Bäckström. Hälsa dem från mig att det handlar om en kvinna av asiatiskt ursprung, sannolikt från Thailand, möjligen från Filippinerna. Hon var runt trettio när hon dog. Fullt frisk för övrigt, ända till dess att maken kroknade på henne och sköt henne i skallen under deras båtsemester ute på Mälaren för fem år sedan. Han är svensk, förresten, om det nu är någon som undrar över den saken. Den där vanliga typen som tar hit kvinnor från Asien.

– Är det något mer som vi kan göra för chefen, sa Annika Carlsson och log samtidigt som hon för säkerhets skull lade huvudet på sned.

– Jag vill ha fram ett DNA, sa Bäckström. Det vill jag ha senast på måndag. Det är väl inte så svårt att dra ut en tand ur en överkäke på ett kranium? Måste vara rena drömsitsen jämfört med att göra det på en levande patient. Sedan klyver man den mitt itu, pillar ut pulpan och ser till att få fram ett fungerande DNA. Tar högst en timme med hjälp av de där vanliga apparaterna, om ni frågar mig.

—Något mer? frågade Annika Carlsson.

—Ja, sa Bäckström. Se till att få någonting gjort. Jag vill ha en lista på samtliga kvinnor här i landet som försvunnit under de senaste tio åren utan att ha återfunnits. De som stämmer på min beskrivning vill jag ha på en särskild lista. Jag skulle bli mycket förvånad om den innehåller fler än tio namn.

Sedan reste han sig upp, nickade åt de andra och gick helt sonika därifrån.

19

Peter Niemi var kriminaltekniker, chef för de tekniker som jobbade hos polisen i Solna. Omtyckt som person och respekterad som kollega. Mest var han känd för sin noggrannhet, vilket inte var det sämsta i ett jobb som handlade om att leta efter saker och helst hitta det man letade efter.

När han föreläste för blivande kriminaltekniker och yngre kolleger brukade han betona att det arbetet mest handlade om att tänka på ett systematiskt sätt. Att man först skapade sig en föreställning om helheten i den miljö som man skulle undersöka innan man började kravla runt på alla fyra för att granska en repa i en av golvlisterna eller klev upp på en stege för att kunna ta en närmare titt på några mystiska märken som satt i taket alldeles ovanför offrets huvud.

Systematiskt tänkande utan att man för den skull låste sig vid något. Att man verkligen lyssnade på den historia som de spår man hittade kunde berätta. Det var också så han hade börjat den här gången då han sökte genom Ofärdsön i jakten på mänskliga kvarlevor eller andra lämningar efter en död kvinna. En fyndplats på närmare åttahundratusen kvadratmeter, mest buskar och sly, och så nära en djungel som man kunde komma i det polisområde där han jobbade.

Peter Niemi tillbringade totalt åtta arbetsdagar ute på Ofärdsön. Till sin hjälp hade han fyra olika tekniker som han lånat in från länets tekniska rotel. Dessutom två olika hundförare med varsin likhund och kollegerna vid sjöpolisen som hjälpte till med transporterna. Givetvis också all den utrustning som följde med jobbet. Man hade till och med byggt upp ett litet läger vid tillläggsplatsen och ställt upp bord och stolar där man kunde sitta och äta och dricka kaffe eller bara koppla av. Man hade rest ett tält som skydd för känsliga fynd, om det nu skulle börja regna. För övrigt en helt onödig åtgärd eftersom man inte hade hittat något som kunde vara av intresse för deras uppdrag samtidigt som solen sken dag efter dag.

En av hundförarna hade till och med en förklaring till frånvaron av fynd. Det var gott om vildsvin på ön och enligt en jägare i trakten som han pratat med hade de funnits på ön sedan snart tjugo år tillbaka. Vildsvin var både allätare och asätare och de brukade lämna lite eller inget efter sig när de ätit färdigt.

–Vildsvin har starka käkar. De är som rena sopkvarnar. Ett lårben från en död människa kan de glufsa i sig i ett nafs. Inte som räven. Han är mer av en finsmakare, så det är väl egentligen honom vi har att tacka för att vi ändå hittat ett kranium, sammanfattade han.

–Det låter ju trösterikt, sa Niemi. Men jag hör vad du säger och jag är klar över problemet. Vildsvin är bra på att hålla rent i naturen.

Det var ett ogästvänligt ställe, men spår efter människor saknades samtidigt inte. Hundratals plastflaskor och gamla förpackningar hade flutit iland längs stränderna och inne på ön hade man hittat en gammal husgrund som säkert var från tiden då ön använts som sommarbete för de omkringboende böndernas kreatur. Kanske till och med grunden till det hus som hans kollega vid sjöpolisen hade berättat om för Annika Carlsson. Huset där blixten hade slagit ner sommaren 1895, där två pigor hade brunnit inne. På den tiden då ön hade varit ett levande och öppet landskap med både klövervallar och blomsterängar.

En gammal husgrund, det var det enda, om man bortsåg från

två trädkojor av det där slaget som Peter Niemi och hans kompisar brukat spika ihop när han var barn. Från tiden före dataspel och mobiltelefoner, tänkte Niemi. Så även de måste ju ha åtskilliga år på nacken.

Totalt åtta arbetsdagar varav de tre första inte hade avsatt några som helst resultat och det var först vid den tredje dagens slut, när Niemi hade bestämt att de skulle ta ledigt över helgen så att han själv kunde ta sig en ordentlig funderare på om det var meningsfullt att fortsätta ute på ön, som hans kollega vid sjöpolisen, som skulle hämta upp honom och hans kolleger, hade ändrat på saken.

– Jag tog med en kopia på det där gamla häftet om hur Ofärdsön fick sitt namn, sa han samtidigt som han räckte över ett brunt kuvert till Niemi.

– Ja, jag minns att du berättade om det när vi åkte hit i onsdags, sa Niemi.

– Inte för att jag tror att den kan hjälpa dig, men det är intressant läsning i varje fall, fortsatte han. Det tycks ju vila en förbannelse över det här stället. Pigor som brinner inne, kritter som dör som flugor och bönder som drunknar. Den tycks ju även ha drabbat dig och de andra kollegerna. Inte minsta lilla spår värt namnet. Inte ens en liten Kalle Kantarell till lunchen din. Bara mygg och gamla plastflaskor och annat elände. Här har du i alla fall lite spännande helgläsning som du kan ta del av medan du baddar alla dina myggbett med Salubrin.

– Det ser jag fram emot, sa Peter Niemi, trots att han inte hade en aning om att det nu äntligen skulle börja hända saker i hans egen utredning.

20

En timme efter att Annika Carlsson hade avslutat det första mötet med spaningsgruppen hade föreståndaren för scoutlägret, Haqvin Furuhjelm, ringt till henne och berättat att han under eftermiddagen var tvungen att åka in till stan för att uträtta en del personliga ärenden, så om hon fortfarande ville prata med honom gick det bra.

– I eftermiddag passar bra, sa Annika Carlsson.

– Jag kan vara hos dig om en timme, svarade Furuhjelm. Så här dags brukar det inte vara några längre köer. Inte om man ska in till stan, i varje fall.

– Låt mig tänka, sa Carlsson.

Här går det undan, tänkte hon.

– Men du kanske föredrar att vi ses här ute på lägret? frågade Furuhjelm som tydligen hade märkt av hennes tvekan. Fast i så fall är jag rädd att det kan bli tidigast i morgon. Jag hade tänkt sova över hemma i stan.

– Nej, kan du ta dig till polishuset i Solna så är ingen gladare än jag, sa Annika Carlsson. Jag har massor att stå i.

– Ja, men vad bra, sa Furuhjelm. Då ses vi i polishuset om en timme.

– Där kan det bli problem, invände Carlsson. Jag ska nämligen strax försvinna in i ett annat möte. Vad tror du om två timmar?

En vit lögn så att jag hinner kolla om du är fågel eller fisk, tänkte hon.

– Utmärkt. Ska vi säga klockan fjorton noll noll, polishuset i Solna. Jag tror jag vet var det ligger. Det är väl det där stora huset nere vid järnvägen, där tingsrätten ligger i samma byggnad?
– Det stämmer bra, sa Annika Carlsson. Fråga efter mig i receptionen bara så kommer jag ner och hämtar dig.
– Med risk för att verka tjatig, sa Furuhjelm. Du vill fortfarande inte säga vad du vill prata om?
– Jag vill prata med dig upplysningsvis, sa Annika Carlsson. Du är inte misstänkt för något. Vi har inlett en utredning och jag får för mig att du kan hjälpa oss med den.
– Jag hoppas verkligen att Edvin inte har råkat illa ut, sa Furuhjelm och lät plötsligt bekymrad.
– Nej, inte alls. Det här handlar inte om honom och inte om dig heller, som jag just sa.
Förhoppningsvis, tänkte hon.
– Skönt att höra, sa Furuhjelm och lät som vanligt igen. Jag tänkte…
– Vet du vad, avbröt Annika Carlsson. Kan vi inte ta det när vi ses? Det blir enklast så.
– Låter utmärkt, instämde Furuhjelm.
Fågel eller fisk, tänkte Annika Carlsson.
Sedan gick hon direkt in till sin nya medarbetare, "Olsson med två s", och gav henne Furuhjelms fullständiga namn och personnummer.
– Jag behöver din hjälp, Kristin, sa Annika Carlsson. Kan du slå på den här gubben åt mig? Jag ska höra honom om ett par timmar.
– Furuhjelm, Gustav Haqvin, född 1970, konstaterade Kristin och läste från lappen som Annika hade gett henne.
– Ja, så heter han.
– Låter som en fin människa, sa Kristin. Vad har han hittat på då?
– Gissningsvis ingenting, sa Annika och log. Han ska höras upplysningsvis. Han är föreståndare på vår svampplockares scoutläger.

– Aj, aj, aj, sa Kristin Olsson och skakade bekymrat på huvudet. Man, fyrtiofem, säkert ogift också, inga egna barn. Jobbar som föreståndare för ett läger med en massa små scoutpojkar. Det låter inte bra. Jag som hade sett fram emot att få vara med om en riktig mordutredning.
– Vi får hoppas på det bästa, sa Annika Carlsson. Ge mig det där vanliga bara.

Trevlig tjej, tänkte Annika Carlsson. Nu först ett kortare träningspass, sedan ordna så att hon fick något i magen så att hon inte drabbades av blodsockerfall när hon skulle prata med en fin människa som Haqvin Furuhjelm.

Redo att möta världen, tänkte Annika Carlsson en och en halv timme senare när hon stod i hissen på väg från restaurangen i bottenplanet till sitt eget rum på översta våningen. Ett lättare träningspass, en dusch, fräscha trosor, en nystruken T-tröja, proteiner, grönsaker och vatten till lunch och mer än så behövdes tydligen inte för att möta världen. Undrar hur Bäckström bär sig åt, tänkte hon.

På vägen till sitt rum tittade hon förbi hos Kristin.
– Du har det i din mail, sa Kristin. Gustav Haqvin Furuhjelm ligger i din mailbox.
– Berätta du, sa Annika, nickade och slog sig ner i hennes besöksstol.
– Okej, sa Kristin. Ungefär som jag sa. Fyrtiofem år gammal, ogift, inga barn, ostraffad, helt ostraffad, hittar inte minsta lilla. Bor i hyreslägenhet på Östermalm, på Ulrikagatan, i ett hus som jag får för mig att antingen han eller hans familj äger. Han verkar ha gott om pengar trots att hans deklarerade inkomst inte är så märkvärdig. Drygt sexhundratusen bara, vilket ju är "bara bara" om du äger en segelbåt för sådär en tio miljoner.
– Vad jobbar han med?
– Han är jurist. Tog sin examen vid Uppsala universitet 1995. Sedan tycks han mest ha jobbat med fastighetsförvaltning på

något som heter Furuhjelm Förvaltning AB. Bolaget ägs av honom själv och hans äldre syster. Han är verkställande direktör, syrran styrelseordförande. Om du vill veta hans skolbetyg så dröjer det ett tag.

—Nej, strunt i dem, sa Annika Carlsson och log. Vem bryr sig? Du skulle ha sett mina. Hur är han som person? Vad får du för intryck?

—Jag tror inte att han är gay, svarade Kristin av någon anledning. Jag tror att han är en sådan där kill-kille. Fast vuxen, alltså.

—Kill-kille?

—Ja, en sådan där kille som aldrig växer upp, sa Kristin. En sådan där som fortfarande mest träffar sina gamla polare. Men inte gay. Inte svår på tjejer, heller.

—Varför tror du det?

—Jag har kollat honom på nätet, sa Kristin. Han finns med på Facebook och Twitter och LinkedIn och alla sådana där ställen. Men inga raggningssajter. Varken för straighta eller dem som inte är så straighta. Inte ens Tinder, faktiskt. Trots att den väl är rena vaniljvarianten.

—Hoppsan, sa Annika Carlsson. Det har du kollat, alltså. På drygt en timme. Hur bar du dig åt då?

—Det vill du inte veta, sa Kristin Olsson och log vänligt.

—Nej, det vill jag nog inte, sa Annika Carlsson. Intressen, då? Har han några intressen?

—Han tycks ha två, två stora. Det är i stort sett det enda som han pratar om på sociala medier.

—Vad är det då?

—Segling och scouting. Jag har bild på honom i scoutuniform. Kortbyxor och allt det där.

—Kill-kille, segling, scouting, upprepade Annika Carlsson.

—Ja, sa Kristin Olsson och fnissade förtjust. Du hör ju själv. Hur kul låter det?

—Jag fick just en idé, sa Annika Carlsson. Jag vet ju att du har svårt att gå, fortsatte hon samtidigt som hon nickade mot kryckorna som stod bakom Kristins stol.

–Jaa...

–Är det okej om jag ändå ber dig att gå ner i receptionen och hämta upp honom till mitt rum? Vore kul att höra ditt intryck av honom. Så kan vi jämföra sedan, menar jag.

–Det gör jag gärna, sa Kristin. Jag glömde en sak, förresten. Han ser väldigt bra ut, på bilderna i sociala medier som han lagt ut, alltså. Som en sådan där snygg, rik kille, om du förstår vad jag menar.

–Det gör väl i och för sig alla på sådana bilder, sa Annika Carlsson och reste sig. Du skulle se mina, tillade hon.

–Jag vet, sa Kristin. De där bilderna från gymmet. Grymma.

Inte så konstigt, tänkte Annika Carlsson och nöjde sig med att nicka. Det var därför jag lade ut dem.

Annika Carlsson hade valt att inte följa Bäckströms råd när hon höll förhör med Haqvin Furuhjelm. Därför undvek hon noggrant både stulna guldtänder och våta frottéhanddukar. Dessutom hade han gjort ett gott första intryck och var påtagligt lik de bilder på sig själv som han lagt ut på nätet och som numera fanns även i Annika Carlssons dator. Fast inte bilden där han bar scoutuniform, för den hade Kristin inte skickat.

Inte bara kill-kille heller, hade hon tänkt, eftersom hon noterat glimten av intresse i hans ögon när han slagit sig ner på hennes rum.

Blå kavaj, vita byxor, blåa seglarskor, den vita skjortan uppknäppt i halsen. Välklädd och ledigt klädd på samma gång, med matchande solbränna och platt mage. Precis som Kristin Olsson hade sagt och som bilderna som han lagt ut på nätet visade. En snygg kille som såg rik ut och dessutom mycket väl kunnat vara tio år yngre än vad han var. En svärmorsdröm om man ville gifta bort en dotter med samma bakgrund som Haqvin Furuhjelm.

Annika Carlsson hade inlett förhöret som hon alltid brukade göra. Förklarat att han skulle höras upplysningsvis med anledning av att polisen inlett en förundersökning om ett misstänkt brott. Att han skulle få skriva på ett så kallat yppandeförbud där han ålades tystnadsplikt om det som de hade pratat om. Vad polisens utredning handlade om kunde hon däremot inte gå närmare in på, av samma skäl som föranledde hans yppandeförbud.

Inga problem enligt Furuhjelm, som både log och nickade när han sa det. Dessutom var han jurist, så han var väl medveten om vad hon pratade om.

– Så är det en praktisk grej, sa Annika Carlsson och log även hon. Är det okej om jag kallar dig för Haqvin?

Helt okej, enligt den apostroferade. Hans egentliga tilltalsnamn var visserligen Gustav, Haqvin var hans mellannamn som han fått efter en av sina två gudfäder, men redan som liten grabb hade han fått smeknamnet Hacke, till och med Hacke Hackspett när någon ville tråka honom, och på den vägen var det.

– Då säger jag Haqvin, sa Annika Carlsson. Jag tycker det är ett vackert namn. Lite gammaldags, också. Dessutom är det nog första gången som jag suttit på det här stället och pratat med någon som heter Haqvin, sa Annika Carlsson och log. Då har jag ändå varit polis i femton år.

– Jag förstår vad du menar, sa Furuhjelm och nickade, allvarlig nu. Lite sorgligt är det faktiskt. Ja, inte att alla busar inte heter Haqvin. Det menar jag inte.

– Jag förstår också vad du menar, sa Annika Carlsson. Anledningen till att jag vill prata med dig är att jag fått för mig att du är väl förtrogen med Mälaren och skärgården där ute där scoutlägret ligger.

Väl förtrogen var snarast en underdrift enligt Furuhjelm. Han hade seglat sedan han var liten grabb och hans pappa hade gett honom hans första segelbåt, en trissjolle, när Haqvin var tio år gammal. Han var visserligen stadsbarn, men hans familj ägde

89

sedan tre generationer tillbaka en gård på Stallarholmen på södra sidan av Mälaren och det var där som han hade tillbringat sina somrar som barn och tonåring.

— Mälaren kan jag, sa Haqvin och log. En del andra sjöar och hav också, numera. För en tid sedan räknade jag ut att jag har tillbringat närmare tretusen dagar ombord på olika segelbåtar. Gjort två världsomseglingar, korsat Atlanten nitton gånger, till USA, Karibien, Mexiko, Sydamerika och tillbaka hem.

— Hur kom du hem sista gången då? frågade Annika Carlsson.

— Hur menar du? frågade Haqvin Furuhjelm som inte verkade ha förstått frågan.

— Nitton gånger, sa Annika Carlsson.

— Ursäkta, nu är jag med, sa Furuhjelm, påtagligt förtjust. Den tjugonde gången flög jag hem.

— Ni hade inte förlist, eller så? Eller brutit masten eller något sådant?

— Nej, sa Furuhjelm och nu var han allvarlig igen. Om det hade varit så väl. Det var min pappa. Han hade fått sin första hjärtinfarkt. Jag fick kasta mig på ett plan i Florida och flyga direkt hem till Stockholm. Det var för tio år sedan. Den överlevde han, men inte den andra. Det är fem år sedan nu.

— Det var tråkigt att höra, sa Annika Carlsson.

— Han var åttio när han dog, så det kom inte som någon blixt från klar himmel direkt, och han är i ljust minne bevarad, konstaterade hans son.

Hög tid att byta ämne, tänkte Annika Carlsson.

— Hur har du hunnit med jobbet, då? frågade hon. Med tanke på all segling, menar jag?

— Kanske sämre, sa Haqvin Furuhjelm med en indifferent rörelse på axlarna. Vi människor föds ju till olika villkor här i livet, vissa av oss med en silversked i munnen. Jag är en sådan.

— Segling är din stora passion i livet?

— Ja, sa Haqvin Furuhjelm och nickade med eftertryck. Har du själv seglat?

—Jag har följt med ett par gånger, sa Annika Carlsson. Ärligt talat tror jag inte att det är min grej.
—Säg inte så, sa Haqvin Furuhjelm. Det är helt fantastiskt. Det är en obeskrivlig känsla, helt enkelt. Du sitter där, får upp ditt segel, vinden fyller det, du fattar om rorkulten och plötsligt förvandlas hela båten som du sitter i till ett levande väsen. Säg till om du ångrar dig, tillade han och log.
—Jag lovar, sa Annika Carlsson. Sjöscouterna, fortsatte hon. Jag förstår att det är ditt andra stora intresse.

En enkel följd av det första, enligt Haqvin Furuhjelm. Första segelbåten när han fyllde tio. Medlem av sjöscouterna ett år senare. Samma avdelning hela tiden, den ute på Ekerö vid Mälaren. Sjöscout i snart trettiofem år, först som vanlig sjöscout, sedan som ledare och under de senaste tio åren hade han också varit föreståndare för avdelningen på Ekerö.

—Jag försöker vara där en månad varje sommar, sa Haqvin Furuhjelm. Med tanke på allt som de har gett mig så tycker jag att jag är skyldig dem det.

—Ofärdsön, sa Annika Carlsson. Vad kan du berätta om den?

—Allt, sa Haqvin Furuhjelm. Ofärdsön var min barndoms äventyrsland. Mellan första sommaren som jag var på Ekerö och fram till tonåren då jag blev ledare, så måste jag ha varit där åtminstone hundra gånger. Jag och mina bästa kompisar brukade segla dit från lägret. De vuxna litade på oss, på den tiden. De gav oss ett stort mått av frihet. Det var inte som nu, att du måste ha en ledare i hasorna och flytväst på dig så fort du vaknar och kliver ut ur baracken. Vi fick klara oss själva på ett helt annat sätt. Jag och mina bästa kompisar, vi var ett litet järngäng, tre grabbar i samma ålder, som hängde ihop som ler och långhalm. Vi gjorde matsäck, tog med oss utegrill, tält om det gick, och stack ut till Ofärdsön. Plus alla andra kompisar som skulle hänga med. Ibland kunde vi vara fem, sex båtar med femton, tjugo scouter. Då lekte vi piratlekar och byggde trädkojor så att vi kunde hålla utkik om någon kom. Vi var pirater, sjörövare och vi ordnade sjöslag... och... ja, det var helt fantastiskt. Jag minns att vi hängde upp ett rep i ett träd nere vid stranden. Så svingade vi oss ut i vattnet, tävlade om vem som kunde plumsa i längst ut. Vi smög till och med omkring med pilbågar på ön och skulle ordna vår egen mat. Pilbågarna och pilarna hade vi också tillverkat själva.

– Hur gick det då? Med jakten, alltså?

– Inget vidare, sa Haqvin Furuhjelm med ett förtjust leende. Fast jag fick åtminstone bomma sådär en hundra gånger när jag försökte skjuta en mås som vi kunde grilla. Men det gjorde ju ingenting. Vi hade ju både korv och hamburgare med oss, Kalles kaviar och allt det som man behövde för att överleva.

– Låter klokt, sa Annika Carlsson.

Ungefär som Bäckström, tänkte hon.

– Det var helt fantastiskt, upprepade Haqvin Furuhjelm. Det är inte bara de bästa somrarna i mitt liv utan de bästa dagarna, faktiskt. På den tiden, när man var i den åldern, var det ju så praktiskt att somrarna aldrig tog slut.

– Men varför just Ofärdsön? frågade Annika Carlsson. Jag har varit där om du undrar. Tycker det var ett ganska ogästvänligt ställe. Dessutom med ett tråkigt rykte. Enligt Edvin lär det spöka där.

– Ja, visst. Det gjorde det även på min tid, sa Haqvin Furuhjelm. Det var ju det som var själva poängen. Som gjorde det så spännande. På Ofärdsön fick vi vara i fred.

– Det är inte ett ställe som vanliga seglare och båtmänniskor lägger till på?

– Nej, sa Furuhjelm och skakade på huvudet. Inte ens på den tiden. För det första finns det bara en tilläggsplats på hela ön och det är gott om grynnor och skär runt den. Dessutom ser den inte särskilt inbjudande ut. Båtfolk nu för tiden är bekväma och det finns flera gästhamnar i den delen av Mälaren. Men för oss kunde det inte vara bättre.

Och inte bara för er, tänkte Annika Carlsson som nöjde sig med att nicka.

—En sista fråga, sa hon. Det var aldrig någon som råkade ut för något när ni var där ute? Ingen som drunknade eller höll på att drunkna eller så? Eller råkade skjuta någon kompis med sin pilbåge?
—Nej, sa Haqvin Furuhjelm. Simma kunde vi nog. Vi sam som fiskar. Lite näsblod, någon gång, när leken tog en allvarlig vändning. Någon som halkade och stod på öronen. Nej, inget allvarligt. Det värsta som hände var väl en gång då en av mina kompisar trillade ner från ett träd och bröt benet. Det var när vi höll på med vår trädkoja. Den som vi hade som utkikstorn.
—Vad gjorde ni då?
—Ja, vi fick avbryta förstås. Vi seglade hem honom till lägret. Men nästa dag var han tillbaka igen, med gips från knäet och ner. Så det var ju inte hela världen.

—Jag tror inte jag har fler frågor, sa Annika Carlsson tio minuter senare. Jag får tacka för att du ställde upp. Skulle jag komma på något som jag har glömt så kanske jag kan höra av mig igen.
—Självklart. Och om du skulle ångra dig är det bara att du slår en signal.
—Ångra vad?
—Om du vill uppleva den där känslan, sa Haqvin. När vinden fyller seglen och båten under dina fötter plötsligt får liv. Ett eget liv.

21

Under ledning av kriminalinspektör Jan Stigson ägnade Kristin Olsson och Adam Oleszkiewicz sig åt att sammanställa uppgifter om försvunna kvinnor. Enligt Stigson var det en ansenlig uppgift och själv befarade han att de kunde bli sittande åtskilliga veckor medan de tröskade igenom polisens olika register.

– I så fall har jag ett förslag, sa Kristin Olsson.
– Vad är det då? undrade Stigson.
Ett sätt att spara tid, enligt Olsson. Förhoppningsvis en genväg till ett hyggligt resultat och i vart fall en naturlig början på uppdraget.
– Uppe på Rikskrim har de en särskild enhet för försvunna personer. Ett nationellt register där man fortlöpande sammanställer sådana uppgifter från samtliga polismyndigheter. Vad tror du om att vi börjar med att ta ett snack med dem?
– Värt att pröva i alla fall, sa Stigson.
Inte minst med tanke på att han själv skulle hem till Dalarna över helgen och gärna ville komma iväg i god tid och klara av Systembolaget och allt det där andra innan han åkte.
– Ska du eller jag ringa dem, sa Stigson därför, som redan kände suget efter lunch och för säkerhets skull tittade på klockan för att visa vad han egentligen tyckte.
– Jag fixar det, sa Kristin Olsson. Det är lugnt.
– Fast de är väl på semester, förstås, sa Stigson och gjorde en misslynt grimas. Det är alla så här års. Men visst.

En kvart senare var det hela klart. Den kvinnliga kollegan på Rikskriminalen var inte bara på jobbet, utan tydligen var hon också en sådan som svarade på sin telefon. Kristin Olsson hade förklarat vad det hela handlade om och hon hade knappt hunnit tala till punkt innan hon blev avbruten.

–Det kan jag nog ordna åt er. Ge mig ett par timmar bara. Kommer ni över till mig sedan så kan vi gå igenom det jag fått fram. Det är en del problem med sådana här uppgifter, som det är enklast att ta mellan fyra ögon.

–Det är ju fenomenalt, sa Kristin.

–Ja, sådär, invände kollegan. Det är inte så enkelt som det verkar. Men det tar vi när vi ses.

Tre timmar senare satt Stigson, Olsson och Oleszkiewicz i ett litet sammanträdesrum uppe hos Rikskriminalpolisen på Kungsholmen och drack kaffe medan deras kollega vid enheten för försvunna personer förklarade problemen med de uppgifter som hon och de andra på enheten arbetade med.

Varje år anmäldes fler än femtusen försvunna personer till landets olika polismyndigheter. Vuxna kvinnor och män, ungdomar och barn som i mer än nittio procent av fallen själva valt att försvinna och frivilligt återvänt inom loppet av något dygn eller någon vecka varpå anmälningarna kunde skrivas av.

Med ett hundratal personer varje år var det dock mer komplicerat, eftersom de hade råkat ut för något. Ett hastigt sjukdomsfall, olyckshändelse, självmord och ibland mord. Det sistnämnda var för övrigt den klart minsta kategorin i sammanhanget.

Flertalet försvunna brukade återfinnas även om det ibland kunde ta månader eller till och med år innan man gjorde det. Återstod de personer som man inte hade hittat.

–Om vi talar om de senaste tio åren så handlar det om totalt trehundra personer, trettio per år alltså, förklarade deras kollega, varav drygt ett hundratal är kvinnor. Vi har visserligen listor på dem och med hjälp av dem kan man plocka fram alla kända uppgifter som handlar om deras försvinnanden, men det är också här som vi får problem.

– Vad är det då? frågade Stigson.

– För det första finns det ett mörkertal som inte kommer med i statistiken. Personer som har försvunnit utan att försvinnandet har anmälts till oss. Den sannolikheten ökar för personer med utländsk bakgrund eller sådana som bara tillfälligt har befunnit sig i Sverige. Det är det ena problemet, och själv får jag för mig att den gruppen kan vara ganska stor.

– Det andra problemet då, sa Stigson. Vad är det?

– Ofta personer med samma bakgrund som den jag just nämnde. De har försvunnit, anmälts som försvunna, återvänt till sina hemländer och aldrig hört av sig igen. Trots att de lever och har hälsan. Även de är säkert ganska många.

– Vilket gör att vi får ett övertal i statistiken, konstaterade Kristin Olsson.

– Ja, men tyvärr är det inte så enkelt att vi kan kvitta dem mot varandra. Dels har vi alltså personer som har försvunnit utan att vi vet om det. Dels har vi sådana som hamnat i våra papper och som vi inte har kunnat avföra trots att vi borde ha gjort det om vi haft fullständig kunskap.

– Vad gör vi åt det, då? frågade Stigson.

– Inte så mycket är jag rädd, sa kollegan och log. Men det är klart, har du något vettigt förslag så blir ingen gladare än jag. Jag ska ge er det som jag kan ge er och när ni är tillbaka i Solna hittar ni listan i er mail.

– Fast en lista kan ni få redan nu, fortsatte kollegan och höll upp en datautskrift. Den lät jag printa ut, nämligen. Thailändska och filippinska kvinnor som anmälts försvunna till polisen i Sverige under de senaste tio åren och som inte har återfunnits. Sju kvinnor från Thailand och två från Filippinerna.

– Ibland får man vara nöjd med det lilla, sa Stigson och log.

– Jo, fast just här utesluter jag inte att kanske samtliga på den här listan kan ha tröttnat på den karl som tagit hit dem och valt att åka hem igen och aldrig höra av sig mer. Eller det motsatta. Att de råkat ut för någon riktigt elak typ som slagit ihjäl dem och grävt ner dem och av lätt insedda skäl inte talat om den biten när han pratat med oss.

—Ja, det är en trist historia, sa Stigson som slutat le.

—I brist på bättre får ni väl göra så gott ni kan. Själv skulle jag börja med att plocka fram anmälningarna om deras försvinnanden. Vem vet? Har ni tur så finns hon där.

Fredagen ägnade man åt att gå igenom nio olika utredningar om kvinnor från Thailand och Filippinerna som anmälts försvunna och aldrig återfunnits. För sju av dem hade deras försvinnande anmälts av den man som de haft en relation med vid tidpunkten för försvinnandet. I ett av fallen var anmälaren en väninna och i ännu ett en arbetskamrat på det städbolag där den försvunna kvinnan hade jobbat. Ingen av utredningarna var särskilt tjock, den mest omfattande var på ett par hundra sidor som huvudsakligen utgjordes av förhör med olika personer som hade känt henne. Ingen av dem innehöll uppgifter av det slag som kunde få nackhåren att resa sig på en riktig polis.

Den vanliga förklaringen som deras partner hade lämnat till polisen var att relationen sedan en tid befunnit sig i en kris, att de hade bråkat före försvinnandet och att kvinnan ifråga hade packat sina saker och lämnat honom.

I övrigt hade man gjort de vanliga kontrollerna av pass, kreditkort och mobiltelefoner. Passen saknades genomgående, flera tycktes ha tömt sina konton eller åtminstone gjort uttag på dem, ett par av dem hade köpt utrikes flygbiljetter och tre av telefonerna hade använts för samtal efter försvinnandet. Både samtal från Sverige och från utlandet. Ingen av dem hade ringt hem till sin före detta karl. Utredningarna hade släckts ner, anmälningarna hade blivit liggande utan att skrivas av. Mest utifall att, som det verkade.

På fredag eftermiddag redovisade Oleszkiewicz deras rön för Annika Carlsson. Anledningen till att han fick den äran var att Stigson hade avvikit redan före lunch för att ta itu med olika personliga ärenden inför helgen och att Kristin Olsson hade ett läkarbesök inbokat under eftermiddagen.

– Vad gör vi nu? frågade Oleszkiewicz.

– Tränger djupare in i det som finns, sa Annika Carlsson. Kollar om det finns tandkort eller DNA eller något annat som vi kan ha nytta av. Eventuellt kanske vi borde kontakta våra utländska kolleger också. Fast du kanske hade hoppats på lite sjukledighet?

– Nej, inte alls. Jag jobbar gärna vidare.

– Bra, sa Annika Carlsson. På måndag kommer du och Kristin dessutom att få en chef som vet hur man gör. Så oroa dig inte. Du kommer att ha fullt upp.

– Jag har en fråga också, sa Oleszkiewicz. Om Bäckström, om det är okej, alltså.

– Ja, sa Annika Carlsson, lutade sig tillbaka i stolen och log brett. Det är helt okej.

– Han verkar ju nästan synsk, sa Oleszkiewicz och skakade på huvudet. Jag tänkte på det där han sa om högst tio namn. Så visar det sig att det är nio. Hur visste han det?

– Jag förstår vad du menar. Men det är inte för att han är synsk i alla fall, sa Annika Carlsson. Om jag vore som du skulle jag dessutom passa mig väldigt noga för att säga det till honom. Bäckström hatar fjärrskådare. Han har en massa fula namn på dem. Lysmaskar, strålkärringar, foliehattar. Dessutom lever han i den bestämda föreställningen att om en sådan person kan bidra med något som han själv inte redan har räknat ut kan det bara bero på att fjärrisen ifråga är inblandad i gärningen. Att Bäckström kommer på saker som ingen annan upptäcker har en helt annan förklaring. Enligt honom själv, alltså.

– Vad är det då?

– Att han är den enda mordutredaren värd namnet. Inte bara i Sverige eller i världen utan i hela den internationella polis-

historien. Alla vi andra är idioter och mycket värre än så, faktiskt. Om du vill ställa dig in hos Bäckström kan jag dessutom ge dig ett tips.
– Vad är det då?
– Föreslå att han kallar dig för Olsson med två z. Det är sådan han är, nämligen. Kommissarie Evert Bäckström i kort sammanfattning.
– Jag fattar vad du menar, sa Oleszkiewicz.
– Vad bra, sa Annika Carlsson. Vi ses på måndag.

22

Teologie licentiaten Fredrik Lindström var en gudsman av den gamla stammen. För drygt hundra år sedan, 1910, hade han blivit prästvigd i Svenska kyrkan vid ärkestiftet i Uppsala och fem år senare hade han fått sitt första egna pastorat. Lindström var också en stor och ståtlig karl. Blond och blåögd, med väl tilltaget magstöd och en bärande baryton som lämpade sig väl för både psalmsång och predikningar. Även en praktisk man som levde och verkade i en tid då en riktig präst på landet inte bara kunde trösta en änka och sko en häst utan även slakta en gris. Sist, men inte minst, en man med vida bildningsintressen där särskilt historia och hembygdsforskning låg honom varmt om hjärtat.

År 1915, medan det första världskriget rasade ute i Europa, hade Lindström utnämnts till kyrkoherde i Helgö församling ute på Mälaröarna väster om Stockholm och redan två år senare hade han låtit publicera en liten skrift om hur Ofärdsön hade fått sitt namn. Det var hembygdsföreningen på orten som fått äran att ge ut den strax före julen 1917 och möjligen var det tiden som man levde i som gjorde att den fick en strykande åtgång. För första gången i hembygdsföreningens femtioåriga publicistiska historia hade man således blivit tvungen att trycka en andra upplaga av "En Kort Betraktelse af huru Ofärdsön fick sitt Namn, af Kyrkoherden i Helgö Pastorat, Teologie Licentiaten Fredrik Lindström". Men att samma korta betraktelse hundra år senare också skulle få en avgörande betydelse för en svensk mordutredning hade dess upphovsman, trots närheten till sin huvudman, säkert inte haft en aning om.

När kommissarie Peter Niemi hade kommit hem till radhuset i Spånga hade han först ätit sin middag i ensamhet eftersom hustrun och barnen var kvar på sommarstället uppe i Tornedalen. Sedan hade han pratat med dem på telefon, tittat på teve utan att fastna för något särskilt program. I brist på bättre hade han så avslutat kvällen med att ta Lindströms lilla skrift med sig i sängen som nattlektyr. Det var ett drygt trettiotal tryckta sidor som berättade en historia som en svensk sjöpolis – med ett starkt och levande intresse för Mälarens skärgård – hundra år senare verkade ha återgett på ett i allt väsentligt korrekt sätt.

Där fanns också en gammal karta som visade hur ön hade sett ut innan "de onda krafterna hade tagit över". När det kom till skuldfrågan hade pastor Lindström inte plågats av några tvivel och trots frånvaron av kriminalteknisk bevisning hade han heller inte skrätt orden på den punkten. Det som hade hänt på Ofärdsön var "Djävulens verk" och hade inget att skaffa med vanliga mänskliga tillkortakommanden. Samtidigt var det en nödvändig påminnelse om den ondska som ständigt lurade vid människans sida och aldrig missade sitt tillfälle.

Mest intressant var dock något helt annat än pastor Lindströms bitvis svavelosande teologiska utläggningar: några korta rader i förbigående om något som Peter Niemi och hans kolleger inte hade hittat trots att de borde ha gjort det. Om det som stod att läsa i pastorns Korta Betraktelse nu var sant var det samtidigt något som varken sprang ifrån dem eller undandrog sig en kriminalteknisk undersökning, så det kunde gott vänta till efter helgen, tänkte Niemi samtidigt som han gäspade och släckte lampan på sitt nattygsbord.

Undrar förresten vad pastor Lindström skulle ha tyckt om kvinnliga präster, tänkte han i samma ögonblick som han somnade.

Kommissarie Toivonen hade aldrig trott att han skulle sakna Anna Holt. I samband med att den svenska polisen skulle stöpas om till en nationell myndighet hade hon lämnat tjänsten som polischef i Västerort för en betydligt högre tjänst på Rikspolisstyrelsen. Redan efter en vecka med hennes efterträdare saknade Toivonen henne av hela sitt hjärta.

Samma torsdag eftermiddag som Ankan Carlsson höll förhör upplysningsvis med Haqvin Furuhjelm hade Toivonen råkat springa på den nye chefen utanför Systembolaget i Solna Centrum dit han varit på väg för att klara av helgens inköp: ett flak med starköl och ett par flaskor brännvin till sillen.

Den nye chefen hette Carl Borgström, var ursprungligen socionom, och när han rekryterats till jobbet som polismästare i Solna hade han arbetat som HR-chef vid försäkringskassan i Stockholm. En logisk utnämning med tanke på att de politiker och höga byråkrater som hade utformat den nya organisationen – "den största reformen i den svenska polisens historia" – levde i den bestämda övertygelsen att den största bristen hos den gamla polisen var att man inte lyckats uppfylla "rollen som ett medborgerligt serviceorgan" och att just en person som Borgström, som inte hade en aning om polisarbete, därmed var som klippt och skuren för att leda verksamheten.

Toivonen, som enklast kunde beskrivas som en riktig konstapel av den gamla stammen som delade in mänskligheten i häktade och ännu icke häktade, hade en annan syn på saken och ogillade Carl Borgström djupt och innerligt från första stund. Hittills hade han också lyckats lösa det problemet genom att undvika honom. Ända tills han helt oplanerat stött på honom. På sämsta tänkbara ställe.

– Toivonen, hade Borgström sagt och viftat glatt åt honom. Kärt att se dig, broder.

Istället för att bara rusa därifrån, låtsas som om han varken såg eller hörde, så hade han stannat kvar och pratat med honom. Än värre, låtit sig bjudas på en kopp kaffe på det närbelägna caféet.

– Berätta, hade Borgström sagt, och lutat sig fram mot Toivonen. Har det hänt något som jag borde känna till?

Det var då som han måste ha drabbats av en tillfällig svaghet, den olyckliga mötesplatsen sannolikt en starkt bidragande orsak, och istället för att bara skaka på huvudet och övergå till att prata om vilken tur man haft med vädret denna välsignade sommar hade han tyvärr berättat om det kranium som lille Edvin hade hittat och som sedan ett par dagar tillbaka var föremål för en utredning vid roteln för grova brott.

Borgström hade omedelbart försökt pracka på honom en åklagare som kunde leda Bäckströms utredning. Ett försök som Toivonen lyckats avvärja genom att hävda att det mesta talade för att det handlade om ett självmord och inte om ett mord.

Men det som hade hänt därefter var betydligt värre än så. Det var till och med så illa att han vid ett par tillfällen hade övervägt att be Bäckström om ursäkt. Trots att han tyckte ännu sämre om honom än om Carl Borgström.

23

Efter torsdagens möte hade Bäckström tagit Annika Carlsson avsides för att lätta på trycket. Det måste vara enbart för att jävlas med honom som den där finnkolingen Toivonen hade försett honom med två invalider, en Olsson med två s och en med två z, och nu var det hennes sak att se till att han fick fungerande förstärkning.

– Det löser sig, sa Annika Carlsson utan att gå närmare in på hur.

– Själv måste jag rusa, sa Bäckström och tittade för säkerhets skull på klockan. Jag har ett möte med genomförandegruppen uppe på Rikspolisstyrelsen och jag är rädd för att det kommer att ta hela dagen. Vi får höras i morgon helt enkelt.

– Ja, det är ju en väldig massa med den här nya reformen, sa Annika och log vänligt mot honom. Men du måste lova mig att du inte slarvar med maten.

– Hur menar du då, sa Bäckström och glodde misstänksamt på henne.

– Regelbundna måltider. Det är det viktigaste av allt, förklarade Annika Carlsson med oskyldig min. Oavsett hur mycket man har att göra, alltså, tillade hon.

Jävla hets, tänkte Bäckström när han äntligen satt i taxin på väg till den smörrebrödsrestaurang nere vid Strandvägen där han oftast åt lunch på torsdagarna, den veckodag då det verkligen gällde att samla kraft inför veckans slutspurt på jobbet och den instundande helgen.

Efter några danska smörgåsar på rågbröd med riktigt flott, inte smör, där brödet mest var underlägg för alla godsaker som tornade upp sig ovanpå: matjessill med lök och kapris, rökt ål med äggröra, varm leverpastej med inlagd gurka och kalvstek med rönnbärsgelé, och efter ett par matsmältningssupar och den vanliga kalla pilsnern, hade han så äntligen känt lugnet återvända till hans inre och resten av dagen hade han klarat av med hjälp av gamla och väl invanda rutiner. Middagsvila, en stärkande promenad till sin kvarterskrog, därefter åter till den egna härden och den hemmakväll som han varje torsdag ägnade åt att ta hand om sin omfattande mailkorrespondens och vårda sina olika kontakter på nätet.

Dags för en tidig kväll, tänkte Bäckström, avslutade den sista kvällsgroggen och gick ut i badrummet för att borsta tänderna.

Fredagen blev hektisk för Bäckström. Först ett kort besök på kontoret för att försäkra sig om att hans medarbetare gjorde det som de var tillsagda att göra och i allt övrigt höll sig i skinnet. Därefter radera hela innehållet i inkorgen oöppnat, innan han gav prov på sin goda vilja och gjorde ett undantag för sin nye chef som tydligen var så angelägen om att få träffa honom att han inom loppet av en timme skickat två meddelanden med samma innehåll.

"Broder, beklagar, men jag sitter med genomförandegruppen uppe på styrelsen hela dagen och på måndag och tisdag ska jag träffa reformstrategiplaneringsrådet. Hur ser det ut för dig i slutet på nästa vecka?" avslutade Bäckström och skickade sitt svar innan han stängde av datorn för helgen.

Vem som nu vill vara bror med den, tänkte Bäckström. Han som levt gott halva livet på att anstifta försäkringsbedrägerier och dela ut miljoner till rullstolsbundna invalider som använt pengarna för att åka jorden runt på semester, dricka paraplydrinkar, bestiga pyramiderna och ägna sig åt djuphavsfiske i Karibien, innan han blivit chef för Solnapolisen där han tydligen avsåg att tillbringa den andra halvan.

Vårt kära gamla Sverige är på väg rakt ner i källaren, tänkte Bäckström, och enda chansen för honom själv att få en möjlighet att överleva var att han höll fast vid sina invanda rutiner.

På fredagar hade han dessutom lagt in en extra punkt på sitt program just för att värna om sin kroppsliga hälsa och själsliga frid. En timme för massage och allmän avslappning hos sin polska fysioterapeut Fröken Fredag, så fort han klarat av den sedvanliga lunchen på tapasbaren uppe på Fridhemsgatan.

När han väl återvände hem för sin middagsvila sprang han på lille Edvin i trapphuset. Edvin såg moloken ut och Bäckström bjöd in honom för ett samtal. Serverade en vodka tonic med is och lime till sig själv och en Fanta med sugrör till Edvin.

– Du ser hängig ut, Edvin, konstaterade Bäckström. Är det något som jag kan hjälpa dig med?

Sedan ett par dagar tillbaka hade Edvin börjat drömma mardrömmar om dödskallar. Hans mamma Dusanka hade blivit så orolig att hon beställt tid hos en psykolog som hon och Edvin skulle träffa redan på måndag. Något som Edvin inte såg fram emot.

Bäckström hade mobiliserat all sin djupa medkänsla och försökt trösta och lugna honom. Arbetet som mordutredare kunde förvisso ha sina sidor, men att just dödskallar skulle vålla problem var nog en av de minsta riskerna i yrket. Snarare var det tvärtom, att dödskallen som Edvin hittat var på hans och Bäckströms sida, och att den som verkligen borde oroa sig var den som hade satt en kula i skallen på den och så att säga förvandlat den från ett vanligt huvud till en dödskalle.

– Tro mig, Edvin, sa Bäckström och nickade. Det fanns en högre tanke bakom att det var just du som hittade den, och själv är jag övertygad om att den genast förstod att det också var du som äntligen skulle se till att den fick rättvisa här på jorden. Att vi får tag i den som sköt och kan se till att han hamnar i fängelse så att han får sona sitt brott.

–Jag förstår vad kommissarien menar, sa Edvin som redan verkade lite piggare. Fast det var dumt av mig att sparka till den.

–Men vänta nu, sa Bäckström. Nu får du hejda dig. Det var inte dödskallen som du sparkade på. Det var ju en röksvamp.

–Ja visst, men fattar dödskallen det då, invände Edvin.

–Klart den gör, sa Bäckström. Du ska vara övertygad om att den också har förlåtit dig. Medan den fortfarande levde på jorden tror jag att den också skulle ha poffat till en röksvamp om den såg någon. Det gör ju alla.

–Ja, det är klart, sa Edvin och ljusnade märkbart. Hur blir det med skurken, då? Tror kommissarien att vi får fast honom?

–Klart vi får, sa Bäckström. Det kommer att vara tack vare dig Edvin, det ska du veta. Du och jag och dödskallen är på samma sida. Är det någon som ska oroa sig och drömma mardrömmar, så är det skurken.

–Vad bra, sa Edvin.

–En helt annan sak, sa Bäckström, grävde fram sin tjocka sedelklämma ur fickan och skalade av det yttersta lagret. Som du säkert förstår kommer du att få en belöning och jag tänker redan nu ge dig ett förskott så att du kan köpa lite nya dataspel.

–Wow, sa Edvin som inte var det minsta moloken längre.

Måste prata förstånd med grabbens morsa, tänkte Bäckström när han stängde dörren efter honom. Om de där psyknissarna fick slå klorna i grabben var han ju helt förlorad, och det var inte bara Edvin som skulle drabbas utan även Bäckström själv som skulle mista en trogen medhjälpare. Visserligen långt ifrån fullärd och utvuxen än, men det senare var ju bara en tidsfråga. Fortfarande lite klen, som nu senast när Bäckström skulle köpa hem sitt groggvirke inför sommaren och Edvin varit tvungen att gå fyra vändor till affären eftersom han bara orkade bära två kassar åt gången. Detta var värdsliga problem och snart nog skulle gossen växa till sig, i värsta fall fick man väl stoppa i honom lite tillväxthormoner, och sedan skulle han få körkort, rätt att handla på Systemet och närmast bli som en butler på Bäckströms ålders höst, tänkte han och suckade belåtet.

För honom själv var det hög tid att ta sin middagslur eftersom han skulle äta middag på kvällen med sin gamle bekant GeGurra. Därefter en vederkvickande dusch och åter i sadeln, tänkte Bäckström och satte kurs mot sitt sovrum i samma ögonblick som någon ringde på hans dörr.

24

Bäckström tassade på tå ut i hallen, ytterst försiktigt med Sigge i höger hand och mobilen i den vänstra. Av signalen att döma var det inte Edvin som glömt att säga något och kommit tillbaka av den anledningen, tänkte han medan han knappade fram bilden från övervakningskameran på sin mobil.

Det var inte Edvin. Det var Ankan Carlsson, samma Anka som fortfarande kunde få honom att drömma mardrömmar så fort han tänkte på den senaste gången då hon dykt upp oanmäld i hans bostad. Först stod han tyst som en mus i hopp om att hon skulle tro att han inte var hemma, men då dunkade hon näven i dörren så att hela hans lägenhet skakade från golv till tak.

– Sluta larva dig nu, sa Ankan Carlsson. Jag vet att du är hemma. Jag såg Edvin när han gick.

– Jag är upptagen, sa Bäckström. Är det något viktigt?

Hon måste vara en sådan där stalker, tänkte han.

– Okej, sa Ankan Carlsson. Jag måste prata med dig och om du inte öppnar så ska jag skjuta sönder den där jävla övervakningskameran som du har gömt under taklisten i trapphuset.

– Säg vad det gäller, envisades Bäckström.

– Dels måste vi ta ett snack om den där tokige Borgström. Han klättrar på väggarna för att han inte får tag på dig. Dels har jag ett förslag om hur jag ska kunna betala tillbaka de där pengarna som jag lånade av dig.

– Ja, jag lyssnar, sa Bäckström som hade lånat ut en miljon till Ankan Carlsson när hon köpt sin nya bostadsrätt och inte sett röken av vare sig någon ränta eller några amorteringar på ett bra tag. Nu började det likna något och inte en dag för tidigt med tanke på alla krav som han skickat till henne.
– Dessutom lovar jag att inte ens peta på dig om det nu är det som oroar dig.
– Okej, okej, muttrade Bäckström. Ge mig en minut bara.
Sedan satte han på sig morgonrocken, drog åt skärpet extra hårt och för säkerhets skull gjorde han dubbla knutar innan han öppnade dörren och släppte in henne.

Ankan Carlsson hade slängt av sig sin jacka på en stol i hallen innan hon klev rakt in i hans vardagsrum och slog sig ner i hans soffa. Bäckström hade undvikit att sätta sig i sin vanliga fåtölj. Om hon nu skulle försöka sig på några närmanden var det bättre att han satt i den antika karmstolen som stod närmast utgången till hallen. Såvitt han kunde se var hon inte beväpnad, hade varken axelhölster eller handbojor och det var ju åtminstone ett gott tecken. I övrigt såg hon lika skrämmande ut som vanligt och hon hade till och med gjort några mystiska stretchrörelser i hans soffa. Fullkomligt livsfarlig, muskler överallt, tänkte Bäckström.
– Vad fint det blev sedan du byggde om, sa Ankan, log och nickade med tydlig uppskattning åt det hon såg. Hur många rum har du nu? Är det fyra eller fem?
– Fyra, sa Bäckström. Plus ett femte som han låtit göra om till sitt säkra rum och där Ankan Carlsson var den sista som han skulle släppa in.
– Jättesnyggt, upprepade Ankan och nickade på nytt. Är det okej om jag går lite husesyn?
– Nej, sa Bäckström och skakade på huvudet. Det är inte okej. Du hade något som du ville prata om, påminde han.
Hon måste tro att jag är dum i huvudet, tänkte han.
– Den där smilfinken Borgström jagar dig, sa Ankan Carlsson.

Han kom in på mitt rum för ett par timmar sedan. Jag höll aldrig på att bli av med honom.

–Vad ville han då?

–Frågade om vi höll på med någon hemlig mordutredning. En kvinna som hittats skjuten ute på en ö i Mälaren.

–Vad sa du då?

–Jag sa som det var, sa Ankan Carlsson. Vad skulle du själv ha sagt?

–Det beror väl alldeles på vem du pratar med, sa Bäckström. Hur dum får man bli, tänkte han.

–Fattar jag också, sa Ankan Carlsson. Så jag sa att vi hade fått in en del av ett gammalt kranium som hade ett kulhål i tinningen. Att det möjligen kunde komma från en kvinna, att det mycket väl kunde vara hundrafemtio år gammalt och att det mesta talade för att det var ett självmord.

Alltid något, tänkte Bäckström och nickade. Inte helt bakom flötet, trots allt.

–Han ville pracka på oss en åklagare som FU-ledare. Tjatade om någon ny regel som krävde omedelbart åklagarinträde så fort det handlade om grova brott. Vad nu en gammal socialarbetare vet om juridik.

–Ja, den tycks han ha fått om bakfoten, sa Bäckström. Det kan du hälsa honom från mig. Det där andra då? Du sa något om att du ville betala tillbaka pengarna som du har lånat?

–Ja, sa Ankan och log. Jag har ett förslag som jag tror att du kommer att gilla. Är det okej om jag tar en bärs, förresten?

Vad har jag för val, tänkte Bäckström och gjorde en huvudrörelse i riktning mot sitt kök.

–Vill du också ha något? frågade Ankan Carlsson. Jag kan blanda ihop en grym vodka tonic om du vill?

–Jag har redan en som du ser, sa Bäckström och höll upp sitt glas.

Hon måste tro att jag är dummare än hon, tänkte Bäckström. Ankans eget recept, hälften vodka, hälften Rohypnol och så en skvätt tonic på toppen, glöm det.

När Ankan återvände från hans kök ett par minuter senare bar hon på en bricka med både öl och lite blandade tilltugg, en flaska av hans bästa vodka och något som var misstänkt likt en vodka tonic med lime och is.

– Ifall du skulle ångra dig, sa Ankan och pekade på grogglaset.

Så upptäckte jag att jag var lite hungrig också. Tog med lite oliver och lufttorkad skinka. Fullt okej även för mig. Jag är glad att du inte har köpt hem en massa ostbågar, förresten. Det är rena giftet.

Fast gott, tänkte Bäckström som hade en hel kartong i sitt skafferi och aldrig skulle drömma om att ställa in dem i kylen.

– Det är okej om jag tar en liten vodkashot, va, sa Ankan samtidigt som hon hällde upp en rejäl skvätt i ett dricksglas. Det är ju helg, menar jag.

– Visst, visst, sa Bäckström som plötsligt kände av en viss trötthet. Du hade något förslag som du skulle berätta om…

– Jag kommer till det. Skål, Bäckström, sa Ankan, höjde sitt glas, tömde det i botten med en snabb knyck på nacken, sköljde efter med en rejäl slurk pilsner innan hon suckade djupt av belåtenhet och avslutade med att stryka bort överblivet skum från läpparna med baksidan av handen.

Hur kvinnlig kan man bli, tänkte Bäckström och tog ett par djupa klunkar ur sitt glas.

– Ditt förslag, upprepade han.

Enligt Ankans beräkningar var hon skyldig Bäckström knappt en miljon. Lite räntor och amorteringar hade hon ju ändå betalat, trots att hon kanske inte gjort det månadsvis som hon lovat från början. Samtidigt tyckte hon att det hade blivit lite tradigt och därför hade hon funderat ut ett sätt som kunde snabba upp processen.

– Hur hade du tänkt dig att göra det då? frågade Bäckström.

Äntligen börjar det likna något, tänkte han.

– In natura, sa Ankan och log stort. Eftersom jag känner dig och faktiskt är den enda som gillar dig, det finns väldigt mycket hat och kärlek mellan oss som du säkert har märkt, så tänkte jag att du skulle få rabatt också. Tusen spänn per gång, Bäckström. Plus, och det är en liten extra bonus som jag kan erbjuda, alla rollspel du vet. Hela programmet från olydiga skolflickan, hon med vit blus, rutig kjol och knästrumpor och som satt upp håret i två små råttsvansar, och så har du sjuksköterskan då, eller den stränga härskarinnan, läder, latex, kedjor, piskor, hela det köret. Du kan till och med få prostatamassage om du vill. Tusen gånger. Sedan är vi klara med den biten och eftersom jag är övertygad om att du då kommer att vara helt såld så finns det inget hinder mot att vi kör vidare med ett mer personligt avtal.

Den människan trotsar all beskrivning, tänkte Bäckström. Där vanliga, normala och hyggliga människor har ett samvete där de förvarar sin moral har hon bara ett djupt, svart hål, med ett andligt innehåll som skulle ha skrämt vettet ur den där galne franske adelsmannen som tydligen var den som hade hittat på all denna mänskliga smuts och förnedring.

– Tusen kronor, upprepade Bäckström.

Vad skulle han säga, tänkte han. Groggen hade han dessutom druckit ur så där fanns heller ingen hjälp att få.

– Snacka om vänskapspris, sa Ankan och tindrade med båda ögonen. Du skulle se vilka erbjudanden jag fått sedan jag lade ut de där träningsbilderna på nätet.

Tusen dagar och nätter med Ankan Carlsson, tänkte Bäckström. Vad var det egentligen för fel på tusen dygn i en vanlig saltgruva, med fotkedjor och en hacka?

– Varför kan man inte knulla som vanligt folk, sa Bäckström.

– Visst, sa Ankan Carlsson. Lite vaniljsex. Inte mig emot. Som jag sa är det du som bestämmer.

Sedan hade hon rest sig upp i soffan, dragit sin T-tröja över huvudet och inom loppet av några sekunder satt hon helt naken grensle över honom i hans dyra antika karmstol som han fått av sin gode vän GeGurra senast han hade fyllt år.

Hans trogna Supersalami var den första som hade övergett honom. Rest ett värn av betong mellan hans ben medan han själv hade blivit alldeles blank i skallen och varken kunnat tänka eller värja sig mot det som hände. Ankan Carlsson hade kastat med huvudet och skrikit rakt ut när det gått för henne bara minuten senare. Men då var han själv redan räddningslöst förlorad.

– Du kan väl fundera på saken, Bäckström, sa Ankan Carlsson när hon lämnade honom ett par timmar senare. Jag kan till och med tänka mig att gå ner i pris, sa hon samtidigt som hon nickade menande mot glipan nertill i hans morgonrock. Vill du ha en liten puss, förresten?

– Det är bra ändå, sa Bäckström.

Den människan måste vara galen bortom allt förstånd, tänkte han.

25

På kvällen åt Bäckström middag med sin gamle bekant GeGurra. Det var ett tag sedan sist och dessutom hade de viktiga saker att avhandla. GeGurra hette egentligen Gustaf G:son Henning och var en mycket framgångsrik konsthandlare. Han och Bäckström hade känt varandra i närmare trettio år, till ömsesidig båtnad.

Inga märkvärdiga saker, små tjänster bara, vänner emellan, men i samband med en brottsutredning något år tidigare hade Bäckström kunnat hjälpa GeGurra att komma över ett konstföremål av världshistoriskt intresse och oskattbart värde. En speldosa föreställande den italienska sagofiguren Pinocchio som hade en näsa som växte så fort han ljög.

Den hade tillverkats i Sankt Petersburg i början på nittonhundratalet av den kända juvelerarfirman Fabergé. Det var den siste ryske tsaren Nikolaj II som hade gett speldosan som påskpresent till sin ende son, den blivande tsaren, den blödarsjuke Alexej. Sedan hade den kommit på avvägar innan Bäckström hade hittat den i samband med en mordutredning hundra år senare. Och det var GeGurra som hade sett till att den återförts till det nya Ryssland där Sovjetunionen numera betraktades som en historisk parentes.

Bäckström hade inte gått lottlös ur den affären. I ett slag hade han mer än dubblat sin livstidslön som polis utan att Skattemyndigheten behövde bekymra sig om saken, och det man inte vet har man ju heller inte ont av. Alla andra var däremot nöjda och mest nöjd av alla var tydligen den ännu hemlige ryske köparen som i samband med tjugofemårsfirandet av det nya Ryssland i slutet av året avsåg att offentliggöra denna historiska affär. Det var också anledningen till just denna middag med Bäckström och GeGurra, som plötsligt hade fått mycket att prata om.

Av skäl som han inte avsåg att gå in på hade Bäckström alltså blivit försenad och varit tvungen att ringa GeGurra innan han åkt hemifrån. Ingen stor sak och GeGurra satt i en soffa i entrén och väntade när Bäckström kom in på restaurangen. Så fort GeGurra såg honom ställde han ifrån sig sitt champagneglas, reste sig och slog ut med båda händerna i en närmast sydländsk gest.

– Bäckström, sa GeGurra. Du ser ju fullkomligt strålande ut. Berätta, har det hänt något?

– Det tycks inte gå någon nöd på bror heller, turnerade Bäckström och nickade vänligt tillbaka.

Inget som du vill höra om, din gamle fagott, tänkte han.

– En sådan svikt i stegen, sa GeGurra och backade en halvmeter för att kunna ta sig en ordentlig titt på sin gäst. Jag blir avundsjuk när jag ser dig, Bäckström.

Och själv är du inte det minsta lik en vanlig zigenarhövding, tänkte Bäckström medan en beställsam hovmästare med bjudande kroppsrörelser förde dem in i restaurangen och fram till deras vanliga bord. Snarare en italiensk aristokrat från en annan tid. Perfekt in i minsta detalj, hela vägen från det vita, tjocka håret, den bländvita linneskjortan och den skräddarsydda svarta sidenkostymen, ner till de handsydda italienska skorna som till och med reflekterade det dämpade ljuset från vägglampetterna som de passerade.

Med tanke på det ämne som skulle avhandlas denna afton hade GeGurra, som alltid brukade stå för värdskapet när han och Bäckström träffades, bestämt sig för ett ryskt tema. Först den inledande välkomstdrinken där GeGurra avstått från sin vanliga dry martini med oliven på sidan om, och ersatt den med en liten vodka och ett glas mineralvatten. För Bäckström hade det däremot fått förbli vid det gamla invanda: en mer rejäl vodka och en pilsner att skölja efter med.

Till förrätt hade de ätit kaviar med blinier, smält smör, smetana och finhackad lök. Riktig rysk kaviar för övrigt. Imperial av bästa kvalitet som GeGurra kommit över med hjälp av sina ryska kontakter, och dagen till ära hade även han druckit ännu en liten vodka innan de gick vidare enligt rysk sed. Piroger med fläsk och lök, kyckling Kiev, getost och inkokta päron. GeGurra hade druckit vin från Georgien och även dristat sig till att i hemlighet byta ut Bäckströms avslutande konjak mot en armenisk motsvarighet och det var först när Bäckström uttryckt sin uppskattning som han avslöjat dess ursprung.

– Ja, det där med mat och dryck tycks de ju ha fattat, konstaterade Bäckström utan att gå närmare in på allt det där andra, som mystiska ubåtar i den svenska skärgården och bombplan som i stort sett veckovis passerade över Gotland.

– Inte bara det, käre bror, sa GeGurra och klappade honom lätt på armen. Om det är något som de har förstått så är det vad du har betytt för dem. Det är ingen hejd på de hyllningar som man planerar för brors räkning.

– Berätta, sa Bäckström och lutade sig tillbaka där han satt.

Hög tid att åtminstone någon har fattat den saken, tänkte Bäckström. Till skillnad från alla andra avundsjuka jävlar som fördystrade hans vardag.

GeGurra lutade sig fram över bordet och räknade för säkerhets skull på fingrarna när han berättade vad som väntade Bäckström i samband med det större firandet av det nya Ryssland.

För det första skulle han – ur den ryske presidentens egen hand – få ta emot Alexander Pusjkin-medaljen, den högsta utmärkelsen som den ryska staten kunde dela ut till en utländsk medborgare. Bäckström skulle för övrigt bli den förste någonsin som fick den.

Vem annars, tänkte Bäckström och nickade uppmuntrande.

För det andra, fortsatte GeGurra samtidigt som han fattade om pekfingret på vänster hand, skulle det göras en tevedokumentär och sannolikt även en långfilm om denna historiska händelse. Samt ges ut minst två böcker. Dels en konstbok om speldosan, dels en berättelse om hur den äntligen hade kunnat återföras till Ryssland, där kommissarie Bäckström tilldelats rollen som styckets hjälte. Ett flertal konsthistoriker, vanliga författare och teveproducenter arbetade redan med dessa saker.

Hög tid, tänkte Bäckström igen och grymtade instämmande.

– För det tredje, sa GeGurra och lutade sig ännu längre fram, så har jag sparat det bästa till sist.

– Vad är det, då? frågade Bäckström.

I samband med alla dessa festligheter avsåg den ryske presidenten att överräcka en personlig present till Bäckström, nämligen en butelj av sin egen vodka. Det hade GeGurra fått höra i förtroende av sin ryska kontakt.

– Det måste vara en märkvärdig vodka, sa Bäckström. Själv hade han flera kartonger hemma och det var inget större fel på någon av dem. Vad var det för fel på en extra guldmedalj?

– Det är en literbutelj, sa GeGurra. Vet du vad man får betala för en flaska av presidentens egen vodka?

– Nej, sa Bäckström och skakade på huvudet. Jag vet att den som jag helst dricker kostar en femhundring på Systemet. För en sjuttis, alltså. Vad det nu kan bli på litern.

– Drygt en miljon kronor, sa GeGurra och nickade.

– Va, sa Bäckström. En miljon? Varför då?

Man kanske kan flyga efteråt om man tar sig en sup, tänkte han.

– Buteljen, sa GeGurra och sänkte rösten. Den väger drygt två kilo, vilket beror på att den är gjord av rent guld.

– Det säger du, sa Bäckström.

Nu börjar det likna någonting, tänkte han.

– Dessutom är det så praktiskt att när du har druckit ur den kan du ju fylla på den igen. Med tanke på flaskan kan du säkert hälla vanligt Renat brännvin i den utan att någon upptäcker det.

—Ser jag fram emot, sa Bäckström och höjde sitt glas.
—Na zdorovje, sa GeGurra och besvarade skålen genom att höja sitt tredje glas vodka för kvällen.

Dagen före middagen med GeGurra hade Bäckström planerat att han skulle avsluta kvällen i Skilsmässodiket nere på Riche så fort han befriat sig från sin värd. Vem ville riskera sitt goda namn och rykte genom att släpa med sig en gammal korvryttare till det stället? Men det var innan Ankan Carlsson hade gjort sitt oväntade inhopp och ändrat på den saken. Istället tog han en taxi och åkte hem. Även en Supersalami kunde behöva ladda batterierna och själv tänkte han återhämta sig i lugn och ro medan han ägnade återstoden av kvällen åt angenäma tankar.

En flaska vodka för en miljon, som dessutom går att fylla på, tänkte Bäckström.

26

Den hundra år gamla skriften av en pastor i Helgö församling hade fått Peter Niemi att ändra planerna för sin helg. Istället för att försöka komma ikapp med sin fysiska träning och i övrigt bara koppla av med en god bok eller titta på sport på teve hade han redan på lördagen återvänt till jobbet för att i lugn och ro tänka igenom sitt ärende.

Först hade han skannat in den gamla kartan från Lindströms skrift i sin dator och jämfört den med kartan som han och hans kolleger hade utgått från. Den topografiska överensstämmelsen var god. Varken landhöjningar eller -sänkningar som komplicerade saken. Öns yta var i stort sett densamma då som i dag. Den stora skillnaden gällde biotopen på ön. Det öppna landskapet, det som varit sommarbete för de lokala böndernas kritter på pastor Lindströms tid, var numera närmast att likna vid en djungel av sly och buskar och knappt avverkningsvärd skog. På den tiden hade vi hittat henne direkt, tänkte Niemi.

Därefter hade han jämfört den i gamla tider befintliga bebyggelsen med sina egna iakttagelser. Resterna av den husgrund som de funnit tillhörde uppenbarligen huset där blixten hade slagit ner och två pigor brunnit inne för drygt hundra år sedan. De två stora trädkojor som han och hans medarbetare hade hittat, varav den ena säkert var tänkt som något slags utsiktstorn, fanns däremot inte med på Lindströms karta. Säkert av det enkla skälet att de grabbar som hade spikat ihop dem hade gjort det långt senare.

Däremot fanns det en byggnad som han inte hade hittat, vilket störde honom. Mest för att man inte hade hittat den, för några särskilda förväntningar i övrigt hade han inte.

På den tiden då ön hade använts som sommarbete hade det funnits en jordkällare, som av Lindströms karta att döma låg alldeles ovanför den plats där Niemi och hans kolleger hade lagt till med båten, för övrigt samma plats som den man använt på pastorns tid. Det var en liten vik som låg i lä på norrsidan av ön, i stort sett den enda tilläggsplats som ön hade att erbjuda för lite större båtar. Som en modern polisbåt eller en så kallad kofärja från bondesamhällets Sverige.

Det var till den jordkällaren som pigorna varje dag burit mjölken, förmodligen i samma slags kannor av bleckplåt som han mindes från sin barndom på gården hemma i Tornedalen. Kannor som rymde upp till tjugo liter, med ett rejält lock som man skruvade på upptill så att pigorna slapp riskera att spilla när de gick stigen från huset där de bodde och även mjölkade sina kor, ner till jordkällaren vid platsen där man lade till med båten, dit bonden eller hans dräng skulle segla eller ro för att hämta mjölken. Minnen från en annan tid, tänkte Niemi.

Om nu jordkällaren låg där han trodde skulle dessutom den högst belägna av de två trädkojorna, utsiktstornet, finnas alldeles i närheten. Bra som orienteringspunkt när vi letar, tänkte Niemi och gjorde ett kryss på den karta som han och hans kolleger hade arbetat utifrån. Sedan åkte han hem. Tittade på teve, åt middag och pratade på telefon med hustrun och barnen.

Först efter lunch dagen därpå återvände han till jobbet för att ägna sig åt en av sina favoritsysselsättningar. Att försöka sätta sig i gärningsmannens ställe, tänka som han, göra som han.

Du har mördat en kvinna och det hade du inte planerat att göra innan det plötsligt hände. Ni hade bara börjat bråka, men sedan gick allt över styr och det slutade med att du sköt henne. Med tanke på var man hittat hennes kranium hände det kanske under en båtsemester på Mälaren? Sen vår, sommar eller tidig höst, sannolikt på sommaren då de flesta har semester, och det vet väl alla vad som kan hända när man ska angöra en brygga. Nu står du där med en död kropp som du bestämmer dig för att gömma för att undgå upptäckt och klara dig undan det straff som annars väntar. Det som du nu genomför är handlingar som du har planerat, mer eller mindre väl beroende på vem du är och de rent praktiska betingelser som kommer att styra ditt handlande. När någon skulle göra sig av med en kropp försökte han, för det var nästan alltid en han, att transportera den i någon form av fordon. Det underlättade döljandet av kroppen och man slapp bära omkring på den. Oftast en bil, ibland en båt, men även andra transportmedel. Niemi hade personlig erfarenhet av ärenden där man använt sig av både skottkärror, trillor, barnvagnar och till och med en vanlig kundvagn från ett snabbköp som råkat ligga mellan brottsplatsen och dumpningsstället. Allt som hade hjul, tänkte Niemi. Allt som var stort nog att rymma en kropp, hel eller styckad och paketerad i delar.

Återstod att bära kroppen den sista biten. En sträcka som man försökte göra så kort som möjligt. Om det handlade om en ensam gärningsman och ett vuxet offer var det sällan mer än femtio meter från den plats där han ställt sitt fordon. Ungefär som avståndet mellan platsen på Ofärdsön där man lade till med sin båt och krysset som Niemi gjort på kartan för att markera den jordkällare som han och hans kolleger aldrig hade hittat.

Var gömde man kroppen då, tänkte Niemi. Ofta nog på ett ställe som man kände till sedan tidigare. En övervuxen gårdsbrunn på ett gammalt ödetorp i närheten av sommarstugan där man brukade vara på semester för tjugo år sedan, ett vattenfyllt gruvhål som man upptäckt under en svamputflykt, kanske ett vanligt dike som gick lätt att täcka över med buskar och ris. I den meningen, när det kom till att gömma en kropp, var just Ofärdsön lite för bra för att gärningsmannen skulle ha hamnat där av en slump. Han har varit där tidigare, tänkte Niemi. Han

har varit där sedan Ofärdsön förvandlats till en ren djungel.
Hunnen så långt i sina funderingar fick Niemi samtal från sin kollega vid länskriminalens tekniska rotel. Han ringde för att berätta att Niemi just hade blivit av med sin förstärkning, till ett dubbelmord ute i Haninge där man hittat femtiotalet hylsor från ett flertal olika vapen bakom det varulager där uppgörelsen hade ägt rum. Inga vittnen, men mängder av spår och eftersom en bra karl reder sig själv stod Niemis bekymmer numera inte överst på hans agenda.

– Helt okej, sa Niemi. Du får hälsa dem och tacka för hjälpen.

Sedan ringde han Hernandez och frågade om han hade lust att åka med ut till Ofärdsön dagen därpå trots att det var hans lediga dag.

– Vad letar vi efter? frågade Hernandez.

– En gammal jordkällare från artonhundratalet, sa Niemi.

– Det gör jag gärna, sa Hernandez. Första jordkällaren i min karriär. Den vill jag inte missa för allt smör i Småland.

27

Måndagen den 25 juli var en glädjens dag för Bäckström eftersom hans enda medarbetare värd namnet, Nadja Högberg, född Ivanova, hade valt att avbryta sin semester för att hjälpa honom med hans utredning. Det gjorde också att han själv hade lättare att stå ut med alla andra som omgav honom. Som Ankan Carlsson, Niemi och Hernandez, Stigson och två Olsson med både s och z. Om det var någon som kunde få även rena jubelidioter att få något vettigt uträttat så var det Nadja, tänkte Bäckström.

Bäckström hade infunnit sig på sin arbetsplats redan klockan åtta på morgonen för att träffa henne, men innan han gjorde det fanns det annat som han behövde klara ut, så att han kunde sitta ner med Nadja och prata i lugn och ro. Som att upplysa sin nye chef om de polisiära självklarheter som han tydligen inte hade en aning om.

– Jag har förstått att du ville prata med mig, sa Bäckström och klev rakt in på chefens rum. Han behövde inte ens knacka eftersom Borgström givetvis var en sådan typ som satt bakom en öppen dörr.

– Bäckström, sa Borgström och log förtjust. Kärt att se dig, broder. Slå dig ner, slå dig ner, vet jag.

– Tack, sa Bäckström och satte sig.

Fanskapet måste ha missat själva idén med att ha en dörr, tänkte han. Läsa tankar kunde han tydligen inte heller eftersom han fortfarande såg lika nöjd ut.

—Du kanske undrar varför jag ville prata med dig, sa Borgström.
—Nej, sa Bäckström. Det har jag redan fattat. Du vill att vi ska koppla in en åklagare på den där dödsfallsutredningen som vi inledde förra veckan.
—Jag tolkar det du nu säger som att du inte delar den uppfattningen.
—Det är inte bara jag som inte delar den, sa Bäckström. Med tanke på att det går cirka femton stycken sådana utredningar på varje mord tror jag att både riksåklagaren och vår egen rikspolischef skulle kunna hålla sig för skratt om vi började med sådant. Inte ens du verkar ju särskilt glad längre, tänkte han.
—Jag uppfattar det som att du är säker på att det är ett självmord, trots... ja, med tanke på kulhålet då, menar jag.
—I nuläget är jag inte säker på någonting, sa Bäckström. Det är sådant som vi poliser brukar låta utredningen svara på. Men om du vill ha lite statistik och allmänna gissningar kan du få det.
—Jag lyssnar, med stort intresse, Bäckström. Det ska du veta.
—Sannolikt ett självmord, sa Bäckström. Skulle det vara ett mord är det troligen preskriberat. Den där kulan som vi hittade i huvudet på offret kan mycket väl ha avlossats för hundra år sedan. Spåren på kulan tyder på att den som sköt använde ett hundra år gammalt vapen. Dessutom har vi inte en aning om vem offret är. Innan vi vet det kommer den här utredningen inte att kunna röra sig ur fläcken.
—Vad tror du om att gå ut och informera allmänheten?
—Det tror jag inte ett ögonblick på, sa Bäckström. Enbart under de senaste tio åren har vi trehundra försvunna personer som aldrig återfunnits. De har några tusen anhöriga och du kan ju tänka dig hur de kommer att må. Jag tänker inte förstöra deras tillvaro alldeles i onödan. Till dess vi vet identiteten är det här en utredning som drivs med total sekretess.
—Det argumentet köper jag, verkligen. Man vill ju inte oroa nittionio procent av de sörjande i onödan.

– Hundra procent, om du frågar mig. Sannolikheten att vi ska få reda på vem det är med hjälp av det vi har hittat är för närvarande försumbar.

– Ja, jag hör ju vad du säger, Bäckström. Men det finns väl ändå DNA och tandkort och sjukjournaler och allt det där?

– Förvisso, sa Bäckström och markerade vad han ansåg om det genom att nypa i sina oklanderliga pressveck. I vårt DNA-register finns drygt en procent av befolkningen. Om vi nu skulle lyckas få fram ett DNA att matcha med, vilket är långt ifrån säkert. Chansen är högst en på två. Hur mycket blir det om du slår ihop det? Några promille om jag räknat rätt.

– Men tänderna då, om vi tar fram ett tandkort, alltså?

– Vad tandkortet anbelangar så har vi redan ett sådant. Det ordnade vi innan Linköping fick ta över. Det är tänderna i överkäken som är problemet eftersom de är i perfekt skick. Det är mycket möjligt att den här personen aldrig har behövt besöka en tandläkare under hela sitt vuxna liv. Och underkäken har vi inte hittat.

– Du verkar ganska så pessimistisk, Bäckström.

– Nej, sa Bäckström. Jag är inte det minsta pessimistisk. Men jag tänker inte besvära någon åklagare helt i onödan. Eller väcka falska förhoppningar hos en massa människor som lever i ett rent helvete ändå.

– Det har jag all förståelse för.

– Vad bra att vi är överens, sa Bäckström. Så fort jag vet något värt namnet kommer jag omgående att berätta det för dig.

– Det tackar jag verkligen för, sa Borgström.

– Så lite, sa Bäckström och reste sig. Nu får du ursäkta, men jag har en hel del att göra.

– Lycka till, Bäckström. Lycka till, verkligen.

Varför jag nu skulle bry mig om det, tänkte Bäckström.

Äntligen en riktig människa, tänkte Bäckström när de ryska välkomstceremonierna väl var avklarade och han slagit sig ner på Nadja Högbergs rum.

—Berätta, Nadja, sa Bäckström. Hur har du haft det på semestern?
—Sådär, sa Nadja och skakade på huvudet. Orkar du verkligen höra på det?
—Ja, berätta, upprepade Bäckström.

Nadja hade tänkt stanna en hel månad i sin gamla hemstad Sankt Petersburg, men redan efter fjorton dagar hade hon fått nog. Det gick inget bra för Ryssland och just nu gick det sämre än på länge. Till och med på den gamla onda tiden hade det ju funnits piroger med smält smör, eller åtminstone doften av dem. Eller balalajkor och dragspelsmusik, eller åtminstone minnet av dem om du bara lyssnade till ditt hjärta. Så björkskogarna, förstås, björkskogarna utan slut som var Rysslands själ. De fanns väl fortfarande kvar, i och för sig, men inte i Sankt Petersburg, så när Toivonen hade ringt henne för att höra hur hon hade det, hade hon sagt som det var. Att hon längtade hem, hem till Solna och Sverige, av det enkla skälet att hon till sist hade insett att hon var färdig med sitt gamla hemland. Nästa gång hon åkte dit fick det bli som turist. Inte som en ryska i exil. När hon sedan hade förstått att hon behövdes på jobbet hade det varit ett lätt beslut. Så nu satt hon där.

—Ingen är gladare än jag, sa Bäckström.
—Ja, det ska vara jag då, sa Nadja och log. Jag tog med en present till dig, förresten.
—Det var snällt, sa Bäckström. Själv köpte jag blommor till dig som jag tyvärr glömde ta med när jag åkte hit i morse. Men eftersom jag ska tillbaka i eftermiddag så får du dem då istället. Gäller att inte ljuga fast sig, tänkte Bäckström.
—Vad snällt av dig, sa Nadja med väl dold förvåning. En helt annan sak: Du kanske undrar hur det går? Med utredningen alltså.
—Ja, sa Bäckström. Fast nu när jag ser dig så känner jag mig redan betydligt lugnare. Vilket ju för en gångs skull var helt sant, tänkte han.

Att gilla läget var en sak. Att leva helt i det blå var något annat, enligt Nadja. Själv skulle hon se till att det som kunde göras skulle bli gjort. Att de därmed skulle lyckas få fram identiteten på sitt offer bedömde hon samtidigt som mindre sannolikt. Hundra kvinnor hade försvunnit under de senaste tio åren. Att det handlade om en kvinna var hon övertygad om, så de tvåhundra män som saknades hade hon redan lagt åt sidan. Hon var lika övertygad om den saken som att det var fråga om ett mord. Hon hade redan fått in flertalet av de utredningar som gjorts i samband med att kvinnorna försvunnit. Dessutom hade hon börjat gå igenom dem för att se om hon hittade något som stack ut. Kompletteringarna med signalement, sjukjournaler, tandkort och DNA var redan på gång. Det var förmodligen där som de skulle stöta på problem. Bara drygt en procent av befolkningen fanns i DNA-registret, offrets tänder var perfekta, och om de nu skulle hitta något mer av hennes kvarlevor var de sannolikt i samma skick som hennes kranium. Så allt sådant som tatueringar, födelsemärken, medfödda deformiteter eller skador på skelettet som uppstått senare i livet, hade sannolikt redan gått förlorat.

– Vi får hoppas på det bästa. Får du någon hjälp, då? frågade Bäckström.

– Ja, sa Nadja. De här två nya verkar alldeles utmärkta, faktiskt.

Väl klar med den som låg hans hjärta närmast gick han runt bland sina övriga medarbetare. En av dem undvek han nogsamt med tanke på vad som hade hänt före helgen och för att han inte ville inge henne några falska förhoppningar. För då hänger hon väl på låset i en sådan där dykardräkt, tänkte Bäckström som var väl insatt i utbudet av sexuella tjänster efter sina studier på nätet.

Äntligen lite egen tid, tänkte Bäckström en timme senare. Först åkte han förbi blomsteraffären vid Sankt Eriksplan, medan hans taxi väntade på honom. Därefter fortsatte han till en trevlig italienare alldeles i närheten för att så äntligen kunna kliva innanför den egna dörren till den middagslur som väntade. Nadjas blommor hade han för säkerhets skull satt i dörrvredet så att han inte skulle glömma dem när han åkte tillbaka till jobbet.

När han återvände till kontoret vid sextiden var Nadja den enda som satt kvar. Sina medhjälpare hade hon skickat hem. I morgon var en ny dag och det bästa arbetet gjordes av den som följde fasta rutiner. Speciellt när arbetet handlade om att vara så noggrann som möjligt. Då var så kallade brandkårsinsatser närmast en styggelse, enligt Nadja.

– Vad tror du om att fira lite? sa Nadja och log. Tack för blommorna, förresten.

– Så lite, sa Bäckström med spelad blygsamhet. Det där andra låter som ljuv musik i mina trötta öron.

Surdegslimpa, rysk spickekorv, saltgurka och en ny vodka som Nadja hade hittat och som Bäckström bara måste smaka. Utmärkta aptitretare innan han åt sin middag.

– Berjozovyj les vodka, Björkskogens vodka, översatte Nadja, och himlade med ögonen. Det goda Ryssland i sammanfattning som man hällt på en butelj.

– Du hittar förresten en oöppnad flaska i den vanliga lådan på ditt rum, fortsatte hon samtidigt som hon hällde upp åt dem båda.

– Na zdorovje, sa Nadja och höjde sitt glas.

– Na zdorovje, instämde Bäckström och höjde sitt eget samtidigt som det ringde på hans mobil.

28

Samma måndag morgon som Nadja hade återvänt till jobbet tog Niemi och Hernandez bilen ut till scoutlägret på Ekerö där kollegan med likhunden skulle möta upp så att sjöpolisen kunde köra ut samtliga till Ofärdsön.

På vägen ut hade Niemi berättat vad han tänkte och trodde om deras ärende medan Hernandez nickat instämmande. Det var visserligen bara en hypotes, förtydligade Niemi, men väl värd att pröva ändå. Att missa en jordkällare var inte bra. Sådana brukade ju vara rejäla doningar med väggar av sten och tak som lagts med grova bjälkar och tvåtumsplank innan man täckte över alltihop med metervis med grus och jord. Byggda för att stå emot både väder, vind och tidens tand oavsett hur länge den gnagde, konstaterade Niemi som hade barndomsminnen av en sådan källare som hade funnits på gården hemma i Tornedalen där han vuxit upp. Enligt vad som berättades i familjen var det hans farfars farfars farfar som låtit bygga den i början på artonhundratalet. Etthundrafemtio år innan han själv kommit till jorden.

– Inget som blåser omkull eller regnar bort, sammanfattade Niemi.

– Jag tycker som du, Peter, sa Hernandez. Vore bra om vi kunde hitta den, för då kan vi åtminstone släppa den. Det finns ju andra möjligheter också.

– Visst, sa Niemi. Jag lyssnar.

– Du har säkert tänkt på det också, sa Hernandez, men anta att

hon bara blivit slängd i ett dike ute på Ekerölandet...
– Visst, jaa... sa Niemi och nickade.
– Där har hon blivit liggande ända tills räven råkat passera, tagit med sig huvudet och traskat ett par kilometer över isen hem till lyan ute på Ofärdsön.
– Ja, sa Niemi. I så fall på vintern när isen ligger och rävarna ska till att para sig. Det är ju då som de kan hamna sju socknar bort.
Men skulle vi hitta resterna av henne i jordkällaren, om vi nu hittar den, så kan vi väl i vart fall enkelt avfärda den hypotesen.
– Ja, sa Hernandez. Hennes kropp lär de ju inte ha släpat dit.

Drygt en timme senare satt de på Ofärdsön. Niemi, Hernandez, deras hundförare och hans trogne Sacco som verkade klart mer entusiastisk inför det väntande uppdraget än vad hans husse var.
– Vad tror du om att jag och Hernandez börjar så kan du ta en fika till, föreslog Niemi och nickade för säkerhets skull mot termosen som stod på bordet.
– Då tror jag mer på Sacco, svarade hans husse. Om den ligger där du tror, så är det bara femtio meter från där vi sitter enligt krysset som du gjort på kartan. Sparar tid om inte annat. Dessutom kan vi ju titta på honom hela tiden så hittar han på något fuffens är det inte värre än att jag kallar tillbaka honom.
– Okej, sa Niemi och nickade. Då gör vi så.
Om inte annat för tids vinnande, tänkte han.
Saccos husse hade först satt på honom spårlinan och pejlen innan han visade med hela handen.
– Sök, sa hans husse.
Sacco rusade rakt fram i drygt fyrtio meter innan han plötsligt tvärstannade framför den höga slänt som låg tre meter framför nosen på honom. En mjukt avrundad kulle med öppningen mot norr, där berget gick i dagen på bägge sidor och som annars var övertäckt av buskar och bärris. Ganska lik den sluttning mot norr där jordkällaren hemma i Tornedalen låg. Fast utan källare, tänkte

Niemi i samma ögonblick som Sacco lade sig ner på alla fyra och började skälla med dova, taktfasta skall.
– Ja, du vet ju redan hur han låter när han skäller på dött, konstaterade hans påtagligt belåtne husse.

Resten var ren rutin. Niemi hade tagit med sig kameran och för säkerhets skull ett stativ. Hernandez en rejäl lampa och en jordsond av den där praktiska teleskopmodellen som man kunde dra ut och skjuta ihop.

Medan hundföraren kopplade sin hund tog Niemi de första bilderna av det som såg ut som en vanlig kulle bevuxen med buskar, utan minsta öppning eller antydan till hålighet.

Hernandez satte sig på knä och stack in sonden i slänten. Redan på tredje försöket försvann den rakt in. Då drog han tillbaka den och drog ut den till dess fulla längd på två meter medan han förde den upp och ner och ut åt sidorna.

– Hur pass stor är en jordkällare? frågade Hernandez.

– Högst tre fyra kvadrat om du bara ska ställa några mjölkkrukor i den, svarade Niemi.

– I så fall tror jag att vi har hittat den, sa Hernandez och log. Min första jordkällare. Ska du eller jag gräva, Peter?

– Varsågod, sa Niemi och log även han.

Niemi hade låtit filmkameran gå medan Hernandez varsamt avlägsnat ris och buskar i jordväggen framför sig och redan inom fem minuter hade han åstadkommit ett hål som var stort nog för att han skulle kunna sticka in både armarna och överkroppen och ta de första bilderna med hjälp av en kamera med blixt.

Sedan hade han kravlat ut igen. Nickat mot sina båda följeslagare. Rest sig upp och borstat av knäna på sin overall.

– Jag har för mig att det finns ungefär tvåhundra ben i en människokropp, sa Hernandez.

– Lite drygt, sa Niemi.

– I så fall är jag rädd för att vi har hittat henne, sa Hernandez.

29

–Jag lyssnar, sa Bäckström samtidigt som han ställde ifrån sig sitt tomma glas. Eftersom det var Niemi som ringde hade Bäckström redan räknat ut vad det hela handlade om.

Det blev ett kort samtal som avslutades inom loppet av ett par minuter. Bäckström nickade och grymtade mest hela tiden.

–De har hittat henne, sa Nadja och det var mer ett konstaterande än en fråga.

–Ja, sa Bäckström. I någon gammal övervuxen jordkällare som de hade missat när de var där i förra veckan.

–Där har hon inte krupit in själv, sa Nadja.

–Nej, sa Bäckström, samtidigt som han hällde upp en ny sup. En styrketår den här gången. Självmördare brukar föredra en glänta i skogen, gärna med kvällssol. Att det är en extra kilometers promenad tycks betyda mindre.

–Skulle jag också göra, sa Nadja och fyllde på sitt eget glas. Så att jag fick tid att tänka och visste att jag fick bli på ett vackert ställe. Ett gott minne när jag till sist valde att sluta min vandring här på jorden.

–Jo, det är ju alltid en poäng, sa Bäckström. Trots att det är resultatet som räknas.

–Sentimentalitet, sa Nadja med en talande axelryckning. Den ryska folksjukdomen. I kombination med det här är den dödlig, tillade hon och höjde sitt glas.

–Säkert samma skäl som gör att de ofta sparkar av sig skorna

innan de hänger sig, sa Bäckström som verkade ha förlorat sig i egna tankar. Så att de kan vicka på tårna medan snaran dras åt, kanske.
– Det är skelettet som de har hittat?
– Ja, ett rejält pussel enligt Niemi. Ett par hundra bitar, ben, benskärvor och benfragment.
– Hittade de något mer då? Kläder, andra tillhörigheter?
– En sönderriven plastpåse från Lidl, sa Bäckström. Det tycks vara det enda så här långt. En sådan där som du får när du ska handla mat. Vilket ju starkt talar mot ett vanligt fornfynd.
– Vad skulle han med den till, då?
– Förmodligen har han trätt den över huvudet på henne, sa Bäckström. Så hon inte skulle bloda ner för mycket. Så slapp han ju se ansiktet på henne, också. För det brukar de ju inte vilja.
– Det kan jag mycket väl tänka mig, sa Nadja. Låter som en noggrann typ. Vad gör vi nu då? Med Nicke Nyfiken, menar jag.
– Nicke Nyfiken?
– Nicke Nyfiken och Lösmynt, sa Nadja och log. Mannen med två strängar på sin lyra. Vår nye chef. Han som ska lägga sig i både högt och lågt. Hela tiden, om du frågar mig. Vad säger vi till honom?
– Vi håller käften, sa Bäckström. Så länge det går. Vilket väl inte lär bli så länge till.

30

Någon måste ha skrämt upp dem rejält där nere i Linköping, tänkte Nadja när hon kom till jobbet nästa morgon och gick igenom sin mail. I inkorgen låg två meddelanden från Nationellt forensiskt centrum nere i Linköping. Dels en DNA-profil som man säkrat med pulpan från 3+ – höger hörntand i överkäken – i det kranium som Edvin hade hittat. Ett DNA av högsta kvalitet dessutom. Hittade man bara rätt person skulle identiteten vara klarlagd utan minsta utrymme för några tvivel. Dels ett preliminärt besked från deras avdelning för forensisk osteologi. Det slutgiltiga utlåtandet skulle visserligen dröja ett tag, men redan nu fanns det vissa resultat som de kunde redovisa.

Att kraniet kom från en vuxen kvinna var helt säkert, vilket för övrigt bekräftades av det DNA som man hade tagit fram. Samma underlag, kraniet samt DNA-profilen, gav även vissa antydningar om hennes ursprung. Sannolikt en kvinna från den norra delen av Sydostasien – Burma, Thailand, Kambodja, Laos, Vietnam. Eller möjligen från de sydöstra delarna av samma region – Indonesien, Östtimor, Malaysia, Brunei, Singapore eller Filippinerna. En del av världen som till ytan omfattade fyra och en halv miljon kvadratkilometer, vilket var mer än tio gånger Sveriges yta, och med en total befolkning på drygt sexhundra miljoner människor.

Återstod att hitta en bra kandidat bland de kvinnor som anmälts försvunna i Sverige, tänkte Nadja. Totalt ett hundratal, varav tio från Sydostasien, och hon avsåg att kontrollera samtliga, oavsett deras härkomst. Indikationer var en sak, tänkte hon. Fullständig säkerhet något annat.

Av de hundra försvunna kvinnorna hade man DNA-profiler på femton. Det var en mycket hög andel om man jämförde med den dryga procent som gällde för befolkningen som helhet och skälen till detta var två. Fem av dem hade hamnat i polisens register på grund av brott som de hade begått eller misstänkts för innan de anmälts försvunna. De återstående tio hade fått lämna DNA till Migrationsverket i samband med att de ansökt om uppehållstillstånd i Sverige och på listan över försvunna kvinnor från Sydostasien, totalt nio stycken, fanns tre av dem med i den kategorin.

Femton stycken, tänkte Nadja medan hon printade ut det underlag som hon tänkte ge till sina medarbetare. Det borde polisens och Migrationsverkets datorer klara av under dagen. Återstod det verkliga problemet. Att det enbart i Sydostasien fanns hundra miljoner kvinnor som kunde stämma med den allmänna beskrivningen av offrets sannolika härkomst och ålder. Varav en i så fall var den som hon letade efter.

Gilla läget, tänkte Nadja med ett snett leende. Om man nu skulle likna deras utredning vid ett tåg hade man åtminstone satt det på rälsen. Om det också skulle kunna ta sig fram till resans mål återstod däremot att se.

När Nadja några timmar senare återvände till sitt rum hade hon fått ännu ett mail medan hon suttit i matsalen och ätit lunch. Kokt torsk med grönsaker, en kopp svart kaffe och en mazarin, trots att hon borde ha avstått från just den. Mänsklig svaghet, tänkte Nadja och suckade.

Kontrollen av deras femton DNA-prov från de försvunna kvinnorna var klar. Inget av dem stämde med DNA-provet från det kranium man hade hittat. Kvinnan de letade efter fanns heller inte bland de övriga DNA-utdragen i polisens eller Migrationsverkets register, så det var inte så enkelt att man bara hade missat att anmäla hennes försvinnande, och det mest troliga skälet till detta var att hon aldrig hade blivit införd i något av registren. Samtidigt kunde man ju inte utesluta att hon hade funnits där men att hon plockats bort vid ett senare tillfälle. Det fanns flera anledningar till att man gjorde sådant. Nadja kunde räkna upp dem om man så väckte henne mitt i natten, men det var inget av dem som stack ut jämfört med de övriga. Egentligen är det två tåg som drar den här utredningen, tänkte hon medan hon tittade på det kortfattade beskedet. Ett snabbtåg som redan hade anlänt till resmålet och levererat resultatet av deras registerkontroller. Plus ett sådant där gammalt tuff-tuff-tåg med Niemi som lokförare som fortfarande inte hade lämnat avgångsstationen ute på Ofärdsön. Förhoppningsvis skulle det ske senare i veckan, men i så fall utanför tidtabell, för någon sådan hade han inte kunnat ge henne när hon pratat med honom på mobilen kvällen innan.

Polisens datorer hade gett henne det väntade beskedet. Nu återstod att göra allt det där andra som hon inte ens hade kunnat fråga dem om. För det första att kontakta utländska polismyndigheter för att se om de möjligen hade ett DNA från den kvinna som de letade efter. Om det där med hennes bakgrund stämde fanns det dessutom en möjlighet att hon bara tillfälligt uppehållit sig i Sverige, varit här som turist eller till och med tagit sig in illegalt. För det andra att försöka få fram DNA-prover från de övriga åttiofem kvinnorna som anmälts försvunna, mer eller mindre tillförlitliga sådana med hjälp av deras nära släktingars DNA eller kanske den tandborste eller hårborste som de hade lämnat kvar när de försvunnit.

Heller inget som kommer med snabbtåget, tänkte Nadja och suckade.

31

Niemi stod mycket riktigt kvar på stationen ute på Ofärdsön och om han skulle kunna ta sig därifrån i rimlig tid behövde han mer resurser. Rent konkret handlade det om personer som kunde jobba och den utrustning som de behövde för att kunna göra det. Själva uppdraget var inte särskilt märkvärdigt. En i allt väsentligt arkeologisk uppgift: att gräva ut en gammal jordkällare. Att lägga jord, buskar, ris och allt annat som inte hade med saken att göra åt sidan – ganska snart en hög av ansenliga proportioner – för att kunna sortera fram det lilla som återstod och hade med själva brottet att skaffa.

För detta behövde man skottkärror, spadar och hackor av olika dimensioner, dessutom jordsiktar, vilket var vanliga träramar med ett finmaskigt nät, för att kunna "skilja agnarna från vetet", och alla andra redskap och verktyg som man kunde tänkas ha behov av. Som starka lampor för att kunna se vad man höll på med så snart dagsljuset falnade, ett portabelt elaggregat som kunde förse dem med ström, presenningar och vindskydd för att skydda materialet från väder och vind.

Det som hade med saken att göra, de spår som skulle säkras för att i bästa fall kunna användas som bevisning i deras förundersökning, krävde mer än så. Bland annat ett stort tält. Inne i tältet stod två vanliga träbockar som slutade i midjehöjd på Niemi och hans medarbetare för att ge dem en bra arbetsställning. På dem hade man placerat en stor kvadratisk träskiva med ett par meters sida och en decimeterhög sarg som såg till att det som man lade där låg kvar.

Detta var det bord på vilket man skulle lägga sitt pussel för att så långt som möjligt försöka återskapa offret med hjälp av hennes ben, benbitar, skärvor och fragment av ben, plus allt annat organiskt material som man hittade och som kunde tänkas ha anknytning till henne. Återstod allt det som man behövde för att dokumentera, registrera och säkra de spår som man fann, från kameror, datorer och bandspelare till olika påsar och andra förpackningar av plast, papper och glas. Redan på måndag kväll hade Niemi och Hernandez klarat av den delen av sitt uppdrag.

Det som fanns kvar att göra var själva jobbet och för det behövde de hjälp om de inte skulle bli kvar ute på Ofärdsön under resten av sommaren. I brist på tekniker hade Niemi lånat in de vanliga yngre kollegerna från ordningspolisen i Västerort, bra nog på att skotta undan jordmassor och köra skottkärra, och resten var en fråga om hur han och Hernandez ledde arbetet.

Dessutom hade han fått två medhjälpare som hade den expertis som han och hans teknikerkollega saknade. Det var en kvinnlig läkare från rättsläkarstationen i Solna som var specialiserad på osteologi och som dessutom tagit med sig en av sina doktorander med samma inriktning som hon. På tisdag morgon hade man inlett utgrävningen och tre dygn senare var man i allt som räknades och gick att göra klar med den.

Tur med vädret hade man också haft. Vindstilla och sol och enda nackdelen med det var att man redan under den andra dagen hade tvingats ta en extra tur över till Ekerö för att fylla på förrådet av vatten och läsk.

Den plastpåse från Lidl som man hade hittat den första dagen hade man redan skickat ner till Linköping tillsammans med en rekvisition där man begärt de vanliga undersökningarna av eventuella fingeravtryck, spår av DNA och allt annat som kunde vara av intresse med tanke på sammanhanget.

På fredag förmiddag hade man så gjort ännu ett fynd inne i den numera utgrävda jordkällaren, som inte var benrester eller andra kvarlevor från offret. Det hade legat bara ett par centimeter under det översta ytskiktet av jord som de avlägsnat från golvet i källaren.

Den här utredningen blir konstigare och konstigare, tänkte Niemi och höll upp plastpåsen där han lagt sitt fynd. Först en gammal kyrkoherde som måste ha varit född på artonhundratalet och sannolikt dött för ett halvsekel sedan, som hade satt honom på spåret. Nu en känd skådespelare, gissningsvis i ungefär samma ålder som pastor Lindström, som tydligen ville ha kontakt med honom. Trots att även han förmodligen hade gått hädan innan Niemi ens blivit född.

Röster talade till honom från den andra sidan och det var hög tid att han googlade på dem. Någon pastor Lindström hade han inte hittat, men om han fortfarande varit i livet, eller dött nyligen, skulle han säkert ha hittat honom. Den kände skådespelaren fanns däremot med trots att han avlidit tre år innan Niemi föddes.

Närmare trettiotusen träffar fast det var femtio år sedan han dog. Undrar just vad han kan ha på hjärtat så här dags, tänkte Niemi.

32

Nadja hade ägnat tisdagen och onsdagen åt att gå igenom de gamla utredningarna om de återstående åttiofem kvinnorna som man inte hade kunnat avföra i den första vändan för att man saknade deras DNA. Själv hade hon nu kunnat göra det med närmare ett sextiotal av dem utan att ha tillgång till deras DNA eller genom att dra några växlar på just deras offers "sannolika" härkomst från Sydostasien. De var helt enkelt för unga eller för gamla, för korta eller för långa, för sjuka eller för överviktiga, hade för dåliga tänder eller fel hårfärg för att kunna stämma med de kvarlevor som Niemi och hans medarbetare var i full färd med att pussla ihop ute på Ofärdsön.

En kvinna som enligt deras egen rättsläkare och osteolog varit mellan tjugo och fyrtio år när hon dött, sannolikt fullt frisk, till och med välltränad och i god fysisk allmänkondition. En kvinna som sannolikt aldrig hade fött något barn, som att döma av längden på det lårben som man hittat i jordkällaren haft en kroppslängd på mellan 155 och 165 centimeter, som hade haft friska tänder och långt, svart hår, utan inslag av grått.

– Det här är ju inget som man slår vad om, sa Niemi när Nadja pratade med honom på onsdagskvällen, men vår samlade expertis här ute på ön skulle gissa på en thailändska, om de vore tvungna att gissa på något land där borta, alltså. Med tanke på bakgrunden hos de kvinnor som kommer hit från den delen av världen är det väl ingen orimlig gissning. Jag läste någonstans att just thailändskor är den klart vanligaste nationaliteten bland dem som hamnar här.

– Hamnar och hamnar, sa Nadja. Jag trodde det var svenska karlar som plockade upp dem och tog hit dem.

– Tror jag med, sa Niemi. Vissa av karlarna är säkert inte lika charmiga när de väl fått dem på plats.

Det här kommer inte att ge något, tänkte Nadja på torsdag förmiddag när hon bläddrade igenom den allt tunnare högen med försvunna kvinnor som hon ännu inte kunnat avföra.

Magkänsla, tänkte hon. Plus en stigande irritation över att hon höll på med något som snart skulle stanna upp utan att det hade gett något. Att utredningen höll på att dö i hennes händer.

Hög tid att hitta på något annat, tänkte Nadja. Som att ta kontakt med alla de utländska polismyndigheter som fanns inom Europol, Interpol och numera även FN. Framför allt med kollegerna i elva olika länder i Sydostasien. Hur samarbetsvilliga de nu var, tänkte Nadja, i länder som till exempel Burma, Kambodja, Laos, Vietnam och Östtimor. För att inte tala om sultanatet i Brunei, tänkte hon och suckade.

Internationella kontakter var dessutom ett i stort sett vitt fält för henne. Därmed hög tid att hon pratade med någon som kunde det ämnet. Som till exempel en gammal bekant som arbetade vid Rikskriminalpolisen sedan drygt tjugo år tillbaka och dessutom hade mer än tio års erfarenhet av internationellt arbete. Som till och med hade varit stationerad i Bangkok som den svenska polisens sambandsman med Thailand och de omgivande länderna i regionen.

Sannolikt var kvinnan thailändska, tänkte Nadja och vem var i så fall bättre skickad att hjälpa henne än hennes gamle bekant? Säkert skulle han kunna ge henne några bra tips. Helst namnen på pålitliga kolleger i Sydostasien som hon kunde vända sig till direkt utan att behöva ta den omständliga och byråkratiska vägen.

Så vad väntar jag på, tänkte Nadja, knappade fram hans mobilnummer och ringde upp honom.

-Vad kan jag hjälpa dig med, Nadja? frågade hennes bekant så fort de klarat av de inledande artighetsfraserna.

-Jag håller på med ett misstänkt mord, sa Nadja. Offret är en icke identifierad kvinna. Enligt vår expertis är det inte otänkbart att hon är från Thailand eller något av grannländerna och då kom jag av någon anledning att tänka på dig.

-Det var väl inte så dumt. Vad har du på henne?

-Inte så mycket, sa Nadja. Hennes kranium, minus underkäken om vi ska vara petiga. En hel del av skelettet. Så har vi hennes DNA som vi fått fram med hjälp av hennes tänder. Vi har kört henne i både vårt eget och Migrationsverkets DNA-register utan att få någon träff.

-Hur har hon dött?

-Skjuten i huvudet, sa Nadja. Vi hittade henne på en ö ute i Mälaren. Gärningsmannen hade tydligen gömt undan kroppen i en gammal jordkällare. Med tanke på hur hennes kvarlevor ser ut så kan det knappast ha hänt i går. Fast allt det där får du ligga lågt med. Vi har total sekretess till dess att vi fått fram identiteten på henne. Det har inte stått en rad om det i tidningarna eller synts i andra media.

-Nyfiken fråga. Är det Bäckströms utredning?

-Ja, sa Nadja. Jag förstår vad du menar, tillade hon av någon anledning.

-Ja, den gode Bäckström tycks ju inte sakna kontakter med media, så den biten föredrar han nog att sköta själv. Många bäckar små, du vet.

-Ja, sa Nadja.

Förmodligen är det väl så illa, tänkte hon.

-Vet du vad, sa hennes kollega. Vi gör så här. Maila över hennes DNA och allt det andra du har om henne så ska jag se om jag har något vettigt att erbjuda dig. Gamla kontakter och allt det där, du vet.

-Vad snällt av dig, sa Nadja.

Resten av dagen ägnade Nadja åt att avföra de sista försvunna kvinnorna i högen på hennes skrivbord. Så dags kände hon en lätt uppgivenhet och förhoppningsvis hade hon inte avfört dem enbart i trötthetens tecken, tänkte hon. Klockan var redan sex och hon var ensam kvar på kontoret.

Hög tid att gå hem och få något i magen, tänkte hon i samma ögonblick som det ringde på hennes mobil. Det var hennes gamle bekant som hon hade pratat med ett par timmar tidigare. Ovanligt upprymd verkade han också vara.

– Har du hunnit hem eller är du kvar på jobbet? frågade han.

– Jobbet, sa Nadja. Har haft fullt upp, men nu tänkte jag äntligen gå hem, faktiskt.

– Då föreslår jag att du stänger dörren om dig, sa hennes bekant.

– Den är redan stängd, sa Nadja. Dessutom är det bara jag som är kvar här.

– Vad bra, sa hennes kollega. Och du sitter bra och allt det där?

– Ja, sa Nadja. Vad är det han försöker säga, tänkte hon.

– Rätta mig om jag har fel, sa hennes bekant, men den här kvinnan vars DNA som du skickade över...

– Ja?

– Du sa väl att ni hade hittat henne på någon ö ute i Mälaren i början på förra veckan. Skjuten i huvudet och undangömd i en gammal jordkällare. Är det rätt uppfattat?

– Ja, sa Nadja.

– I så fall är jag rädd för att ni har ett problem, sa hennes bekant. Det verkar helt obegripligt. I mina ögon i alla fall.

– Hur menar du då, sa Nadja.

Det här är inte sant, tänkte Nadja en kvart senare när hon hade avslutat samtalet. Det här är inte sant av det enkla skälet att det inte kan vara sant.

Sedan ringde hon upp sin chef och eftersom hon gjorde det på hans hemliga mobil svarade han omgående. Pigg och vaken lät han också. Inte det där vanliga grymtandet som när man ringde på hans tjänstemobil. Undrar just vilka andra det är som har det här numret, tänkte hon.

—Jag är rädd för att jag måste be dig komma in till jobbet, sa Nadja. Det har hänt något, nämligen.

—Det är inget som vi kan klara av på telefon?

—Nej, sa Nadja. För i så fall kommer du att tro att jag har blivit tokig. Om jag säger så här: jag har aldrig varit med om något liknande. Aldrig varit i närheten ens.

—Intressant, sa Bäckström. Jag ska bara dra på mig kavajen så ses vi om en kvart.

Kanske dags att ta ett samtal med min gamle favoritreporter, tänkte Bäckström. Nadja brukade ju inte vara den typen som hetsade upp sig i onödan.

Många bäckar små, tänkte kommissarie Evert Bäckström när han fem minuter senare satte sig i baksätet på den taxi som redan stod på gatan och väntade på honom.

33

Nadja hade gjort vad hon kunde göra. Först hade hon printat ut mailet som hennes bekant vid Rikskriminalen hade skickat över. Lagt det i en röd plastficka ifall Bäckström skulle få lust att läsa det. Sedan hade hon bullat upp det som fanns. Surdegslimpa, saltgurka, smetana, den ryska spickekorven och några skivor rökt stör som hon fått med sig från delikatessbutiken på flygplatsen i Sankt Petersburg. Tagit fram flaskan med Björkskogens vodka, till och med gjort sig besväret att gå in på Bäckströms rum och hämta en kall pilsner åt honom ur hans eget kylskåp. Mer än så kan jag ju inte göra, tänkte Nadja och skakade på huvudet. Återstår att hoppas på det bästa.

– Berätta, Nadja, sa Bäckström så fort han slagit sig ner i hennes besöksstol, hällt upp en stadig sup och tuggat i sig den första skivan av den ryska korven.
– Vilken version vill du ha, sa Nadja, den korta eller den långa?
– Den korta, sa Bäckström.
– Okej, sa Nadja och räckte över ett papper till honom.
– Jaidee Johnson Kunchai, född den 2 maj 1973, läste Bäckström från lappen han fått. Vem är det?
– Det är namn och födelsedatum på vårt offer, svarade Nadja. Hon är född i Thailand av thailändska föräldrar. Hette alltså som flicka Jaidee Kunchai. Så småningom gift med Daniel Johnson. Därav det dubbla efternamnet. Han är svensk, förresten.

—Snyggt jobbat, Nadja, sa Bäckström och nickade gillande. Hur hittade du henne?

—Jag pratade med en kollega på Rikskriminalen. Han hittade hennes DNA i ett gammalt arbetsmaterial som blivit liggande uppe hos dem. Finns inte minsta tvekan om att det är samma DNA-profil som vi fick från forensiskt centrum. Den som de hade fått fram med hjälp av hennes högra hörntand.

—Riktigt snyggt jobbat, upprepade Bäckström och höjde sitt glas. Hög tid att vi tar och firar detta med en liten racka...

—Det är ett problem också, avbröt Nadja. Tyvärr. Tråkigt nog, tillade hon för säkerhets skull.

—Vad är det då, sa Bäckström och sänkte sitt glas.

Hon ser jävligt konstig ut, tänkte han.

—Hon är redan död, sa Nadja.

—Redan död, upprepade Bäckström. Det är klart att hon är död. Tro det eller ej, men det fattade till och med jag när jag såg kulhålet i skallen på henne.

Undrar om hon sitter och super i smyg här på jobbet, tänkte Bäckström. Då har jag fått en alkis på halsen, en rysk alkis dessutom och värre än så går väl knappast att uppbringa.

—Om jag säger så här, sa Nadja och tog för säkerhets skull en rejäl slurk ur sitt eget glas innan hon fortsatte.

När Bäckström självmant ställer ifrån sig ett rågat glas, då är det illa, värre än när Fantomen får huvudvärk, tänkte hon.

—Ja, jag lyssnar fortfarande, sa Bäckström samtidigt som han lutade sig tillbaka i stolen där han satt. Men tacka fan för att hon är död, upprepade han. Driver du med mig, Nadja?

—Skulle aldrig falla mig in. Problemet är inte att hon är död, sa Nadja. Där är vi helt överens, du och jag.

—Men det var väl skönt att höra, sa Bäckström.

Människan måste ju ha krökat till duktigt, tänkte han.

—Om jag säger så här, sa Nadja.

—Ja, sa Bäckström. Vad tror du om att komma till saken någon gång?

Kanske till och med skitfull. Svårt att se på ryssar hur fulla de är, tänkte han.

–Problemet är att hon tycks ha dött två gånger, sa Nadja och suckade djupt.

II
Kan man verkligen dö två gånger?

34

– Ingen dör två gånger, sa Bäckström och nickade med emfas mot Nadja. För att ytterligare understryka det han just sagt stoppade han i sig en korvskiva innan han tog den stadiga sup som han hade väntat alltför länge på.

Därefter höll Bäckström en längre utläggning på detta tema. Existentiella grubblerier i all ära, och om man kokade ner den diskussionen var väl detta den avgörande frågan, men för honom var saken sedan länge fullkomligt klar. Människor levde bara en gång. Sedan dog de och då kunde de antingen hamna däruppe eller därnere beroende på hur de skött sig, konstaterade Bäckström och pekade för säkerhets skull ut riktningen på den väntande resan. För övrigt samma resa som Jesus Kristus hade gjort för snart tvåtusen år sedan.

– På tredje dagen uppstånden igen ifrån de döda, sa Bäckström med malm i stämman medan han fyllde på sitt glas.

– Uppstigen till himmelen, sittande på allsmäktig Gud Faders högra sida, fortsatte han innan han nickade på nytt och sköljde efter med ännu en klunk av den goda vodkan.

– Det var alltså inte så att han dök upp på någon jävla ö ute i Mälaren, tillade han för att understryka det han just sagt.

Förutsatt att man hade skött sig, och bortsett från placeringen även bland dem som hade avslutat sin tid på jorden med hedern i behåll, var det den resa som väntade oss alla. Inte bara oss människor för den delen. Allt levande hade det gemensamt att det bara levde en gång och dog en gång. Därefter himlen eller helvetet. Låt vara att han var mer osäker på de urvalskriterier som gällde när det kom till växter och djur.

– Inte ens en katt har mer än ett liv, fnös Bäckström. Om någon blir undanstoppad i en jordkällare på en gudsförgäten ö i Mälaren med ett kulhål i huvudet, så talar vi om människoverk. Inte om Guds gärningar. Så ryck upp dig nu, Nadja. Berätta! Vad är det för rövarhistoria som din bekant uppe på Rikskriminalen har slagit i dig?

– Slagit i mig, det vet jag väl inte, sa Nadja. Han berättade för mig att hon redan var död. Att hon hade dött för snart tolv år sedan.

– Hur dog hon då? Första gången, alltså? Måste väl ändå vara spriten, tänkte Bäckström.

– Hon omkom i tsunamin i Thailand på annandag jul, den 26 december 2004, sa Nadja.

– Hoppsan, sa Bäckström. Nu börjar jag förstå vad du menar.

– Först identifierades hon av sina anhöriga, sin svenske make och sin thailändska mamma som fanns på plats i Thailand. Då hade hennes kropp förts till Phuket där man försökte samla offren för katastrofen. Dödsorsak drunkning, enligt utlåtandet. Eftersom hon även var svensk medborgare blev hon senare identifierad en andra gång av de kolleger från Rikskriminalen som vi skickade dit för att ta hand om just den biten.

– Hur gjorde man det, då?

– De hade bland annat tillgång till hennes DNA-profil, fortsatte Nadja. Den hade de fått från Migrationsverket som tagit den när hon ansökt om uppehållstillstånd här i landet för att kunna gifta sig med en svensk medborgare. Det var 1997. Anledningen till att vi nu inte hittade henne i deras register var att hon hade tagits bort i samband med att hon dödförklarades på våren 2005.

– Men uppgifterna som Rikskriminalen hade samlat in för identifieringen blev alltså liggande kvar hos dem?

– Ja, sa Nadja. Det var ju ett speciellt projekt, med andra regler för den information som fanns där. Så det var inte så konstigt. Dessutom fanns de vanliga skälen till att man har kvar sådana register, sa Nadja och ryckte på axlarna. För säkerhets skull, utifall att, om frågan skulle bli aktuell på nytt, ja du vet. Det var för övrigt därför som kollegan kollade i det. För säkerhets skull, innan han började jaga en massa utländska kolleger som skulle kunna hjälpa mig. Det var en ren chansning, berättade han. Du hittar för övrigt alla de här uppgifterna i mailet som han skickade över.

– Hur hamnade hon på Ofärdsön, i så fall? För att hon skulle ha återuppstått, valt att stanna kvar här nere på jorden och sedan gått och blivit mördad, andra gången som hon dog, jag menar...

– Nej, avbröt Nadja och skakade på huvudet. Det tror jag verkligen inte. Så du behöver inte oroa dig för det. Såvitt jag kan förstå finns det tre möjligheter. Men med tanke på hur sannolika de är, var för sig och alla tillsammans, vill jag nog påstå att vi har ett ansenligt problem framför oss.

– Vilka är de tre möjligheterna, då? frågade Bäckström och log.

Nu börjar jag äntligen känna igen den gamla Nadja, tänkte han.

– Den första är naturligtvis att det skett något misstag när hon blivit identifierad. Antingen i samband med tsunamin borta i Thailand, eller här hos oss tolv år senare.

– Registreringen då? Kan det ha blivit något fel när man registrerade hennes DNA?

– Det tror jag däremot inte, sa Nadja och skakade på huvudet. Vi och våra kolleger på Rikskriminalen har ju faktiskt identifierat två olika kroppar vid två olika tillfällen som visar sig ha samma DNA. Sannolikheten för ett misstag, att det ändå skulle handla om två olika individer, är mindre än en på några hundra miljoner. Det är ju inte så att vi har hittat två blanketter eller två registerutdrag. Vi har hittat två lik vid två olika tillfällen. Ändå samma lik som det verkar enligt våra DNA-prov. Först i Thailand för tolv år sedan. Nu på en ö i Mälaren för knappt två veckor sedan. Tusen mil och tolv timmars flygtid däremellan.

– Och hon hade ingen enäggstvilling?
– Nej, sa Nadja. Hon hade en mamma och en pappa och en äldre bror. Enligt uppgifterna i folkbokföringen i vart fall. Hur trolig den möjligheten nu skulle vara, sa Nadja. Först omkommer Jaidee i tsunamin. Sedan blir hennes okända syster, enäggstvilling dessutom, mördad i Sverige och undanstoppad på en ö i Mälaren. Jag menar... det får väl ändå finnas gränser.
– Håller med dig, instämde Bäckström. Låter lite långsökt, faktiskt.
– Återstår den tredje möjligheten, sa Nadja och fyllde på deras glas. Fast den skäms jag nästan för att prata om.
– Själv ser jag fram emot att få höra den, sa Bäckström som redan anade vad den handlade om.
– Hennes döda kropp tas till Sverige. När rättsläkarna här hemma undersöker den, för det gjorde man ju med alla offren, så missar man tydligen kulhålet i huvudet på henne. Vilket jag har lite svårt att tro. Däremot köper man tydligen drunkningen som deras thailändska kollegor har angett som dödsorsak. Lämnar över kroppen till hennes make som väljer att begrava henne på en ö i Mälaren. Eller... för här finns ju två möjligheter... först skjuter henne i huvudet innan han gravsätter henne i en hoprasad jordkällare ute på den där Ofärdsön. Visst, det finns tokiga människor, men...
– Det finns ju en möjlighet till. Eller åtminstone en variant på den du just nämnde, sa Bäckström som plötsligt verkade påtagligt road. Som vi inte kan glömma bort, menar jag.
– Vad skulle det vara då?
– Fördelen med den är att den inte kastar någon skugga över vare sig våra egna rättsläkare eller hennes make. Om vi först tänker oss en vanlig kistbegravning på Skogskyrkogården eller var hon nu har hamnat. Sedan dyker det upp ett gäng gravplundrare – sannolikt fler än en med tanke på allt jobb som ska till för att gräva upp henne och kistan – och de tar henne till Ofärdsön som är känd som ett ruggigt ställe. Skjuter henne i skallen för

säkerhets skull, så att hon inte ska spöka för dem, innan de stoppar in henne i den där källaren. Gravplundrare, och kanske även satanister. Vad vet jag?

−Hur pass troligt är det, då?

−Inte särskilt troligt, medgav Bäckström. Men vi har ju ändå tre hypoteser. Plus säkert ett antal varianter på dem bara vi tänker till lite mer. Det är ju inte så illa. Det måste du väl ändå hålla med om?

−Så vad gör vi nu?

−Vi tar reda på hur det är, sa Bäckström och höjde sitt glas för att ge extra tyngd åt det just sagda.

−Na zdorovje.

Jag leder arbetet, du tar hand om det praktiska, tänkte han.

−Na zdorovje, instämde Nadja.

Vilka vi, tänkte hon.

35

Söndagen den 26 december 2004, annandag jul, klockan 07.59 thailändsk tid, inträffade ett jordskalv på havsbotten drygt tre kilometer under havsytan, strax norr om ön Simeulue som ligger ungefär etthundra distansminuter öster om Sumatras västkust. Skalvets styrka uppmättes till 9,0 på Richterskalan, den högsta magnituden, och jordbävningar av den omfattningen inträffar bara en gång vart tjugonde år.

Över det öppna havet i Indiska oceanen, där medeldjupet är mellan tre och fyra kilometer, färdades tsunamin med en hastighet av sex- till sjuhundra kilometer i timmen i en radiell rörelse enligt samma mönster som uppstår när man kastar en sten i vattnet. Havsbotten som plötsligt reser sig djupt därnere. Tiotals miljoner ton av sten och lera, sand och jordmassor som trycker undan vattnet ovanför. Den vågrörelse – tsunami – som uppstod på den öppna havsytan tre kilometer högre upp var samtidigt svår att upptäcka med blotta ögat eftersom höjden på vågorna var mindre än en meter och våglängden drygt hundra.

Så var det inte två och en halv timme senare när samma vågor nådde de milslånga, långgrunda stränderna på Thailands västkust. Det stadigt minskande vattendjupet hade förvandlat tsunamin till ett annat slags flodvåg. De sammanlagt fyra vågor som sköljer kilometervis in över land kan enklast beskrivas som en tio meter hög vägg av vatten, hård som en pansrad näve på en jättes arm, som slår omkull, bryter ner och spolar bort allt som finns i dess väg. Som den gjorde i Khao Lak den där förmiddagen på annandag jul, söndagen den 26 december 2004, då fler än femtusen människor i området miste livet.

Khao Lak ligger i provinsen Phang Nga på Thailands västkust, några mil norr om Phuket. Det är en av Thailands mest populära turistorter, belägen i ett av landets mest natursköna områden. Milslånga stränder längs havet, tropisk grönska i den stora nationalparken som omger dem, solen som ständigt skiner på människorna där nere, den blå himlen ovanför deras huvuden.

Det var dit som Jaidee hade rest tillsammans med sin svenske make Daniel Johnson för att fira jul och nyår 2004. De hade hyrt en liten bungalow nere vid stranden. Jaidee Kunchai låg kvar i sängen och mornade sig medan hennes man satte på sig sandaler, shorts och en kortärmad tröja för att gå ut och köpa tidningar och ordna frukost åt dem båda.

Jaidee dog. Tiotals ton med vatten, tonvis med sand, som slog trähuset där hon låg i spillror. Hennes man klarade sig. Huset där han hade satt sig för att läsa sin morgontidning och dricka en kopp kaffe innan han återvände till sin hustru låg visserligen bara hundra meter från stranden, men det låg trettio meter högre upp och den skillnaden räckte mer än gott för att även göra skillnad mellan liv och död.

36

Redan på fredag morgon, dagen efter hennes och Bäckströms lilla samkväm, inledde Nadja sitt arbete med att pröva tre inte särskilt sannolika hypoteser. Dessutom hade hon huvudvärk.

Inte på grund av de olika förklaringarna till att en människa verkade ha dött två gånger som hon och Bäckström hade kalfatrat kvällen före, utan snarare beroende på formerna i samband med att de gjort det. Hur de hade druckit ur allt, och ätit upp allt, som hon dukat fram. Enligt god rysk sed och inte minsta limpskiva som lämnats kvar.

Redan samma eftermiddag kunde Nadja också förkasta den tredje hypotesen om det minst sagt excentriska vis på vilket en sörjande make i så fall skulle ha valt att hedra minnet av sin avlidna hustru, samtidigt som hon också kunde avvisa Bäckströms alternativ om att det var ett gäng gravplundrare och satanister som först grävt upp Jaidee på kyrkogården och därefter stoppat in henne i en jordkällare på Ofärdsön, sedan de för säkerhets skull skjutit henne i huvudet så att hon inte skulle spöka för dem.

Nadja hade slagit två flugor i en smäll och att hon dessutom gjort det medan hon ännu samlade in sitt material för den prövning som återstod att göra störde henne inte nämnvärt. Det arbete som hon höll på med stred ju inte bara mot all vedertagen vetenskaplig metod, logiskt tänkande och vanligt sunt förnuft. Det trotsade till och med mänsklig förståelse.

Flertalet av de femhundrafyrtiotre svenskar som omkommit i tsunamin hade befunnit sig på semester i Khao Lak. Redan före nyår hade de första svenska poliserna anlänt till Thailand för att i samarbete med den thailändska polisen och kolleger från andra länder, som också flugit dit, genomföra arbetet med att fastställa de avlidnas identitet. Efter det inledande arbetet som utförts på plats, på ett särskilt identifieringscentrum som man upprättat i Phuket några mil söder om Khao Lak, hade man så inlett nästa fas: att flyga hem de svenska offren till deras hemland. Den första transporten hade anlänt till Arlanda den 3 februari 2005. Därefter hade kropparna transporterats till flygplatsen Ärna på F16 utanför Uppsala. Där hade man ställt i ordning en gammal hangarbyggnad för att ännu en gång kontrollera identiteten på de avlidna. Därefter väntade ytterligare rättsmedicinska och polisiära undersökningar innan kropparna slutligen lämnats över till de anhöriga.

Listorna på offren fanns kvar, de listor och förteckningar som upprättats och förts med all den byråkratiska och kamerala noggrannhet som kännetecknade deras hemland. Där fanns listor på de offer som identifierats, på de femton förmodade offer som fortfarande saknades och en lista på dem som hade flugits hem till Sverige. Det var egentligen bara ett problem med den senare. Jaidee Johnson Kunchai saknades. Hon stod inte med där och därmed skulle hon heller inte ha kommit tillbaka till Sverige.

Kunde det vara så enkelt att det berodde på hennes dubbla medborgarskap? tänkte Nadja. Att hon var thailändska sedan födseln men att hon blivit svensk medborgare först i maj 2004, sju månader före tsunamin. Att hennes anhöriga bestämt att hon skulle begravas i sitt gamla hemland? För det var väl ändå en förutsättning, tänkte hon.

För tids vinnande ringde hon upp sin bekant på Rikskriminalpolisen för att fråga honom. Han hade i sin tur just tänkt ringa henne. När han gått igenom deras material hade han nämligen hittat fler uppgifter som hon inte hade fått i den första vändan, om

sådant som hade hänt efter katastrofen. Bland annat att Jaidees närmaste anhöriga, hennes make, hennes mor och en äldre bror, enats om att hon skulle begravas i sitt gamla hemland, Thailand.
– Jag ska bara skanna in det så får du det i din mail. Det är en hel del, men du har det inom en kvart, förklarade hennes bekant.
– Så hon blev alltså begravd i Thailand, upprepade Nadja för säkerhets skull.
– Jajamensan, så fort identifieringen var klar lämnades hon över till sin familj.
– Vilka skötte identifieringen då, sa Nadja. Var det vi eller thailändarna?
– Det var säkert vi som gjorde det. De poliser som var med därnere ansvarade ju för sina egna medborgare, konstaterade hennes bekant. Allt som gjordes finns noterat på våra egna blanketter. Just Kunchais papper är för övrigt undertecknade av en kollega till mig som jag hade känt i mer än tjugo år. Han var en av de första som kom över till Thailand för att jobba med det här och han blev kvar där i ett halvår innan han åkte tillbaka. Så det var han och hans svenska kolleger som tog hand om den biten. Vi höll även ett förhör med hennes make. Han var ju tillsammans med henne när det hela hände. Han klarade sig visserligen men han lär ha varit i väldigt dåligt skick.
– Ja, sa Nadja. Det kan jag förstå. Det måste ha varit en ohygglig upplevelse.
– Det där jobbet som man gjorde i Phuket var ju ett samarbetsprojekt mellan olika polismyndigheter, fortsatte hennes bekant. Men det var inte bara vanliga poliser som skickades dit utan även olika experter på identifiering, som kriminaltekniker, rättsläkare och tandläkare. Thailändarna hade givetvis det formella ansvaret – det var ju i deras hemland som det hela hade hänt – men det fanns kolleger från ett trettiotal länder på plats. Det flögs in poliser från hela världen i stort sett omgående efter att det hade hänt. Alla länder som hade egna medborgare som omkommit i tsunamin skickade dit polis. Kolleger från USA, England,

Tyskland, Frankrike, Japan, Indien, Pakistan, Ryssland, Kina, alla de där länderna där det finns folk som åker till Thailand på semester. De tog alltså hand om sina egna medborgare. I första hand åtminstone.

– Menar du identifieringen, den övriga dödsfallsutredningen? frågade Nadja. Allt som gällde svenska medborgare sköttes alltså av oss?

– Ja, vilket var praktiskt, inte minst med tanke på språkproblemen. Att inte Kunchai skickades tillbaka till Sverige berodde på att hon också var thailändsk medborgare och att hennes närmaste ville ha det på det viset. Att hon skulle begravas i Bangkok. Det var ju där hon var född och hade vuxit upp. Om du nu undrar så finns det faktiskt en notering om det i hennes papper.

– Jag förstår, sa Nadja. Har du några närmare anteckningar om själva begravningen?

– Begravning och begravning. Kunchai var ju buddhist liksom resten av familjen. Möjligtvis med undantag för hennes make då, men han var ju överens med hennes mamma och bror om hur det skulle gå till.

– Hur menar du då? frågade Nadja.

– Kroppen kremerades, sa hennes bekant. Enligt den buddhistiska traditionen ska kroppen kremeras så snart som möjligt och askan ska därefter strös för vinden eller läggas i en urna som ges till de anhöriga. Vad de sedan gör med den är upp till dem.

– Så Jaidee blev alltså kremerad?

– Ja, så fort man var klar med identifieringen lämnades kroppen över till hennes anhöriga och enligt de uppgifter som också finns i mina papper så kremerades hennes kropp på nyårsdagen 2005. Att det dröjde fem dygn är heller inte så konstigt. Först skulle man ju hitta henne. Sedan skulle hennes kropp föras till uppsamlingsplatsen i Phuket för identifiering. Först därefter kunde familjen ta över och ta med sig kroppen till Bangkok för själva begravningen.

– Och det finns anteckningar om allt detta?

161

–Ja, det finns det. Till och med namnet på den begravningsbyrå som familjen anlitade för transporten till Bangkok och själva begravningen.
 –Jaidee kremerades alltså på nyårsdagen 2005, upprepade Nadja. Glöm det där med den tokige maken och satanistiska gravplundrare, tänkte hon.
 –Det stämmer. Helt enligt deras tradition och enligt papperen från begravningsbyrån.
 –Den där kollegan som fanns på plats, han som fyllde i vår blankett, du kan inte ge mig hans namn? Jag skulle behöva prata med honom.
 –Då är jag rädd för att du får ännu fler problem, sa hennes bekant.
 –Har han slutat? frågade Nadja. Eller dött, tänkte hon.
 –Han gick visserligen i pension för fem år sedan, men ett år senare gick han och dog. Den där vanliga infarkten som tycks ta de flesta av oss så fort vi äntligen ska få koppla av.
 –Så han är död, sa Nadja. Typiskt, tänkte hon.
 –Ja, tyvärr. Stickan Andersson var en trevlig karl. Det var ingen som du önskade livet ur.
 –Finns det någon annan som var med där borta som jag kan prata med?
 –Det finns ett flertal som lever och har hälsan och fortfarande är i tjänst. Vet du vad. Enklast är väl att jag mailar över namnen på dem som jag kommer ihåg så kan du ringa och prata med dem.
 –Det var snällt av dig, sa Nadja.
 Ingen dör två gånger, tänkte hon.

37

Kaos i ditt huvud. Kaos runt omkring dig. Döda överallt. Tiotals döda bara i parken runt hotellet där Jaidee Kunchai och hennes make har hyrt ett hus under sin semester. Döda kroppar som flyter i vattnet, som spolats upp på stranden, som ligger inne i byggnaderna, på marken mellan dem, till och med en som har hamnat flera meter upp i ett träd femtio meter från stranden. Kaos i allas huvud. Sedan förlamningen efteråt.

Det är ungefär så som Jaidee Kunchais man, Daniel Johnson, beskriver det som hände på förmiddagen annandag jul 2004. Förhöret med honom hålls på Sveriges ambassad i Bangkok den 10 januari 2005. Förhörsledare är kriminalinspektör Stig Andersson vid Rikskriminalpolisen. På förhörsprotokollet gör han en handskriven notering. "DJ är sjukskriven, posttraumatisk chock, verkar helt frånvarande under vissa delar av förhöret."

Dagen efter tsunamin återfinns hans döda hustru. Hon ligger kvar inne i det raserade huset. Intryckta väggar, hopsjunket tak, krossade dörrar och fönster, tonvis med sand och vatten som ligger kvar inomhus. Han hittar sin hustru under den säng där hon legat när han lämnat henne för att gå och hämta deras frukost. Sängen har vält över ända, klämt fast henne mot golvet, vattnet som strömmat in har dränkt henne. På sig har hon det nattlinne som han gett henne, runt halsen ett smycke i jade som hon fått av sin mor.

Daniel Johnson får hjälp av hotellpersonalen att bära upp sin döda hustru till hotellets huvudbyggnad. Där har strömmen varit utslagen i närmare ett dygn innan man får dit ett dieseldrivet reservaggregat och kan starta luftkonditioneringen. Kroppen täcks över med ett lakan och läggs på golvet i ett rum i källaren tillsammans med ett tjugotal andra kroppar. Utanför huset är det drygt trettio grader varmt. Där kan de inte bli liggande. I källaren är det knappt tjugo grader. I brist på bättre är det där som man lägger Jaidee och alla andra döda som man hittat runt hotellet.

Tre dagar efter tsunamin – vi är då framme vid den 29 december – förs hennes döda kropp till det uppsamlings- och identifieringscentrum som man upprättat i Phuket. Där har även Jaidees förtvivlade mamma anslutit. På platsen finns drygt tusen döda som man redan samlat ihop i området kring Khao Lak, nya liktransporter anländer hela tiden. Döda kroppar som placeras i containrar eller läggs i rader på marken. En stekande sol och lik som man försöker kyla med torris i brist på bättre.

Obeskrivliga förhållanden och både Jaidees man och hennes mor vill ta henne därifrån så fort som möjligt. När man är klar med identifieringen och polisen har fått alla andra uppgifter som ska samlas in får man också tillstånd att göra det. Den begravningsbyrå som familjen anlitat tar över och den 31 december körs hon i deras bil de drygt åttio milen till Bangkok. Dit anländer hon sent på kvällen samma dag. Redan nästa dag, på nyårsdagen den första januari 2005, kan familjen begrava henne. Kroppen kremeras och askan placeras i en urna. En vecka senare strös hennes aska för vinden i bergen norr om staden. På samma ställe dit familjen brukade åka på utflykt när Jaidee bara var en liten flicka och ännu inte hade börjat skolan. En plats som hon älskade, ett höglänt skogsområde med milsvid utsikt och en svalkande vind som drar in från havet, platsen där hennes pappa brukade berätta för henne om alla djuren som levde i skogen alldeles runt omkring dem och just nu satt och kikade på dem medan de åt sin matsäck.

Och under den här resan, under hela den här tiden, så kommer hennes man Daniel inte att vika från sin döda hustrus sida.

Kanske inte så konstigt att han mådde dåligt och verkade helt frånvarande under förhöret, tänkte Nadja när hon lade ifrån sig de sista papperen som hon läst. Värre ändå var den känsla inom henne själv som hade vuxit sig allt starkare. Vad fanns det för utrymme för misstag? Att man skulle ha förväxlat hennes döda kropp med någon annans? Alla handlingar som hon granskat pekade entydigt på samma sak. Jaidee Kunchai hade förolyckats i samband med tsunamin i Thailand för snart tolv år sedan.

Bäckström kommer inte att bli glad när han får veta det här, tänkte Nadja.

På den punkten hade hon dock fel. När hon äntligen fick tag på honom på söndag förmiddag blev han på ett utomordentligt gott humör när hon berättade vad hon kommit fram till och vilka slutsatser hon dragit.

– Du är fel ute, Nadja, sa Bäckström och skakade på huvudet. Helt fel ute, upprepade han.

– Då föreslår jag att du själv går igenom det, sa Nadja och sköt över bunten med utredningshandlingar som hon lagt på hans skrivbord. Jag är övertygad om att det finns åtskilligt som du kommer att undra över.

– Ska i så fall vara en sak, sa Bäckström och log.

– Vad är det då? frågade Nadja.

– Undrar just vem de eldade upp istället, skrockade Bäckström.

38

Medan Bäckström och Nadja – eller i vart fall Nadja – brottats med den kanske svåraste existentiella fråga som finns hade Niemi ägnat ännu ett veckoslut i ensamhet åt betydligt enklare funderingar rörande en korvburk och huruvida fyndet av denna korvburk enbart handlade om just en korvburk eller om det nu var så att den man som stod med både sitt namn och sitt porträtt på samma korvburk ville framföra ett meddelande från andra sidan där han befunnit sig sedan drygt femtio år tillbaka. Djupt troende katolik sedan barndomen, dessutom – enligt en av sina många levnadstecknare – "något av en rapsod" under sin vuxna gärning. Med tanke på att det här ärendet blev konstigare och konstigare kanske man borde vara öppen för allt, tänkte Niemi och suckade.

Niemi var född och uppvuxen under enkla förhållanden på en gård i Tornedalen. Så småningom kriminaltekniker till professionen och ett arbete som gick ut på att göra även det obegripliga begripligt. Eller i vart fall möjligt att beskriva och bedöma i den där enklare juridiska meningen. Mot bakgrund av det senare, hans ursprung, uppväxt och yrkesliv, är det kanske inte så konstigt att Peter Niemi till sist bestämmer sig för att betrakta den korvburk som de hittat i samma jordkällare som där de fann kvarlevorna efter en död kvinna, som just en plåtburk med konserverad korv. Tyvärr ett allvarligt misstag, som det snart skulle visa sig, eftersom den kommer att få en avgörande betydelse för att den här historien till sist klaras upp.

Av utseendet att döma hade burken legat där ett bra tag. Samtidigt var den i så pass hyggligt skick att den gick att granska med hjälp av Niemis egna ögon och det främsta skälet till det var att den legat invirad i en plastpåse. En vanlig genomskinlig fryspåse på tio liter som skyddat den från att helt rosta sönder i den fuktiga jordkällaren.

En plastpåse och en korvburk och i strikt forensisk mening handlade det ju faktiskt om två spår. Niemi hade lagt plastpåsen i en betydligt större påse av papper och korvburken i en genomskinlig behållare av plast. Återstod att ta reda på när, hur och varför hans två spår hade hamnat där han hittat dem. Peter Niemi hade försökt göra det i god logisk ordning, vilket i sin tur hade medfört att han behövt ägna åtskilliga timmar åt att samla in uppgifter om både korvburken och dess hävdade upphovsman.

Karl Erik "Bullen" Berglund var född i juni 1887 och han dog i april 1963, tre år innan Niemi föddes. Under ett drygt halvsekel var han en av landets mest kända skådespelare och han hade medverkat i fler än femtio långfilmer. Dessutom var han en uppskattad revyartist och kuplettsångare. Det som hade bevarat hans namn till eftervärlden var dock inte hans aktningsvärda yrkeskarriär utan att han även var både matintresserad och matglad.

"Bullen" hade inte fått sitt smeknamn av en slump och på hösten 1952 hade han blivit kontaktad av Alvesta Slakteriförening nere i Småland som undrade om de fick döpa en av sina mest uppskattade produkter efter honom, mot ett väl tilltaget arvode givetvis. Bullen hade provsmakat, uttryckt sitt gillande, man hade till sist enats om den procentsats som han skulle få på försäljningen, och redan tidigt på våren 1953 hade den konserverade korv som han gett sitt namn introducerats på den svenska marknaden, Bullens pilsnerkorv. Utan jämförelse den mest kända produkten i den svenska korvens historia som ju ändå med säkerhet kan ledas tillbaka till tidig medeltid.

Bullens pilsnerkorv blev en dundrande succé för slakteriet i Alvesta. Den såldes i två förpackningar: en mindre burk med åtta lite kortare korvar och en större som innehöll hela fyrtio något längre korvar. Tillagningen var enkel och självklar, man värmde den i sitt spad och skulle det ske i samband med olika friluftsaktiviteter kunde man göra det direkt i burken. Folk var som tokiga i Bullens pilsnerkorv och redan under våren hade Sveriges sex miljoner medborgare satt i sig mer än en miljon korvar.

Korvmaskinerna nere i Alvesta gick i treskift, deras leverantör av konservburkar var tvungen att nyanställa personal, och direktören för fabriken hade redan bestämt sig för att både bygga en dubbelt så stor villa och byta ut sin gamla Ford Anglia mot en ny Mercedes av den dyraste modellen. Det var då som katastrofen drabbade dem.

Sommaren 1953 var en mycket varm sommar. På slakteriet i Alvesta hade man fått problem med sin kylanläggning, slarvat med hanteringen av både slaktkroppar och helt och malet kött, och i juni hade man så orsakat den största salmonellaepidemin någonsin i Sverige. Man hade smittat ner köttätare i hela landet, niotusen av dem hamnade på sjukhus och närmare hundra dog. Mitt i sommarvärmen – sjukhusen fullbelagda och goda andelar av personalen hade redan åkt på semester – fick man så in niotusen extra patienter. Heller inte vilka patienter som helst eftersom de rent bokstavligt sket ner sig hela tiden.

Slakteriet i Alvesta stängdes omedelbart och det dröjde ett halvår innan det fick öppna igen. Samtidigt gick Bullens pilsnerkorv i stort sett opåverkad genom katastrofen. Dels var det ju en helkonserv, dels hade hans pilsnerkorv inte smittat en enda konsument i hela landet. Det räckte för övrigt att titta på mannen själv för att begripa att han inte kunde ha det minsta att göra med denna sorgliga historia. Bullen var en man som vårdade sig om sina kunders hälsa och inte minst om deras magar.

De stora framgångarna med hans korv fortsatte ända fram till slutet av sextiotalet, då Scan tog över verksamheten, men även därefter rullade det på bra. Bullens pilsnerkorv finns fortfarande kvar i sortimentet hos de större livsmedelskedjorna. Givetvis också hos de minsta och inte så välsorterade handlare som fortfarande kan förse sina kunder med allt det där livsnödvändiga, som kokkaffe, extra saltat smör, sötlimpa och... Bullens pilsnerkorv. Sextiotvå år senare, men Bullens pilsnerkorv lever vidare. Samma recept i dag som då. Samma slags burk och i stort sett samma etikett med en fryntligt leende och rundhyllt Bullen. Försäljningen har visserligen minskat stadigt i takt med att de gamla kunderna dött ut, men man säljer fortfarande tiotusentals burkar per år. Bullens pilsnerkorv tycks leva ett evigt liv.

Återstår den kriminaltekniska analysen, tänkte Niemi. Han placerade burken på sitt arbetsbord, tände sin extra starka lampa och plockade fram förstoringsglas, lupp och allt annat han kunde behöva för sin inledande granskning. Att ta reda på när burken kunde ha hamnat i den hoprasade jordkällaren ute på Ofärdsön.

Scans logotyp på etiketten, tänkte Niemi, för det kunde han se med egna ögon. Tidigast 1969 alltså, för det var det året som Scan tagit över och också ändrat producentens namn på etiketten. När han så hade granskat burken med hjälp av sin lupp hade han hittat en märkning som fanns instansad i botten. Både siffror och bokstäver, totalt åtta tecken men inget av dem gav en enkel fingervisning om vilket år den tillverkats.

Hög tid att ringa Scan, tänkte Niemi och redan vid det tredje samtalet hade han fått napp. Det var en gammal trotjänare vid företaget som sålt Bullens pilsnerkorv under i stort sett hela sitt yrkesverksamma liv.

– Jag ser här i vårt register, jag har det framför mig på min dator, att den där burken måste ha tillverkats under andra kvartalet 1982, konstaterade trotjänaren.

– Det säger du, sa Niemi. Du kan inte maila över den där listan till mig?

– Självklart, självklart. En nyfiken fråga, förresten. Du sa att

den förekommer i samband med en brottsutredning. Vad är det för brott som ni utreder?
—Ett mord, tyvärr, suckade Niemi som inte kunde hålla sig längre.
—Herregud, det låter ju förskräckligt. Kan du säga något mer?
—Jo, så mycket kan jag väl säga, sa Niemi, att det verkar inte som om offret har dött av korven som finns i den.
—Herregud, upprepade den gamle trotjänaren. Det är ju en förskräcklig historia. Kan det handla om något som jag borde informera vår marknadsavdelning om?
—Jo, instämde Niemi. Det kanske är lugnast om du gör det. Det är väl knappast något som ni kan använda i er reklam, om jag så säger.

Tidigast andra kvartalet 1982, tänkte Niemi. Trettiofem år sedan och givet skicket på konservburken, plastpåsen som den låg invirad i och stället där den hade hamnat, kunde det mycket väl stämma, tänkte han medan han promenerade hem från sitt kontor till sitt radhus.

Någon som är på semester på Mälaren. Lägger till med båten på Ofärdsön, reser sitt tält för att han kanske inte har plats att sova i båten, letar efter en sval och skuggig plats där han kan skydda sin medhavda proviant mot den stekande solen. Då hittar han en halvt nedrasad jordkällare och det är där den hamnar. När han åker hem glöms burken med Bullens pilsnerkorv kvar. Och om kvarlevorna efter deras offer redan hade legat där så hade han väl knappast valt att ställa dit sitt matförråd.

Hon måste ha hamnat där betydligt senare, tänkte Niemi när han öppnade dörren till huset där han bodde. Burken med Bullens pilsnerkorv hade knappast med saken att göra, och därmed kunde han även avfärda sina tankar på ett meddelande från den andra sidan. Sänt av en av landets då mest folkkära artister, död sedan mer än femtio år, som under sin tid på jorden både hade varit djupt troende katolik och något av en rapsod.

Skönt, tänkte Niemi och tog fram en kall pilsner ur kylskåpet. För det hade ju ändå varit i konstigaste laget.

Återstår plastpåsen från Lidl, tänkte Niemi när han hade slagit sig ner framför sin teve och hittat rätt sportkanal. Lidl hade etablerat sin första verksamhet i Sverige år 2003. De första plastkassarna som kommit ut på den svenska marknaden var därmed tjugoett år yngre än hans konservburk. Så den hade säkert med saken att göra. En sådan där som du trär över huvudet på dem så du ska slippa se deras ansikte, tänkte han. Det var åtminstone vad hans magkänsla sa honom och i detta skulle det visa sig att han hade helt rätt.

39

Den svenska polisen fick mycket beröm för sitt arbete med att identifiera offren för tsunamin. Beröm med rätta, och ska man klaga över något den gången var det väl snarast att den allmänhet som de i bästa fall förväntas tjäna nog aldrig blev riktigt klar över vare sig omfattningen eller svårighetsgraden i det arbete som polisen genomförde.

De femhundrafyrtiotre offer som man hade hittat blev alla identifierade och allt talar för att när det hela till sist var avklarat så hade samtliga fått rätt identitet. Visst, det begicks misstag på vägen, två kroppar som förväxlats i samband med transporten från Thailand till Sverige, men de kontroller som gjordes i hemlandet var rigorösa och den förväxling som skett upptäcktes i stort sett omgående.

Femton av de svenska medborgare som anmäldes försvunna saknas fortfarande. Med tanke på vad som hände och platsen där det hände är det högst sannolikt att samtliga saknade är döda. Havet tog dem, samma hav som fick bli platsen för deras sista vila. Samtidigt kan man naturligtvis inte utesluta att det kan finnas både ett mörkertal och ett övertal i de här siffrorna.

Kanske finns det någon svensk som sedan länge varit på plats i Thailand när tsunamin inträffade men som aldrig anmäldes försvunnen på grund av att han eller hon saknade svenska anhöriga och valt att leva ett anonymt liv i sitt nya land. Eller det motsatta. Att någon av de femton som aldrig återfanns fortfarande lever och bara tog chansen att försvinna till en ny identitet och ett nytt liv när tillfället väl gavs.

Det mesta som är känt talar samtidigt emot detta. Av de femton som aldrig återfunnits var tio barn och de fem vuxna som fortfarande är försvunna hade samtliga en eller flera anhöriga som var med dem när katastrofen drabbade dem. Anhöriga som överlevde. Allt sammantaget talar den information som finns för att identifieringen av dem som återfanns är korrekt och att det relativa fåtal som fortfarande saknas är döda.

Och som alltid annars när något liknande händer finns det naturligtvis ett undantag. Ett undantag som polisen och de rättsvårdande myndigheterna i Sverige långt senare kommer att ägna ett betydligt större intresse än alla de andra enskilda svenska offren för tsunamin.

Det rent praktiska arbetet bedrevs på två håll. Dels på plats i Thailand där olyckan inträffat, dels hemma i Sverige där man skulle samla in uppgifter om de personer som försvunnit, som kollegerna borta i Thailand behövde för att kunna identifiera de döda. Räknar man mantimmar på respektive uppgift så krävde den andra långt större resurser än den första. Skillnaden handlade om annat. Som att sitta vid sitt eget skrivbord och sortera papper jämfört med att iförd ansiktsmask och gummihandskar stå under en stekande sol lutad över ännu ett illa tilltygat lik, ännu ett i en rad som aldrig tycks ta slut. Vad det konkret handlar om – i värsta fall – är att dra ut en tand på den döda människa som ligger där eller stoppa ner offrets fingrar i kokande vatten för att få dem att svälla upp så man kan säkra ett fingeravtryck som är tydligt nog. I bästa fall att bara få av dem kläderna så att man kan börja leta födelsemärken eller tatueringar. Heller ingen lätt uppgift när sol och saltvatten och förruttnelse fått kropparna att svartna och svälla upp till dubbla storleken.

Detta är ett arbete som de flesta av oss säkert gärna skulle avstå från. Några gjorde det åt oss. För att lindra andras plågor till priset av egna plågor medan de gjorde det. Det hedrar dem och det är värt att komma ihåg. Att hålla ordning på sina papper, sätta in dem i rätt pärm eller skicka dem vidare till rätt mottagare är inte hela världen. Det klarar nästan alla.

De som föll offer för tsunamin var vanliga, hyggliga människor som tagit med sig familjen för att tillbringa jul och nyår i Thailand. Med några få undantag var det inte människor som man kunde hitta i polisens register hemma i Sverige. Detta var ny information som man måste samla in och som täckte ett vitt fält. Allmänna signalementsuppgifter som kön, ålder, längd, kroppstyp, hårfärg och allt det där andra, hela vägen från medfödda missbildningar ner till födelsemärken och tatueringar och deras närmare placering, utseende och innebörd.

Dessutom uppgifter om kroppsliga karakteristika som tillkommit senare i livet, över hela skalan: nya höft- och knäleder, pacemakers, bröstimplantat, ärr och ärrbildningar efter olyckshändelser, sjukdomar, operationer, allt det som man tagit bort, ersatt eller kanske tillfört.

Tandkort givetvis, denna klassiker i det kanske sorgligaste av sammanhang – den död som är förenad med en osäkerhet om vem det egentligen är som har dött. Sist men inte minst DNA. Det kriterium som man i dag talar mest om i en situation som denna, där tyvärr alldeles för många har fått alldeles för mycket om bakfoten. Bland annat har de inte förstått att värme i förening med saltvatten förstörde mycket DNA på offren. Vilket i sin tur gjorde att man var tvungen att använda sig av andra och mer komplicerade metoder än den absolut vanligaste, den så kallade topsningen, där man sticker in en sticka av plast med en bit skumplast på toppen som man gnider runt i munnen på den som är föremål för provtagningen.

Här fick man ofta söka DNA på andra ställen: hårstrån, pulpan i tänderna, märgen i offrets lårben. Ibland till och med på en vanlig tand- eller hårborste, förutsatt att den med säkerhet gick att koppla till ett visst offer.

Inom loppet av några timmar hade fler än femtusen människor mist livet i området runt Khao Lak. Drygt tio procent av dem var svenskar. När vattnet väl runnit undan låg liken efter flodvågskatastrofen fullt exponerade i starkt solljus och trettiogradig värme. Åtskilliga hundra av dem kom att bli liggande på det viset i flera dygn innan man hittade dem. Många var så illa tilltygade efter att ha slungats runt i vattnet bland all den bråte som spolades med att de inte gick att identifiera eller ens avgöra könet på med ögat enbart. En omständighet som det är viktigt att man är klar över.

Ett forensiskt material, om man så vill, som man under dagar och veckor försökte samla ihop för att så småningom föra till det identifieringscentrum som man upprättat i Phuket. Det var så det gick till den där gången, men med Jaidee Kunchai verkade det däremot som om arbetet med att identifiera just henne hade varit både enklare och säkrare än vad gällde flertalet av de andra offren.

Det var också detta som Nadja försökte få en både självbelåten och samtidigt avogt inställd Bäckström att förstå när de träffades på söndag eftermiddag för att diskutera den axiomatiska sanning som består i att ingen av människa född kan dö mer än en gång.

Jaidee Kunchais döda kropp hittas redan inom ett dygn efter tsunamin. Man hittar den i hennes eget sovrum, under hennes säng, i huset som hon och hennes make har hyrt. Hon är iförd sitt eget nattlinne och ett mycket karakteristiskt halsmycke, ett hänge i jade och guld, som hennes mor har låtit tillverka hos en juvelerare i Bangkok och därefter gett till sin dotter som gåva när hon tagit sin akademiska examen.

De som hittar henne är hennes make och personal från hotellet som hjälpt honom att leta efter henne. Alla är överens om att det är just henne som man har hittat. Så även hennes mor när hon två dygn senare kan ta ett sista farväl av sin dotter på identifieringscentrumet i Phuket. Där säkrar man också hennes

DNA som visar sig vara identiskt med det DNA som hon lämnat sju år tidigare till den svenska migrationsmyndigheten.
– Tandkort, då, invände Bäckström. Varför kollade man inte hennes tänder?
– Ibland förstår jag mig inte på dig, Bäckström, sa Nadja som hade svårt att dölja sin irritation. Hon hade inget tandkort. Hon hade ju aldrig behövt besöka en tandläkare sedan hon var barn. Våra svenska kolleger här hemma kunde aldrig skicka över något tandkort till Thailand. Ska det vara så svårt att fatta?
– Det hindrar väl inte att de där borta kunde ta ett avtryck på hennes tänder ändå, sa Bäckström.
– Nu blir jag orolig för dig, Bäckström, sa Nadja. Berätta för mig. Vad skulle de jämföra det med?
– Tandkort har väl alla, sa Bäckström och ryckte på axlarna.
– Tydligen inte Jaidee Kunchai, sa Nadja. Om du nu skulle få för dig att läsa de där papperen som jag har gett dig kommer du även att hitta ett förhör som våra kolleger här hemma höll med en av hennes arbetskamrater om just den saken. Att hon inte verkade ha vare sig någon tandläkare eller något tandkort. Det förvånade dem nämligen. I Sverige brukar ju alla människor ha både tandläkare och tandkort. Precis som du just sa.
– Den där arbetskamraten, vad säger hon då?
– Att man pratat om det på jobbet. Om Jaidees helt perfekta tänder, att Jaidee själv berättat om det när hennes arbetskamrat ställt frågan. Att hon aldrig i vuxen ålder hade behövt besöka tandläkaren. Att hon aldrig haft vare sig karies eller tandsten. Ännu mindre behövt bära tandställning. Jaidee hade vita, helt perfekta tänder. Precis som på de där fotona av henne som du förhoppningsvis har sett i pärmen jag gav dig.
– Förstår vad du menar, sa Bäckström. Jo, jag har faktiskt tittat på dem. Jag är visserligen ingen tandläkare, men jag tycker nog att hennes tänder verkar ganska så lika dem som jag såg på vårt kranium som min lille granne hittade ute på den där ön i Mälaren.

—Du ger dig inte?
—Nej, sa Bäckström. Men jag var heller inte i Khao Lak så jag kunde titta på den där andra kvinnans tänder. Vem hon nu var. Kanske lika så gott med tanke på vad hon säkert råkat ut för. Bilderna på den där strandvillan som de hade hyrt har jag nämligen sett. En hög med bråte, där hon tyvärr tycks ha hamnat underst i högen.
—Jag däremot vill nog inte utesluta att det är vi här hemma som har begått ett misstag. Inte våra kolleger där borta i Thailand. Allt som jag hittills har sett talar ju för att det var Jaidee som blev kremerad borta i Thailand för drygt elva år sedan. Och att hon enbart av det enkla skälet inte kan ha dykt upp ute på Ofärdsön i Mälaren.
—Ja, det är väl inte värre än att det går att ta reda på, sa Bäckström och tittade för säkerhets skull på sin klocka. Vi ses i morgon på mötet. Var det klockan tio?
—Nej, det är klockan nio.
—Nio, jaha, ja, kan man tänka sig, sa Bäckström och log. Men du, Nadja. Jag tror inte att du ska släppa det där med hennes syster, enäggstvillingen. Ju mer jag lyssnar på dig, desto mer intressant tycker jag att den hypotesen blir, faktiskt. Trots att den, om du nu skulle fråga mig, verkar helt stollig redan från början. Om du bara får hålla på ett tag till så kanske vi är tvungna att köpa den om vi inte ska hamna i rena fantasier.

Nadja hade nöjt sig med att nicka. En neutral nick, vilket hon var glad över med tanke på de känslor som hon hade inombords.
Bäckström är en märklig man, tänkte hon. Det är vissa saker som han inte hör. En fördom kunde – enligt honom – i själva verket vara en insikt som du undvek att berätta om för alla andra som inte hade sett sanningen och ljuset. Alla dessa idioter som omgav honom.
I den värld där hennes kollega och chef alltid hade levt sitt liv var det dessutom så praktiskt ordnat att oavsett allt annat

sparade hans fördomar tid. Dessutom bidrog de till hans rykte som mordutredare varje gång som han kunde få dem bekräftade. Återstår allt det där andra, tänkte Nadja Högberg, född Ivanova. Allt det där andra som handlade om rätt eller fel. Vad nu Bäckström brydde sig om sådant.

40

På måndagen den första augusti hade Bäckström ett nytt möte med sina utredare. Deras ärende var numera påtagligt likt ett riktigt mord och inte bara ett misstänkt sådant. Ett offer som först hade blivit skjutet varpå gärningsmannen försökt gömma undan kroppen. Dessutom hade man fått hennes identitet, vilket var nödvändigt om man skulle driva sin utredning. Problemet med identifieringen var samtidigt att den trotsade mänskligt förstånd, och för att ändå lösa det som kunde lösas hade han överlåtit åt Nadja att berätta vari deras nya problem bestod. Reaktionerna hade också blivit precis de som man kunde förvänta sig: olika varianter på att det var omöjligt att dö mer än en gång.

– Vad skönt att höra att vi är överens om det åtminstone, avbröt Bäckström. Vad det sedan beror på är en annan femma, men det har jag bett Nadja här att se till att vi får någon ordning på. Så ni andra kan bara koppla av. Det är lugnt. Det har blivit fel någonstans och den biten kommer Nadja att lösa åt oss.

– Vad hade du tänkt att vi andra skulle göra då? frågade Annika Carlsson.

– Ta reda på vem som mördade henne, naturligtvis, sa Bäckström med spelad förvåning. Det trodde jag också att vi var överens om. Dessutom hade jag tänkt att Niemi skulle berätta för oss om alla fynd som de har gjort ute på den där gudsförgätna ön i Mälaren.

– Tack, sa Peter Niemi samtidigt som han öppnade sin Powerpoint och projicerade den första bilden på väggen. Om nu någon av er undrar så tänkte jag ta det i den logiska ordningen. Först den där övervuxna jordkällaren, sedan hur det såg ut inne i den, därefter bilder på det som vi har hittat. Så här ser det ut från utsidan, det som en gång var en jordkällare, alltså.

– Ja, det förstår jag att ni inte hittade den, sa Annika Carlsson med känsla när hon såg den överväxta bergslänten på bildskärmen. Gjorde inte jag heller när jag var där, trots att jag måste ha stått alldeles bredvid den. Var det jycken som hittade den?

– Vi var väl flera som hjälptes åt, sa Niemi som med tanke på den inledande diskussionen inte avsåg att gå in på pastor Lindströms bidrag. Vi hade en idé om var den kunde ligga så när hundföraren skickade dit jycken så markerade han ganska omgående.

Efter bilderna på jordkällaren utifrån kom de första bilderna inifrån den, de som Hernandez hade tagit, där man kunde se hur offrets kvarlevor låg utspridda över golvet.

Totalt hade Niemi visat ett trettiotal bilder. Ett halvdussin på jordkällaren, alltefter som man hade grävt fram och frilagt den, medan återstoden av hans foton var på de kvarlevor som man hittat efter deras offer. Flertalet av dem på det pussel som man hade lagt på det arbetsbord som ställts upp. En kvinna liggande på rygg med armarna längs sidan och raka ben. Återskapad med hjälp av de ben, benbitar och benfragment som man hittat.

Där kraniet skulle ha legat låg istället ett foto, eftersom det fortfarande var kvar nere i Linköping. Ovanför bilden, där hjässan skulle ha varit, hade man lagt de hårtestar och enstaka hårstrån som man hittat. Nedanför den låg resterna av underkäken samt några lösa tänder.

– Vad man gör är alltså att man försöker återskapa kroppen. Minsta lilla benskärva som man hittar försöker man lägga på rätt ställe. Som till exempel revbenen här, sa Niemi och visade med sin laserpekpinne.

—Det där är inget dåligt pussel, sa Kristin Olsson. Får man fråga hur många bitar det är?

—Klart man får, sa Niemi och nickade vänligt. En levande vuxen människa har drygt tvåhundra ben i kroppen, och det skulle hon också ha haft om hon fått vara ifred för djurangrepp. Det är väl räven som har ställt till det mesta, men även möss, kanske råttor och en och annan grävling. Jag tror att de hittade dit ganska snart. Det är därför som vi har hittat mer än trehundra ben, benbitar och benfragment.

—Plus några tänder och lite hår, konstaterade Bäckström.

—Jo, sa Niemi. Det minsta benfragmentet vi hittat är på några millimeter med en vikt på mindre än ett gram. Det största är vänster lårben. Det verkar dessutom vara i hyggligt skick, det är cirka fyrtio centimeter långt och väger knappt ett kilo. Vi tänkte skicka det till Linköping för att se om de kan använda märgen i det till att ta fram ett DNA.

—Är det för att ni ska vara säkra på att benen kommer från samma kropp som kraniet? frågade Oleszkiewicz.

—Precis, sa Niemi och nickade.

—Ja, det blir väl alldeles utmärkt, instämde Bäckström.

Så får Nadja lite gott att suga på, tänkte han. Ännu ett DNA-prov från samma lik.

—Men ni har hittat fler saker än hennes kroppsdelar, sa Annika Carlsson. Jag vet att du nämnde någon plastpåse från Lidl.

—Ja, den låg inne i jordkällaren tillsammans med hennes kvarlevor. Med tanke på att Lidl etablerades här i Sverige 2003 har den väl sannolikt hamnat där tidigast det året.

—Ett och ett halvt år före tsunamin, konstaterade Nadja av någon anledning.

—Har den med offret att göra då? frågade Kristin Olsson.

—Ja, det tror jag, sa Niemi. Jag är ganska övertygad om det.

—Hur då?

—Han har trätt den över huvudet på henne för att hon inte ska bloda ner omkring sig när hon blir skjuten. Vid huvudskott kan det ofta bli en kraftig utblödning även om den kan dröja någon eller några sekunder. Sedan vill han säkert slippa se ansiktet på henne, också. Det finns massor med varianter på det. Hur gärningsmannen försökt dölja ansiktet på offret.

—Varför är du så säker på att det är så då? frågade Annika Carlsson.

—Bra fråga, Annika, sa Peter Niemi och visade med sin laser på bilden av påsen. Ungefär tio centimeter från påsens öppning, i den ändan där handtagen sitter alltså, hittade vi snörspår i plasten. Först har han trätt påsen över huvudet på henne, sedan har han bundit ett snöre runt den, sannolikt där hon har halsen, han har lindat det flera varv och dragit åt det hårt. Om man tittar noga så ser man faktiskt snörspår på plastpåsen. Även om de syns dåligt på bilden här.

—Snöret har ni också hittat, sa Annika Carlsson.

—Bitar av det i vart fall, sa Niemi och tryckte fram en ny bild på ett halvdussin blåa snörstumpar varav den längsta – av den inlagda mätstickan att döma – verkade vara drygt tre centimeter.

—Vad är det för snöre då? frågade Nadja.

—Lite grövre variant, nylon, plast, hade det varit hampa eller bomull eller något liknande så tror jag inte att vi skulle ha hittat så mycket av det. Även det har vi skickat till Linköping och jag skulle inte bli förvånad om de till om med kan tala om vad det är för märke på det.

—De har en särskild snörforensisk avdelning därnere, skrockade Bäckström.

—Säkert, sa Niemi och log även han. Ja, vad har vi mer.

—Korvburken, sa Bäckström. Det var någon som sa att du hade hittat en burk med korv. Den låg i någon plastpåse, tror jag.

—Ja, den bilden har du här, sa Niemi och knäppte fram ett foto på både korvburken och plastpåsen som den legat i.

—Det är ju Bullens, sa Bäckström som hade svårt att dölja sin förtjusning. Bullens pilsnerkorv. Vår mördare verkar vara en riktig finsmakare.

—Med risk för att göra dig besviken så tror jag inte att den har med saken att göra, sa Niemi.
—Varför inte det då? frågade Bäckström.

Måste köpa hem några burkar, tänkte han. Senast jag åt Bullens måste ju ha varit när jag var liten grabb.

—Burken är från början på åttiotalet, sa Niemi. Jag tror att den hamnade där åtminstone tjugo år före kroppen. Någon som klivit i land på ön, förmodligen. För att campa, eller så. Ställt sin matkasse i den där jordkällaren som man kanske kunde se ingången till på den tiden. Att någon skulle ha lagt den där om det redan låg ett lik där tror jag däremot inte på.

—Om du äter Bullens pilsnerkorv så skiter du väl i sådant, sa Annika Carlsson. Skämt åsido, Peter. Jag tror som du.

—Jo, men du tänkte väl ändå skicka ner den till Linköping, sa Bäckström.

—Självklart, sa Niemi. Det är redan på väg. Både burken och påsen. Det såg jag till så fort jag hörde att de tydligen har en särskild korvforensisk avdelning därnere. Den lär ligga vägg i vägg med den forensiska avdelningen för plastpåsar. I samma korridor som den snörforensiska avdelningen håller till.

—Om det är Bullens går den säkert fortfarande att äta, sa Bäckström av någon anledning.

—Vad gör vi nu då, sa Annika Carlsson. Mer än försöker fixa så att Bäckström kan få tillbaka sin korvburk, menar jag.

—Lite vanlig mordutredning kanske, sa Bäckström.

—I så fall måste vi nog prata med Toivonen så att vi kan få med en åklagare på vagnen, sa Annika Carlsson.

—Ja, det är väl tyvärr så illa, suckade Bäckström. Du får göra ditt bästa, Annika. Försök att fixa någon som åtminstone klarar av att knyta sina egna skor.

—Kanske hög tid att vi rundar av, fortsatte han. Vad tror vi om det här, då?

Hög tid för Snillen spekulerar, tänkte Bäckström. Rena aptitretaren inför hans lunch.

—Det där med den oklara identiteten stökar ju onekligen till det, sa Annika Carlsson. Den stör mig åtminstone.

—Om du struntar i den då, tills vidare, sa Nadja.

—I så fall är det väl som det brukar vara, sa Annika Carlsson. Att det är karlen hennes som har gjort det. Det är ju de som brukar gömma undan kropparna, för att vinna tid om inte annat.

—Om vi nu bortser från det, tills vidare, sa Niemi och nickade uppskattande mot Nadja, så lutar jag väl själv åt samma håll som Annika. Även om man inte ska låsa fast sig och allt det där. Just när det kommer till sådana här mord är väl statistiken ganska talande. Om vi har ett kvinnligt offer så brukar det vara hennes karl som har gjort det. Kanske under någon båtsemester på Mälaren för en tio år sedan.

—Efter tsunamin, sa Bäckström som tydligen inte kunde hålla sig.

—Enligt vår rättsläkare som vi hade med oss ute på ön, för övrigt en kvinna som verkade veta vad hon höll på med, så kunde det mycket väl vara senare än så. Med tanke på de kvarlevor som vi hittade alltså, sa Niemi. Någonstans mellan tio och fem år. Det var den bedömning som hon gjorde utifrån platsen där kroppen hade legat och det skick som benen var i. Kanske till och med snarare fem än tio år.

—Men inte senare än så, sa Bäckström.

—Nej, inte enligt vad hon trodde i varje fall. En båtsemester på Mälaren, en man och en kvinna som har ihop det, för det brukar de ju ha, som börjar bråka med varandra, ett bråk som urartar rejält och som slutar med att han skjuter henne i huvudet med ett gammalt salongsgevär som han har i båten. Ungefär så, summerade Niemi.

—Men varför skulle man släpa med sig ett gevär om man ska på båtsemester? invände Kristin Olsson. Jag menar, spinnspön och vanliga metspön och allt det där, det kan man ju förstå, men varför ett gevär? Det fattar jag faktiskt inte.

– Kanske för att hålla undan alla måsar som skitar ner däcket för dig, sa Niemi och log vänligt.
– Vad är det som får mig att tro att vi inte kommer längre? sa Bäckström och reste på sig.
– Möjligen din lunch, sa Nadja, och reste sig även hon.

41

På vägen till den krog som väntade på honom hade Bäckström tittat in hos Ankan Carlsson.

Om inte annat kan jag ju ge henne några ord på vägen, tänkte Bäckström, klev rakt in och slog sig ner i stolen framför hennes skrivbord.

– Undrar varför Nadja var så snarstucken, sa Bäckström medan han granskade sina välpolerade naglar. Inga sorgkanter under dem. Inte så länge han hade en liten syriansk tjej som höll ordning på den biten. När hon inte bäddade in honom i varma handdukar och klämde ut hans pormaskar, förstås.

– Det är väl inte så konstigt. Det där strulet med identifieringen stör mig också. Det stör mig enormt, ska du veta.

– Inte för att jag förstår varför, sa Bäckström. Precis som du säger. Det är väl någon som har strulat till det. Det händer hela tiden. Det löser sig.

– Jag är inte så säker på det, sa Annika Carlsson och skakade på huvudet. Inte sedan jag läst underlaget. Då tror jag snarare på det som står där. Att Jaidee Kunchai omkom vid tsunamin.

– Visst, sa Bäckström, och sedan åkte hon till Sverige och blev skjuten och instoppad i en gammal jordkällare på en ö ute i Mälaren. Det är ju en utomordentligt intressant hypotes. Vad tror du om att vi kallar in ärkebiskopen som särskild sakkunnig?

– Det sa jag inte, sa Annika Carlsson. Jag tror nämligen att den vi har hittat kan vara en helt annan kvinna. Möjligen med thailändsk bakgrund.

–Som bara råkar ha samma DNA som den där Jaidee, sa Bäckström och flinade. Ännu en spännande hypotes. Kolossalt spännande.

–Vad tror du själv, då? Berätta för mig, Bäckström.

–Jag vet inte, sa Bäckström. Jag tror det löser sig. Däremot är det en annan sak som stör mig. Den stör mig väldigt mycket, faktiskt.

–Vad är det då?

–Att Niemi kan ta så lätt på den där korvburken. Det fattar jag inte. Hur kan han bara avfärda den?

–Nej, jag har förstått det, sa Annika. Att du är väldigt förtjust i Bullens konserverade korv. Trots att det är rena grismaten, och om det är någon som borde passa sig för att äta sådant är det faktiskt du, Bäckström. Det är av omtanke jag säger det.

–Nu var det ju inte korven jag tänkte på, sa Bäckström.

–Nehej, vad tänkte du på, då?

–På själva korvburken, sa Bäckström. Jag får för mig att den kan vara lösningen på hela det här ärendet.

–En burk med Bullens pilsnerkorv? Det är den som är lösningen på vårt ärende?

–Ja, sa Bäckström och reste sig ur stolen där han satt.

–Vad tror du om att skriva ner dina teorier och lägga dem i ett sådant där hemligt kuvert som du sedan slickar igen? Precis som den där feta professorn brukar göra i det där teveprogrammet, Veckans brott. Så vi andra kan öppna det sedan och se hur rätt du hade.

–Skulle jag inte drömma om, sa Bäckström och skakade på huvudet. Den mannen är fullkomligt bindgalen. Du har aldrig funderat på hur det kan komma sig att han aldrig öppnar de där hemliga kuverten? När de väl sitter där med facit, menar jag.

–Nej, faktiskt inte.

För det hade hon ju inte, nu när hon tänkte närmare efter.

– Nej, sa Bäckström. Den mannen är en ren charlatan, om du frågar mig. Men det här jag säger till dig är något som jag bara vet. Fråga mig inte hur, men redan nu kan jag liksom se det framför mig, fortsatte han.

– Det är inte så att du bara mår dåligt då? sa Annika Carlsson. Eller bara tagit en liten rackare för mycket till den där dödliga frukosten som du brukar proppa i dig?

– Nej, inte det minsta, sa Bäckström. Jag mår alldeles utmärkt. Jag vill bara försäkra mig om att du inte glömmer bort den där burken med Bullens.

– Vad skönt att höra, sa Annika Carlsson. Jag fick för mig att du hade fått en hjärnblödning. Men visst, oroa dig inte. Jag lovar att inte glömma bort din lilla korvburk.

Nu är han så där igen, tänkte Annika Carlsson och såg efter honom när han försvann ut från hennes rum. Lite kusligt nästan, med tanke på alla gånger som han haft rätt trots att det han hade sagt hade verkat helt obegripligt.

42

Bäckström hade gått på Operabaren och ätit rimmad oxbringa till lunch. Han hade blivit sittande längre än vanligt beroende på alla minnen från barndomen som plötsligt hade gjort sig påminda. Tänkt upphöjda tankar kring goda minnen, medan han tagit in en extra konjak till kaffet för att hålla dem sällskap, och det som väckt dem till liv var en burk med Bullens pilsnerkorv.

Inte den lilla burken, den som Niemi hade hittat, som bara innehöll åtta ganska korta korvar, utan den stora burken med hela fyrtio korvar som var betydligt längre. Dessutom var korvarna i den stora burken, det visste varje gourmand och kännare av Bullens pilsnerkorvar, betydligt mer välsmakande. De hade en bättre balanserad sälta, ett mustigare spad och ett spänstigare skinn än de som fanns i den mindre burken. Dessutom var de, som sagt, åtskilligt längre och eftersom detta inte hade gått ut över deras tjocklek fick man helt enkelt mer och godare korv för pengarna.

Precis som i Niemis fall handlade det för Bäckström inte om korvarna i sig och den angenäma smakupplevelse som de alltid hade skänkt honom. Där fanns istället en annan, betydligt högre och samtidigt djupare dimension i de minnen som väckts till liv av ett fynd som man gjort under en vanlig mordutredning. Minnen av den gången då Bäckström hade ätit middag med sin far Johannes Bäckström, den svårt alkoholiserade överkonstapeln vid Maria polisstation på Söder i Stockholm, tillika ansvarig för stationens arrestavdelning.

Det var för övrigt det enda goda minne som han hade av sin far. Den där gången då de hade ätit Bullens pilsnerkorv tillsammans. Med hemlagat potatismos och korv från den stora burken. Ingen dålig måltid, tänkte Bäckström och smuttade på sin konjak. Bullens pilsnerkorv kunde uppenbarligen slå broar mellan generationer, till och med mellan honom själv, som den gången snart skulle fylla tretton år, och hans pappa som skulle ha blivit femtiofem på hösten samma år, om han inte dött av ett fyllslag bara någon månad dessförinnan.

När hans pappa hade kommit hem från jobbet den där dagen hade han medfört en stor burk med Bullens pilsnerkorv och en hel liter Taffelbrännvin i en butelj av den gamla modellen. Bäckströms galna mor var utflugen som vanligt och han och hans far hade hjälpts åt med middagen. Medan pappa Bäckström hade lättat på slipsen, läst tidningen, dukat och tagit en första så kallad upptagare, innan han till sist värmt korvburken direkt på gaslågan på spisen, hade hans son kokat potatis och stampat mos. Sedan hade han krönt sitt verk med att hälla i all den tjocka grädde som stod i kylskåpet och gulorna från de fyra ägg som han hittat i skafferiet. Avslutat med att salta och peppra och någon riven muskot var det inte tal om. Det var kärringsmak, det tyckte både far och son.

Hans far hade serverat sig själv ännu en liten upptagare, innan han stuckit ner en gammal kökshandduk innanför kragen för att inte spilla ner sin uniformsskjorta. Sedan hade han hällt upp den första måltidssupen innan han provsmakat sonens potatismos.

– Lättuggat och välkryddat, sa pappa Bäckström och nickade gillande medan han lade för sig ett halvdussin korvar direkt ur burken. Du får passa dig grabben, så du inte blir kock. Det är mycket stjärtgossar i det yrket. Nästan lika illa som vid flottan, faktiskt, konstaterade Bäckström den äldre som varit stambefäl vid Svea livgarde innan han blivit polis. Det är ingen slump att Kalle Anka kutar runt utan byxor. Om du förstår vad jag menar, tillade han.

– Tack, pappa. Korven var också god, sa Bäckström.
– Fattas bara, grymtade Bäckström den äldre. Det är ju Bullens. Bättre finns inte.
– Är det något som pappa har köpt hos hökaren på Götgatan? Jag trodde inte han hade den där stora burken.
Och hur snattar man en sådan, om man inte vill se ut som en zigenare, tänkte han.
– Det är ett beslag, sa hans pappa och nickade tungt. Ett Norrlandsfyllo. Från Kramfors. Togs nere på Centralen strax innan jag gick av passet. En liter Taffel och en stor burk med Bullens. Och en hela Renat som han nästan hade druckit ur medan han satt på tåget.
– Vad skulle han här att göra då? frågade Bäckström. Om han var full redan innan han klev av, menar jag.
– Lappjävlar, suckade pappa Bäckström och skakade på huvudet. De är helt obegripliga. Påstod att han skulle uppvakta någon gammal moster som fyllde nittio. Med en burk korv och en liter brännvin. Ja, det hör du väl själv hur det låter? Jag menar, hur pass trovärdigt är det? Dessutom gick det ju knappt att förstå vad han sa.
– Det låter som ljug, instämde Bäckström.
– Jag ger mig fan på att kärringen bodde i Luleå, sa Bäckström den äldre. Att fanskapet klev på fel tåg, helt enkelt. Det ska du förresten tänka på när du själv blir polis. Att du har laglig grund för det du gör. Det där med att du ska hälla ut brännvinet du tar i beslag är däremot rena vansinnet. Ställ undan det i ditt skåp och se till att du tar med dig en rejäl portfölj när du går till jobbet på morgonen, som du kan ta hem det i.
– Ja, det är klart det, sa Bäckström. Fast det där med laglig grund förstår jag inte riktigt. Hur menar pappa då?
– Att du ska gratulera en nittioårig kärring med en korvburk och en liter brännvin? Hur pass trovärdigt är det? Ett typiskt beslag om du frågar mig. Dessutom finns det ju ett tydligt samband mellan brännvinet och korven. I det här fallet, alltså.
– Jag visste inte att man kunde ta korv också, sa Bäckström. Brännvin visste jag. Men inte korv.

– Klart du kan, sa Bäckström den äldre. När du har ett så tydligt samband som här. Korven är ju enbart tänkt som tilltugg, om du förstår vad jag menar. Ett främjande av fylleribrottet, om jag så säger.
– Ja, det är klart. Nu fattar jag precis.
– Klart som korvspad, sa pappa Bäckström, nickade och rapade. Ska inte du fylla femton snart, förresten?
– Jo, sa Bäckström. Eller tretton om man nu skulle hänga upp sig på detaljer, tänkte han.
– Hämta ett glas, sa pappa Bäckström och viftade i riktning mot skafferiet. Då är det hög tid att du tar dig en sup.
Sedan hade han hällt upp åt dem båda. Tittat allvarligt på sin son innan han höjde sitt glas i höjd med kragknappen.
– Om du inte ska få problem med brännvinet är det viktigt att du lär dig att dricka under ordnade former, sa pappa Bäckström. Se mig nu i ögonen och svara ärligt, Evert. Är detta den första supen som du tar?
– Ja, ljög Bäckström och nickade. Det är helt ärligt, pappa. På heder och samvete. Jag har aldrig druckit en droppe i hela mitt liv.
– Jag kunde ge mig fan på det, sa pappa Bäckström med känsla. Att det är din mor som smygsuper. Som springer runt och snattar ur sin mans flaskor. Trots att jag stuckit åt henne både bananlikör när hon fyllde år och portvin till jul.
– Ja, mamma super nog en hel del, tyvärr, sa Bäckström med en bekymrad rynka i pannan. Sedan är det en sak som jag undrat över också.
– Vad är det då?
– Varför hon sätter en gummisnodd runt flaskan. Till kanten på det hon druckit, alltså. Jag menar att om någon vill ta sig en tjuvsmutt av hennes likör är det ju bara att flytta ner gummisnodden.
– Ja, någon större tänkare har hon ju aldrig varit, suckade pappa Bäckström. Själv brukar jag rita ett streck på etiketten. Så där har du ett litet tips på vägen.

—Tack pappa, sa Evert och höjde sitt glas. Stort tack för pappas förtroende.
—Skål min son, sa pappa Bäckström. Tog supen med en knyck på nacken medan hans son redan var slugare än så. Först smuttade han försiktigt för att sedan öka sin trovärdighet med ett göra en lagom sur grimas.
—Du vänjer dig, Evert, du vänjer dig, sa hans pappa och klappade honom tröstande på armen.

Närmare än så hade de ju faktiskt aldrig kommit varandra, tänkte Bäckström och suckade djupt i läderfåtöljen där han satt snart ett halvsekel senare. Den enda måltiden som räknades av dem som de ätit tillsammans. Bullens pilsnerkorv och hans eget hemlagade potatismos. Den enda sup som hans pappa hade bjudit honom på i hela hans liv, men som måltid fullt i klass med de fem bröden och de två fiskarna. Alla streck som han ritat på den gamle fyllskallens buteljer. Gubben som knappt kunde räkna och var tvungen att blunda med ena ögat när han försökte se var han satt det senaste av dem. Hans galna mamma med gummisnodden. Den där gången då han hade trätt på en extra snodd för att göra henne ännu mer förvirrad än hon var när hon bara var som vanligt.

Goda minnen, barndomsminnen, tänkte Bäckström och suckade ännu en gång. Allt det där andra som han hade lurat i Ankan Carlsson – om korvburkens avgörande betydelse för att de skulle klara upp sitt fall – var rena tramset och enbart för att ge henne något gott att suga på. Någon enstaka gång kunde det till och med stämma, och då brukade han bli både geniförklarad och ansedd som synsk beroende på betraktarens läggning. Oftast stämde det inte, men då hade de redan glömt bort att han hade sagt det.

Även en finnkoling som Niemi måste ha rätt någon gång, tänkte Bäckström, som inte hade en aning om hur fel han själv hade just den här gången.

43

Någon måste ha begått ett misstag, antingen i Thailand eller här hemma i Sverige, och till dess att Nadja hade fått ordning på den saken hade Annika Carlsson och hennes tre medhjälpare låtsats som det regnat och jobbat vidare med det som de hade. Att sammanställa alla tänkbara uppgifter om Jaidee Kunchai och hennes dåvarande make Daniel Johnson, så att de åtminstone kunde avföra dem om det nu hade begåtts något fel i samband med fyndet ute på Ofärdsön.

– Klokt, sa Bäckström som just denna dag hade valt att inleda sin kontrollrunda på Ankan Carlssons rum. Det är alltid maken som har gjort det. Skit i det där andra, det löser sig.

– Jag vet faktiskt inte, sa Annika Carlsson. Jag får inte de där vanliga vibbarna den här gången.

– Du tycker att just det här exemplaret av sörjande änkling var alldeles för nedbrutet, sa Bäckström och flinade.

– Ja, det och allt annat, sa Annika med en talande axelryckning.

– Vad hade han att välja på, sa Bäckström. Hade han gjort vågen hade väl till och med det där gamla stolpskottet från Rikskrim reagerat.

– Du menar Stig Andersson, kollegan som hörde honom borta i Thailand?

– Ja, sa Bäckström. Han och alla de andra idioterna på samma ställe. Förklara för mig hur hon kan dyka upp på en ö ute i Mäla-

ren? Oklart när, men helt säkert åtskilliga år efter att hon skulle ha omkommit i tsunamin.
– Det kanske inte är hon, sa Annika Carlsson. Den tanken har aldrig slagit dig?
– Det är klart att det är hon. Dessutom finns det ju en betydligt enklare förklaring.
– Skriv ner den på en lapp, lägg den i ett kuvert. Jag lovar att inte tjuvkika.
– Ja, eller tänk själv, sa Bäckström. En helt annan sak, fortsatte han.
– Ja?
– Åklagaren. Hur går det med den biten?
Redan klart, enligt Annika Carlsson. Hon hade pratat med Toivonen som hade pratat med Åklagarmyndigheten som tilldelat dem en åklagare redan på eftermiddagen efter måndagsmötet med spaningsgruppen.
– Vem är det?
– Ingen jag känner, sa Annika Carlsson och skakade på huvudet. Hanna Hwass heter hon. Vass med H och dubbelwe. Biträdande chefsåklagare, lär ha ett förflutet vid Ekobrottsmyndigheten. Jag har pratat med henne på telefon. Lät korrekt.
– Vad kan hon om spaningsmord, då? frågade Bäckström.
– Förmodligen ingenting, om jag nu ska gissa.
– Men det var väl skönt att höra, sa Bäckström. Med lite tur så kanske vi har fått ett vanligt rundningsmärke som inte lägger sig i hela tiden.
– Vi får hoppas på det bästa. Jag har i vart fall sett till att hon har fått allt underlag, sa Annika Carlsson. Dessutom har Nadja pratat med henne om vårt speciella problem med identifieringen av offret.
– När ville hon träffa oss?
– I morgon eftermiddag klockan två.
– Vad är det för fel på förmiddagen, suckade Bäckström. Om man nu vill äta en anständig lunch, tänkte han.

–Hon kunde inte. Hon skulle vara i rätten på förmiddagen. Men jag försökte faktiskt, så det är inte så att jag jävlas med dig.
–Var dag sin egen plåga, suckade Bäckström och reste på sig.
–En sak till innan du drar vidare, sa Annika Carlsson. Jag tänkte på den där maken.
–Ja, vad är det med honom?
–Det verkar ju vara en riktigt ond människa om man ska tro dig. Det är ingen hejd på vad han har hittat på. Du tror inte att det var han som planerade tsunamin, också?
–Nej, faktiskt inte, sa Bäckström. Det har jag aldrig trott.
–Skönt att höra, sa Annika Carlsson och log.
–Fundera på saken, Annika, sa Bäckström och stannade i dörren till hennes rum. Fundera på saken utan att krångla till det i onödan.
–Kloka ord från en klok man, sa Annika. Är det okej om jag skriver ner dem?
–Var inte barnslig, Annika, sa Bäckström och skakade på huvudet innan han gick. Tänk efter, bara.

44

Hanna Hwass var en liten korpulent kvinna i obestämbar medelålder med kortklippt cendréfärgat hår. Blå kavaj, vit blus, blå byxor och blå pumps med halvhög klack. En kavaj som stramade betänkligt över bålen, en blus med glipor mellan knapparna så fort hon satte sig ner, byxor som rynkade sig på tvären och skor utan snörning. Till detta bar hon stålbågade glasögon och ett oföränderligt vänligt leende. Hon talade långsamt och tydligt och verkade väga varje ord hon sa innan det fick passera över hennes tunna läppar. Det första intrycket som hon gjorde på sin spaningsstyrka vid mötet onsdag eftermiddag den tredje augusti kan enklast beskrivas som drabbande. Det rimmade illa med deras uppfattning om hur en åklagare skulle vara, och mer än så behövdes inte för att ett nära och friktionsfritt samarbete skulle förvandlas till en kamp på liv och död. En åklagare mot sju poliser och en civilanställd analytiker, en kamp som borde vara avgjord från början. Fast inte den här gången, som det snart skulle visa sig.

En bra åklagare var en åklagare som gjorde som polisen sa. Som inte lade sig i det praktiska arbetet som han eller hon ändå inte begrep sig på utan istället såg till att ordna fram de tvångsmedel som polisen behövde i sin jakt på gärningsmannen. Oavsett om det gällde telefonkontroller, dolda avlyssningar, husrannsakningar, vanliga anhållanden och beslag eller att bara hämta någon till ett förhör utan föregående kallelse. Detta var Bäckströms och många andra polisers bestämda uppfattning och vad Hanna Hwass anbelangade hade hans förhoppningar om ett vanligt rundningsmärke omedelbart kommit på skam.

Biträdande chefsåklagaren Hwass hade inte behövt mer än de inledande fem minuterna av sitt första möte med spaningsstyrkan för att övertyga dem om den saken. Åklagare Hwass var nämligen inte bara förundersökningsledare i formell utan även i praktisk mening. "Såväl till namnet som till gagnet", förtydligade hon och log vänligt mot de sju poliser och den civilanställda analytiker som satt i rummet tillsammans med henne. Det var så som hon såg på sin roll i det här sammanhanget, helt enligt gällande regelverk för övrigt, och det var samma inställning som hon alltid haft under sina snart femton år som åklagare.

Dessutom var hon en stor vän av ordnade arbetsformer och fortlöpande information. Schemalagda möten med spaningsgruppen varje måndag och fredag eftermiddag där man stämde av läget och diskuterade det fortsatta spaningsarbetet. Informationen ville hon ha på sin mail, "för dokumentationens skull", vilket samtidigt inte utgjorde något hinder mot omedelbar och muntlig sådan, "i brådskande lägen eller när det så att säga låg i sakens natur".

– Det var väldigt trevligt att få träffa dig, Hanna, sa Bäckström samtidigt som han log fryntligt och nickade mot henne. Du är ju en ny bekantskap för oss som sitter här men samtidigt en person som vi sett fram emot att träffa. Vi har hört mycket gott om dig.

Vilken enastående fet och elakartad liten kärring, tänkte Bäckström utan att reflektera närmare över att han själv måste väga dubbelt så mycket och vara åtminstone tio år äldre. Inte nog med att hon tydligen tänkte slå hela hans liv i spillror för att hans lille granne hade hittat ett kranium på en ö i Mälaren. Dessutom var hon ful så till den milda grad att det hotade både hans allmänna sinnesfrid och hans matsmältning. Sin egen snara hädanfärd hade hon redan signerat, tänkte han.

—Tack, Bäckström. Det värmde, sa Hanna Hwass och såg ut som om hon verkligen menade det. Jag har ju redan pratat med både Nadja och Annika på telefon, och så mycket har jag förstått att vi har ett ansenligt problem som vi måste reda ut innan vi kan gå vidare. Vad jag tänker på är naturligtvis vårt offers oklara identitet.

—Ja, gissa om det satt myror i huvudet även på oss, sa Bäckström samtidigt som han både suckade och skakade på huvudet för att stryka under det han just hade sagt. Det vore intressant att höra vad du tror om den soppan, tillade han och suckade ännu en gång för säkerhets skull.

Åklagare Hwass hade inlett med en allmän betraktelse. Problem var till för att lösas och i den värld hon levde hade hon alltid betraktat dem som spännande utmaningar. Efter att ha tagit del av det underlag som hon hade fått hade hon också börjat bilda sig en egen uppfattning om saken.

Den i stort sett omedelbara identifieringen av Jaidee Kunchai i samband med tsunamin talade starkt för att det var hon som hade omkommit. Hon hade hittats i huset som hon och maken hade hyrt, kläder och smycken som hon haft på sig stämde, de anhöriga och personalen på hotellet hade känt igen henne, sist men inte minst var det hennes DNA som man hade säkrat i Thailand där hon dog.

I förening med omständigheten att hon bara fem dygn senare blivit kremerad i sin gamla födelsestad Bangkok, vilket det fanns papper på både i form av en dödsattest, en faktura och ett protokoll från den begravningsbyrå som skött det praktiska i samband med transporten av hennes kropp och begravningsceremonin, så var den logiska slutsatsen given. Det kunde inte vara kroppen efter Jaidee Kunchai som man påträffat på Ofärdsön ute i Mälaren. Det måste vara någon annan kvinna. Möjligen av östasiatiskt ursprung, om nu den osteologiska expertisen hade prickat rätt.

—Skönt att höra dig säga det, sa Bäckström, lutade sig tillbaka, riktade blicken mot taket och formade fingertopparna till ett valv medan han nickade eftertänksamt. Hög tid att dra det kristna kortet, tänkte han.

– För en troende människa som jag själv känns det ju onekligen svårt att tänka sig någon annan förklaring, fortsatte han och nickade på nytt.

– Hur menar du då? frågade Hwass, som plötsligt hade svårt att dölja sin förvåning.

– Ja, ingen kan väl rimligen dö två gånger, förtydligade Bäckström. Inte enligt min kristna tro i vart fall.

Fanskapet ler fortfarande, men betydligt stelare nu, tänkte han.

– Nej, instämde Hwass. Med all respekt för din trosuppfattning, Bäckström, så vill jag nog understryka att det räcker med vanligt sunt förnuft för att inse den saken.

– Hur löser vi då detta, sa Bäckström. Hur går vi vidare, menar jag? Du får gärna vägleda oss.

– Ja, för det första måste vi ju se till att ta ett nytt DNA-prov, sa Hwass. Det är ju en absolut nödvändig första åtgärd. Själv skulle jag inte bli särskilt förvånad om det redan då kommer att visa sig att man helt enkelt har skickat på oss en felaktig DNA-profil.

– Det är på gång, sa Niemi utan att gå in på några detaljer.

Hwass är knappast den skarpaste kniven ens i den lådan, tänkte Niemi. En insikt som tydligen också hade drabbat Nadja av hennes frånvarande ansiktsuttryck att döma.

– Ja, men det var väl utmärkt, sa Bäckström. Då får vi försöka skynda på dem så gott det går där nere i Linköping.

– Ja, jag har förstått att det kan ta sin rundliga tid, sa Hwass.

– Månader, suckade Bäckström. Trots att det ju handlar om ett mord. Ett mord på en stackars ung kvinna.

Hwass var givetvis medveten om det allvarliga i situationen och behövde de hennes hjälp för att skynda på det hela var det bara att säga till. I avvaktan på ett besked fanns det samtidigt annat som behövde åtgärdas så fort som möjligt.

—Vad tänker du på då? frågade Bäckström.

Ännu stelare leende nu, tänkte han.

—Ja, det måste ju ha skett ett misstag någonstans i samband med registreringen. Sådant sker ju tyvärr hela tiden, så det här är väl inte första gången. Jag har själv råkat ut för det vid ett flertal tillfällen. Fingeravtryck, DNA, till och med vanliga blodprov som man blandat ihop och förväxlat. Vi får helt enkelt prata med de registeransvariga, både hos polisen, på Forensiskt centrum nere i Linköping och hos Migrationsverket. Ja, och med de ansvariga uppe på Rikskriminalpolisen, givetvis. Sådana där papper som blivit liggande i åratal i något gammalt arbetsregister har jag aldrig varit särskilt svag för.

—Även det är på gång, sa Nadja.

Undrar vad det är för fel på henne, tänkte hon. Måste ju vara något mer än att hon bara är dum i huvudet.

—Men det är väl alldeles utmärkt, konstaterade Hanna Hwass. Då ger vi järnet som ni poliser brukar säga. Jo, en sak till förresten, innan jag glömmer bort det. Nästa möte blir först på måndag. Nu på fredag är jag upptagen, nämligen. Vi ska ha avtackning på jobbet för min gamla chef som ska gå i pension.

—Det var tråkigt att höra, sa Bäckström. Ja, inte att du ska gå på avtackning, alltså. Att vi inte kan ses, menar jag.

Ibland får man glädjas åt det lilla som ges, tänkte han.

—Jag förstår precis vad du menar, Bäckström. Så oroa dig inte. Är det några andra frågor innan vi skiljs åt?

Ingen hade några frågor. De övriga åtta som satt i rummet skakade alla på huvudet. Leden har redan slutit sig, tänkte Bäckström belåtet när han följde med deras åklagare till hissen för att försäkra sig om att hon lämnade huset.

—Okej, sa Bäckström två minuter senare när han återvänt till sammanträdesrummet och stängt dörren efter sig. Vi har fått en åklagare på halsen som alldeles uppenbart är helt bakom flötet. Hur löser vi det? Vad säger du, Niemi?

– Förr eller senare händer det, sa Niemi. Nu har det hänt oss. Det där hon tjatade om att vi skulle göra är ju dessutom redan på gång. Lär väl hålla henne lugn tills på måndag. Dessutom ska jag träffa Toivonen i ett annat ärende, så det där andra kan jag väl lämpligen ta med honom. Mellan fyra ögon.

– Det tackar vi för, sa Bäckström.

Även det finska rytteriet sluter upp, tänkte han.

– Om det är någon som är intresserad av att höra hur det kommer sig att hon beter sig på det där viset har jag faktiskt en idé om det, sa Niemi.

– Jag som inte hade en aning om att du var psykiatriker också, sa Bäckström.

Måste vara något han lärt sig på universitetet i Haparanda, tänkte han.

– På Ekobrottsmyndigheten där hon alltid har jobbat är det åklagare och ekonomer och revisorer som styr och ställer, sa Niemi. Sådana där enkla själar som vi ska bara göra det som de säger åt oss att göra.

– En helt annan företagskultur, alltså, sa Stigson och flinade.

– Ja, ungefär så, instämde Niemi.

– Själv tänkte jag återvända till mitt rum, sa Nadja och reste sig medan hon samlade ihop sina papper.

– För att söka tröst på det där ryska viset, föreslog Bäckström.

– Ungefär så, sa Nadja. Tänka på de där björkskogarna i mitt gamla hemland. De där som är så stora att de aldrig tar slut.

– Vet du vad, Nadja, sa Annika Carlsson. Vi har fått en tokig åklagare på halsen. Det är inte hela världen och om det inte går på något annat sätt lovar jag att personligen släpa ut henne i öronen. Nyfiken fråga: Jag hade aldrig hört talas om henne. Är det någon som har träffat henne tidigare?

– Ja, jag, sa Oleszkiewicz. Jag har haft henne som lärare på introduktionskursen när jag läste juridik.

– Hur var hon då? frågade Kristin Olsson.

—Helt ok, enligt de flesta som hade henne som lärare. Pedagogisk, klar och tydlig och allt det där.
—Så du har läst juridik... Ole...
—Säg Ozz, chefen, sa Oleszkiewicz och log brett. Ozz med två z.
—Men vad gör du här då? Om du läst juridik, menar jag, sa Bäckström.

Min egen Judas Iskariot, trots att jag bara har sju lärjungar, tänkte han.

—Jag är här för att jag ville bli polis, sa Oleszkiewicz. Om det är Hwass som chefen undrar över så var jag kanske inte lika förtjust i henne som de flesta andra av mina kurskamrater.
—Varför inte det då?
—Två skäl. Dels tyckte jag att hon verkade alldeles för självgod. Hon saknade vanlig ödmjukhet och respekt för andra, helt enkelt. Vissa människor har liksom inga antenner. Dels tyckte jag att hon undvek problem. En del grejer kan vara ganska svåra och det kan du inte lösa genom att bara förenkla dem tills du själv kan förstå dem. Då missar du helt vad det handlar om.

Bäckström nöjde sig med att nicka.

Kanske inte helt hopplös ändå, tänkte han.

45

Nadja hade varken sökt tröst i Rysslands björkskogar eller landets nationaldryck. Så fort hon återvänt till sitt rum hade hon ringt sin bekant på Rikskriminalpolisen för att be honom att hjälpa henne med olika praktiska saker som måste genomföras borta i Thailand. Saker som hon inte kunde göra här hemma alldeles oavsett hur mycket papper hon samlade på sig.

– Du vet den där vanliga, smidiga hjälpen kolleger emellan, förklarade hon. Om en sådan som jag ska gå den officiella vägen kommer det ju bara att ta en evinnerlig tid och tyvärr så vet jag av erfarenhet att det sällan är värt besväret. När det gäller Thailand är det dessutom så illa att jag inte har några sådana där informella kontakter som jag kan få hjälp av.

– Men det har jag, sa hennes bekant. Så det ska du inte behöva oroa dig för. Men visst, jag håller med dig. Det är förbannat trist att det ska vara så tungrott inom systemet.

– Ja, och själv börjar jag få rejält dåligt samvete med tanke på allt annat som du har hjälpt mig med.

– Det ska du inte ha. Vad har man annars vänner till, sa hennes bekant.

Vad gällde just Nadjas problem, att hitta någon som på plats kunde kontrollera olika saker åt henne, så fanns det två möjligheter, enligt hennes bekant. På rättsavdelningen på den svenska ambassaden fanns det sedan åtskilliga år tillbaka en svensk polis

som jobbade som sambandsman med både den thailändska polisen och kollegerna i deras grannländer. Själv hade han suttit på den tjänsten i sex år, ända till för två år sedan då han återvänt till Sverige. Hans efterträdare var en alldeles utmärkt polis som han kände personligen och kunde gå i god för. Problemet var ett annat.
– Vad är det då? sa Nadja.
Ständigt dessa problem, tänkte hon.
– Jag pratade med honom i går och han, och hustrun hans, har just kommit till Sverige för att fira semester. Sedan är han norrlänning också, så den där jakten på älg i september är helig för honom. Han kommer alltså att vara här hemma i drygt en månad. Om jag fattade saken rätt kanske du vill att det händer något innan dess.
– Ja, sa Nadja. Inte minst med tanke på den åklagare som de gett oss.
– Jag hörde det, sa hennes bekant och skrockade förnöjt. Hanna Hwass är kanske inte den vassaste kniven i lådan. Trots namnet, menar jag. Du skulle höra vad kollegerna på Ekobrottsmyndigheten tyckte om henne. Flera av dem är ju inlånade härifrån, så man får ju höra ett och annat. När de äntligen lyckades bli av med Smörkniven, ja det var hennes öknamn då, en sådan där i trä du vet som ungarna brukar göra i slöjden och ge till mormor och morfar i julklapp, var det klackarna i taket i en hel vecka.
– Det kan jag tänka mig, sa Nadja.
Hur det nu löser mina problem, tänkte hon.
– Så därför har jag ett annat förslag, sa hennes bekant.
– Ja, i det här läget är jag ju tacksam för det mesta. Som du säkert förstår.
– Akkarat Bunyasarn, sa hennes bekant. Bättre hjälp än så tror jag inte jag kan ge dig.
– Akkarat, upprepade Nadja. Du får ursäkta, men min thailändska kanske inte är alldeles flytande. Vad betyder det?
Lycka till på thailändska, kanske, tänkte hon.

205

– Han heter så, sa hennes bekant. Akkarat Bunyasarn. Det är en kollega till mig, ja, en mycket god vän också, som jobbar vid Kungliga thailändska polisen i Bangkok. Vi hade mycket att göra med varandra när jag jobbade som sambandsman där borta. Han är Detective Superintendent på deras nationella avdelning för kriminalpolisverksamheten. Det är en man som inte går av för hackor. Trots att han väl inte är mer än kanske en och sextiofem lång och ser ut som unga grabben.
– Hur gammal är han då? frågade Nadja.
Måste ju börja någonstans, tänkte hon.
– Femtioplussare, som jag. När du pratar med honom så ta samtalet över Skype, så kan du passa på att titta på honom. Jag är övertygad om att du kommer att hålla med mig. Ser ut som en tjugofemåring. Högst. Pratar utmärkt engelska gör han också.
– Så det är en bra kollega, sa Nadja.
– Bättre finns inte, som jag sa. För det första är han ju inte vem som helst. Han är ungefär som en överintendent här hemma och eftersom han sitter på den nationella avdelningen i Bangkok, vilket är ungefär som Rikskriminalen här hos oss, kan han jobba över hela landet.
– Ja, men det låter väl alldeles utmärkt, om du kan få honom att ställa upp, sa Nadja.
– Det kommer han att göra. Om jag ber honom, sa hennes bekant. Dessutom är det en hederlig karl, vilket inte alltid är fallet där borta. Korruptionen är tyvärr ganska utbredd inom vissa delar av den thailändska polisen. Ordningspolisen och speciellt den lokala polisen ute i landet är väl de som har de största problemen med sådant. Det kan vara bra för dig att känna till.
– Kan du maila över hans kontaktuppgifter? frågade Nadja.
– Jag föreslår att vi gör så här, sa hennes bekant. Nu är det ju sena kvällen i Bangkok så jag ringer och pratar med honom i morgon bitti. Förklarar vad det handlar om och om det inte är några problem, vilket jag har svårt att tro, så mailar jag över dem till dig.

—Vad snällt av dig, sa Nadja. Akkarat Bunyasarn, det var så han hette.
—Akkarat Bunyasarn, det är ett namn som är värt att lägga på minnet. Det lovar jag.

Vad gör jag nu, tänkte Nadja så fort hon avslutat sitt samtal. Åker hem, tänkte hon och nickade. Jag åker hem och söker tröst på det där ryska viset. Dessutom slår jag två flugor i en smäll, både björkskog och vodka, i form av Berjozovyj les vodka. När jag väl somnat kan jag drömma ljuva drömmar om Akkarat Bunyasarn som är en riktig karl som man kan lita på i både vått och torrt, trots att han bara är en och sextiofem lång och ser ut som unga grabben.

46

Redan klockan åtta på torsdag morgon hade Evert Bäckström samlat sina närmaste medarbetare till ett hemligt möte bakom den stängda dörren till hans eget rum. Hade han kunnat välja hade han naturligtvis valt en mer mänsklig tidpunkt, men nu var det så att det rådde skarpt läge och att hans galna åklagare Hanna Hwass inte gav honom något val. Hög tid att dra ner kasken i pannan, skjuta in en kula i loppet på lilla Sigge och i allt övrigt inta det som man på vanlig polissvenska kallade för höjd beredskap, tänkte Bäckström när han i arla väkten klev in i den taxi som skulle ta honom till polishuset ute i Solna.

– Varken Niemi eller Hernandez kunde komma, sa Ankan Carlsson så fort hon och de andra slagit sig ner i säkerheten bakom hans stängda dörr.
– Tråkigt att höra, sa Bäckström.
– Ja, men jag har pratat med dem och de är helt på vår sida. Enligt Peter skulle han till och med hjälpa oss om vi bestämde oss för att slå ihjäl kärringen, sa Ankan Carlsson. Ja, med att dölja alla spår och så, förtydligade hon.
– Jag tror inte det ska behövas, sa Bäckström. Jag föreslår att vi istället gör så här.

Alla fem som satt i rummet nickade. Omedelbart, unisont och utan minsta tvekan.
– Du Nadja, sa Bäckström och vände sig till sin enda med-

arbetare värd namnet. Jag beklagar verkligen, men du får försöka få någon ordning på det här. Se till att kärringen fattar att det faktiskt är Jaidee Kunchai som vi hittat där ute på ön.

—Så det är du helt säker på, sa Annika Carlsson.

—Ja, sa Bäckström. Och så fort du också inser det är ingen gladare än jag.

—Jag tror precis som chefen, sa Ozz trots att han inte ens hade blivit tillfrågad.

—Jag skiter i vilket, sa Bäckström på sitt vanliga artiga vis. Nadja, ta reda på hur det egentligen gick till där borta i Thailand när de fick för sig att det var Jaidee Kunchai som de hade hittat. Och se för hela husfridens skull till att även en ren jubelidiot som vår egen åklagare fattar den saken.

—Vad gäller det första så är det inga problem, om det nu är så att du har rätt, sa Nadja. Vad det andra beträffar vågar jag däremot inte ge dig några som helst garantier.

—Vad gör vi andra då? frågade Kristin Olsson.

—Kroppen som vi hittat därute är Jaidee Kunchai, sa Bäckström. Eftersom det alltid är maken som har gjort det så vill jag veta allt, precis allt, om henne och den närmast sörjande som sköt skallen av henne. Givetvis även om alla andra som kan ha något med det hela att göra.

—Du ger dig inte, konstaterade Annika Carlsson och log.

—Nej, sa Bäckström. Om inte Nadja visar att jag har fel. Jag hatar att ha fel, speciellt om det innebär att en sådan som vår åklagare, lilla fru Hwass, skulle ha rätt, för då skjuter jag gärna skallen av mig. Kärringen har naturligtvis fel, oroa er inte för det, men jag tänkte vänta med den biten till dess att vi har något som vi kan dänga till henne ordentligt med. Så vi kan få tyst på fanskapet och hon gör som vi säger.

—Oroa dig inte, sa Nadja. Rent känslomässigt är vi helt överens, du och jag.

—Så vad är problemet, sa Bäckström. Vad har jag då att oroa mig för?

–Det skulle väl vara att hon har rätt och du har fel, sa Nadja.
–Vad säger vi till åklagaren? frågade Stigson. Om hon nu undrar vad fan vi håller på med, förtydligade han.
–Att vi gör precis det som hon har bett oss om, sa Bäckström. Om det vi faktiskt håller på med säger vi givetvis inte ett pip.

Att Stigson var dum i huvudet visste jag ju redan, tänkte Bäckström. Enda fördelen med honom var att han alltid gjorde precis som man sa åt honom att göra.

–Vad bra, sa Stigson som plötsligt verkade lika förtjust som sin chef.

–Ja, sa Bäckström. Skönt att höra att åtminstone du och jag är överens.

47

Så fort de hade lämnat Bäckström hade Annika Carlsson tagit över och fördelat arbetet. Stigson, Olsson och Oleszkiewicz skulle ta hand om kartläggningen av Jaidee Kunchai medan hon själv skulle börja gräva fram det som fanns om Daniel Johnson. Om någon av dem nu undrade över den arbetsfördelningen berodde den på att hon hade en känsla av att det kunde bli betydligt svårare att få fram uppgifter om Jaidee Kunchai än om Daniel Johnson.

– Vad du vill ha är alla de där biografiska uppgifterna om Jaidee? frågade Kristin Olsson.

– Ja, och allt det där andra som handlar om vem hon egentligen var. Hur hon var som människa. Ingen av oss har ju träffat henne. Vi måste skaffa oss en bild av henne. Det som man förr i tiden kallade för stora och lilla biografin, sa Annika Carlsson. Börja med den lilla och skulle ni få fram mer än så blir ingen gladare än jag.

– Förstår precis, sa Kristin Olsson. Plus allt sådant där som kan ha anknytning till vårt brott. Som en båt och ett gammalt salongsgevär.

– Ja, eller en plastpåse från Lidl eller korvburken med den där feta skådisen på etiketten som Bäckström tjatade om, sa Stigson.

– Precis, instämde Annika. Däremot vill jag inte att ni pratar med någon som kände Jaidee utan att fråga mig om lov först, sa Annika Carlsson. Men allt det där vet Stigson lika bra som jag.

– Inte väcka den björn som sover, förtydligade Stigson.
– Vad säger vi om åklagaren vill veta vad vi håller på med, då? frågade Oleszkiewicz.
– Ni måste ju ha ett alibi så att ni kan hålla henne på gott humör och det är för övrigt ytterligare ett skäl till att jag vill att ni tar hand om det som gäller Jaidee. Frågar hon om det så säger ni bara att anledningen till att ni jobbar med henne är att ni har förstått att det måste ha skett något misstag angående hennes identitet. Se till att fixa en kontakt på Migrationsverket, förresten. I bästa fall har de en massa papper om henne som vi kan ha hjälp av när vi gör personbeskrivningen och om åklagaren undrar så försöker ni bara ta reda på hur de kan ha strulat till det angående hennes identitet, eller om de förväxlat hennes DNA eller om de har hittat på något annat. Ja, ni förstår hur jag tänker.
– Du själv, då, Annika? Vad gör du om hon kommer och frågar varför du tydligen håller på att kartlägga hennes man? Vad svarar du då? frågade Kristin Olsson.
– Hur skulle hon komma på det, sa Annika Carlsson och ryckte på axlarna.
– Men anta att hon gör det, envisades Oleszkiewicz. Hon är inte dum på det viset.
– Då säger jag att jag sköter mitt jobb och resten ska hon bara skita i, sa Annika Carlsson.

Annika Carlsson hade haft helt rätt. Att ta fram uppgifter om Jaidee Kunchai hade inte varit någon lätt uppgift. De personer på Migrationsverket som de hade fått tag på hade inte haft något att tillföra. De som eventuellt kunde tänkas ha det var antingen på semester, tjänsteresa, konferens eller omöjliga att nå av något annat skäl. De var hur som helst inte på sin arbetsplats. Hoppet stod nu till en arkivarie som skulle återvända från sin sommarledighet på fredag nästa vecka.
– Jag förstår ingenting, sa Stigson och skakade på huvudet. Vem fan återvänder från sin semester på en fredag? Först är du ledig i

en månad och sedan kommer du tillbaka till jobbet på en fredag. Vad är det för fel med att vänta ett par dagar till och komma tillbaka på måndagen?
– Inte en susning, sa Oleszkiewicz. Vad tror du om att fråga henne om en vecka när hon är tillbaka på jobbet?
– En halv sida med folkbokföringsuppgifter plus det där vanliga som man alltid kan knacka fram på datorn, fortsatte Stigson som inte verkade lyssna. Tre fullt friska poliser. Två dagars jobb. En halv sida. Ankan kommer att bli tokig på oss.
– Säg inte det, invände Kristin Olsson. Vi vet ju en väldig massa om hennes äldre bror.
– Vad vi nu ska med det till, suckade Stigson. Vad är det för dåre som lägger ut en halv roman om sig själv på sin hemsida? Hur vet vi att det han skriver om sig själv är sant, till att börja med? Om det nu skulle råka vara på det viset kan han ju ändå inte ha haft med vårt ärende att göra. Han var ju inte ens med på begravningsceremonin. Ska ni eller jag snacka med Ankan?
– Hon är nere i gymmet, sa Kristin. Jag kan snacka med henne.
– Ja, eller maila över skiten, sa Stigson och reste sig med ett ryck. Själv tänkte jag inleda helgens övningar. Lägg med en länk till den där brorsans hemsida så har hon ju åtminstone lite som hon kan läsa.
– Redan gjort, sa Oleszkiewicz och slog ihop sin laptop.

48

När Annika Carlsson hade återvänt från gymmet till kontoret var hon den enda som fanns kvar. Till och med Nadja lyste med sin frånvaro och deras chef hade som vanligt lämnat dem redan före lunch. Själv hade hon kollat sin mailbox innan hon tänkte åka hem och det enda som kommit in medan hon tränat var det som hennes medarbetare hade lyckats få fram om deras offer Jaidee Kunchai, deras "eventuella" offer, tänkte Annika Carlsson och öppnade mailet som Oleszkiewicz hade skickat över.

Det som stod att läsa om Jaidee var sådant som hon redan visste, enda skillnaden möjligen den att hennes personuppgifter numera var samlade på ett ställe och under en egen beteckning i deras arbetsmaterial. Plus det faktum att hon tagit svenskt körkort redan på våren 1999. Sannolikt borde det finnas mer information om henne på Migrationsverket, tänkte Annika Carlsson. När hon kommit till Sverige och ansökt om uppehållstillstånd för att kunna bosätta sig här och gifta sig med en svensk medborgare borde man ju ha gjort en ordentlig genomgång av hennes bakgrund. Om det nu inte var så praktiskt ordnat att man gjort sig av med alla dessa uppgifter i samband med att man dödförklarade henne, tänkte hon.

Jaidee Kunchai var född i Bangkok i Thailand den 2 maj 1973 av thailändska föräldrar och själv var hon också thailändsk medborgare. Hon hade kommit till Sverige hösten 1998 på ett visum som var utfärdat av det svenska generalkonsulatet i New York. Anledningen till det framgick för övrigt av hennes visumansökan. I drygt tre år dessförinnan hade hon bott i USA där hon studerat ekonomi vid Northwestern University utanför Chicago. I USA hade hon både uppehållstillstånd och arbetstillstånd och möjligen var det den enkla förklaringen till att hon i stort sett omgående fått ett visum för att kunna resa till Sverige.

Efter ett par månader, i januari 1999, hade hon ansökt om uppehållstillstånd och arbetstillstånd i Sverige, eftersom hon skulle gifta sig med en svensk medborgare. Äktenskapet hade ägt rum i augusti samma år på den svenska ambassaden i Bangkok och i januari 2000 hade hon och hennes nye man återvänt till Sverige för att bosätta sig här.

Först därefter hade Jaidee Kunchai ansökt om svenskt medborgarskap. Eftersom hon var gift med en svensk hade det gått snabbare än normalt och redan på våren 2004 hade hon blivit svensk medborgare. Tydligen på god väg att etablera sig i sitt nya hemland eftersom hon och hennes man redan tre år tidigare hade startat ett företag i Sverige som sysslade med marknadsföring med speciell inriktning på Sydostasien: Johnson & Kunchai, South East Asian Trading and Business Management AB.

Bara någon månad efter det att Jaidee blivit svensk medborgare hade hon och hennes man återvänt till Thailand. Han hade fått jobb som biträdande handelsattaché på svenska ambassaden, medan det var mer oklart vad hon själv sysslat med. Sannolikt med sitt företag fram till dess att hon dog i tsunamin, tänkte Annika Carlsson, eftersom bolaget tydligen hade bedrivit verksamhet fram till våren 2006. Då hade det sålts till ett större företag, som också arbetade med affärer i Sydostasien, av hennes efterlämnade make Daniel Johnson. När det såldes var han den ende ägaren. Jaidee själv var död. Dödförklarad i maj 2005. Detta var det hela enligt den officiella beskrivningen, hämtad ur ett antal svenska register, och förmodligen var det väl så illa att den var sann, tänkte Annika Carlsson, suckade och lade ifrån sig papperen som hon just läst. Trots alla kriminaltekniska konstigheter och Bäckströms övertygelse om motsatsen.

49

Peter Niemi och hans medhjälpare hade hittat ett kranium och drygt trehundra benrester, hela ben, bitar av ben, skärvor och fragment av ben – ett antal lösa tänder ur en underkäke samt en del huvudhår, testar och enstaka hårstrån.
Däremot inga kläder eller andra tillhörigheter från offret. Fynd som ofta kunde ha mer att berätta än offrets kvarlevor. Något måste hon ju ändå ha haft med sig, tänkte Niemi. I sämsta fall åtminstone kläder på kroppen och sannolikt en handväska med allt som en sådan nu kunde innehålla. I bästa fall, om hon nu hade varit en långväga gäst, så borde det ju ha funnits åtskilligt mer än så.

Det fanns mycket som talade för en rationell och handlingskapabel gärningsman som var väl förtrogen med den miljö där han hade gömt hennes kropp. Någon som kände till både Ofärdsön och det vatten som omgav den.
Först gör han sig av med kroppen, sedan kläderna och allt det andra, tänkte Niemi. Kroppen hade han gömt på land, vilket var klokt av honom eftersom kroppar som dumpades i vatten hade en enastående förmåga att flyta upp till ytan så fort förruttnelse och gasbildning satte in, alldeles oavsett hur mycket sten och annat som man använde som sänke. Dessutom fanns det ju en gräns för hur mycket man orkade lyfta och bära när kroppen skulle sänkas.

Med hennes kläder och övriga tillhörigheter var det inte på det viset, så det fanns åtskilligt som talade för att allt det andra hade sänkts i Mälaren. Först dumpades kroppen och sedan hennes tillhörigheter. I ett svep och i nära anslutning till vart annat.

Det var ju så de rationella gärningsmännen var beskaffade, och ofta nog var det just detta som kunde få dem på fall. Det gick att räkna ut hur de tänkte och därmed hur de hade handlat. Handlingar som styrdes av tankar, helst sådana där den som hade tänkt till var en normal och klok människa, gick att granska och värdera för sådana som Niemi. Med rena vettvillingar kunde det vara betydligt svårare.

Problemet var ett annat, tänkte Niemi. Och inget dåligt problem heller.

Mälaren är Sveriges till ytan tredje största sjö. Mer än ettusen kvadratkilometer vatten som sträcker sig tolv mil från Stockholm i öster till Örebro i väster. Där finns drygt åttatusen öar, holmar, kobbar och skär och en strandlinje som är lika lång som den som omger landets största sjö, Vänern, trots att den senare har en vattenyta som är fem gånger större. Enda trösten var möjligen att Mälaren är förhållandevis grund med ett medeldjup på tio meter och ett största djup på sjuttio meter i en gammal förkastningssänka i Lambarfjärden utanför Hässelby, ett par mil väster om Stockholms centrum. Tio meter eller sjuttio meter men med tanke på sikten i Mälaren kunde det göra detsamma, tänkte Niemi, och skulle han börja dyka där utan att bli utskrattad på jobbet måste han veta mer än vad han gjorde.

Detta hade han också förklarat för sina kolleger och ingen av dem, inte ens Bäckström, hade haft några invändningar. Annika Carlsson hade däremot haft en fråga och eftersom han själv hade tänkt i samma banor redan från början hade han inte haft några problem med att svara.

– Jag har tänkt på vår gärningsman, sa Annika Carlsson. Jag får för mig att han hittar ganska bra på Ofärdsön.

– Det tror jag också, sa Niemi.
– Då kom jag att tänka på lille Edvin, sa Annika Carlsson. Bäckströms granne.
– Men inte som gärningsman, väl, sa Niemi och log.
– Nej, sa Annika Carlsson. Edvin är en jättegullig kille och större än en metmask är han heller inte. En liten metmask med utstående öron och jättetjocka glasögon. Men det har väl funnits andra sjöscouter före honom. Det där scoutlägret ute på Ekerö har säkert funnits där i mer än femtio år.
– Den tanken har slagit även mig, sa Niemi. Någon vanlig båtägare tror jag däremot inte på. Inte på någon av de bofasta heller. Ofärdsön är inget uppskattat ställe bland dem som bor därute.
– Jag undrar var han har sin båt, sa Annika Carlsson. Vår gärningsman, alltså.
– Förmodligen i Mälaren, sa Niemi. Kan du ta reda på det blir ingen gladare än jag. Då kan jag till och med tänka mig att börja skicka ner dykare där ute.
– Det får du förklara, sa Annika Carlsson.
– När han har gjort det här, först mördat en människa och sedan gömt undan kroppen, så vill han hem, sa Niemi. Oavsett om det bara tog honom någon timme att göra sig av med kroppen var varje minut av den tiden lång som en evighet för honom. Nu vill han hem, hem så fort som möjligt. Inga onödiga utflykter. Allt det där andra, som hennes kläder till exempel, har han gjort sig av med på vägen.
– Då ritar du alltså en rät linje på sjökortet, från Ofärdsön till det ställe där han lägger sin båt när han inte är ute och kajkar runt på böljan den blå.
– Ja, sa Niemi. Då skickar vi ner våra dykare och deras Sjöugglor på de bästa ställena på hans väg hem till den egna bryggan. Där det är som djupast och lättast att sänka något som man vill bli av med. Och där det inte är en massa strömmar som kan ställa till det. Det är ju det som är fördelen med sådana där gärningsmän. Att de bara nöjer sig med det bästa stället och vet precis var det ligger.

– Fast fem år, kanske tio, är en lång tid, invände Annika Carlsson. Tror du verkligen att det finns något kvar?
– Är det bara väl förpackat, så. Du kan ta regalskeppet Wasa som exempel. Där fick man ju upp åtskilligt av sådant som vi letar efter trots att hon legat där i närmare trehundrafemtio år. Till och med kläder.
– Låter som en liten filur som vi kan tänkas hitta, sa Annika Carlsson. En sådan där som är lite för smart för sitt eget bästa. Trots att jag själv knappt satt fötterna i en båt.
– Varför du nu skulle behöva göra det, sa Niemi. Det räcker väl med att du är polis.

50

På lördagen hade Annika Carlsson återvänt till polishuset i Solna trots att hon var ledig. Först hade hon tillbringat ett par timmar nere i gymmet men väl klar med sin träning hade hon inte gått ner i garaget, satt sig i bilen och åkt hem för att koppla av. Eller för att hitta på i stort sett vad som helst annat än jobbet.

I brist på bättre, eller kanske för att hon hade svårt att släppa Jaidee och alla frågetecken som fanns runt hennes person, hade hon istället tagit hissen upp till kontoret, satt sig bakom sitt skrivbord, slagit på datorn och loggat in på den länk som Olsson och Oleszkiewicz skickat över till henne. Kanske hade Jaidees tio år äldre bror något att tillföra som kunde skingra dunklet kring hans systers person. Han hade i vart fall en hemsida som inte gick av för hackor.

Ned Kunchai var född i Bangkok, 1963. Dessutom verkade han ha varit en flitig och duktig ung man. Efter avslutade gymnasiestudier och militärtjänst hemma i Thailand hade han således fått ett stipendium till ett fint amerikanskt universitet, Northwestern University i Evanstone i Illinois ett par mil norr om Chicago.

Annika Carlsson hade inga särskilda kunskaper om amerikanska universitet, men så mycket hade hon förstått av det hon kunde läsa mellan raderna på Neds hemsida, att Northwestern inte var vilket ställe som helst. Inte som Harvard, Princeton och Yale kanske men snäppet under, och just deras ekonomiutbildning hade mycket gott rykte.

Först storebror som sedan fixar in sin lillasyster på samma ställe är väl inte en alltför vågad gissning, tänkte Annika Carlsson.

Ned Kunchai hade tagit en mastersexamen med inriktning på bokföring och revision. Gjort det med högsta betyg och så fort han varit klar med sin examen hade han omgående fått anställning på en av världens största revisionsbyråer. Efter sex år på byrån hade han blivit partner och delägare med placering på företagets huvudkontor i New York. Samma år hade han för övrigt blivit amerikansk medborgare. Året var 1995 och Ned Kunchai var då faktiskt inte mer än trettiotvå år gammal.

Det verkade som om det hade gått bra för Ned även i fortsättningen. Att döma av bilderna på honom själv och hans familj som han lagt ut på sin hemsida var han närmast en bekräftelse på den amerikanska drömmen om att i USA kunde var och en bli sin egen lyckas smed, även om han råkade vara född i Thailand. En amerikansk hustru, som jobbade deltid som journalist på en av de större radiostationerna i New York, och tillsammans med henne hade han fem barn.

Äldste sonen läste redan ekonomi på Harvard, fyra yngre barn som säkert skulle göra liknande vägval. Ett eget townhouse i de bättre delarna av Brooklyn, sommarhus i Montauk på Long Island, ett flertal styrelseuppdrag, en sjusiffrig lön i dollar och hopp om både framtida hedersdoktorat och en ordinarie styrelsepost i Rockefellers stiftelse för välgörande ändamål där han ett par år tidigare blivit invald som revisorssuppleant.

Det hade gått bra för Ned Kunchai och han hade inga svårigheter med att berätta om det. Den största sorg som hade drabbat honom var när hans "älskade lillasyster" hade omkommit i tsunamin 2004. Något som inte hade blivit lättare att bära av att han inte kunnat vara med på hennes begravning. Dessutom av det mest banala av alla skäl. Han hade varit på en konferens i Boulder i Colorado, och hans mor hade inte hunnit få tag på honom i tid till begravningsceremonin.

Däremot hade han varit med när man en vecka senare, i enlighet med buddhistisk tradition, strödde hennes aska för vinden i en nationalpark norr om Bangkok. Nu var han den siste som fanns kvar av hans ursprungliga familj. Hans pappa, som hade varit hög officer i den thailändska armén och som hade dött redan 1983 när Ned själv legat inkallad i det militära, så hans syster som förolyckats 2004 och till sist hans mor som dött sju år senare, vid sjuttioåtta års ålder, på försommaren 2011. Men inte ett ord om någon okänd och bortadopterad tvillingsyster till Jaidee. Inte heller om Neds svenske svåger. Kanske bäst att göra en anteckning om den saken, tänkte Annika Carlsson. Utifall att.

Annika Carlsson stängde av sin dator och undrade vad hon skulle göra nu. Det var lördag eftermiddag och hög tid att hon skaffade sig ett liv, tänkte hon och hunnen så långt i sina tankar hade hon plötsligt kommit att tänka på lille Edvin och att det även var hög tid att hon infriade sitt löfte till honom att de snart skulle gå på Gröna Lund igen. Problemet var bara att han inte svarade på sin mobil. Till och med hans telefonsvarare var avstängd.

51

På söndag förmiddag hade Ankan först gjort ännu ett misslyckat försök att få kontakt med lille Edvin. Fortfarande inget svar och i brist på bättre hade hon åkt till jobbet för att avsluta den kartläggning av Daniel Johnson som hon hade inlett några dagar tidigare.

Precis som hon hade förutskickat när hon pratat med sina medarbetare så saknades det inte uppgifter om honom, såväl officiella som de som gick att hämta på nätet. Bland annat närmare fyrahundra träffar på Google.

Av ren nyfikenhet hade hon börjat där det var mest intressant, men inget av det som hon fått fram hade gett något. Daniel Johnson var ostraffad. Han fanns varken med i vapenregistret eller i båtregistret. Ingen annan marin anknytning heller och han gick varken att koppla till Bullens pilsnerkorv eller ens en plastpåse från Lidl. Återstod att sammanställa de officiella uppgifterna om honom, tänkte Annika Carlsson och suckade. Hon hade gjort samma sak med åtskilliga andra före honom trots att hon – med facit i hand – aldrig hade haft någon användning för dem.

Daniel Johnson var född den 10 september 1970. Hans far Sven-Erik Johnson, född 1935, var gymnasielärare. Numera pensionerad. Hans mor hade också varit lärare men hon hade avlidit på hösten 1980. Dessutom hade han två systrar som var sju respektive fem år äldre än han själv. Alla stod numera samlade på rätt rad i det spaningsuppslag som Annika Carlsson sammanställde för Daniels räkning.

Han hade vuxit upp i Bromma och tagit studenten vid Bromma gymnasium 1989. Därefter hade han studerat ekonomi vid Handelshögskolan i Stockholm samtidigt som han läst juridik på universitetet. Han hade avlagt examen som civilekonom 1993 men däremot verkade han inte ha avslutat sina juridikstudier.

Vem som nu brydde sig om det, tänkte Annika Carlsson. Jämfört med hennes egna bokliga studier verkade han ha varit lika flitig som en hel bikupa, tänkte hon.

Därefter hade han fått ett stipendium och jobbat som trainee på ett större svenskt företag i USA under ett år innan han antagits till UD:s aspirantutbildning där han börjat på hösten 1994. Under de följande tre åren hade han haft flera utlandsplaceringar vid svenska beskickningar i Afrika, Mellanöstern och Sydostasien.

På hösten 1998 hade han haft ett tillfälligt vikariat vid det svenska generalkonsulatet i Chicago och det var också där som han på en tillställning hade träffat Jaidee Kunchai. Två år senare hade han ansökt om tjänstledighet från UD för att kunna arbeta med det företag som han och hans blivande hustru avsåg att starta. Hans tjänstledighet hade beviljats.

Den hade pågått i drygt tre år innan han återvänt till Utrikesdepartementet och en befattning som biträdande handelsattaché vid Sveriges ambassad i Bangkok. En bidragande orsak till den placeringen var säkert att han numera också pratade flytande thai. Han hade jobbat i några månader på ambassaden i Bangkok när han och hustrun bestämt sig för att åka till Khao Lak, hyra en bungalow nere vid stranden och fira jul och nyår. De två åren dessförinnan hade de firat jul hos Jaidees bror och hans familj i New York och på Long Island, och dit hade de fortfarande en stående inbjudan.

De hade säkert rest dit om det inte hade varit för vädret i New York i december, piskande regn och blötsnö om vartannat, och anledningen till att Annika Carlsson fick reda på det var att det stod att läsa i en minnesanteckning som den svenska polisens sambandsman på ambassaden i Bangkok hade gjort en månad efter tsunamin. Det var när hennes kollega återlämnat Daniel Johnsons och hans hustrus tillhörigheter, i stort sett hela deras bagage, som man hade hittat i det hyrda huset när man röjt upp efter katastrofen. Daniel Johnson var då fortfarande sjukskriven och verkade må mycket dåligt, bland annat av det skälet att det hade varit hans förslag att han och hustrun skulle fira jul och nyår i Khao Lak. Carlssons kollega hade pratat med Johnsons närmaste chef vid ambassaden och dessutom skickat en kopia för kännedom på sin tjänsteanteckning till sina kolleger vid Rikskriminalpolisen hemma i Sverige.

Men nu får du väl ändå ge dig, tänkte Annika Carlsson, och den hon tänkte på var Bäckström som inte missade något tillfälle att uttrycka sina tvivel om den sörjande änklingen.

Två och ett halvt år senare tycktes Daniel Johnson dock ha kommit över sin sorg. Då var han tillbaka i Sverige och arbetade på Handelsdepartementets utlandsavdelning. Där hade han träffat en ny kvinna på jobbet som han hade gift om sig med. Hon hette Sophie Danielsson och var femton år yngre än han. Det var en kort tid av lycka, som det föreföll, eftersom de hade skilt sig redan efter ett år.

Om jag nu vore Bäckström skulle jag förmodligen utgå från att han hade haft ihop det med Sophie redan innan hans hustru hade dött, tänkte Annika Carlsson. Men eftersom jag inte är det tror jag att han försökte trösta sig själv på fel sätt, som de flesta karlar tycks göra, tills han kom på att han ännu inte hade kommit över sin första fru.

Som en avslutande åtgärd innan hon åtminstone tillfälligt lade undan kartläggningen av Daniel Johnson hade hon tittat på bilder av honom. Inte bara från hans körkort och pass utan mest andra bilder som han och andra hade lagt ut på nätet och i sociala medier. Det var först då som hon hade börjat tvivla igen. De bilder och beskrivningar som fått henne att tvivla mest var för övrigt de som Daniel Johnson hade lagt ut på sig själv på två olika kontaktsajter. Det var Annika Carlssons medarbetare Kristin Olsson som hade hittat dem, oklart hur.

Enklast är väl att prata med den där Sophie, tänkte Annika Carlsson när hon klev in i hissen på jobbet för att ta en promenad hem och handla lite på vägen, mest för att rensa skallen från sådant som hon inte fick någon enkel rätsida på. Å ena sidan, å andra sidan, och varför kan det inte vara lite enkelt och självklart någon gång, tänkte hon.

52

Fredagen den femte augusti hade Bäckström gjort ett avsteg från sina vanliga rutiner och ätit lunch på Grands Veranda tillsammans med sin gamle bekant GeGurra. Visserligen ett mindre avsteg men med tanke på att det i värsta fall kunde vara hans sista fredag i frihet under lång tid framöver, till dess att han lyckades göra sig av med biträdande chefsåklagaren Hanna Hwass, var det bäst att gripa de tillfällen som ännu bjöds i flykten. Dessutom hade han och GeGurra både viktiga och angenäma ärenden på sin gemensamma agenda, som de snarast måste ta itu med.

Det gällde alla de högtidligheter och vanliga festligheter som skulle äga rum i Sankt Petersburg i slutet på december i samband med att det nya Ryssland firade tjugofemårsdagen av sin tillblivelse, där den svenske kriminalkommissarien Evert Bäckström skulle spela en betydande roll. Redan på inledningsdagen av firandet – som skulle pågå från juldagen fram till nyår och således i hela sju dagar jämfört med de blott tre som traditionen annars bjöd i även de mest solenna sammanhang – skulle således den ryske presidenten Vladimir Putin tillkännage för hela sitt ryska folk att de hade återfått ett konstföremål av oskattbart historiskt värde.

Det hade stulits från dem redan tio år före revolutionen för att först mer än hundra år senare kunnat återföras till Moder Ryssland och det ryska folket. När detta så äntligen hade skett hade kommissarie Bäckström gjort dem så ovärderliga tjänster att han därför, som den förste någonsin, ur presidentens egen hand skulle få motta den högsta utmärkelsen som nationen kunde ge till en utländsk medborgare, nämligen Alexander Pusjkinmedaljen. Som alltid i sådana sammanhang var det också mängder med frågor av rent praktisk natur som måste avhandlas med de närmast berörda.

Medan Bäckström och GeGurra försåg sig från det överdådiga och sommarinspirerade smörgåsbordet hade de under GeGurras ordförandeskap diskuterat de önskemål och propåer som GeGurras ryske kontakt hade framfört till honom och sin vana trogen hade GeGurra sparat den bästa nyheten till sist.

Den ryska statstelevisionen ville träffa Bäckström på plats i Stockholm och helst följa honom under några dagar, både privat och i hans dagliga gärning, med anledning av det timslånga dokumentärprogram som man höll på att färdigställa. Ett flertal andra ryska medier, såväl vanliga tidningar, radio- och tevekanaler som företrädare för sociala medier på nätet, ville också träffa honom för att genomföra längre och kortare intervjuer.

Den ryske ambassadören i Stockholm ville ha ett möte med honom i samband med en middag på ryska ambassaden för att de i detalj skulle kunna gå igenom hans program under besöket i Ryssland och dessutom ville den kände ryske konsthantverkare som ansvarade för själva paketeringen av presidentens personliga gåva ha Bäckströms synpunkter på det presentschatull där buteljen skulle förvaras.

– Ja, du känner ju mig, Bäckström, och vet att jag brukar spara det bästa till sist, sa GeGurra samtidigt som han vecklade ut konsthantverkarens ritning på bordet där de satt.

Ett schatull i noga utvald långsamvuxen rysk björk. En björk som man huggit i någon av de ändlösa skogar med vita stammar och blekgrönt lövverk som sträckte sig mot himmelen där uppe och som var det Goda Rysslands själ. På locket ett intarsiaarbete i svart onyx som föreställde det nya Rysslands nationalsymbol: den gamla ryska dubbelörnen från tsardömets dagar som fått ersätta den historiska parentesen i form av en hammare och en skära. Lådans hörn och kanter var förstärkta med en ram i rent guld. Lockets gångjärn och nyckelhål, och nyckeln till låset, var givetvis i samma material. Lådans insida var klädd med blå sammet med ett exakt avpassat utrymme för buteljen.

Nedanför dubbelörnen på locket fanns en infälld guldplatta där en ingraverad text kortfattat redovisade historien bakom presentskrinets tillkomst.

– Det är på ryska, Bäckström, så om du ursäktar tar jag det i svensk översättning, sa GeGurra och harklade sig försiktigt innan han började läsa.

– Från Rysslands folk till kriminalkommissarie Evert Bäckström. Som ett tack för de tjänster han gjort oss. I allas vårt goda minne för evigt bevarad. Ja, så platsen, datumet och året för överlämnandet, Sankt Petersburg den 25 december 2016, undertecknat av Rysslands president Vladimir Putin.

– Låter inte som någon vanlig box från bolaget, konstaterade Bäckström samtidigt som han hyfsade innehållet i det senaste av sina många glas. Vilket i ordningen hade han glömt.

– Ryskt konsthantverk när det är som bäst. Dessutom signerat av konstnären i botten på lådan, den store Gennadij Renko, sa GeGurra och suckade av välbehag medan han försiktigt strök med sina långa fingrar över ritningen på bordet framför honom.

– Vad kan en sådan där pjäs tänkas kosta? frågade Bäckström samtidigt som han med sin lediga vänsterhand viftade till sig en servitör som kunde fylla på hans glas.

– Kosta, sa GeGurra, skakade på huvudet och himlade med ögonen. Det här är ett konstföremål av oskattbart värde. Käre bror. Det saknar pris.

– Om du ursäktar, sa Bäckström. Vad kan det tänkas bli i pengar?

– Ja, sa GeGurra. Om du tänkte sälja den får du i så fall sälja den till mig.

– Och?

—Som en hygglig villa, i en hygglig förort, sa GeGurra och ryckte på sina välskräddade axlar.

Nu börjar det likna någonting, tänkte Bäckström samtidigt som han tittade på sin Rolex i guld som han valt att bära dagen till ära.

—Ja, det låter det, sa han och nickade. Fast nu får du faktiskt ursäkta mig. Jag har en hel del andra förrättningar som jag måste ta itu med. Som Fröken Fredag, tänkte Bäckström. Livet handlade ju trots allt inte bara om pengar. Även Supersalamin måste få sitt.

Möjligen var det deras timliga överdåd i form av mat och dryck som gjorde att två normalt så pass vaksamma personer som Bäckström och GeGurra helt verkade ha förlorat sina känselspröt. Under hela sin lunch, som ju ändå varade i drygt två timmar, hade de således inte ägnat en tanke åt det uppenbart svårt förälskade unga par som satt vid bordet närmast dem.

De där båda som viskat i varandras öron, flätat ihop fingrarna, flörtat med hjälp av både vrister och tår, till och med gjort mer än så. Som knappt hade rört champagnen i glasen framför dem trots att de träffats för första gången samma morgon på sin gemensamma arbetsplats och trots att det var deras chef som både låtit beställa bord och skickat dem till restaurangen där de satt. Trots att de inte ens visste vad den andra hette i förnamn. På riktigt, alltså.

53

Den som hade sett till att ordna bord åt paret närmast Bäckström och GeGurra var chefen för den svenska säkerhetspolisens avdelning för kontraspionage. Samtidigt som två av hans spanare åt lunch bara några meter från sina spaningsobjekt hade han själv suttit i ett sammanträde, fågelvägen ungefär sju kilometer från Grand Hôtels sommarveranda, tillsammans med generaldirektören och högsta chefen i det stora och anonyma huset på Ingentingsgatan i Solna där den svenska säkerhetspolisen hade sitt högkvarter.

Chefen för säkerhetspolisen hette Lisa Mattei. Hon skulle snart avgå, men det hade varken chefen för kontraspionaget eller någon av alla de andra som jobbade i huset en aning om. Hade han vetat det är det mycket möjligt att han hade avstått från att träffa henne för att istället ta ärendet med hennes efterträdare.

– Ja, det var du som ville träffa mig, så nu får du berätta varför, sa Lisa Mattei och log vänligt mot sin besökare.

– Var vill GD att jag ska börja, sa chefen för kontraspionaget och slog upp den röda pärmen som han lagt framför sig på Matteis stora skrivbord.

– Börja från början, sa Mattei. Först vill jag ha en bakgrund. Sedan vill jag veta vad det handlar om rent konkret. Sedan vad vi ska göra åt det. Detaljerna kan vi vänta med.

Bakgrunden var enkel nog. Det gällde Sveriges politiska relationer till Ryssland som inte hade varit så dåliga sedan sommaren 1952 då ryssarna den 13 juni först hade skjutit ner en av det svenska flygvapnets DC 3:or som varit på väg hem till Bromma efter ett radarspaningsuppdrag i den östra delen av Östersjön för att tre dagar senare göra samma sak med det svenska Catalinaplan som letat efter den försvunna besättningen.

Det var lika illa i dag som den gången. Dagliga ryska kränkningar av svenskt luftrum och territorialvatten. För bara en månad sedan den senaste incidenten, då man observerat en rysk miniubåt som legat i vattnet bara några hundra meter utanför Drottningholms slott och Hans Majestät Konungens egen bostad.

Så vi själva då, tänkte Mattei som snart skulle sluta och inte längre hindrades av sådant. Vår egen socialdemokratiska statsminister som för fjorton dagar sedan gått ut i media och meddelat alla som orkade lyssna att ett svensk medlemskap i Nato numera var en politisk nödvändighet. Återstod en formalitet i form av en omröstning i riksdagen. Vem som nu skulle motsätta sig det förslaget mer än Vänsterpartiet, tänkte Mattei.

Politiska självklarheter för varje tänkande människa som bara orkade tänka efter, men Mattei valde ändå att svara på ett annat sätt.

– Fördelen med rationella människor är att de handlar som de har tänkt, sa Mattei. Du och dina kolleger får tycka vad ni vill om Putin och hans medarbetare, men ett har de gemensamt. De tänker och handlar rationellt utifrån sina förutsättningar.

– Precis, instämde chefen för kontraspionaget. Så man undrar ju hur de nu kan komma på något så befängt som att vi och Nato skulle angripa dem.

– Med tanke på det som är själva utgångspunkten för deras analys, i det här fallet deras egen historia under de senaste sexhundra åren, så är väl inte det så konstigt, sa Mattei. Alla runt omkring dem, och inte minst vi, har ju försökt att ta kål på dem hela tiden. Svårare än så är det inte. Oavsett vem som har rätt eller fel så agerar vi utifrån skilda förutsättningar. Nu vill jag veta vad det här mötet egentligen handlar om, rent konkret alltså.

Rent konkret handlade det om en kriminalkommissarie vid polisen i Stockholm som hette Evert Bäckström. Beklagligtvis var han även landets mest kända polis genom sin återkommande medverkan som expert i teveprogrammet Brottsplats Sverige och dessutom sin ständiga närvaro i alla andra svenska medier. Den utan konkurrens mest populära polisen i landet och en man med mycket stark folklig förankring.

–Jag är övertygad om att GD måste ha sprungit på honom under GD:s tid inom den öppna verksamheten, sa chefen för kontraspionaget.

–Ja, bekräftade Mattei. Honom och många andra som han, men eftersom Bäckström inte är en person som man glömmer minns jag naturligtvis honom. Vad har han hittat på den här gången?

I stort sett det mesta som en polis inte fick hålla på med. Möjligen med reservation för vanliga stölder, bedrägerier och våldsbrott. Om chefen för kontraspionaget nu skulle börja från början, och begränsa sig till sådant som han ansåg gick att bevisa, så var kommissarie Bäckström både en notorisk sexköpare och en mutkolv. Han var stamkund hos flera prostituerade. Han sålde sekretessbelagd information till såväl media som de personer som informationen handlade om. Nu senast hade han också låtit installera en olaglig övervakningskamera utanför dörren till sin egen lägenhet.

Bäckströms inkomster i tjänsten som polis uppgick till drygt trettiotusen kronor i månaden efter skatt. Enligt en mycket försiktig beräkning motsvarade detta ungefär en fjärdedel av den summa som han spenderade på olika privata utgifter under samma tid.

Under det senaste året hade han dessutom köpt grannens lägenhet i huset där han bodde för fem miljoner kronor. Slagit ut väggarna och byggt om för ytterligare ett par miljoner kronor.

Dessutom lånat ut en miljon till en kollega som jobbade på samma avdelning vid Solnapolisen som han själv.

– Hon heter Annika Carlsson, sa chefen för kontraspionaget. Vi tror dessutom att de har ett förhållande.

– Jo, men med tanke på hur åtskilliga andra av våra kolleger håller på kanske just det inte är något som får mig att klättra på väggarna, sa Mattei. Du talar om miljontals kronor och det är väl knappast något som Aftonbladet och Expressen har stuckit åt honom när han utnyttjat sitt meddelarskydd enligt grundlagen. Om vi nu ska vara petiga med juridiken.

– Jag tänkte just komma till det, sa chefen för kontraspionaget.

– Vad bra, sa Mattei. Det som du hittills har berättat låter som en beskrivning av en vanlig korrupt kollega som vi med fördel kan lämna över till vår särskilda åklagarenhet för disciplinärenden. Inte något som vi ska hålla på med.

– Som jag just sa så tänkte jag komma till det, upprepade chefen för kontraspionaget. Varför kollegan Bäckström är ett ärende för oss, alltså.

– Ja, sa Mattei. Varför är han det?

– Han är så kallad inflytelseagent åt ryssarna, sa chefen för kontraspionaget. De värvade honom för ett år sedan.

– Hur gick det till då?

– I samband med en brottsutredning hade han tydligen lagt vantarna på ett konstföremål som var av mycket stort ekonomiskt och historiskt värde för ryssarna. Det var en speldosa som den siste ryske tsaren låtit tillverka som present till sin son. Med hjälp av en av sina bästa vänner, en känd konsthandlare som heter Gustaf G:son Henning, sålde Bäckström den här dosan till ryssarna för en kvarts miljard kronor och den provision som Bäckström själv lyfte lär ha uppgått till cirka femtio miljoner kronor.

– Jo, den historien har jag hört, i olika varianter. Som jag har fattat det handlar det om ett vanligt beslag som han gjorde i samband med en brottsutredning, som därefter återlämnades till den svenska ägaren som i sin tur sålde det till ryssarna. Den

som förmedlade affären lär ha varit den konsthandlare som du nämnde, sa Mattei.
Den sanna historien om Pinocchios näsa, tänkte hon.
– Femtio miljoner kronor. Svarta pengar. Omfattande ekonomisk brottslighet som begåtts av en svensk polisman i samband med tjänsteutövning.
– Just det låter som ett ärende för Ekobrottsmyndigheten, sa Mattei. Den där historien känner jag hur som helst redan till. Några femtio miljoner tror jag heller inte att han fick. Möjligen hälften, vilket i och för sig är illa nog, men vad jag fortfarande inte förstår är vad det har med oss att göra.
– Omfattande ekonomisk brottslighet, upprepade chefen för kontraspionaget, och den som hjälper honom med att tvätta alla de här pengarna är för övrigt en granne som bor i samma hus som Bäckström.
– Vad heter han då?
– Slobodan Milosevic. Han är serb, flykting som kom hit under Balkankriget tillsammans med sin familj.
– Ja, honom känner jag också till, sa Mattei. Han var väl i tioårsåldern när han kom till Sverige.
– Numera en tung man inom den jugoslaviska maffian. Äger och driver ett flertal verksamheter. Spelbutiker, krogar, biluthyrningsfirmor, butiker för dagligvaror. Allt mellan himmel och jord enligt kollegerna som håller på med organiserad brottslighet. Men vad det egentligen handlar om är penningtvätt och olika former av service till de enklare förmågor som håller på med allt från värdetransportrån och narkotikabrott till vanliga grova stölder.
– Bäckström, påminde Lisa Mattei. Hur får Milosevic hans pengar att byta färg?
– Bland annat genom en framgångsrik spelverksamhet. Bäckström tycks tjäna mängder med pengar på allt från pokerspel på nätet till travhästar. Om GD frågar mig tror jag inte ens att han kan se skillnad mellan fram och bak på en vanlig kuse.
– Jag hör vad du säger, sa Mattei. Bortsett från diverse detaljer

och de vanliga överdrifterna förstår jag fortfarande inte varför han skulle vara ett ärende för oss. En vanlig korrumperad kollega. Med risk för att verka tjatig: lämna över honom till den särskilda åklagarenheten för polismål.

– Visst, vi skulle gärna göra det om det inte vore så att han också är inflytelseagent åt ryssarna.

– Av det du säger förstår jag att du aldrig har träffat honom, sa Mattei. Kommissarie Evert Bäckström är liten, tjock och slug. Han har tre stora intressen här i livet. Det är sprit och kvinnor och att han själv ska få leva livets glada dagar och helst kunna lyfta sin lön utan att behöva sätta foten på sin arbetsplats. Dessutom är han politisk jubelidiot, svensk patriot, xenofob, homofob och varm anhängare av alla andra fobier med, för den delen. Varför i hela fridens namn skulle ryssarna rekrytera en sådan som han? Kan du förklara det för mig?

– Varför skulle de annars ge honom femtio miljoner? Dessutom ska han tydligen få någon hög rysk utmärkelse nu i december när de firar sitt tjugofemårsjubileum. Det finns bara en förklaring till det. Att de tänker använda honom som inflytelseagent. Det är hans folkliga popularitet som de har betalat för. Det är den som de vill åt.

– Ja, eller också vill de bara belöna honom för att han hjälpte dem att få tillbaka en gammal speldosa som tydligen har ett stort värde för dem.

– Helt uppenbart hade den ett stort värde även för Bäckström, sa chefen för kontraspionaget. Bäckström måste väl vara landets rikaste polis vid det här laget. Helt i kraft av sin kriminella verksamhet. Vad jag menar är bara...

– En nyfiken fråga, avbröt Mattei. Jag förmodar att ni spanar på honom.

– Ja, självklart, sa chefen för kontraspionaget. Just nu lär han ha avslutat sin lunch på Grands Veranda tillsammans med sin gode vän konsthandlaren, och om han följer sina vanliga fredagsrutiner kommer han att åka direkt till en polsk prostituerad nere på Norr

Mälarstrand för att få sin vanliga så kallade avslappningsmassage.
– Vad bra, sa Mattei. Då föreslår jag att du ringer till kollegerna på prostitutionsgruppen i Stockholm och ser till att de tar honom med byxorna nere. Sedan kommer han att tas ur tjänst omgående.
– Ska jag tolka det som att GD vill att vi ska avbryta spaningarna mot honom?
– Nej, sa Mattei. Jag tycker att du ska ta det som en rekommendation från min sida. Lämna över honom till dem som håller på med sådana som han. Men jag tänker inte detaljstyra din verksamhet. Vad Bäckström anbelangar är vi helt överens du och jag. En sådan som Bäckström ska naturligtvis inte vara polis.
– Jag lovar att ta mig en extra funderare, sa chefen för kontraspionaget. Ja, angående det taktiska upplägget, alltså, tillade han.
– Fast på en punkt har du faktiskt fel, sa Mattei.
– Vad är det då, som GD tänker på?
– Det där med att han skulle vara Sveriges rikaste polis. Det är inte sant.
– Vem är det då?
– Du pratar just med henne, sa Lisa Mattei och log. De historierna måste du väl ändå ha hört i fikarummet här i huset. Om den tyske apotekarens dotter. Det är ju jag.

III
Ett rävgryt har många utgångar

54

På måndag eftermiddag den åttonde augusti under spaningsstyrkans andra möte med sin nytillträdda åklagare och förundersökningsledare hade det skurit sig rejält redan från början. Hanna Hwass var inte nöjd med deras arbete och den som främst hade ådragit sig hennes misshag var deras ansvarige tekniker, kommissarie Peter Niemi.

För att snabba upp deras utredning hade hon efter det första mötet själv tagit kontakt med Nationellt forensiskt centrum och under hennes samtal med dem hade det framkommit uppgifter som gjort henne höggradigt förvånad.

När hon träffat Niemi föregående vecka och begärt ett nytt DNA-prov från deras kranium, för att försäkra sig om att det inte kunde handla om den enklaste typen av misstag – som att någon därnere skulle ha skickat dem ett felaktigt besked, att det var fråga om en enkel förväxling eller något liknade – så hade hon av det som Niemi då sagt fått den bestämda uppfattningen att man inom utredningen redan begärt in ett sådant.

– Döm om min förvåning, sa Hanna Hwass som fortfarande log, när den jag pratade med nere på NFC helt enkelt inte förstod vad jag menade. Först hade man tydligen, på begäran av utredningen, säkrat ett DNA från kraniet och skickat analysbeskedet till er. Det hade vi alltså inte fått någon träff på vare sig i deras, polisens eller Migrationsverkets register. Så långt är jag med.

– Jo, det stämmer bra det, bekräftade Niemi som inte log.

–Döm därför om min förvåning, upprepade Hwass, när jag förstod att man nere hos NFC tydligen var helt ovetande om att någon här i utredningen skulle ha hittat ett analysbesked i något gammalt arbetsregister som låg uppe hos Rikskriminalen och samlade damm och som skulle ha överensstämt med profilen från dem. Så mycket förstod jag i vart fall att det inte var någon slutsats som de på NFC hade kommit fram till. De hade inte gjort någon sådan jämförelse. De hade ingen aning om vad jag pratade om.

–Det var jag som fick det beskedet från min kontakt på Rikskrim, och så fort han skickat över deras underlag gav jag det till Peter för att han också skulle kunna titta på det, sa Nadja. Han är mer kompetent än jag på att jämföra DNA-analyser, nämligen.

–Tack Nadja, du är alltför vänlig, sa Niemi och log mot Nadja. Sedan nickade han åt Hwass, inget leende längre, innan han fortsatte.

–Jo, det äger sin riktighet, sa Niemi. Det var en fullständig överensstämmelse. En plus fyra som man säger där nere i Linköping och högre än så kan man inte komma.

–Jaha ja, sa Hwass. Då är det alltså du som hävdar att det kranium som hittats kommer från Jaidee Kunchai som omkom i tsunamin 2004. Det är inte NFC som har sagt det.

–Nej, sa Niemi. Som jag just sa. Det är jag som har dragit den slutsatsen.

–Men du arbetar väl inte på NFC?

–Nej, sa Niemi. Gud bevare mig. De har visserligen erbjudit mig jobb flera gånger men jag har alltid tackat nej. Eftersom jag bor i Spånga skulle det bli lite långa resor, om jag så säger. Men du behöver inte oroa dig för den här saken, Hwass. Det är en säker plus fyra och det behöver man inte vara någon kärnfysiker för att räkna ut. Säg till om du vill så kan jag visa dig hur man gör.

Biträdande chefsåklagaren Hanna Hwass smälte Niemis erbjudande under tystnad medan hon bläddrade bland sina papper.

Kärringen laddar om, tänkte Bäckström, så nu kanske finnkolingen får passa sig.

Eller kanske Hwass, tänkte han sedan. Om Niemi skulle rycka fram slidkniven ur stövelskaftet och avsluta diskussionen enligt gammal tornedalsk tradition.

Hanna Hwass var långt ifrån färdig. Hon hade bara börjat.

När hon vid deras första möte hade sagt till utredningen att hon ville att man skulle göra ännu en DNA-analys av deras kranium för att utesluta möjligheten av ett misstag, var detta inte något allmänt önskemål utan en order från henne som FU-ledare till den ansvarige utredaren, det vill säga Niemi. Dessutom hade hon tagit för givet att de förstod att hon avsåg ännu ett prov från det kranium som man hittat.

– Och då har jag ett bestämt minne av att du sa till mig att detta redan var på gång?

– Helt rätt, sa Niemi. Underlaget för deras provtagning tillsammans med alla papper skickade jag till dem för drygt en vecka sedan.

– Och enligt vad man säger på NFC så skulle det gälla att de skulle försöka ta ett DNA-prov från det där lårbenet som ni hittade. Inte från vårt kranium.

– Från märgen i lårbenet, i värsta fall från själva benet, rättade Niemi.

– Jo, men jag har inte begärt något märgprov från ett lårben, sa Hwass. Jag vill ha ett nytt DNA-prov från kraniet, eftersom jag definitivt inte kan utesluta att det kan vara något fel på det första svaret vi fick.

– Det där med lårbenet är en enkel rutinåtgärd, sa Niemi. Vi vill självfallet vara säkra på att de ben vi hittat i jordkällaren kommer från samma offer som det kranium som hittats hundra meter därifrån.

– Och jag vill ha ett nytt prov på kraniet, upprepade Hwass medan hon lutade sig fram och stödde armbågarna mot bordet. Inte en tillstymmelse till leende längre.

– Ja, men det är ju klart det, sa Bäckström och skakade bekymrat på huvudet. Jag förstår precis vad du är ute efter, Hanna. Du misstänker att det kan vara rester från flera kroppar. Kraniet från en och alla benen från en annan. Två döda, inte en som vi trodde först. I värsta fall kanske ännu fler. Jag menar, vi har ju hundratals benbitar om man ska vara noga.

– Nej, sa Hwass, jag förstår vad du menar, och det måste naturligtvis utredas, men först vill jag nog vara helt säker på det där med kraniet.

– Hör vad du säger, Hwass, sa Niemi och såg på henne med ögon som smalnat betänkligt. Själv tänkte jag nog vänta tills vi fått svar på vårt lårben. Om det då visar sig, vilket jag nog är helt säker på, att vi får samma DNA som från vårt kranium så räcker det med prov för mig. Om DNA:t från lårbenet inte stämmer med det från kraniet kommer jag däremot att ta ett nytt från kraniet.

– Men det räcker inte för mig, sa Hwass. Jag vill att du omgående skickar ner en sådan begäran till dem.

– Nej, sa Niemi, reste sig, samlade ihop sina papper och stack pärmen under armen. Vill du ha det så får du själv begära det. Jag har mitt goda namn och rykte att tänka på. Så jag tänker inte plåga dem med sådant trams.

– Nu får ni andra ursäkta mig, sa han sedan och nickade vänligt mot samtliga kolleger. Jag har annat och viktigare som jag måste ta hand om.

Sedan hade han lämnat dem medan Hanna Hwass först hade tittat på sitt armbandsur och därefter gjort en anteckning i sina papper.

Det hela hade avslutats på samma sätt som det hade börjat. Drygt två timmar av dålig stämning. En polis som helt sonika gått därifrån. Hans kolleger som suttit tysta och avvaktande och bara öppnat munnen när Hwass haft en fråga som hon ville ha svar på. Så Bäckström, som växlat mellan att skina som en sol och att sucka bekymrat medan han skakade på huvudet. En åklagare som helt saknade antenner och mest ägnat sig åt att uttrycka sin förvåning och sin besvikelse över det sätt på vilket man "skötte hennes förundersökning". I Niemis fall var det ju till och med så illa att han gett henne ofullständig eller till och med missvisande information, något som hon avsåg att återkomma till, och vad gällde det övriga kontrollarbetet hade man inte fått fram några konkreta resultat.

– Inte minsta lilla värt namnet, konstaterade Hanna Hwass.

– Vi har gjort precis det som du har begärt, sa Nadja. Vi har varit i kontakt med både NFC, våra egna registeransvariga och Migrationsverket. De har fått våra frågor och de har lovat att höra av sig så fort de har något som är värt att berätta. Vad är det mer som du vill att vi ska göra?

– Kanske lite mer jävlar anamma om jag nu ska ta det på polissvenska, sa Hwass. Av hennes kroppsspråk att döma var detta också hennes slutord för den här gången och hennes leende var åter på plats. Vi ses på fredag och då hoppas jag att det har hänt saker.

– Ja, verkligen, sa Bäckström och log fromt mot henne. Det får vi väl alla innerligt hoppas att det har.

Annika Carlsson hade redan rest sig och ställt sig i dörren medan deras åklagare fortfarande stoppade ner sina papper i portföljen. Carlsson skakade loss skuldrorna, flätade ihop fingrarna och vilade händerna mot livremmen medan hon såg avvaktande på sin chef.

– Det är inget mer som du vill att jag ska göra, Bäckström? frågade Annika Carlsson och nickade mot åklagaren som fortfarande var fullt upptagen med sig själv och sina papper och anteckningar.

– Jag tror vi väntar, sa Bäckström. Den som väntar på något gott väntar aldrig för länge, tillade han med en förnöjd suck.

55

Nadja hade inte lyckats etablera någon kontakt med sin thailändske kollega, Akkarat Bunyasarn. På måndagen hade hennes bekant på Rikskriminalpolisen hört av sig och berättat att Akkarat var på hemligt uppdrag i Burma, eller möjligen Kambodja, och att hans sekreterare inte hade någon aning om när han skulle dyka upp på kontoret igen, men att Nadja givetvis skulle bli den första som fick veta när han var tillbaka på jobbet.

Hon hörde ingenting på tisdagen och heller inte på onsdagen. På torsdag morgon hade hon nästan börjat ge upp hoppet och i sitt huvud börjat formulera en officiell begäran om handräckning till den svenske sambandsmannen på ambassaden i Bangkok. Han som just nu var hemma i Sverige på semester och förväntades återvända till Thailand först efter den norrländska älgjakten i september. Förhoppningsvis har han väl bett någon att vikariera för honom, tänkte Nadja och suckade. Om hon nu var korrekt underrättad fanns det både norska, finska och danska kolleger på plats. Såvida de inte var hemma och jagade de också.

Några timmar senare hade hennes svenske bekant äntligen hört av sig. Hans gamle vän Akkarat var tillbaka på kontoret. Han var vid bästa hälsa, lika hjälpsam som alltid, och eftersom det skulle bli en lång kväll på jobbet för hans räkning var Nadja fri att ringa honom redan nu om hon ville.

Det hade hon gjort på Skype, i stort sett omgående, och till sin förtjusning kunde hon notera att han stämde på pricken med den beskrivning som hon hade fått. Om det inte hade varit för de gråa tinningarna i hans för övrigt ramsvarta och tjocka kalufs hade han mycket väl kunnat gälla för en vanlig trettioåring med god fysik. Och han pratade mycket riktigt alldeles utmärkt engelska. Nadja förklarade sitt ärende. Dessutom skulle han få allt underlag som hon hade på sin mail. I den första vändan behövde hon hjälp med fyra saker och skulle han själv komma på något som hon hade råkat glömma var ingen tacksammare än hon.

För det första ville hon ha all tillgänglig dokumentation om Jaidee Kunchais begravning. Speciellt om, och i så fall hur, hon hade blivit kremerad var av intresse.

För det andra om hon kunde ha haft någon för dem okänd tvillingsyster. I det här fallet en enäggstvilling som skulle ha blivit bortadopterad i samband med födseln. Sannolikt till Sverige.

För det tredje var hon intresserad av thailändska kvinnor som försvunnit i samband med tsunamin i Khao Lak, Phuket och det omgivande området. Kvinnor som till det yttre stämde med det signalement på Jaidee Kunchai som hon skulle maila över till honom.

För det fjärde, slutligen, om han kunde få fram mer information om hur det egentligen hade gått till när man hittade Jaidees döda kropp i Khao Lak och när hon identifierades några dagar senare i Phuket.

– Yes, avslutade Nadja. Det var väl allt, tror jag. Till att börja med åtminstone, tillade hon för säkerhets skull.
 – Jag förstår hur du och dina kolleger tänker, instämde Akkarat Bunyasarn, nickade och log milt.
 – Ja, sa Nadja. Vi har problem med hennes identitet.
 Och i vart fall en av oss tänker precis som du tror, tänkte hon.
 – Jag och mina kolleger har fortfarande ett hundratal saknade kvinnor efter tsunamin där det finns flera som mycket väl kan stämma på beskrivningen av Jaidee Kunchai, sa Bunyasarn.
 – Det var mycket tråkigt att höra, sa Nadja.

—Thailand är inte som Sverige, sa Bunyasarn och skakade på huvudet. När det kommer till sådant här lever vi i skilda världar. Det där med adoptioner kan också vara knepigt, tillade han. Som du säkert vet har den illegala handeln med thailändska barn tidvis varit mycket omfattande.

—Jag tänkte om du kunde hitta någon födelseattest eller förlossningshandlingar från något sjukhus, sa Nadja.

Ännu ett problem, enligt Bunyasarn. Flertalet barn föddes faktiskt i hemmet. Det gällde såväl välbärgade som fattiga familjer. Men visst, med lite tur kanske det fanns uppgifter som han kunde få fram.

—Det vore väldigt hyggligt av dig, sa Nadja. Om det är något som jag kan göra för dig är det bara att du hör av dig.

—What are friends for, konstaterade Akkarat Bunyasarn medan han log och böjde på huvudet för att visa sin uppskattning av deras samtal.

Dessutom hade han lovat att höra av sig så fort han hade något att berätta. Vissa saker skulle ta längre tid än andra, men det var de ju båda medvetna om. Oavsett vilket skulle han och hans medarbetare omedelbart ta upp det spår som hon hade gett dem.

Äntligen en begåvad människa, tänkte Nadja. Trevlig var han också, till skillnad från vissa andra.

56

Behovet av externa kontakter verkade ha ökat dramatiskt efter spaningsgruppens måndagsmöte, men Bäckström hade inte haft några som helst problem med den kontakt som han själv hade tagit. Redan på eftermiddagen efter mötet hade han pratat med en kvinna som arbetade på Nationellt forensiskt centrum. De hade träffats på en konferens ett halvår tidigare och Bäckström hade då fått tillfälle att ta med henne på en resa till olika ställen som hon tidigare inte ens hade anat att de fanns. Ännu en av alla dessa kvinnor som han kunnat ge ett svar på deras mest hemliga drömmar.

– Vad kan jag göra för dig då, Bäckström? frågade hon.

– Jag ringde mest för att höra hur du mådde, ljög Bäckström. Dessutom var det ju ett bra tag sedan vi sågs, så om du råkar ha vägarna förbi Stockholm vore det trevligt om du hörde av dig.

– Ja, verkligen. Så vad förväntas jag göra den här gången då?

– Ja, det skulle möjligen vara två saker, sa Bäckström. Verkligen inga märkvärdigheter.

En svag sjua, tänkte han. Inte värd en egen resa, Linköping låg ju dessutom halvvägs till Sydeuropa, men om hon råkade ha vägarna förbi honom tänkte inte han hindra henne.

Ännu en, och de tar aldrig slut, tänkte han fem minuter senare när han avslutade samtalet.

Ungefär samtidigt som Bäckström pratade med en kvinnlig kriminaltekniker nere i Linköping hade biträdande chefsåklagaren

Hanna Hwass ringt upp Bäckströms högste chef, den nytillträdde polismästaren i Solna, Carl Borgström. Hon ville träffa honom snarast och helst omgående för att prata om viktiga saker som gällde hennes utredning.

Carl Borgström, som redan anade vad det handlade om, hade varit så diplomatisk som omständigheterna medgav. Hans dörr stod givetvis alltid öppen och maten i husets egen restaurang var det heller inga större fel på.

Biträdande chefsåklagaren Hanna Hwass hade vägrat att ge med sig. Problemet med Borgströms öppna dörr var att den hängde i fel hus. Polishuset i Solna var numera fiendens högkvarter. I avbidan på att det hela skulle återgå till normala förhållanden tänkte hon hålla sig därifrån så länge hennes närvaro i huset inte betingades av hennes ansvar som förundersökningsledare. Därför hade hon ett annat förslag. Själv satt hon fortfarande kvar på Ekobrottsmyndigheten beroende på att hennes nya arbetsgivare, åklagarmyndigheten i Stockholm, inte hade lyckats ordna fram något tjänsterum åt henne. Eftersom hon hade förstått av Borgströms sekreterare att han skulle på en konferens på Rikspolisstyrelsen nästa dag, och hon själv satt alldeles i närheten, föreslog hon en liten lunchrestaurang som låg på Kungsholmen, ungefär mittemellan Rikspolisstyrelsen och Ekobrottsmyndigheten.

– Vad tror du om klockan tolv, sa Hanna Hwass.

– Ja, det passar alldeles utmärkt, sa polismästare Borgström. Vad trevligt det ska bli, tillade han.

Vad har jag för val, tänkte han när han lade på luren. Och det var då som han fick sin goda idé: att han själv skulle träffa Bäckström innan han träffade Hwass så att han kunde förbereda sig på det som det säkert handlade om.

– Vad bra att jag fick tag i dig, Bäckström, sa Borgström, så fort han hört kollegan grymta i luren. Det råkar inte vara så lyckat att du är på jobbet?

–Jag är alltid på jobbet. Jag jobbar jämt, sa Bäckström. Om jag inte är här i huset så sitter jag någon annanstans i myndighetens lokaler.
–Jo, det förstås, sa Borgström. Du skulle inte kunna träffa mig nu? Det är en sak som jag behöver prata med dig om, nämligen.
–Nej, tyvärr, sa Bäckström och lät precis som den huvudskakning som han just gjorde i ensamheten på sitt rum. Jag har en bil som står och väntar. Genomförandeprojektet, som du kanske känner till. Vi börjar närma oss slutfasen.
–I morgon, då? frågade Borgström. I morgon förmiddag, förtydligade han. I värsta fall var det väl inte värre än att han fick skjuta på sitt eget möte uppe på styrelsen. Först Bäckström, varnad är väpnad, sedan åklagare Hwass. Det blir alldeles utmärkt, tänkte Borgström.
–Tyvärr ogörligt, helt ogörligt, suckade Bäckström. I morgon har jag fullt upp hela dagen.
–Du har inte minsta lilla lucka? Det som jag behöver avhandla kan ta högst en kvart.
–Ja, den första luckan som jag kan se skulle i så fall vara på torsdag förmiddag. Klockan tio, sa Bäckström som inte avsåg att äventyra vare sig lunch eller middagsvila för Borgströms skull.
–Men det låter väl alldeles utmärkt, sa Borgström. Då ses vi då.
–Du är så välkommen, sa Bäckström och tyvärr var det först när Borgström lagt på luren som han insåg att han tackat ja till ett möte hos Bäckström. Inte tvärtom, som ju den vedertagna befälsordningen bjöd.

Vilken eländig dag, tänkte Borgström och suckade djupt i samma ögonblick som kommissarie Toivonen bara klev rakt in genom hans öppna dörr, nickade mot stolen framför hans skrivbord och slog sig ner.
–Har du tid två minuter, sa Toivonen som redan hade satt sig.
–Självklart, ljög Borgström. Det är alltid kärt att se bror. Är det något som jag kan göra för dig?

–Ja, sa Toivonen. Se till att vi slipper den där tokiga Hanna Hwass. Människan är bindgalen.
–Ursäkta, sa Borgström. Vad är problemet?
–Hon är inte klok, sa Toivonen. Det är visserligen ett mindre problem, men om du inte kan hjälpa mig att få ut henne ur huset illa kvickt är jag rädd för att både du och jag kommer att få riktiga problem.
–Ja, jag hörde glunkas i korridorerna att det skulle ha varit någon kontrovers med Peter Niemi.
–Kontrovers, fnös Toivonen. Att kärringen är bortom vett och sans kan vi stå ut med, för där är hon inte den första från det stället. Problemet är att hon styr och ställer med saker som hon inte har en aning om. Niemi har jag redan pratat med. Normalt är han en saktmodig man, men lyckas du reta upp honom så ska du passa dig. För en liten stund sedan fick jag ett samtal från vår kontakt nere på NFC som undrade om Solnapolisen numera var underställd åklagarmyndigheten i Stockholm. Kärringen hänger tydligen på deras dörrlås hela tiden. Och den ena begäran är konstigare än den andra.
–Jag ska prata med henne, sa Borgström. Jag ska prata med henne omgående.
Med tanke på sammanhanget var det väl en vit lögn, tänkte han.
–Utmärkt, sa Toivonen och reste sig lika fort som han hade satt sig.
–Det måste ju ha hänt något, sa polismästaren. Jag har ju hört hennes vitsord nu när hon gick över från EBM till åklagarmyndigheten i Stockholm. Jag tror aldrig jag har hört så positiva vitsord om någon, någon gång.
–Inom kåren kallas det för transportvitsord, fnös Toivonen, vilket ju kan vara bra för dig att känna till.
–Transportvitsord?
–Om du har en medarbetare som trotsar all mänsklig beskrivning, hur löser du det? Jo, genom att skriva på i stort sett vad som helst för att bli av med fanskapet.

—Jag tror jag förstår, sa Borgström.
—Vad bra, sa Toivonen.

Polismästare Carl Borgström hade träffat biträdande chefsåklagare Hanna Hwass på utsatt tid. Han hade till och med anlänt en minut i tolv, men då hade hon redan suttit där. Bara gett honom en kort nick och tittat på klockan.
—Jag föreslår att vi delar på notan, sa Hanna Hwass. Med tanke på de omständigheter som föranleder detta möte, alltså.
—Ja, annars kan jag ta den, sa Borgström.
—Ja, din egen lär du ju få ta, bekräftade Hwass som sedan omgående hade beställt dagens pasta plus ett glas vatten. Vanligt kranvatten. Med tanke på miljön, sa hon och nickade kort mot servitrisen. Carls Borgström hade beställt strömming och kokt potatis och även han ville ha vanligt vatten trots att han annars brukade föredra mineralvatten med bubblor.
—Med tanke på miljön, sa Borgström och log mot servitrisen.

Medan de väntade på att få in maten gav Hanna Hwass sin syn på saken. Att den utredning som hon ledde handlade om ett mord var hon helt övertygad om. Kulhålet i kraniet på offret samt de yttre omständigheter under vilka man påträffat offrets kvarlevor talade starkt för detta och här upplevde hon heller ingen saklig motsättning i förhållande till sina utredare. Det som det handlade om var istället något annat, betydligt allvarligare.
—Vad är det då? frågade Carl Borgström som inte visste mer än vad han hört glunkas i korridorer och fikarum.
—Det gäller offrets identitet, sa Hanna Hwass. Beklagligtvis är det så att mina utredare tycks ha bestämt sig för en viss person på grundval av ett DNA-prov samtidigt som det enligt min bestämda uppfattning måste handla om någon annan.
—Ja, det låter ju väldigt konstigt, instämde Borgström. Jag menar med tanke på DNA-provet, alltså.
—Sådant som händer hela tiden, tyvärr, sa Hwass med en

talande axelryckning. Någon har strulat till det helt enkelt. Haft för dålig ordning på sina papper, om du frågar mig. Vilket mina utredare tycks vägra att förstå, eftersom det skulle innebära att någon av dem eller deras kolleger har begått ett mycket allvarligt misstag. De juridiska konsekvenserna av att låtsas som om det regnar och bara fortsätta utredningen trots att det egentligen handlar om en helt annan person, som de alltså inte har lyckats identifiera, blir naturligtvis både katastrofala och oöverskådliga.

– Men...

– Nu tänkte du fråga hur det kan komma sig att jag kan vara så säker på att jag har rätt och att de har fel, avbröt Hanna Hwass.

– Ja...

– Den här kvinnan som de påstår skulle vara vårt mordoffer dödförklarades för mer än elva år sedan. Hon omkom nämligen i tsunamin när hon och hennes man firade jul i Khao Lak. Hon hittades ganska omgående i resterna av huset som hon och hennes make hade hyrt. Hon var iförd sina egna kläder och smycken när hon hittades. Därefter blev hon identifierad på plats av både hotellpersonalen och sin man och sin mor, som alltså alla kände igen henne. Och efter något dygn av de svenska poliser som anlänt till Phuket och som jobbade enbart med identifieringen av svenska medborgare. De tog givetvis också hennes DNA och det var först när de fått besked om det som de bestämde sig för att det var hon. Som du säkert vet var de poliser som vi skickade dit själva eliten av landets kriminaltekniker och utredare. Så för mig är det här inget problem.

– Nej, det verkar ju helt glasklart. Hur kan en sådan som Bäckström ha fått den saken om bakfoten? Han är ändå den mordutredare i landet som har den ojämförligt högsta uppklaringen av alla, som du säkert vet. Så nära hundra procent som man kan komma när det gäller spaningsmord.

– Det hade jag ingen aning om, sa Hwass och skakade på huvudet. Frågar du mig så verkar han ju närmast lite lallig.

– Lallig?

—Ja, dessutom tycks han ju vara något slags pingstvän eller Livets Ordare. Vem vet, han kanske till och med är medlem av den där Knutbysekten, med tanke på alla konstiga saker som han sitter och säger hela tiden. Att ingen kan dö två gånger och sådant där. Att inte ens Jesus återvände till jorden efter att han hade återuppstått. På tredje dagen... uppstigen till himmelen... bla, bla, bla. Det sitter han alltså och säger under en mordutredning. I Sverige, i dag. Man kan ju ta sig för pannan för mindre.

—Ja, verkligen, sa Carl Borgström och skakade på huvudet. Att Bäckström skulle vara troende hade jag faktiskt ingen aning om.

—Jag behöver ditt stöd, sa Hanna Hwass. Jag vägrar att låta mig förolämpas av en sådan där som kommissarie Niemi. Han ska göra som jag säger åt honom. Punkt, slut. Och gör han om det han gjorde kommer jag omedelbart att anmäla honom för tjänstefel. Vad gäller det som hände igår tänkte jag låta nåd gå före rätt.

Carl Borgström nöjde sig med att nicka. Ibland får man vara nöjd med det lilla, tänkte han. Även den här gången, trots att det nästan inte fanns någonting alls att glädjas åt.

Dagen därpå skulle polismästare Borgström ha träffat kommissarie Bäckström. Nu blev det inte så och felet var helt hans eget. Tio minuter före deras möte hade Borgström beslutat att det var hög tid att han tog befälet och började peka med hela handen. Istället för att uppsöka Bäckström på hans kontor hade han bestämt sig för att stanna på sitt. Förr eller senare borde väl Bäckström fatta vad det handlade om och komma över till honom eller åtminstone ringa upp honom och fråga om det hade blivit något missförstånd.

Efter tio minuter av ensamhet och tystnad hade han förstått att Bäckström tydligen inte hade insett den saken. Då hade han ringt honom på hans telefon och mötts av hans telefonsvarare. Bäckström satt i sammanträde, så ville man prata med honom fick man återkomma senare. När Carl Borgström kom instörtande på Bäckströms kontor var klockan redan tjugo över tolv. Ingen Bäckström, däremot hans närmaste man Annika Carlsson som just tittade ut från sitt rum.

– Där är du ju, sa Annika Carlsson och log glatt. Vi blev nästan lite oroliga när du aldrig dök upp på ditt möte med chefen. Han bad mig faktiskt att gå över och kolla att det inte hade hänt något.

– Han är inte här alltså?

– Nej. Han var tvungen att åka till ett annat möte, sa Annika Carlsson.

– Så han kunde inte vänta, då, sa Borgström.

– Ja, men det gjorde han ju. I drygt tjugo minuter om vi nu ska vara petiga, sa Annika Carlsson och tittade på sitt armbandsur.

– Jag förmodar att det var ett viktigt möte.

– Ja, han skulle träffa rikspolischefen uppe på Polhemsgatan, sa Annika Carlsson med en talande axelryckning Hoppas bara att han hann dit i tid. Vår högste chef lär inte vara så förtjust i folk som inte passar tiden.

– På det viset, sa Borgström.

Inte nog med allt annat elände, tänkte han. Nu var han plötsligt utlämnad till en av sina egna medarbetares diskretion, på nåd och onåd. Bäckströms nåd eller hans egen onåd.

– Men annars är allt bra med dig? frågade Annika Carlsson.

– Tackar som frågar, sa Borgström. Jo, det är alldeles utmärkt, faktiskt.

Vad är det som händer, tänkte han.

57

För Bäckströms medarbetare hade det varit en vecka fylld av hektiskt arbete men vad han själv hållit på med var oklart. Vad man med säkerhet visste var att han i god tid till fredagens möte med åklagaren och spaningsgruppen hade infunnit sig medförande kaffe och en synnerligen läcker Napoleontårta som han låtit inhandla på det alldeles utmärkta bageriet som låg nere i Solna Centrum.

Att han dagen innan skulle ha träffat rikspolischefen i polishögkvarteret på Kungsholmen verkade däremot inte lika sannolikt. Enligt ett reportage i Dagens Nyheter hade denne befunnit sig i Malmö för att på plats studera läget i två av stadens mest brottsutsatta och invandrartäta områden. Eftersom Bäckström aldrig läste DN hade det inte bekymrat honom det minsta.

Inte heller det faktum att spaningsstyrkan hade minskat från åtta personer till fyra verkade störa honom. Tvärtom var han på ett strålande humör, jovialisk och fylld av välvilja. Åklagaren hade däremot noterat det bortfall av personal som hade skett och det var också hennes första fråga.

– Vart har våra ungdomar tagit vägen, då? frågade Hwass.

– Ja, jag förstår att du undrar, sa Bäckström samtidigt som han serverade henne en ansenlig tårtbit. Det är jag som är skyldig till det. Jag har skickat ner dem till Migrationsverket i Norrköping, under ledning av kollegan Stigson, så att de på plats och tillsammans med de registeransvariga på myndigheten kan gå igenom deras papper. Och vem som fick mig att ta det beslutet behöver jag kanske inte påminna dig om.

—Men det var väl alldeles utmärkt att du såg till att det äntligen blev gjort, sa Hwass.

Han gör ju i alla fall som man säger åt honom, tänkte hon.

—Ja, sa Bäckström samtidigt som han hällde upp kaffe i hennes kopp, på den punkten är jag numera lika oroad som jag förstår att du har varit hela tiden. För bara några timmar sedan fick vi nämligen svar på de DNA-prov som vi begärde och även där får jag för mig att det är dig som vi ska tacka för den saken. Normalt brukar det ju ta månader.

—Jag har visserligen ringt dem, sa Hwass. Men eftersom det verkar stört omöjligt att hitta någon som går att prata med...

—Trägen vinner, trägen vinner, sa Bäckström och sken som en sol. Det är resultatet som räknas och det är också därför som jag såg mig föranlåten att bjuda på denna tårta. Kopp, förresten, tillade han samtidigt som han höjde sin egen.

Åklagare Hwass nöjde sig med att nicka samtidigt som hon lade in en försvarlig bit tårta i munnen. Kopp, tänkte hon. Förmodligen något som de säger på sina samkväm efter bönestunden.

—Glädjande besked, sa Bäckström och suckade förnöjt. Mycket glädjande om du frågar mig.

—På vilket sätt då? frågade Hwass.

—För det första har vi fått besked om DNA:t från det där lårbenet som kollegan Niemi till varje pris ville ha fram.

—Vad säger det, då?

—Jo, det är samma DNA som i kraniet, så att det skulle handla om ett dubbelmord eller något ännu värre behöver vi inte oroa oss för längre.

—Ja, men nu var det ju inte det som jag främst bekymrade mig för.

—Jag vet, jag vet, sa Bäckström. Även det är klart. Vi har tagit ett nytt. Från hennes vänstra hörntand den här gången, så snart har hon väl inga tänder kvar, den stackaren.

—Vad gav det då?
—Samma, sa Bäckström.
—Samma?
—Ja, samma, upprepade Bäckström. Samma DNA på samtliga tre prov. Från pulpan i höger hörntand, från märgen i hennes vänstra lårben och från pulpan i vänster hörntand.
—Vad säger man på NFC, då? Jag förmodar att det är de som har jämfört våra prov med det där DNA-utdraget som Migrationsverket hade tagit fram.
—En plus fyra. Högsta möjliga på deras niogradiga skala som du säkert kan lika bra som jag, sa Bäckström. Och eftersom ingen, ingen av människa född i vart fall, kan dö två gånger så bestämde jag mig alltså för att skicka ner våra ungdomar under ledning av kollegan Stigson till Migrationsverket för att de på plats skulle kunna gå igenom deras DNA-register och ta reda på vad det är för fel som man har begått.
—Det var väl som sagt alldeles utmärkt, upprepade Hwass. Vad tror du själv, då?
—Jag tror att det kommer att lösa sig, sa Bäckström och såg förvånat på henne. Självklart kommer det att lösa sig. Förr eller senare, sa Bäckström samtidigt som hans blick letade sig upp mot taket i rummet där de satt och han knäppte sin händer över magen. Förr eller senare kommer Vår Herre att ge oss de råd och den vägledning som vi här nere så innerligt väl behöver för att vi ska se sanningen och ljuset.

Efter denna förhoppning hade det blivit ett kort möte. När man ätit upp det sista av tårtan – biträdande chefsåklagare Hwass hade snabbat på det hela med att själv lägga för sig ännu en bit – hade hon tackat samtliga deltagare för att de ställt upp, önskat dem en trevlig helg och lämnat dem.

—Vad tror vi om det här då? frågade Bäckström så fort de var ensamma.
—Mer än att vår åklagare måste vara dum i huvudet, sa Her-

nandez och flinade. Tack för tårtan, förresten. Jag brukar undvika tårta, men den här var faktiskt riktigt god.
 – Så lite, sa Bäckström och tittade på klockan. Hög tid för Fröken Fredag, tänkte han.
 – Visst, sa Annika Carlsson. Att människan är dum i huvudet är väl en sak. Det andra däremot är betydligt värre.
 – Vad är det då? frågade Nadja.
 – Hon kommer aldrig att köpa att det är Jaidee Kunchai som vi hittat ute på Ofärdsön, sa Annika Carlsson. I hennes bok omkom Jaidee i tsunamin borta i Thailand. Det har hon ju våra kollegers ord på. De fick dessutom någon jävligt märkvärdig medalj för sina insatser. Det är vi här hemma som har strulat till det. Att ingen av oss fattar hur det gått till i så fall är enbart vårt problem.
 – Du tror inte på ett mirakel? Att även fru Hwass skulle se sanningen och ljuset? sa Bäckström.
 – Inte jag heller, sa Nadja. Om vi nu antar, för tids vinnande om inte annat, att det skulle inträffa ett mirakel och vi plötsligt skulle plocka in Jaidees dåvarande man och påstå att han skulle ha mördat henne ett antal år senare så kommer hon att avvisa det också. Vad har vi för bevisning för det? Ingen om ni frågar mig.
 – Jag tror som du, Nadja, sa Annika Carlsson. För vår åklagare handlar det här numera enbart om prestige. Aldrig att hon skulle erkänna att hon haft fel och ett antal korkade snutar som vi skulle ha haft rätt. Att hon skulle gå upp i tingsrätten mot en sådan där som advokaten Johan Eriksson, jag såg i tidningen att han för tredje året i rad har blivit utnämnd till landets främste försvarsadvokat, som låter våra gamla kolleger som identifierade offren för tsunamin vittna under ed och intyga att Jaidee omkom i samband med katastrofen. Aldrig. Glöm det.
 – Jag hör vad du säger, sa Bäckström. Dessutom håller jag med dig.
 – Vad gör vi åt det, sa Hernandez.
 – Problem är till för att lösas, sa Bäckström och ryckte på axlarna. Är det inte det hon tjatar om hela tiden. Den där bedrövliga lilla människan som vi har fått för våra synders skull.

När Bäckström stegade in på sitt rum för att plocka ihop det nödvändigaste innan han beställde en taxi för att uppsöka Fröken Fredag hittade han en både oväntad och ovälkommen besökare på sitt rum.

– Vad bra att jag äntligen fick tag i dig, sa Carl Borgström som efter att ha läst morgonens DN bestämt sig för att det var hög tid att börja peka med hela handen.

– Vad kan jag göra för dig? frågade Bäckström.

– Några frågor bara, sa Borgström. Jag såg förresten i Dagens Nyheter i morse att rikspolischefen var i Malmö i går. Var du med honom därnere, eller?

– Nej, sa Bäckström. Han måste ha åkt direkt efter vårt möte. Jag hade ingen aning om att han skulle till Malmö. Däremot var han sur som ättika för att jag kom försent.

– Jag hoppas att du...

– Jag sa som det var, sa Bäckström. Varför skulle jag ljuga om det? Du hade några frågor, förresten.

– Ja, jag pratade med vår åklagare. Hon var bekymrad över er utredning.

Varför blir det så fel hela tiden, tänkte Borgström. Oavsett vad jag säger eller gör blir det fel.

– Nu blir jag förvånad, sa Bäckström. När vi skildes åt för en kvart sedan var hon på ett strålande humör.

– Så du upplever inte några problem? Med utredningen, alltså.

– Inte det minsta, sa Bäckström. Frågar du mig så tycker jag den går som på räls. Är det något mer som du undrar över?

– Nej, sa Borgström och skakade på huvudet. Det skulle möjligtvis vara en nyfiken fråga.

– Vad är det då?

– Jo, av det hon sa, mellan raderna alltså, förstod jag att du tydligen är troende.

– Troende, ja. Det är väl alla om du frågar mig. Mig veterligt finns det väl ingen som inte tror på något.

– Vad jag menar är att du tydligen är kristet troende, alltså.

261

– Ja, självklart, sa Bäckström. Skulle det vara något problem då?

– Nej, verkligen inte. Jag blev lite förvånad bara. Det är ju inte så vanligt om jag så säger.

– Nej, tyvärr, instämde Bäckström, men på den punkten hyser jag en stark förtröstan. En övertygelse om att det snart ska komma andra tider då fler än jag själv vederfars den Gudomliga Nåden. Andra tider skola komma. Det räcker med att du läser din Bibel.

– Du har inte lust att berätta...

– Självklart, avbröt Bäckström. Från början handlade det bara om en enkel barnatro men för några år sedan fick jag en uppenbarelse och då tog det hela en helt annan vändning.

– En uppenbarelse?

– Ja, sa Bäckström, suckade djupt och vände blicken inåt. Han uppenbarade sig för mig. Inför mina egna ögon.

– Så det gjorde han.

Han måste ju vara spritt språngande galen, tänkte Borgström.

– Ja, så var det, upprepade Bäckström med all den övertygelse som bara fanns hos den som vederfarits nåden. Så om du undrar hur det kan komma sig att jag är den mest framgångsrika mordutredaren i vår svenska kriminalhistoria är detta den enkla förklaringen. Att han när han uppenbarade sig för mig också gjorde mig till sitt redskap här på jorden.

– Jag tolkar det du nu säger som att det kommer att lösa sig med vår mordutredning.

Herregud, tänkte Carl Borgström.

– Vår Herre kommer att se till den saken.

Undrar hur mycket han tål, tänkte Bäckström samtidigt som han lutade sig fram mot sin polismästare.

– Om du lovar att det stannar mellan oss kan jag berätta för dig, sa Bäckström. Hur jag kan veta det, alltså.

– Jag lovar, självfallet, svarade Borgström.

Karlen är ju spritt språngande galen. Undrar om han kan vara

farlig för andra, tänkte han samtidigt som han för säkerhets skull sköt tillbaka stolen där han satt.
—I så fall ska jag berätta. Han har redan hört av sig två gånger. Från den andra sidan, alltså.
—Men vad sa han då?
—Det kan jag däremot inte gå in på, sa Bäckström. Som du säkert förstår omfattas det av den sekretess som gäller i mitt ärende. Men hys ingen oro, broder. Snart kommer allt att bli uppenbarat. Och även den fåvitska jungfru som blivit satt att leda vår utredning skall då komma till insikt. Outrannsakliga äro Hans vägar, som aposteln Paulus skriver i Romarbrevet elva trettiotre.

Vad skulle jag hit att göra, tänkte Carl Borgström när han fem minuter senare anträdde den ensamma vandringen tillbaka till sitt eget rum. Vad har jag gjort för att få en fullständigt galen kristen fundamentalist på halsen? Och det var först när han klev in på sitt rum som en ännu värre tanke hade slagit honom. Anta att det är som han säger, tänkte Borgström. I så fall är jag ju själv förlorad.

58

Redan på måndagen hade Akkarat Bunyasarn gett besked till Nadja angående två av de frågor som hon hade bett honom att hjälpa henne med. Svaret på den första av dem hade kommit på ett mail som hamnat i hennes inbox dagen före. Där hade han dels berättat lite om thailändska begravningsseder i största allmänhet, dels i detalj beskrivit den som hade förevarit i Jaidee Kunchais fall. Där var det dessutom så praktiskt att den begravningsbyrå som familjen anlitat hade dokumenterat det hela på video. Något som de för övrigt erbjöd alla sina kunder som ville ha det på det viset, och i Kunchais fall handlade det om två filmer. Först den som tagits i samband med själva ceremonin, sedan den som visade när hennes aska ströddes för vinden i nationalparken ovanför Bangkok en vecka senare. Det var också Jaidees mor som hade skött alla kontakter med byrån. Förra gången hon gjort det hade varit i samband med hennes makes död drygt tjugo år tidigare.

Familjen Kunchai var buddhister utan att för den skull vara särskilt aktiva utövare av sin tro. I det avseendet var de lika majoriteten av den thailändska befolkningen. Enligt Bunyasarns allmänna beskrivning följde den buddhistiska begravningsceremonin heller inte något detaljerat ceremoniel. Det var en förrättning som gav utrymme för personliga önskemål och privat skön och var i det avseendet ganska lik motsvarande förrättningar inom den protestantiska eller reformerta delen av den kristna gemenskapen.

Man satte upp Buddhabilder, tände rökelse, läste och sjöng verser med ett buddhistiskt-religiöst innehåll och några bestämda regler för kremering eller kistbegravning fanns varken inom den buddhistiska traditionen i allmänhet eller inom den thailändska varianten av samma tradition.

Detsamma gällde hanteringen av kroppen efter dödsfallet samt vid avskedsceremonin i samband med begravningen, som var en andaktsstund med recitation av buddhistiska texter som leddes av någon religiös företrädare som en munk eller en nunna, eller en närstående. I Jaidees fall var det en munk från ett kloster i Bangkok som hade lett ceremonin. Ett tiotal personer hade varit närvarande. Hennes man, hennes mor, andra släktingar, en av hennes makes arbetskamrater från ambassaden. Dock inte hennes bror. Han hade däremot varit med när hennes aska hade strötts ut.

Kremering var det vanligaste begravningssättet, även om jordbegravningar förekom och på intet vis stred mot den buddhistiska traditionen, och efteråt kunde askan grävas ner, spridas i en minneslund eller på annan plats efter individuella önskemål. Jaidees man hade varit närvarande vid både minnesceremonin och då askan spridits ut och om honom hade Akkarat Bunyasarn bifogat några yrkesmässiga reflektioner kring det som han hade sett på filmerna som han länkat över till Nadja. Om det nu var så illa att Johnson mördat sin hustru förtjänade han enligt Bunyasarn en Oscarsstatyett, eller kanske till och med två, för sina insatser som den sörjande änklingen. "Frånvarande, slagen till marken av sorg." Efter det att Nadja hade tittat på samma filmer hade hon gjort samma reflektion.

Adjöss till hypotesen om galna satanister och vanliga gravplundrare, tänkte hon. Men inte bara det. Med tanke på vad hon nu visste så förstod hon också precis hur en kompetent försvarare skulle lägga upp det hela om Nadja och hennes arbetskamrater skulle lyckats styrka ett åtal mot Jaidee Kunchais före detta make med utgångspunkt från fynden som de gjort på Ofärdsön ute i Mälaren mer än elva år efter tsunamikatastrofen. Försvararen skulle begära in filmerna som bevisning och visa dem i rätten. En sekvens från filmen där askan sprids för vinden skulle säkert visas flera gånger. Hur Jaidees sörjande make sjunker ihop, sätter sig på marken, vaggar huvudet i händerna, gråter hejdlöst med skakande axlar. Hur hans arbetskamrat från ambassaden lägger armarna om honom och försöker trösta honom. Hur samma advokat skulle kalla in alla legendariska poliser från Rikskriminalen som varit på plats i Thailand när det hela hände. Låta dem vittna under ed och på heder och samvete övertyga rätten om att Daniel Johnson inte kunde ha mördat sin hustru eftersom hon redan hade omkommit i tsunamin. Ingen kan dö två gånger och adjöss med det åtalet, tänkte Nadja.

Akkarat Bunyasarn var förvisso ingen dålig samarbetspartner. Han tänkte som hon, såg samma problem som hon, såg samma utgångar och kryphål som hon.

Ungefär samtidigt som hon tänkte stänga av sin dator för att gå till mötet med spaningsgruppen kom Bäckström in på hennes rum och berättade att han just hade pratat med åklagaren som hade ställt in dagens möte. Hon hade plötsligt fått andra och viktigare saker att ta hand om.

– Vad var det då? frågade Nadja.

– Det sa hon inte, sa Bäckström. Att hon håller på att ta sitt förnuft till fånga tror jag heller inte på. Däremot hade hon ett förslag.

– Jaså?

– Med tanke på utredningsläget tyckte hon det räckte med att vi träffades en gång i veckan för tillfället.

– Så då föreslog du att vi skulle ses enbart på måndagarna i fortsättningen.

– Precis, Nadja, sa Bäckström och log. Du är en klok kvinna.

En sådan som det fanns all anledning att passa sig för, tänkte han.

–Vad tror du att hon vill åstadkomma med det då?
–Jag tror att hon letar efter en möjlighet att lägga ner förundersökningen, sa Bäckström. Inte mig emot. Då kan vi köra det här som ett vanligt spaningsärende och förhoppningsvis få en normal människa som skriver på alla papper åt oss.

I själva verket var det precis tvärtom. Hanna Hwass hade ingen tanke på att lägga ner någon förundersökning. Däremot hade hon med två timmars varsel blivit uppkallad till säkerhetspolisens avdelning för kontraspionage och när hon klev in i entrén till det stora huset på Ingentingsgatan stod två utredare och en åklagarkollega från enheten för mål som gällde rikets säkerhet redan och väntade på henne.

Anledningen var att man ville att hon skulle berätta för dem om den mordutredning som hon ledde med Bäckström som spaningsledare. En fullständig redovisning, och den sekretess som omfattade hennes utredning gällde inte dem som hon nu pratade med. Allt hon visste, utan tillägg, förändringar eller förtiganden.

Ganska omgående hade hon också räknat ut att man var betydligt mer intresserad av Bäckström än av utredningen, och allra minst av henne. Däremot förväntade man sig att hon hela tiden höll dem underrättade om hur utredningen fortskred.

–Fast det enklaste är väl att jag mailar över alltihop till er, sa Hanna Hwass så fort hon avslutat sin muntliga redovisning.

–Det var faktiskt nästa sak som vi hade tänkt be dig om, sa den ene av hennes två förhörsledare.

–Du ska få en mailadress av oss innan vi skiljs, sa den andre.

–Är det något annat som jag borde känna till? frågade Hwass. Att det här handlar om Bäckström har jag ju räknat ut själv, som ni säkert förstår.

–Inga kommentarer, sa den ene av förhörsledarna samtidigt som han mildrade det han just sagt med en vänlig nick och ett leende.

–Bäckström är inte den som han verkar vara, sa den andre.

Bäckström är ingen vanlig fryntlig, jovialisk liten tjockis som äter och dricker alldeles för mycket medan han ränner efter fruntimmer hela tiden. Det finns få som är slugare än han. Om du kan bete dig som vanligt mot honom, så att han inte börjar ana oråd, är vi naturligtvis extra glada.

– Men det är inte så att jag behöver frukta för mitt liv, sa Hanna Hwass och log även hon.

– Nej, sa åklagaren och skakade på huvudet. Men om det skulle vara på det viset att du upplever minsta obehag inför det här är det bara att du säger ifrån. Vi kommer att ha full förståelse för det.

– Nej, det är inga problem, sa Hanna Hwass.

– Hyggligt av dig att du ställer upp, sa åklagaren. Det tackar vi för.

Innan hon lämnade dem hade hon fått skriva under en tystnadsförsäkran som fick dem som hon själv hade utfärdat under sin tid som åklagare att mest framstå som allmänna rekommendationer och en vänlig klapp på axeln.

Säkerhetspolisen, tänkte Hanna Hwass när hon satte sig i taxin för att åka tillbaka till sitt kontor. Undrar vad han håller på med, tänkte hon. Kanske allt det där som kristna terrorister brukade hålla på med? Som att spränga saker som de inte gillade i luften. Allt ifrån vanliga abortkliniker till skattemyndigheter och moskéer.

Nadja hade blivit kvar vid sin dator och just när hon börjat fundera på att gå hem hade Bunyasarn kontaktat henne på nytt trots att klockan borde ha passerat elva på kvällen där han satt. Han hade mailat över en sammanfattning med ett flertal bilagor som alla handlade om Jaidees födelse. För en gångs skull hade han också haft tur. Det visade sig nämligen att Jaidee var född på barnbördskliniken på ett av Bangkoks bästa sjukhus. Samma sjukhus där man tio år tidigare hade förlöst hennes bror.

När hennes bror föddes hade hans mor redan hunnit fylla trettio år vilket var en hög ålder för en thailändsk förstföderska. Sitt andra barn, Jaidee, hade hon fött samma år som hon fyllde fyrtio. Anledningen till detta hade också framgått av de sjukhusjournaler som Bunyasarn hade fått fram. Paret Kunchai hade fått kämpa för att till sist få sina två barn. Under flera år hade de konsulterat olika specialister för att få hjälp. I sjukhusets journalanteckningar fanns heller inga noteringar om några okända och vid födseln bortadopterade syskon. Med tanke på vilka föräldrarna var ansåg också Bunyasarn att något sådant var högst osannolikt. Pappan var hög officer i den thailändska armén. Han hade varit adjutant åt den thailändske kungen under drygt ett år. När Jaidee föddes var han överste med tjänstgöring i generalstaben. Med tanke på vilka hennes föräldrar var, och med tanke på deras historia när det gällde att skaffa barn, ansåg Bunyasarn att det var närmast uteslutet att de skulle ha låtit adoptera bort en tvillingsyster till Jaidee.

Tror inte jag heller, tänkte Nadja, trots att hon inte hade några barn.

Och därmed adjöss till hypotesen om en okänd och bortadopterad enäggstvilling, tänkte hon när hon lämnade kontoret. Vad det nu spelade för roll med tanke på det sannolika utfallet av ett eventuellt åtal. Vilken åklagare skulle välja att driva ett sådant?

59

Annika Carlsson kände en stigande olust över att dag efter dag sitta på sitt rum och knappa på sin dator, och som nu tvingas göra det i smyg, medan en tokig åklagare hängde som en våt yllefilt över hennes axlar. Annika Carlsson ville prata med folk, hålla förhör, spana på dem om det krävdes och helst vara med och gripa dem när det väl var dags. Mest av allt ville hon ut och röra på sig, komma utanför polishuset, se till att det äntligen hände något och skulle det då visa sig att man hade varit fel ute så var det ju bara att hon och de andra lade ner sitt ärende och gick vidare i livet. Hög tid att ta ett snack med Johnsons andra fru, tänkte hon. Men innan hon gjorde det pratade hon med Bäckström om saken.

– Du är inte rädd att vi väcker björnen för tidigt, då? frågade Bäckström.

– Nej, sa Annika Carlsson. Det är åtta år sedan de skildes. De verkar inte ha haft någon kontakt alls sedan dess. Numera bor hon med en ny karl som hon har två barn med. En tjej på fem och en liten kille som föddes för några månader sedan.

– Ja, men ta och prata med henne då, så vi äntligen får rumpan ur vagnen någon gång, sa Bäckström.

Sophie Danielsson var trettioett år gammal. När hon hade träffat Daniel Johnson hade hon varit tjugotvå, femton år yngre än han. De hade träffats på våren 2007, flyttat ihop och gift sig till som-

maren samma år. Ett år senare hade de flyttat isär och skilt sig.
När Annika Carlsson hade ringt henne, berättat vem hon var och frågat om de kunde ses för ett samtal hade hon reagerat som nästan alla vanliga människor gjorde när en sådan som Annika Carlsson hörde av sig. Varför ville polisen prata med henne? Hon hade inte gjort något.

– Jag vill prata med dig om din före detta man, sa Annika Carlsson.

– Jaha, ja. Det kan jag tänka mig, sa Sophie. Vad har han hittat på nu då?

– Vi tar det när vi ses, föreslog Annika och en timme senare satt hon i köket hemma hos Sophie i den lägenhet ute i Hägersten där hon bodde tillsammans med sin sambo och deras två barn. Hennes sambo var på jobbet. Dottern var på dagis. Den yngste låg och sov. Själv kände hon sig ganska utschasad.

– Gösta är den där nattaktiva typen, sa Sophie och log samtidigt som hon hällde upp kaffe åt sin gäst. Just nu sover han, men om jag själv skulle försöka sova så skulle han vakna direkt för att kunna umgås med sin mamma.

– Gösta, vilket gulligt namn. Själv har jag inga barn, sa Annika Carlsson.

Trevlig tjej, tänkte hon. Snygg var hon också. Daniel Johnson var tydligen en man med god smak. Först Jaidee, som av bilderna att döma närmast kunde beskrivas som en klassisk orientalisk skönhet, och så Sophie, rödhårig och med fräknar, närvarande ögon, vackra anletsdrag och vältränad kropp trots att hon nyss fött barn.

– Säg till om du vill sitta barnvakt, sa Sophie. Du kan få låna Gösta på nätterna om du vill.

– Det var en sak som du sa när jag ringde dig, sa Annika Carlsson. När jag berättade att jag ville prata med dig om Daniel Johnson.

– Att jag frågade vad han hade hittat på den här gången?

– Precis, sa Annika Carlsson. Om jag bad dig gissa. Vad tror du själv att det handlar om?

– Sex, sa Sophie och nickade. Vad skulle det annars handla om? Om det är Daniel som du vill att vi ska prata om.

Vissa förhör var lättare än andra. Det var de förhören som blev som vanliga otvungna och uppriktiga samtal utan att man ens tänkte på det. Annikas förhör med Sophie hade varit ett sådant. De hade suttit i Sophies kök och druckit kaffe medan Sophie berättat om sin första man och Annika knappt behövt ställa några frågor för att få veta det som hon var intresserad av.

Sophie hade träffat Daniel på deras gemensamma arbetsplats. Han var femton år äldre än hon, änkling efter tsunamin, och "den där typen som raggade på precis allt och alla". Något som hon själv tyvärr hade insett först när hon redan hade gift sig med honom. Och när hon väl förstått det hade hon lämnat honom.

– Jag utgår från att du vet hur han ser ut, sa Sophie.

– Jag har sett bilder på honom, sa Annika. Aldrig träffat honom.

– Det är så han ser ut, intygade Sophie. Snygg kille, vältränad, charmig, jag blev tokigt kär i honom. Svårare än så var det inte.

– När upptäckte du att han hade ihop det med andra, då? frågade Annika.

– När han berättade det för mig, sa Sophie. Det började han med så fort vi gift oss.

– Trolös och uppriktig, sa Annika Carlsson.

– Nej, sa Sophie. Det var hans grej bara. Daniel ville ha många tjejer. Helst samtidigt, ja, när man skulle hålla på, då, alltså.

– Men det ville inte du, konstaterade Annika.

– En gång gick jag faktiskt med på det, sa Sophie. Med en kompis till mig dessutom. Sedan mådde jag skitdåligt i flera månader. Det var hans grej, inte min, men när jag inte ställde upp gjorde han det ändå. Men visst, han var inte våldsam, eller så. Kontrollfreak, däremot. Han hackade sig in på min dator och när jag hade lämnat honom stalkade han mig.

– Gjorde du någon anmälan? frågade Annika.

– Nej, sa Sophie och log. Varför skulle jag göra det? Vadå

anmälan till polisen? Det räcker ju med att slå på teven eller läsa en vanlig tidning så fattar du hur bra det funkar. Jag pratade med min äldre bror. Det funkade.
—Vad gör han då? frågade Annika Carlsson.
—Brorsan är gammal fotbollshuligan, sa Sophie. Sedan är han som Fantomen också. Snäll mot de snälla och hård mot de hårda.
—Så han tog ett samtal med Daniel, sa Annika Carlsson.
—Ja, sa Sophie. Eftersom jag vet hur min bror kan vara när han är på det humöret så var det färdigstalkat. Inte så att han spöade upp honom, min bror är egentligen en skitsnäll kille, men om du visste hur han såg ut skulle du förstå varför han inte behöver klå upp en sådan som Daniel.
—Jag tror jag fattar, sa Annika Carlsson. En helt annan sak. Pratade han ofta om sin första fru?
—Hon som dog i tsunamin.
—Ja.
—Nej, aldrig, sa Sophie. Inte ens när jag ville prata om henne. Enda gångerna som han nämnde henne var när han och jag bråkade.
—Vad sa han då?
—Att hon hade varit fan så mycket enklare att leva med, sa Sophie. Jag menar, vad svarar du på det? Du kan ju inte gärna säga att han ska gå tillbaka till henne.

En halvtimme senare hade Annika Carlsson gjort en första sammanfattning. Daniel Johnson var charmig, snygg, begåvad, raggade på allt och alla, inte våldsam men både kontrollfreak och stalker, pratade aldrig om sin första fru annat än när han behövde henne som tillhygge mot Sophie. Om det var en sörjande änkling han var hade han tydligen lyckats dölja det väl. Hade han varit något mer än så?
—Du undrar om han var totalt opålitlig, också, sa Sophie och log.
—Ja, ungefär så.

– Självklart, sa Sophie, men när han hade håvat in mig var det som om han inte brydde sig längre. Då var han som han var, liksom. Eftersom han var så trevlig och social var det väl ingen annan som ens tänkte på det. Jag menar, bland hans chefer och sådana personer.

– För mig låter det som en riktigt charmig psykopat, sa Annika Carlsson.

– Skämtar du, svarade Sophie och himlade med ögonen. Det var bara första bokstaven om det är Daniel som vi pratar om.

– Du säger Daniel, inte Danne eller Dan, noterade Annika Carlsson.

– Ja, det var han noga med, sa Sophie. Daniel Johnson. Mycket visitkort och sådär när vi träffade nya människor. Gillade att berätta om sitt jobb som diplomat. Även när han satt på Handelsdepartementet som vanlig departementssekreterare och sorterade papper i olika högar. Som han ju gjorde när vi hade ihop det. Och så var det en sak till.

– Vad var det?

– Daniel var en big spender, sa Sophie. Han älskade att gå på krogen. I början när vi just hade fått ihop det kunde vi vara ute och festa fem gånger i veckan. När vi gifte oss fick jag en egen bil av honom i morgongåva. Ingen billig bil heller.

– Men det var väl generöst av honom, sa Annika Carlsson.

– Jo, det var ju det som var grejen. Daniel var inte det minsta generös. Han hade alltid en avsikt med allt han gjorde. Bilen tog han tillbaka samma dag som jag lämnade honom. Det var ganska mycket känslor då. Jag hade packat mina väskor och när jag kom ner i garaget till den där kåken uppe på Gärdet där vi bodde hade han redan snott min bil. Sedan när jag skulle ha tillbaka den visade det sig att den var leasad. Leasingfirman tog tillbaka den. Jag hade inte råd att hyra en bil för flera tusen i månaden. Då hade jag börjat plugga på heltid också. Tjugotvå år gammal. Jag fattade ingenting. Hur kul var det? Dra från min man. Knalla iväg till tunnelbanan, släpa på två väskor, ta T-banan hem till mamma och pappa i Farsta och flytta in i mitt gamla flickrum. Lägenheten var ju också hans. Det var en bostadsrätt. En trea, riktigt fräsch, faktiskt.

– Var fick han pengarna ifrån? frågade Annika Carlsson. Vet du om han hade någon livförsäkring på sin första fru?

– Nej, sa Sophie. Tror jag inte. Inget som han sa i varje fall. Han och hans fru hade visst haft något företag ihop som han hade sålt när hon hade dött. Enligt honom hade han visst fått åtskilliga miljoner för det.

– Jaha, sa Annika Carlsson. Jag vet vad du menar. Johnson och Kunchai hette det. Något slags aktiebolag som höll på med business management. Vad det nu är.

– Precis, sa Sophie. Daniel är ju civilekonom och det hade tydligen hans första fru varit också. De ägde hälften var. Hjälpte folk som höll på med affärer borta i Asien.

– Borde gå att kolla, sa Annika. Hur mycket han fick när han sålde det, alltså.

Kan det vara så enkelt, tänkte hon.

– Är det något mer du undrar över? frågade Sophie och såg nyfiket på henne.

– Jag tror jag är nöjd, sa Annika Carlsson. Är det okej att jag hör av mig igen om jag skulle komma på något som jag glömt? frågade hon.

– Visst, det är helt okej. Men berätta för mig. Berätta för mig vad han har gjort.

– Nu blir det knepigt, sa Annika Carlsson och log.

– Säg som det är. Det är något med sex, vad? Det är klart att det handlar om sex.

– Nej, sa Annika Carlsson och skakade på huvudet. Inte sex.

– Vad är det, då?

– Jag vet faktiskt inte. Det kan till och med vara så att han inte har gjort något alls. Som en sådan som jag ska hålla på att rota i, alltså.

– Lägg ner, sa Sophie. Inte Daniel. Det är klart att han har hittat på något.

275

När Annika Carlsson hade återvänt till polishuset började hon med ett besök hos Nadja.
– Du vet det där bolaget som Johnson hade ihop med sin fru.
– Johnson och Kunchai, South East Asian Trading and Business Management Aktiebolag, sa Nadja.
– Ja, sa Annika. Kvinnan som ger det mänskliga minnet ett ansikte, tänkte hon.
– Varför frågar du om det?
– Jag pratade med hans andra fru. Enligt henne lär han ha fått en massa miljoner när det såldes.
– Det har jag väldigt svårt att tro, sa Nadja. Men visst, det står på listan över sådant som ska kollas.
– Vad skönt att jag slipper, sa Annika Carlsson. Siffror är inte min starka sida.
– Jag tror inte det är så enkelt, sa Nadja och skakade på huvudet.
– Hur planerar man en tsunami för att döda hustrun och komma över hennes pengar, menar du, sa Annika Carlsson.
– Ja, ungefär så, instämde Nadja.

Så fort Annika Carlsson hade kommit tillbaka till sitt rum tog hon fram några foton på Sophie Danielssons äldre bror, Axel Danielsson, trettiosex år gammal. Det bästa hittade hon på en hemsida för Hammarbys Supporterklubb. Axel Danielsson i helfigur, före detta pojklagsspelare, numera supporteransvarig, hundra kilo muskler och ben fördelade på två meters längd.

Jag förstår precis vad du menar, Sophie, tänkte Annika Carlsson.

60

Innan Annika Carlsson skulle gå hem för dagen hade Nadja kommit in på hennes rum. Hon hade redan tagit fram allt som var värt att veta om Johnson & Kunchai AB och dess affärer.

– Det där med alla miljoner som han skulle ha fått när han sålde, det tror jag nog att vi kan glömma, sa Nadja.

– Hur mycket fick han då?

– Han fick en krona. Mot att köparen tog över bolagets skulder på några hundra tusen och betalade kostnaderna för att likvidera det. Den här affären gjordes i september 2006 och det som köparen egentligen betalade för var att han fick ta över deras kunder. Om du vill kan jag maila över det ekonomiska underlaget. Bolagets årsredovisningar, avtalet från försäljningen, alla handlingar som upprättades när det likviderades.

– För guds skull, gör inte det, sa Annika Carlsson. Jag tror dig. Jag hatar sådana där ekonomipapper. Om han nu fick en spänn så förstår jag inte hur han kunde ha råd att vara Flotta Vicke. Enligt andra frun var han ju både stekare och glidare. Luften runt krogarna nere vid Stureplan tycks i stort sett ha varit det enda han andades.

– Livförsäkringen efter frun kan vara en del av förklaringen. Den som hans arbetsgivare hade tecknat för honom omfattade även Jaidee eftersom hon var hans fru och var med honom när han jobbade på ambassaden.

– Hur mycket var den på?

– Två miljoner, sa Nadja.
– Ja, men det förklarar ju saken, sa Annika Carlsson.
– Nej, sa Nadja. Jag har svårt att se hur den skulle göra det. När han dyker upp i Sverige på sommaren, då har han varit sjukskriven i drygt ett halvår, köper han en bostadsrätt på Gärdet, en trea på Öregrundsgatan, för drygt fyra miljoner. Betalar en miljon själv och lånar resten av banken.
– Han kanske tjänade jävligt bra? Sådana där diplomater tjänar väl hur mycket som helst.
– Hyggligt när de är utlandsplacerade. Men annars är det inte så märkvärdigt. Under 2005 är han dessutom sjukskriven nästan hela året. Sedan blir han placerad på Utrikeshandelsdepartementet här hemma i Stockholm. Jobbar som vanlig handläggare.
– Vad har en sådan då?
– Obetydligt mer än en kriminalkommissarie som du, sa Nadja och log.
– Då kan han inte ha haft det så fett.
– Nej, sa Nadja. Men det borde ju ha räckt till hans egna normala levnadskostnader.
– Jag fick ett bestämt intryck av det Sophie sa att han gjorde av med massor med pengar. Var kom de ifrån, då?
– Jag vet inte, sa Nadja och skakade på huvudet. Jag letar efter dem. Hittills har jag inte hittat några.
– Det kanske inte finns några, sa Annika Carlsson.
– Jo, det tror jag. Den där bostadsrätten som han köper har han betalt när han gifter sig med Sophie Danielsson två år senare. Det är drygt fyra miljoner.
– Det kanske fanns fler försäkringar på frun, föreslog Annika Carlsson.
– Inga som jag har hittat i varje fall, sa Nadja.

61

Ungefär samtidigt som Annika Carlsson pratade med Sophie Danielsson hade två thailändska poliser tagit flyget från Bangkok till Phuket. Inspector Surat Kongpaisarn och hans yngre kollega Sub Inspector Chuan Jetjirawat arbetade vid Nationella kriminalavdelningen vid Kungliga thailändska polisen och det var deras chef, Superintendent Akkarat Bunyasarn, som hade skickat dit dem för att hålla förhör med en kvinna som hette Amporn Meesang och numera arbetade som receptionschef på ett av de större hotellen i Khao Lak. Väl på plats hade det visat sig att de blivit tvungna att hålla ytterligare ett förhör med en arbetskamrat till henne. En före detta hotellvaktmästare vid namn Winai Paowsong.

När katastrofen hade drabbat området nästan tolv år tidigare hade Amporn varit receptionist på den hotellanläggning där Jaidee och hennes man hade hyrt en bungalow. De hade checkat in onsdagen den 22 december och skulle ha stannat där till nyårsdagen. Tsunamin hade kullkastat deras planer och den 27 december hade Amporn Meesang och den yngre manlige vaktmästaren Winai Paowsong, som också arbetade på anläggningen, hjälpt Daniel Johnson att bära ut Jaidee Kunchais döda kropp ur spillrorna efter det som en gång hade varit ett hus. Det var minnen som hon skulle bära med sig för återstoden av sitt liv, även om hon helst hade sluppit dem.

Det förhör som Kongpaisarn och Jetjirawat höll med henne

tisdagen den 16 augusti pågick i närmare två timmar med Surat Kongpaisarn som förhörsledare och Chuan Jetjirawat som bisittare. Vid två tillfällen hade man fått avbryta det eftersom Amporn Meesang hade övermannats av sina känslor och behövt göra en paus för att samla sig. Ett dialogförhör som först spelats in på band och som sedan översatts till engelska och skrivits ut. Tre dygn senare låg utskriften i Nadjas mailbox tillsammans med en ljudlänk till det underlag som man spelat in.

Dessutom en vänlig hälsning från avsändaren Bunyasarn som var väl medveten om att Nadja – av fullt förståeliga skäl – inte talade ett ord thai, men att han ändå bifogat ljudlänken av "de där vanliga juridiska skälen som brukar hålla alla advokater på gott humör". Dessutom visste han ju att det fanns tillgång till flera utmärkta thailändska översättare vid den svenska rikskriminalpolisen. Den del av förhöret som handlade om hur de tre hade hjälpts åt att bära ut Jaidees kropp ur det hoprasade huset hade han markerat särskilt. Det var för övrigt Bunyasarn själv som hade gjort den engelska översättning som Nadja sedan översatte till svenska medan hon läste texten.

– Har jag fattat dig rätt om jag säger att du inte följde med in i huset utan att du stod utanför och väntade medan Johnson och Winai gick in för att leta efter fru Kunchai?

– Ja. Det var hennes make, herr Johnson alltså, som bad mig vänta utanför. Huset såg ju ut som om det kunde rasa ihop helt och hållet när som helst. Dessutom var jag glad att jag slapp. Det var hemskt. Jag var bara tjugo år när det hände.

– Minns du hur länge Johnson och Winai var inne i huset?

– Nej, tio minuter, femton kanske, det kändes som en evighet.

– Kunde du se dem medan de var inne i huset?

– Nej. Men jag hörde dem ju. Hur de försökte flytta på saker och så. Sedan hörde jag hur herr Johnson började skrika också. Han lät helt förtvivlad. Winai berättade att det var när han hittade sin fru. Hon låg fastklämd under sängen. Han hade skrikit hennes

namn, Jaidee, Jaidee. Det var när de hade sett hennes fot sticka fram under sängen.
—Men det var inget som du själv såg? Att han började skrika när han hittade henne. Eller att hon låg under sängen.
—Nej. Det har Winai berättat för mig.
—Vad hände sedan, då?
—Ja, sedan kom Winai ut och sa åt mig att springa upp till hotellet och hämta en bår och ett lakan. Då minns jag att jag fick för mig att hon fortfarande levde.
—Hur lång tid tog det, då? Innan du var tillbaka vid huset?
—Jag minns att jag sprang så fort jag kunde och det fanns ju både bårar och lakan och handdukar i receptionen, det låg stora högar där med handdukar och lakan, så jag tog en bår och ett par lakan och så sprang jag tillbaka.
—Hur lång tid tog det? Fem minuter? Tio minuter?
—Nej, fem högst. Ännu mindre tror jag. De var fortfarande kvar inne i huset när jag kom dit. Deras hus nere vid stranden, det som de bodde i alltså, ligger bara femtio meter från huvudbyggnaden.
—Det tog mindre än fem minuter för dig att hämta bår och lakan?
—Två, tre kanske. Högst. Jag tror aldrig att jag har sprungit så fort. Då trodde jag ju att hon fortfarande levde.
—Vad händer sedan, då?
—Ja, sedan kommer herr Johnson ut ur huset och då bär han sin hustru i famnen. Winai kom efter honom. Det minns jag säkert. Först herr Johnson, som bär på sin hustru, i famnen alltså, som man bär ett barn ungefär, jag minns att han var helt förtvivlad... Ursäkta mig men... (snyftar)
—Vi avbryter förhöret här. Klockan är nu elva och tjugotre.

Det första avbrottet hade varat i fem minuter och när Kongpaisarn återupptagit förhöret hade han gått mycket försiktigt fram.
—Orkar du berätta vad du såg?

−Ja... jag tror det... (snyftar)
−Det är ingen brådska, Amporn. Ta god tid på dig.
−Först hjälptes vi åt att lägga henne på båren. Och då såg jag att hon var död. Jag kände det också. Hennes kropp var alldeles stel. Hennes ena arm spretade rakt ut och hon var alldeles blodig. I huvudet alltså. Winai berättade sedan att taket i sovrummet hade rasat in så att hon hade fått någon tjock bräda i huvudet. Som hade trillat ner från taket.
−Men du kände ändå igen henne? Det var herr Johnsons fru?
−Ja, det var hon. Jag hade ju sett henne varje dag i nästan en vecka. Flera gånger om dagen. Jag minns att hon hade det där halssmycket i jade och guld på sig. Det hade hon alltid. Det var väldigt speciellt, väldigt fint också. Måste ha kostat massor med pengar. Sedan hade hon på sig sitt nattlinne. Det kände jag också igen. Det var väldigt fint, silke, det var blått. Mörkblått.
−Hur visste du att det var hennes nattlinne? Hade du sett henne i nattlinnet?
−Ja, det var på morgonen på julafton. Hennes man, herr Johnson, hade fått ett långt mail som skickats till hotellreceptionen. Det var från svenska ambassaden i Bangkok och det var på svenska så jag förstod inte vad som stod där, men min chef sa åt mig att gå ner till dem och lämna det ifall det var något viktigt. Herr Johnson jobbade ju på svenska ambassaden. Han var diplomat. Så när jag knackade på var det hon som öppnade. Hon hade nattlinne på sig. Hon var... hon var... (snyftar)
−Vet du vad, Amporn. Jag tror vi tar en paus här. Vill du ha något att dricka, förresten?
(Snyftar, ohörbart)

Det andra avbrottet hade varat i en kvart och när Kongpaisarn tagit upp förhöret på nytt hade han tydligen försökt lindra Amporns vånda genom att inleda med en avledande fråga.
−Jag är lite nyfiken, Amporn. Det där meddelandet som du sprang ner med. Var det så viktigt som din chef trodde?

–Nej, jag frågade faktiskt, för fru Johnson, ja Jaidee Kunchai, då, hon började skratta när hon läste det. Hon talade ju flytande svenska. Det var alltid det som hon pratade med sin man. Svenska alltså. Det var en julhälsning från ambassadören. Han önskade alla som jobbade på ambassaden en god jul. Jag minns att hon sa att det var ingenting som hon tänkte väcka sin man för. Inte så bak... ja, de hade varit ute kvällen innan, alltså.
–Jag förstår. Om vi återvänder till det som du berättade förut. När ni hade lagt Johnsons fru på båren. Vad gjorde ni sedan?
–Ja, vi hjälptes åt att svepa in henne i lakanen som jag hade hämtat. Sedan bar vi upp henne till hotellet. Där bar vi ner henne i källaren. Det var där det var kallast. Så det var där vi lade alla som vi hittade som var döda.

Efter ytterligare en kvart hade förhöret avslutats och av det som hade sagts under den avslutande delen framgick det mellan raderna i utskriften att Inspector Surat Kongpaisarn tydligen redan hade bestämt sig för att utvidga sitt ursprungliga uppdrag.
–Du berättade om din kollega Winai. Du vet inte var vi kan få tag i honom?
–Jo. Jag kan ringa efter honom.
–Du kan ringa efter honom?
–Ja, han slutade att jobba på hotell efter tsunamin. Han var bara sexton år när det hände så jag förstår honom, verkligen. Nu kör han taxi. Han har ett eget bolag, han och hans kusin. De har anställda också. Tre bilar, tror jag. De har ofta körningar hit.
–Vad bra. Då kan jag få hans nummer.
–Jag tror det är bättre om jag ringer. Vi känner varandra.
–Då gör vi så.

Uppenbarligen skedde det med framgång eftersom förhöret med Winai Paowsong hade inletts bara en timme senare.

62

På fredagen veckan innan hade Stigson, Olsson och Oleszkiewicz besökt Migrationsverket nere i Norrköping för att äntligen få träffa den kvinnliga arkivarie som enligt hennes arbetskamrater var den på myndigheten som eventuellt kunde ha något att tillföra deras utredning. I bilen på väg ner till Norrköping hade Stigson funderat på om han inte skulle slå an en mer lättsam ton från början, skapa den där informella trevnaden som alltid brukade lätta upp samarbetet när man träffade folk från andra myndigheter. Kanske inleda med att skämta till det om vad det fanns för tanke bakom att återvända från sin semester på en fredag. Så fort han sett henne hade han dock skrinlagt de planerna och något särskilt att berätta hade hon heller inte haft.

På den tiden då Jaidee hade kommit till Sverige, ansökt om uppehållstillstånd, arbetstillstånd och svenskt medborgarskap – allt betingat av att hon avsåg att gifta sig med en svensk man – hade man naturligtvis haft mängder av information om henne och det liv hon levt fram till dess. Inte bara det förresten, utan även om hur hon såg på framtiden och speciellt de delar av den som hade anknytning till Sverige.

För snart tjugo år sedan skulle det således inte ha varit någon konst för Migrationsverket att svara på alla deras frågor. Kanske till och med på fler än vad de själva hade kommit att tänka på. I dag var situationen den omvända. I takt med att Jaidee uppnått allt det hon hade önskat sig hade man rensat bort uppgifter om henne och när hon så hade blivit dödförklarad hade verket gjort sig av med det sista som fanns i deras arkiv som handlade om henne. En både självklar och nödvändig process för en myndighet med deras uppgift om de inte skulle drunkna i sina egna papper, konstaterade arkivarien samtidigt som hon spände ögonen i sina besökare.

Allt hon kunde bidra med var lite allmänna råd och anvisningar om alternativa vägar där de kunde söka sig fram. Ibland hände det att material från Migrationsverket hamnade på Riksarkivet eller till och med på något av landsarkiven i de olika länen. Möjligen värt att försöka på sådana ställen.

Vad myndighetens DNA-prov beträffade tog de naturligtvis inte dem själva. Det var polisen som skötte det åt dem och då den polismyndighet som fanns närmast den avdelning vid Migrationsverket som begärt undersökningen. Att de analyser som man sedan fick in hamnade hos Migrationsverket och inte polisen var ju heller inte så konstigt med tanke på att proven inte hade tagits på grund av en brottsmisstanke utan för att säkerställa identiteten hos en person som ville stanna i Sverige.

Till sist hade hon dock gett dem ett litet tips. Kanske forskningen kunde bidra med något? Migrationsforskningen var omfattande och själv var hon bekant med en forskare som hade suttit på myndigheten och samlat in material till en avhandling om just thailändska kvinnor som kommit till Sverige för att gifta sig, ungefär vid den tiden då Jaidee Kunchai hade varit ett aktuellt ärende på myndigheten.

– Den där avhandlingen. Du minns möjligen inte titeln? frågade Oleszkiewicz som ju ändå var den akademiskt mest meriterade av hennes besökare.

Den där kvinnan är inte att leka med, tänkte han.

– Självklart minns jag titeln, sa arkivarien samtidigt som hon av någon anledning spände ögonen i Stigson. Den är på engelska, förtydligade hon och såg uppfordrande på den som hade ställt frågan.

– Jag lyssnar, sa Oleszkiewicz samtidigt som han markerade med pennan som han höll i handen.
– A New Life, a New Country and a New Husband, svarade arkivarien. Sedan har den en undertitel också, men den har jag glömt. Den handlar om hur män skaffar sig makt över kvinnor.
– Men du minns namnet på författaren, påminde Oleszkiewicz.
– Ja, det är Åsa Lejonborg som har skrivit den. Henne har ni säkert hört talas om. Känd sociolog och genusforskare. Hon är för övrigt professor här vid universitetet i Linköping. Ni får gärna hälsa från mig, förresten. Vi lärde känna varandra privat på den tiden hon satt här och samlade in material till sin avhandling.
– Vad trevligt, sa Stigson.
Vad fan ska jag säga, tänkte han.
– Ja, det är verkligen en förskräcklig historia, konstaterade arkivarien.
– Hur menar du då? frågade Kristin Olsson.
– Hur de där svenska männen beter sig mot de där stackars kvinnorna som de släpar hit. Rena slavhandeln. Och vad gör ni poliser åt den saken? Ingenting, om ni frågar mig.

– Vad tror ni om att be Bäckström snacka med den där Lejonborg, föreslog Kristin Olsson när de satt i bilen på väg tillbaka till Stockholm.
– Vad tror du om att fråga honom, sa Stigson. Jag tänker inte göra det. Jag har både hustru och barn som jag måste ta hand om.

På måndagen hade de åkt ner till Linköping för att träffa professorn i genusforskning, Åsa Lejonborg, vid Linköpings universitet. Denna gång med reducerad styrka eftersom Stigson hade varit tvungen att stanna hemma i Stockholm och ta hand om mer trängande arbetsuppgifter. Med tanke på att deras åklagare hade valt att ställa in måndagsmötet var det väl inte hela världen.

I Lejonborgs avhandling ingick djupintervjuer med nitton thailändska kvinnor som kommit till Sverige för att gifta sig med svenska män. Jaidee Kunchai var en av dem och det innebar inget brott mot sekretessen att hon berättade det för dem.

– Jaidee var den där kvinnan som omkom i tsunamin, sa Lejonborg och det var mer ett konstaterande än en fråga.

– Ja, bekräftade Kristin Olsson och nickade.

Undrar om hon och den där arkivarien är släkt, tänkte hon.

– Jämfört med vad många av hennes medsystrar råkade ut för så kom hon väl lindrigt undan, suckade Lejonborg samtidigt som hon spände blicken i Oleszkiewicz.

– Du har inga uppgifter om henne? frågade Kristin Olsson.

Lejonborg hade hur mycket uppgifter som helst om Jaidee Kunchai. Dels hade hon alla uppgifter som tidigare hade funnits hos Migrationsverket, dels det mycket omfattande intervjumaterial som hon själv samlat in.

– Vi skulle inte kunna få gå igenom ditt material? frågade Kristin Olsson. Vi håller på med en utredning där vi skulle kunna behöva det. Vi tror att det kan hjälpa oss.

– Nej, sa Lejonborg. Det får ni inte. Så det kan ni bara glömma. Om det var därför ni kom hit så åkte ni förgäves, konstaterade hon samtidigt som hon tittade på sitt armbandsur.

– Vad tror du om att vi ställer några frågor till dig då? försökte Kristin.

– Det tror jag inte ett ögonblick på, svarade Lejonborg.

– Jag vet inte om du är medveten om det, men med tanke på utredningen som vi håller på med kan alternativet bli att vi begär ett föreläggande så att vi får ut materialet ändå, sa Oleszkiewicz.

Ryck upp dig grabben, du är ju ändå jurist, tänkte han.

– Lycka till, sa Lejonborg och log stort med alla sina vita vassa tänder och mycket smala ögon. Nu har jag faktiskt viktigare saker för mig, så därmed förklarar jag det här mötet avslutat.

—Vad tror du om det här då? frågade Kristin Olsson när de satt i bilen på väg hem till Stockholm. Tror du att vi kommer att få ut några papper?
—Nej, sa Oleszkiewicz. Vad tror du själv?
—Som du, sa Olsson.
—Vi skulle ha skickat Bäckström, sa Oleszkiewicz.

63

Förhöret med den hotellvaktmästare i Khao Lak som hjälpt Daniel Johnson att bära ut hans döda fru bekräftade i allt väsentligt Amporn Meesangs uppgifter. Det som de hade sett och upplevt tillsammans verkade ha avsatt samma minnesbilder hos dem. Återstod att i detalj klarlägga det som hade hänt inne i huset där Meesang inte hade satt sin fot.

Sovrummet låg längst in i huset från ytterdörren sett, och det var hela tiden Daniel Johnson som hade gått före Winai Paowsong. Överallt låg det bråte som fallit ner från tak och väggar, glasskärvor i mängder från de inslagna fönstren, möbler som låg huller om buller, taklampor som trillat ner. Det första de sett när de lyckats ta sig in i sovrummet var den stora omkullvälta sängen och ett naket ben som stack ut under den. Det var då som Johnson hade börjat skrika sin hustrus namn och det var också han som hade försökt krypa in under sängen för att kunna dra ut hennes kropp.

– Vad gjorde du då? frågade Kongpaisarn.

– Jag försökte lyfta på sängen så att han skulle kunna få loss henne, svarade Winai Paowsong. Hon låg ju fastklämd mot golvet som jag sa.

Så småningom hade de lyckats, med gemensamma ansträngningar. Jaidees ansikte var alldeles blodigt. En takbjälke hade trillat ner och träffat henne över ansiktet. Hon hade ett blått nattlinne på sig men det var det enda plagget hon bar.

–Inga trosor, ingen behå, ingenting på fötterna?
–Nej, sa Winai. Jag minns att hennes man drog ner hennes nattlinne. Det hade åkt upp till midjan. Så han drog ner det.
–Varför gjorde han det? frågade Kongpaisarn.
–Det var väl inte så konstigt, sa Winai. Det var inte bara Amporn som stod därute. Det sprang ju folk överallt. Han ville väl skyla hennes kropp.
–Det verkar ju högst rimligt, instämde Kongpaisarn. Minns du om det var något blod på nattlinnet?
–Inte vad jag minns. Jag tror inte det. Jag minns att hon var alldeles blodig i ansiktet. Ja, och i håret, då.
–Det här halssmycket som hon brukade bära...
–Ja, det såg jag att hon hade på sig. När jag hjälpte herr Johnson att dra ut henne, alltså. Hon hade alltid det där smycket på sig. När hon åt, när hon badade. Jag hade alltid sett henne bära det.
–Och du är helt säker på att det var Jaidee Kunchai som ni hjälptes åt att bära ut.
–Ja, helt säker, sa Winai. Vem skulle det annars ha varit?
–Är det något annat som du minns?
–Att det var hemskt, sa Winai. Jag var sexton år gammal. Jag minns hur herr Johnson grät och snyftade hela tiden. Hur han pratade för sig själv. På svenska måste det väl ha varit, jag förstod i vart fall inte vad han sa.

Jaidee Kunchai och hennes man hade inte behövt betala för vistelsen i Khao Lak. Det hade hotellets försäkringsbolag gjort. Hennes man hade till och med fått tillbaka det förskott som han betalat med sitt kreditkort när han ringt och bokat deras bungalow. Handlingarna från deras vistelse fanns också kvar, bland annat den räkning som de aldrig fått, och skälet till att man sparat just dessa bokföringshandlingar betydligt längre än vad lagen krävde var det som hade hänt. Som dokumentation ifall polisen och andra myndigheter skulle höra av sig. Som underlag vid eventuella skadeståndsprocesser mot hotellet.

Sådana saker. De minnen som dessa dokument höll vid liv hade man helst avstått från.

Innan Kongpaisarn och Jetjirawat tog det sista planet från Phuket hem till Bangkok hade de åkt förbi hotellet där Jaidee Kunchai och hennes man Daniel Johnson hade bott när tsunamin tog hennes liv. De hade gått runt på anläggningen och den såg ut som den hade gjort innan tsunamin slagit till. Strandvillorna låg fortfarande kant i kant med havet och det enda som verkade vara nytt var de sirener som satts upp längs stranden för att kunna varna dem som bodde där i god tid innan det hände nästa gång.

När de lämnade anläggningen hade de tagit med sig all tillgänglig dokumentation som handlade om Jaidee Kunchais och Daniel Johnsons vistelse där. Den räkning som de skulle ha fått från hotellet men som nu istället hade betalats av försäkringsbolaget. Kopior på allt annat som hotellet låtit sätta upp på deras räkning utöver hyran för strandvillan, det som de hade ätit och druckit på hotellets restaurang eller köpt i någon av de butiker som fanns i hotellets huvudbyggnad. Allt underlag till det som hade hamnat på den räkning som de aldrig hade fått. Där fanns också en kopia på det kreditkort som Daniel Johnson hade vid den här tiden. Ett platinakort som hade ställts ut av American Express.

Två nya förhör, anteckningar i en körjournal, någon som hade beställt en taxi som inte verkade ha kommit fram, en kopia på ett platinakort från American Express, noteringar som gjorts i en hotellräkning som aldrig skulle betalas...

Allt det som en sådan som han behövde för att kunna gripa en mördare, tänkte Akkarat Bunyasarn som bestämde sig för den saken när han dagen därpå tog del av det arbete som hans båda medhjälpare hade genomfört nere i Phuket. Så måste det naturligtvis ha gått till. Varför krångla till det i onödan, tänkte han.

64

Chefen för det svenska kontraspionaget hade begärt ett nytt möte med sin högsta chef, Lisa Mattei. Så fort som möjligt och helst omgående eftersom det som den svenske inflytelseagenten Evert Bäckström höll på med för ryssarnas räkning hade tagit en både oväntad och mycket oroande vändning.

Mattei hade träffat chefen för kontraspionaget bara ett par timmar senare och när han slog sig ner på hennes rum hade han också sällskap av det departementsråd på UD som var deras säkerhetsansvarige och kontaktman med Säpo.

– Jaha, berätta. Vad har han hittat på nu då? frågade Mattei samtidigt som hon rörde om i sin tekopp och nickade mot kaffetermosen som stod på bordet.

– Han försöker sätta dit en svensk diplomat för att ha mördat sin hustru, sa chefen för kontraspionaget.

– Ja, assisterade departementsrådet. En person som vi har för avsikt att utnämna till Sveriges ambassadör i Vilnius om en månad. Knappast någon tillfällighet som vi ser det med tanke på det politiska läget.

– Har han gjort det, då? frågade Mattei och tittade nyfiket på sin besökare från UD.

– Ursäkta?

– Ja, den blivande ambassadören, sa Mattei. Har han mördat hustrun?

– Nej, verkligen inte, sa den säkerhetsansvarige från UD.

– Hur kan du vara så säker på det? Man kan tycka vad man vill om Bäckström, men han är ingen dålig mordutredare.

– Det här är en mycket tragisk historia, sa departementsrådet. Kvinnan vi pratar om omkom i tsunamin i Thailand för snart tolv år sedan. Hennes man arbetade vid den tiden vid vår beskickning i Bangkok. De var på julsemester i Khao Lak när det hela hände. Hans före detta hustru identifierades av svensk polis från Rikskriminalen. Det är en helt säker identifikation. Det finns inte någon som helst möjlighet att hennes man skulle ha kunnat ta livet av henne flera år senare. Här i Sverige, dessutom.

– Nej, det låter ju bestickande nog. Ingen dör väl två gånger, sa Mattei. Har ni pratat med folket från Rikskriminalen?

– Ja, sa chefen för kontraspionaget. De är helt säkra på sin sak. Den kvinna vi talar om dog i tsunamin 2004.

– Hur förklarar de Bäckströms beteende, då?

– Att han måste ha blivit skvatt galen, sa chefen för kontraspionaget, vilket man med tanke på hans livsföring inte kan utesluta, men...

– Vi tror ju samtidigt att det finns en annan och betydligt mer rationell förklaring, insköt UD-mannen.

– Jag förstår hur ni tänker, sa Mattei. Sverige har utnämnt en hustrumördare som sin representant i Litauen. Vilket väl säger det mesta om det här landet.

– Ja, det kommer att bli rena festmåltiden för den ryska propagandaapparaten, instämde chefen för kontraspionaget. Speciellt om de kan hänvisa till svenska medier som källa. Det vet vi väl alla hur Bäckström driver sina utredningar. Det går ju att följa på löpsedlarna hela tiden.

– Vi har etablerat kontakt med den åklagare som leder Bäckströms utredning, fortsatte chefen för kontraspionaget. Hon har uttryckt sin förvåning över arbetets inriktning men enligt henne verkar det inte som om hennes utredare har lyssnat på henne.

– Det är väl i och för sig inte första gången som det skär sig mellan en åklagare och spaningsstyrkan.

—Nej, förvisso. Men den samlade bilden som vi får den här gången oroar oss. Den oroar oss kraftigt, faktiskt.
—Jaha, ja. Jag hör vad ni säger, sa Mattei, men ni får åtminstone ge mig några dagar. Det här ni berättar är helt nytt för mig. Om jag ska kunna fatta ett beslut måste jag få tid att sätta mig in i saken.

Rätt eller fel, tänkte Mattei, oavsett vilket var det hög tid att hon gjorde något åt det.

Därför gick hon ut till sin sekreterare som satt i rummet utanför hennes.

—Inga glada miner hos de där båda som just gick, konstaterade hennes sekreterare och log vänligt.

—Nej, sa Mattei. Om det nu är som de tycks tro så förstår jag dem.

—Vad kan jag hjälpa dig med?

—Martinez och Motoele, sa Mattei. Mitt rum och helst omgående.

—Jag har två frågor till er, sa Mattei. Den första gäller vårt eget elfte september. Terroraktionen nere på Harpsund där bombmakaren Abbdo Khalid och hans kvinna Helena Palmgren, vår mullvad här i huset, tog livet av tjugo personer varav flera satt i regeringen och en var min föregångare på det här stället. Hur mycket vet Evert Bäckström om den saken?

—Han hjälpte oss ju, sa Motoele. Det var han som gav oss de första bilderna som visade att vår dåvarande chef hade ett sexuellt förhållande med Palmgren. Det var för övrigt jag som fick bilderna av honom.

—Men originalen har han kvar?

—Ja, sa Martinez. Vi tog upp den saken när det hela var aktuellt, men med tanke på vem vi pratar om hade det varit fullkomligt meningslöst att försöka ta dem i beslag eller ålägga honom tystnadsplikt. Hade vi försökt hade han sannolikt hängt ut vår dåva-

rande GD i alla media, och då talar jag world wide. Bara för att jävlas med oss. Det är ju sådan han är. Han är som ett stort barn.
– Det där andra då, sa Mattei. Att det inte bara var byxorna som Palmgren hade lurat av vår förre chef. Det har han naturligtvis räknat ut. Varför har han inte sålt det till tidningarna?
– Han är svensk patriot, sa Motoele. Med tanke på det politiska läget skulle han aldrig göra det. Ryssarna skulle använda det emot oss.
– Bäckström kommer snart att få en mycket fin rysk utmärkelse för något som han har hjälpt dem med, sa Mattei. Det har för övrigt inte det minsta med attentatet på Harpsund att göra, men när det väl blir dags… kan han då tänkas tacka genom att ge dem sina bilder?
– Aldrig, sa Motoele och skakade på huvudet. Inte ryssarna.
– Tror inte jag heller, sa Martinez och flinade förtjust. Den mannen har en svensk flagga i huvudet där vi andra har en vanlig hjärna, och han missar inget tillfälle att veckla ut den. Undrar om ryssarna har fattat det. Annars kan det bli riktigt kul.
– Nåja, sa Mattei. De flesta skulle nog kunna hålla sig för skratt. Men anta att vi började jävlas med honom? På det där viset att det skulle bli riktigt jobbigt för honom. Hur skulle han reagera då?
– Varför vi nu skulle göra det, sa Motoele. Bättre polis än Bäckström finns inte.
Hoppsan, tänkte Mattei. Frank Motoele av alla kolleger.
– Men det är klart, fortsatte han. Jag tror inte att han skulle ta det stillatigande. Huggen i ryggen av sina egna. Vem skulle ta något sådant?
– Vilket naturligt för mig in på nästa fråga, sa Mattei.
– Vad är det då, sa Martinez.
– Bäckström håller tydligen på att utreda ett mord där han fått för sig att det är maken till kvinnan som har blivit mördad som har gjort det. Det som gör att det har hamnat här i huset är att mannen också är svensk diplomat. Blivande ambassadör hos en av våra baltiska grannar.

– Om Bäckström tror det så är det så, sa Motoele.
– Även solen har sina fläckar, Frank. Själv vill jag veta säkert innan jag gör något. Ta reda på hur det ligger till. Ta det genom vår kontakt hos Solnapolisen. Henne litar jag på nämligen.
– När vill du veta det, då? frågade Martinez.
– Nu, sa Mattei.
– Lisa, lägg ner, sa Martinez och skakade på huvudet. Det går inte till så. Det är här är verkligheten. Du snackar teveserie.
– Okej då, sa Mattei. I morgon, då. Eller i övermorgon, kanske. Eftersom det är du och Frank.

65

Kristin Olsson hade fått en idé på temat att man inte ska väcka den björn som sover. Dessutom tyckte hon att det hände för lite i utredningen. Därför hade hon också valt att prata med Annika Carlsson istället för Jan Stigson.

– Minns du det gamla förhöret med den där arbetskamraten till Jaidee som snackade om Jaidees perfekta tänder?

– Caroline Holmgren, sa Annika Carlsson. Du tänkte höra henne om Jaidee och hennes dåvarande karl.

– Ja, sa Kristin Olsson. Det verkar inte som om hon har någon kontakt med honom. Hon jobbar på ett bolag som köper fakturor från företag och lånar ut pengar till folk. Håller på med kreditprövningar och sådant där. Tycks ha ihop det med en kollega till oss som jobbar i Södertälje. Den biten hittade jag på nätet. Jag fattar att du har tänkt i samma banor?

– Ja, visst. Gör det. Jag skulle gärna hänga på men jag har en del annat jag måste ordna med.

– Tycker du jag ska ta med Stigson?

– Nej, sa Annika Carlsson. Varför skulle du göra det?

Caroline Holmgren hade inte reagerat som vanliga människor brukade när polisen hörde av sig och ville prata med dem. Varken nyfiken eller förvånad. Hon hade undrat hur lång tid det skulle ta, om det var bråttom, och var de i så fall skulle träffas. Högst en timme, gärna så fort som möjligt och inga problem för

Kristin att ta sig till hennes arbetsplats. Förmodligen en kombination av hennes jobb och hennes kille, tänkte Kristin.
– Okej, sa Caroline. Då ses vi hos mig klockan ett. Säg till i receptionen så kommer jag ner och hämtar dig. Jag fixar ett rum åt oss där vi kan få sitta ifred.

Ett bra möte, och den krycka som hjälpt Kristin att ta sig dit hade även bidragit till deras samtal.
– Min kille är polis, sa Caroline. Så jag har ju fattat att ni mer eller mindre går på knäna. Mycket gnäll, också, men du verkar ju mer trovärdig.
– Fotboll, sa Kristin. Mitt eget fel, glidtackling som spårade ur.
– Jaha, sa Caroline och log vänligt. Sådant som händer. Vem av alla våra kunder är det som polisen vill ha hjälp med den här gången, då?
– Inget sådant, sa Kristin. Jag skulle vilja prata med dig om din gamla arbetskamrat Jaidee Kunchai och hennes dåvarande man, Daniel Johnson. Som jag har fattat det var du tydligen ekonomiansvarig på deras bolag.
– Ja, sa Caroline. Du vill alltså prata om Jaidee och Daniel. Nu blir jag lite nyfiken.
– Ja, om dem och företaget som de drev ihop, sa Kristin Olsson.
– Okej, sa Caroline och såg ut som om hon hade bestämt sig. Jag har inga problem med det. Numera lär det ju vara sålt och avvecklat har jag förstått.
– Sedan 2006, instämde Kristin.
– Det var inga problem när jag jobbade där. Jag var med från starten och det gick lysande från första början. Det var på våren 2002. Sedan var jag kvar i drygt två år, ända fram till att de flyttade till Thailand 2004. Daniel hade ju fått jobb på ambassaden i Bangkok och i samband med det stängde de kontoret i Stockholm. Men det vet du säkert redan.
– Ja, det vet jag. Men hur fick du jobbet? Hur kom det sig att du började jobba hos dem?

–Genom en gemensam bekant, sa Caroline. Hon gick på samma gym som Jaidee. Vi hade läst ekonomi tillsammans på universitetet och var just klara med vår examen. Jaidee hade först frågat henne, men eftersom hon redan hade ett jobb på gång hade hon rekommenderat mig istället.
–Så du var med från början?
–Ja visst. Vi hade ett litet kontor uppe på Söder. Jaidee och jag hjälptes åt med att få ordning på det. Måla, tapetsera, allt sådant där, du vet. Det var ingen stor firma. Som mest var vi väl sex personer.
–Låter som en praktisk tjej? Jaidee, alltså.
–Inte bara praktisk, sa Caroline. Jaidee var affärskvinna ut i fingerspetsarna. Dessutom hade hon massor med kontakter, inte bara i Thailand utan i hela den där regionen. Vietnam, Burma, Laos, Kambodja.
–Hur kunde hon ha det? Så gammal var hon ju inte.
–Genom sin pappa. Han var visserligen död sedan länge men medan han levde så hade han varit en riktig höjdare. Han var militär, general tror jag, och Jaidee kände alla hans gamla kompisar sedan hon var barn. Hon visade en massa gamla bilder för mig där hon sitter i knäet på överbefälhavaren och sådant där. Det är ju militären som styr i Thailand som du kanske vet. Deras kung är bara en fasad som man visar upp utåt. Thailand är en militärdiktatur.
–Jaidee kände alla de där gubbarna genom sin pappa?
–Ja, visst. Jag har träffat flera av dem och jag kan tänka mig att pappas gamla kompisar var till sig. Jaidee var riktigt, riktigt snygg. En sådan där klassisk orientalisk skönhet. Jag har träffat hennes mamma Rajini också. Hon såg likadan ut. Hon var närmare sjuttio år men hade du sett henne skulle du ha gissat på fyrtio, högst. Jag vet inte om hon lever. Men det kanske du vet?
–Hon dog för några år sedan, sa Kristin Olsson. Jag har för mig att det var 2011.
–En intressant kvinna. En fin dam, änka efter en mycket hög

officer. Inte vem som helst, det visste hon om också.

– Jag förstår att du har varit där. I Thailand, alltså.

– Säkert tjugo gånger under de där två åren som jag jobbade ihop med Jaidee. Alltid business. Inga nöjesresor.

– Daniel, då. Brukade han också följa med?

– Någon gång var han med. Oftast stannade han hemma.

– Hur är han?

– Hur han är nu vet jag faktiskt inte. Jag har inte sett honom sedan jag slutade. Det är tolv år sedan. När Jaidee hade dött i tsunamin försökte jag naturligtvis få tag i honom. Jag både skrev och mejlade och ringde. Pratade med folk på ambassaden. Tydligen mådde han väldigt dåligt. Vilket väl inte var så konstigt med tanke på det som hade hänt.

– Hur var han när du kände honom, då?

– Daniel, sa Caroline och gjorde en indifferent axelrörelse. Han var snygg, charmig och allt det där. Men en riktig slarver, om du frågar mig. Det var Jaidee som styrde och ställde i det förhållandet, trots att Daniel inte hade en aning om det. När hon dog lär han ha blivit helt förkrossad. Möjligen var det väl först då som han fattade vad hon hade betytt för honom.

– Men affärerna gick bra? Trots att han var en slarver.

Affärerna hade gått lysande, enligt Caroline, vilket helt och hållet berodde på Jaidee och hennes kontakter. Vad man sysslade med var att förmedla affärer och i Thailand handlade det i allt väsentligt om att ha rätt kontakter. Det hade Jaidee. Hennes fars gamla vänner fanns kvar och i Thailand var det de som styrde och ställde.

– Vi förmedlade alltså både affärer och affärskontakter mot provision. I båda riktningarna, men mest handlade det om att hjälpa svenskar och andra skandinaver. Mycket av det vi gjorde var inom turistnäringen. En svensk investerare som ville bygga hotell i Thailand och behövde hjälp med allt det praktiska, från att köpa mark, kontraktera byggentreprenörer, fixa fram bra advokater och bra personal som kunde jobba åt dem, till tolkar

när exempelvis tio svenska farbröder skulle åka dit och kolla vad man gjorde med deras pengar.
– Tjejer, då? frågade Kristin Olsson. Försökte de inte få er att fixa tjejer också?
– Jag hör att du aldrig har varit i Thailand, sa Caroline, som inte verkade ta illa upp.
– Nej, faktiskt inte, sa Kristin. Jag har en väninna som tjatar på mig, men det har aldrig blivit av.
– Sex, det är den mest överetablerade marknad som finns i det landet. För att fixa sådant behöver du inga kontakter. Vi höll på med riktiga affärer och vi började med att göra ett ordentligt klipp.
– Vad var det då?
– Vi hjälpte en norrman att köpa ett markområde där han skulle bygga en stor turistanläggning. Vi tjänade tjugo miljoner på ett bräde i provision. Före skatt visserligen, men bra nog ändå.

Kristin Olsson nöjde sig med att nicka. Här var något som inte stämde, tänkte hon. Tjugo miljoner på ett bräde. När Daniel Johnson fyra år senare sålde det företag som han då var ensam ägare till efter sin hustrus död hade han enligt Nadja inte tjänat en krona på affären. Han måste ha varit en alldeles enastående slarver, tänkte hon.

Förhöret hade hållit sig inom den utlovade timmen. Och inte bara det. Med tanke på vad Caroline Holmgren hade berättat måste det ju vara det oslagbart bästa förhöret i den här utredningen. Måste snacka med Annika, tänkte Kristin Olsson när hon satt på tunnelbanan på väg tillbaka till jobbet.

Annika Carlsson satt bakom sitt skrivbord, med högar med papper på bordet och datorn påslagen. Särskilt glad verkade hon inte heller.
– Har du tid att höra vad Caroline Holmgren hade att berätta?
– Driver du med mig, sa Annika. Jag gör vad som helst för att slippa det här, sa hon samtidigt som hon slog av sin dator.

– Okej, fortsatte hon och lutade sig fram mot sin besökare. Med tanke på hur taggad du verkar får jag för mig att hon hade en del intressanta saker att berätta.
– Jag tycker att du ska lyssna på det här, sa Kristin och lade en liten bandspelare på Annikas skrivbord. Det är bara fyrtio minuter men de är inte dåliga, om jag så säger.
– Du kan inte ge mig det väsentliga då, invände Annika Carlsson samtidigt som hon gjorde en talande nick mot alla papper som låg på hennes skrivbord.
– Om du lovar att lyssna på det så att du och jag kan ta ett snack efteråt.
– Ja, jag lovar, sa Annika. Om du avslöjar poängen lovar jag att göra det.
– Okej, sa Kristin. Jaidee Kunchai lär ha varit en lysande affärskvinna. Hon hade tjänat massor med pengar åt sig och sin man. Hon hade alla kontakter som du kan tänka dig. Hennes man var redan då en snygg och charmig slarver, när han inte hängde upp sig på någon som hade sagt eller gjort något. För då lär han ha betett sig som vilken rättshaverist som helst. Vilket inte gjorde något eftersom det var Jaidee som bestämde utan att han ens hade en susning om den saken.
– Okej, sa Annika. Jag tror dig. Men enligt den andra frun lär han dessutom ha varit riktigt svår på tjejer. Det borde väl ändå ha stört Jaidee?
– Nej, sa Kristin Olsson och skakade på huvudet. Inte det minsta. Tvärtom, faktiskt.

En timme senare hade tydligen Annika Carlsson lyssnat på förhöret som Kristin Olsson hade hållit med Caroline Holmgren.
– Jag tror jag förstår vad du menar, sa Annika Carlsson. Jaidee var inte bara en bra affärskvinna. Hon var även en frisinnad kvinna.
– Ja, det tror jag. Caroline var helt säker på den saken. Jaidee

hade visserligen aldrig gjort något nummer av det, men det hade hon fattat ändå.

– Hon hade aldrig försökt stöta på Caroline?

– Nej, sa Kristin. Jag frågade henne faktiskt och om det inte kom med på bandet så måste det väl ha halkat av.

– Det är sådant som händer, sa Annika Carlsson. Har hänt mig också. Varför gjorde hon inte det, då?

– Enligt Caroline berodde det på att hon inte var Jaidees typ, sa Kristin Olsson. Caroline var heller inte intresserad av sådant. Så hon hade ju inte tjatat på henne, om jag säger så.

– Nej, det förstås. Det där andra då. Vad gör vi med det?

– Om du tänker på alla pengar som Jaidee ska ha tjänat så låter det som någonting för Nadja, sa Kristin.

– Jag gillar dig, Olsson, sa Annika Carlsson. Jag tar det med Nadja, det är nog bäst. Hon har varit lite stirrig på sista tiden.

– Vad bra, sa Kristin Olsson. Var det något mer som du tänkte på?

– Säg till om du funderar på att bli polis, sa Annika Carlsson. Riktig polis, alltså, för i så fall vill jag gärna dela rum med dig.

66

Några dagar efter sitt möte med Martinez och Motoele hade Mattei träffat dem igen. Snabbt nog med tanke på att det var i verkligheten som de hade vistats. Detta var också deras skäl till att de inte kunde ge henne något helt säkert besked på frågan om den blivande ambassadören verkligen hade mördat sin hustru.

– Någon har strulat till det helt enkelt, sammanfattade Martinez. Antingen i samband med den identifiering som gjordes av henne borta i Thailand. Eller här hemma när det gäller det där liket som hittades ute i Mälaren.

– Men vänta nu, sa Mattei. Rätta mig om jag har fel, men vi har alltså två döda kroppar, liken efter två olika kvinnor, som har samma DNA?

– Ja, sa Motoele. Det verkar ju så. Hon som omkommer i tsunamin, Jaidee Kunchai, alltså, har kremerats borta i Thailand strax efteråt. Ändå dyker det upp ett lik på en ö ute i Mälaren, kvarlevor i form av skelettdelar, tänder, hår, någon som inte har blivit kremerad. En person som sannolikt har mördats flera år senare men som har samma DNA som Jaidee Kunchai.

– Och vi kan utesluta, hur otroligt det än verkar från början, att vi talar om enäggstvillingar.

– Ja, allt verkar tyda på det. Jag har pratat med vår expert här i huset och enligt henne är sannolikheten för att en kvinna ska föda enäggstvillingar ungefär en på tvåhundrafemtio. Och om vi talar om att föda tjejer så är den faktiskt ännu lite lägre, en på tvåhundrafemtio och en halv ungefär.

– Det var tråkigt att höra, sa Mattei.

– Visst är det, sa Martinez. Men det är ännu bättre än så. Allt som man fått fram om Jaidees födelse tyder på att hon föddes som enda barnet. Kan man vara hundra på att det stämmer? Ja, om man var med och stod och tittade på, kanske, inte annars. Trots att Jaidee föddes på Bangkoks bästa sjukhus och trots att allt som står i mammans journaler tyder på att Jaidee var ensam när hon kom till världen.

– Men den möjligheten kan vi alltså ändå lägga åt sidan.

– Ja, jag själv skulle nog göra det. Dessutom fick jag höra något av vår kollega som håller på med den här biten, hon är för övrigt helt fenomenal om du frågar mig. Hon får nördarna i den där serien på teve, The Big Bang Theory, att framstå som helt normala människor.

– Jag har varken träffat kollegan eller sett serien, sa Mattei.

– Då borde du kanske göra det, sa Martinez. Åtminstone se teveserien. Hon som jobbar här i huset kanske är lite i mesta laget.

– Men vad har det med vårt ärende att göra?

– I och för sig inget, sa Martinez och ryckte på axlarna, men när jag berättade för henne om vårt ärende så blev hon... ja, lite till sig i trasorna om jag ska uttrycka mig mycket milt. Och då berättade hon bland annat att den allra senaste forskningen tyder på att även enäggstvillingar kan ha olika DNA. Hittills har forskarna hittat två skillnader. En som man känt till ganska länge och en som man upptäckt först i år.

– Hur påverkar det oss, då? frågade Mattei.

– Inte alls, enligt vår kollega. De där senare skillnaderna kommer nämligen inte med i de DNA-profiler som vi använder oss av.

– Men det var väl skönt att höra.

– Visst är det, sa Martinez och log brett. Då återstår alltså två möjligheter, och om du undrar så var det inte jag som kom på dem utan vår egen Husnörd. Orkar du lyssna?

– Ja, det är klart. Jag tycker det här blir bättre och bättre.
– Enligt Husnörden skulle den första förklaringen vara att Jaidees kropp aldrig blev kremerad utan istället gömdes undan på en ö ute i Mälaren, sa Martinez. Med tanke på de kända omständigheterna verkar detta inte särskilt troligt. Enligt min bedömning alltså, men jag frågade Husnörden för säkerhets skull och hon höll med mig.
– Återstår bara en förklaring, fortsatte hon. Att den där kroppen som man kremerade borta i Bangkok inte var Jaidee Kunchai. Det material som finns i utredningen talar visserligen starkt för att det var någon som blev kremerad, men att det då skulle ha varit någon annan än Jaidee Kunchai. Trots att hon ska ha haft Jaidees DNA-profil och även identifierats på andra sätt. Av de anhöriga bland annat, som kände igen henne.
– Vad drar vår expert här i huset för slutsats av det?
– Att man ändå har gjort ett misstag vid identifieringen borta i Thailand. Det var inte Jaidees kropp. Det var någon annans kropp. Det är också den enda och enkla förklaringen till att hon så småningom dyker upp här i Sverige där hon blir mördad. Det senare tror jag nämligen på. Jaidee blir mördad. Inget självmord eller några andra hyss.
– Tror jag också, sa Mattei. Därmed är ju problemet löst.
– Ja, för dig kanske, sa Martinez, och det är sådant som gör att jag blir lite orolig för dig.
– Vad snällt av dig, sa Mattei och log. Ja, omtänksamt. Att du blir orolig, alltså.
– Klart jag blir orolig, sa Martinez. Över människor som du som tror att ett problem är löst så fort ni har löst det i intellektuell mening. Alla vi andra då? Vanliga, hyggliga, normala människor som visserligen fattar att det måste ha begåtts ett misstag någonstans men inte har en susning om vad det så fall skulle vara. Någon har fuckat up det. That's it.
– Vad tror Bäckström, då? frågade Mattei.
– Precis som du, sa Martinez. Men för honom har det här aldrig

varit något problem. Jaidee Kunchai dog aldrig i tsunamin. Hon blev mördad här hemma i Sverige och givetvis var det hennes karl, den sörjande änklingen, som gjorde det. Inga som helst problem för en sådan som Bäckström, men vi kan väl ändå vara överens om, även du, Frank, trots att jag vet att du gillar den där lilla fetknoppen, att Bäckström knappast har uppnått den insikten genom kvalificerat intellektuellt tänkande.
—Jag tror ändå som han, sa Mattei och log förtjust.
—Jag också, sa Frank Motoele. Bäckström har gåvan. Den som nästan alla vi andra saknar.
—Du då, Linda? frågade Mattei. Vad tror du?
—Som ni, sa Martinez. Mitt problem är ett annat. Framför oss ser jag ett praktiskt problem som är så stort att det kommer att skymma allt annat. Från Lisas intellektuella analyser till Bäckströms djuriska instinkter. Din gamle chef, din ledstjärna i livet, Lars Martin Johansson, mannen som kunde se runt hörn, vad tror du han skulle ha sagt om det här rent praktiska problemet?
—Den dagen, den sorgen, sa Mattei. För det skulle han ju ha sagt, tänkte hon.

Så fort Martinez och Motoele hade lämnat henne bad hon sin sekreterare att ringa chefen för kontraspionaget. Hon ville träffa honom snarast möjligt. Dock inte omgående eftersom hon hade ett annat samtal som hon måste klara av innan de sågs.

—GD har fattat ett beslut, förstår jag, sa chefen för kontraspionaget när han en timme senare slog sig ner i stolen framför hennes stora skrivbord.
—Flera faktiskt, sa Mattei.
—Jag lyssnar.
—För det första ska den utredning som vi driver här i huset mot kommissarie Evert Bäckström omedelbart läggas ner, och om du undrar varför är jag tyvärr förhindrad att berätta det.

– Det var tråkigt att höra. Det känns ju alltid lite bättre när man vet varför, om jag så säger.

– Tro mig, sa Lisa Mattei. Den här gången tror jag inte att det skulle göra det.

– Ska jag tolka detta som att vi ska lämna över vårt underlag till den särskilda enheten för disciplinärenden? frågade chefen för kontraspionaget.

– Nej, sa Mattei. Om någon från det hållet skulle ställa frågan till oss så har vi inte en aning om vad de pratar om. Vår utredning om Bäckström har aldrig existerat.

– Vad ska jag säga till vår kontakt på UD?

– Att vårt råd är att man väntar med den aktuella utnämningen av den här Daniel Johnson. Inte att de ska slänga den i papperskorgen, men att de ska vänta tills de kan få ett bestämt besked.

– Ursäkta mig, det kan ju verka som en enfaldig fråga, men hur ska vi kunna ge dem ett sådant om vi nu ska lägga ner vår utredning?

– Det är inget fel på den frågan. Jag skulle ha frågat samma sak, sa Mattei. Om jag säger så här: Jag tror att det kommer att lösa sig ändå.

– Jaha, ja. Det låter ju betryggande.

– Nej, sa Mattei. Men det betyder inte att det med nödvändighet kommer att sluta illa. Jag tror det kommer att lösa sig ändå. För oss här i huset åtminstone.

– Ja, men då så, sa chefen för kontraspionaget och gjorde en ansats att resa sig. Då...

– En sak till, sa Mattei, som du kanske borde veta om. I morgon kommer regeringen att meddela att jag ska sluta vid månadsskiftet. Min efterträdare är redan tillsatt, men jag vet faktiskt inte när de kommer att gå ut med den nyheten. Ganska snart tror jag.

– Det var tråkigt att höra, sa chefen för kontraspionaget. Att GD ska sluta. Det är jag säkert inte ensam...

– En sak till, avbröt Mattei. Jag har diskuterat den här frågan med min efterträdare och i nuläget delar hen min uppfattning.

Det kan vara bra för dig att veta. Om du nu skulle vilja väcka frågan på nytt, menar jag.
—Jag är tacksam för den informationen. De åtgärder som GD begärt kommer vi naturligtvis att verkställa omgående. En nyfiken fråga bara.
—Ja?
—Vad har GD tänkt göra istället nu när tiden här i huset tydligen är över?
—Jag tänkte umgås med min dotter, sa Mattei. Hon ska snart börja skolan, så det är hög tid. I övrigt har jag inga planer.

67

Söndag. Den sjunde dagen. Vilodagen. Den dag då vi förväntas frånsäga oss alla vardagens bestyr och besvär. Så även det fåtal av oss som ägnar sig åt att jaga en mördare. Så även i den här berättelsen, med bara ett undantag: Nadja Högberg. Till hennes försvar kan samtidigt sägas att anledningen till att hon inte helgade vilodagen var att hon inte hade något bättre för sig. Den kanske vanligaste förklaringen i den tid i vilken hon och alla vi andra lever.

Hennes chef, kriminalkommissarie Evert Bäckström, hade naturligtvis gjort det. Inte i kraft av sin kristna tro utan beroende på att hans lördagsnatt helt enkelt inte hade gett honom något val. Bäckström hade kravlat sig ur sängen först klockan tolv på dagen. Rejält bakfull hade han också varit, vilket var helt obegripligt eftersom han inte på något vis hade slarvat med sina rutiner. Först en lugn middag på den egna kvarterskrogen, där han för övrigt hade träffat sin egen Vita Tornado, hon som ansvarade för den tyngre städningen av den borg som också var hans hem och som brukade bli rikligt belönad för sina insatser. Själv hade han tappat räkningen på alla gånger som hon hade fått åka Salamihissen, trots att hon måste ha passerat fyrtio för ett bra tag sedan.

Nu hade hon kommit tillbaka från en månads semester i Spanien tillsammans med sin make. Tillbaka till vardagen och jobbet på krogen och om Bäckström ville att hon skulle röja upp hemma hos honom så var det bara att säga till. Eller om han hade några andra önskemål som hon kunde ordna åt honom. Bara att säga till.

De är som galna i dig, tänkte Bäckström och bättre än så här kunde väl knappast kvällen ha börjat. Så småningom hade han tagit en taxi ner till krogarna runt Stureplan, tittat på alla lantisar som satt på Sturehof och drack alldeles för mycket, och som vanligt avslutat sin runda med ett besök i Skilsmässodiket på Riches bar. Där var det fullt ös och Bäckström hade till och med tvingats tacka nej till mer än han hunnit dricka upp. Strax före stängning hade han dessutom fått ett telefonsamtal från en kvinna som han stött på i samma dike en månad tidigare.

Hon hade tyvärr drabbats av en förkylning. Nu låg hon hemma och kurerade sig. Hade han inget bättre för sig fick han gärna titta förbi.

Kanske ingen dum idé, ändå, tänkte Bäckström. Hon var ju ändå en åtta på den tiogradiga skalan – en stark åtta dessutom – och eftersom hon bodde nere på Söder Mälarstrand kunde han ju klara av det på vägen hem. Det där med förkylningen var dessutom inget som bekymrade honom. Bäckström var inte den typen som blev förkyld. Sådant kunde andra ägna sig åt, bögar och allergiker och alla som bara ville hitta på något för att kunna smita från jobbet.

Något måste ju ändå ha hänt, tänkte han nu. Någon skit måste hon ju ändå ha smittat honom med. Trots dubbla Fernet och huvudvärkstabletter värkte det fortfarande i både hans huvud och hans mage. I brist på bättre hade han öppnat sitt fältapotek, ett skarpt läge som inte gav honom något val. Bäckström hade tagit en röd och en blå och återvänt till sin säng.

Åtta timmar senare hade han slagit upp ögonen igen. Då mådde han alldeles utmärkt, precis som vanligt. Hungrig som en varg var han också. Hög tid att se till att få något i magen, tänkte Bäckström när han klev in i duschen för att vaska av sig gårdagsnattens minnen och mödor.

Kristin Olsson hade varit på rockkonsert med en väninna som själv spelade bas i ett tjejband. Efteråt hade de gått hem till en gemensam väninna som hade efterfest. Oleszkiewicz hade varit på fotboll tillsammans med tre av sina killkompisar. Samtliga för övrigt poliser. Efter matchen hade de gått på den vanliga puben och klämt det vanliga antalet bira. För Stigson hade det varit som det alltid brukade vara. Han hade åkt hem till Dalarna tillsammans med sin fru och deras två barn och väl hemma igen hade de träffat både hans och hennes föräldrar. Plockat svamp och bär, tagit långa promenader i skog och mark, umgåtts på det viset som man bara kunde göra med dem som stod en närmast. Som var masar och kullor som han och hans fru och förstod vad livet gick ut på.

Ankan Carlsson och Edvin hade gått på Gröna Lund. På lördagen hade hon äntligen fått tag på honom på hans telefon. Han hade varit bortrest med sina föräldrar för att besöka "tjocka släkten", från Luleå i norr till Helsingborg i söder, och att han inte hade svarat på sin telefon berodde på att han haft den avstängd för det mesta så att inte alla hans kusiner och sysslingar skulle ringa på den. Nu var han tillbaka i stan. På måndag skulle han börja skolan.

– Men du har haft trevligt i alla fall, sa Annika Carlsson.
– Sådär, sa Edvin. Fast det ska bli kul att börja skolan igen. Det har jag sett fram emot. Vi har en detektivklubb i min klass.
– Vad kul, sa Annika. Vad heter den, då?
– Mästerdetektiven Kalle Blomkvist Aktiebolag.
– Så det är ett aktiebolag?
– Ja, sa Edvin. Det är pappa som har lärt mig. Det är viktigt att det är ett aktiebolag om man ska göra något.
– Din pappa verkar vara en klok man, sa Annika Carlsson.
– Ja, sa Edvin. Han är väldigt finurlig när han ska göra affärer.
– Hur gick det med sjöscouterna, då? frågade Annika Carlsson. Fick du något betyg från dem?
Jo, Edvin hade fått ett betyg. Kanske inte med de högsta vits-

orden i segling och sjömanskap men i övrigt var det gott nog och i de teoretiska ämnena hade han varit den bäste det här året.

Eftersom han tillhörde en så kallad upptäckarpatrull, som hette Trissjollarna, inte de där vanliga äventyrspatrullerna som Sjöbusarna och Mälarpiraterna, så var han nöjd.

—Jag är nöjd, faktiskt, sammanfattade Edvin.

—Och mamma och pappa har inget emot att du och jag går på Grönan.

—Nej, sa Edvin. De ska äta söndagsmiddag på den där kinakrogen uppe på Hantverkargatan. Sedan ska de väl gå hem och sitta i soffan och mysa.

—Låter bra, sa Annika Carlsson. Hur tycker du vi ska göra, då? Vad vill du börja med?

—Berg-och-dal-banan, sa Edvin. Den är inte dålig.

—Jag tänkte föreslå att vi tar den sist, sa Annika Carlsson som gärna hade avstått från just den om hon hade kunnat. Att vi väntar med det bästa till sist, alltså.

—Det säger kommissarien också, sa Edvin. Att man alltid ska vänta med det bästa till sist.

—Ja, men då gör vi så, avgjorde Annika. Det är ju ändå han som är chef.

—Precis, sa Edvin.

När hon skulle återbörda honom till hans föräldrar var klockan redan nio på kvällen. Edvin hade somnat i hennes bil på vägen hem. Annika Carlsson hade lagt honom över axeln och tagit trapporna upp till lägenheten där han och hans föräldrar bodde.

—Pappas grabb, sa Slobodan och lyfte över honom i sin egen famn, och sättet som han gjorde det på var talande nog.

—Och sin mammas ögonsten, sa Annika Carlsson.

—Ja, sa Slobodan. Säg till om det är något som jag kan göra för dig.

—Jag lovar, sa Annika.

—Det är inget vi kan bjuda dig på?

— Nej, sa Annika. Det är bra ändå. Jag måste åka hem och sova. I morgon är ju en vanlig arbetsdag. Dessutom har jag en klump i halsen som jag måste ta itu med, tänkte hon.

Hanna Hwass hade ätit söndagslunch med sin bästa väninna som jobbade som reporter på nyhetsredaktionen på TV4. En riktig långlunch ute på Djurgården, en sommar som gick mot slutet men tydligen hade sparat det bästa till finalen. Först hade de druckit för mycket vin och sedan hade de pratat förtroligt. Hanna Hwass hade pratat alldeles för mycket och det hade börjat lika oskyldigt som det alltid gjorde när man hamnade i den situationen.

— Hur trivs du på det nya jobbet, då? frågade hennes väninna.

— En intressant upplevelse, sa Hanna Hwass. Innan jag slutade på Ekobrottsmyndigheten gick jag på en sådan där chefskurs som handlade om hur man får ordning på sina anställda. Ja, det var givetvis inte så det hette i programmet, men det var det som det gick ut på.

— Jag förstår vad du menar.

— Och vad ska jag då säga om mina nya medarbetare?

— En professionell utmaning, föreslog hennes väninna och fnissade förtjust.

— Ja, fast i mesta laget, faktiskt.

— Jag hörde av Lotta att du tydligen hade fått ta hand om någon mordutredning, sa väninnan, höjde sitt glas, lutade sig fram och sänkte rösten.

— Ja, sa Hanna Hwass. Men jag hade ingen aning om att mordutredare var så enastående korkade människor. De snutar som jobbar på EBM är visserligen inga ljushuvuden heller, men de gör i alla fall som man säger åt dem.

— Jag hörde, det var också Lotta som berättade, att den där kommissarien Bäckström, tjockisen som är expert i Brottsplats Sverige i vår kanal, tydligen jobbar under dig.

−Ja, det stämmer, sa Hanna Hwass.
−Hur är han då? frågade väninnan.
−Okej då, sa Hanna Hwass. Det här är off the record, jag menar det verkligen.
−Har jag någonsin svikit...
−Nej, jag vet, sa Hanna Hwass. Jag litar på dig. Till hundra procent.
−Hur är han då, upprepade väninnan.
−Bäckström? Hur han är? Den mannen är inte klok, om du frågar mig.
Sedan berättade hela historien om Bäckström och om den utredning han ledde. Avslutade det hela med att konstatera att han tydligen inte bara var någon vanlig tokig pingstvän eller något ännu värre.
−Ännu värre? Nu får du förklara. En mordutredare som tror att Gud ska få grejorna på plats åt honom låter illa nog.
−Okej, sa Hanna Hwass. Det här jag ska berätta nu får du verkligen behålla för dig själv. Annars kommer jag att hamna i finkan. Så det här är off off off the record.
−Jag lovar, hundra, sa hennes bästa väninna.
−Fast först måste jag gå och pudra näsan, sa Hanna Hwass. Annars kommer jag inte att fixa det här. Då finns det risk för att jag kissar på mig medan jag berättar.
−Ja, gör det så beställer jag in mer vin under tiden. Vill du ha samma, förresten?
−Jag kör samma, sa Hwass.
−Jag med, sa hennes väninna och så fort Hanna Hwass hade försvunnit slog hon på inspelningsfunktionen på mobilen som hon hade i handväskan bredvid sig där hon satt.
När Hanna återvände fem minuter senare hade de dessutom fått in en flaska vin till.
−Okej, sa väninnan. Nu får du berätta innan jag spricker av nyfikenhet.
−Bäckström är tydligen någon sådan där kristen terrorist,

viskade Hwass samtidigt som hon lutade sig framåt för säkerhets skull.
– Kristen terrorist?
– Ja, som spränger abortkliniker och moskéer och sådant där.
– Det låter ju helt sanslöst.
– Visst gör det? Dessutom jobbar han tydligen som någon slags agent åt ryssarna. Det förstod jag av frågorna som jag fick.
– Vilka frågor? Från vem då?
– Av Säpo, viskade Hanna Hwass. Tro det eller inte, men det är faktiskt sant. Jag har fått ett hemligt uppdrag av Säpo att hålla koll på kommissarie Bäckström. Min egen spaningsledare i mordutredningen som jag leder. Jag har lovat att rapportera allt han gör till dem.
– Du vet inte vilken avdelning på Säpo som din uppdragsgivare jobbar på?
– Kontraspionaget, sa Hanna Hwass.
Det kunde ju vem som helst räkna ut med tanke på frågorna som de hade ställt till henne, tänkte hon.
– Vilken jävla historia, sa hennes bästa väninna.
Vad fan gör jag nu då, tänkte hon. Jag får ta det med någon i kanalledningen.
Om den här historien kom ut på hennes egen nyhetsredaktion skulle det bli rena hundkapplöpningen. För att inte tala om vad deras värd i morgonsoffan skulle tycka om saken. Han som hade Bäckström som bisittare i sitt eget kriminalprogram.
De hade suttit i drygt en timme till i sommarsolen på ett värdshus på Djurgården medan Hanna Hwass själv tvinnade den snara som andra inte skulle tveka en sekund att dra åt runt hennes hals.
Innan de skiljdes åt hade hennes väninna också gett henne ett ord på vägen. Ett varningens ord, säkert i bästa välmening, men det hade inte gjort Hanna Hwass lugnare.
– Om jag vore som du så skulle jag vara jävligt försiktig med den där Bäckström, sa väninnan.
– Hur menar du då? Är han farlig, eller? Han är visserligen

tokig, du skulle höra honom när han lägger ut texten, men att han skulle vara farlig också vet jag väl inte. Det räcker väl med att titta på honom. Det är ju en liten tjockis. Dessutom måste han väl vara närmare sextio vid det här laget.

– Bäckström lär vara fullkomligt livsfarlig, sa värdinnan. Du har tydligen inte hört om det där som hände för några år sedan?

– Nej, vadå?

– Inte så konstigt kanske, sa hennes väninna. Snutarna lade locket på. Vi på redaktionen lade också locket på. Högsta ledningen. Inte ett knyst om det som vi hade hört.

– Vad var det som hände, då?

– Jo, Bäckström hade tydligen ihop det med några av de värsta rövarna i Stockholm. En kväll hade det blivit bråk när de var hemma hos Bäckström för att prata affärer och det slutade med att han slog ihjäl en av dem med sina egna händer och så sköt han den andre. I bitar mer eller mindre. Killen dog på sjukhuset, på Karolinska, ett par dagar senare.

– Med sina egna händer?

– Ja, och det var en av Stockholms mest fruktade torpeder. Bäckström spräckte skallen på honom. Pang bara, sedan sköt han ner den andre med berått mod.

– Men det är ju fruktansvärt.

– Ja, det är ingen rolig historia och hur de lyckades tysta ner den är helt obegripligt. Så om jag vore du, lilla gumman, skulle jag vara jävligt försiktig med den mannen.

Nadja hade tillbringat sin söndagsförmiddag med att lägga in rysk sill, koka rödbetssoppa och baka piroger. I brist på gäster, för de skulle komma först senare i veckan och det här var mat som bara blev bättre av att vänta några dagar, så hade det mesta hamnat i kylen. Nadja hade provsmakat en lagom mängd till sin lunch och därefter hade hon bestämt sig för att ta en långpromenad förbi jobbet och kolla sina mail och allt annat som hade hamnat på hennes skrivbord sedan hon hade gått hem på fredagen.

På hennes skrivbord låg en plastficka med lite blandade papper och önskemål från Annika Carlsson. En märklig kollega, tänkte Nadja. Säkert starkare och mer fysiskt kapabel än nästan alla män men när det kom till siffror var hon uppenbarligen inte lika välutrustad. Det får vänta, tänkte hon. Bitvis obegripligt men förhoppningsvis möjligt att reda ut bara hon fick prata med henne.

I hennes mailbox låg också ett meddelande från Akkarat Bunyasarn. Lika klart och tydligt som allt annat som han skickade till henne, även om han själv var osäker på om just det här mailet innehöll något av värde. Eftersom hans medarbetare redan hade tagit fram uppgifterna hade han ändå skickat dem till henne. Det var ju så man jobbade när man använde sin kollega som bollplank.

På en halv A4-sida hade Bunyasarn redovisat hur Jaidee Kunchais mamma Rajini Kunchai hade tillbringat återstoden av sitt liv. Från begravningen av dottern på nyåret 2005 fram till hennes egen död i juni 2011 vid sjuttioåtta års ålder.

Mamman hade behållit familjens villa som låg i en av de bättre delarna av Bangkok, ett hårt bevakat bostadsområde där det bodde många höga militärer och andra höga tjänstemän inom den thailändska byråkratin.

På sommaren efter dotterns död hade Rajini Kunchai flyttat till USA för att bo tillsammans med sin son och hans familj i New York. Uppenbarligen hade hon inte trivts eftersom hon återvänt till Bangkok redan på vintern året därpå. Enligt hennes hushållerska, som polisen hade pratat med, stod hon inte ut med klimatet.

Under de följande åren hade hon blivit kvar i villan i Bangkok. Hennes son och hans familj brukade besöka henne flera gånger per år och trots sorgen efter dottern verkade hon ha förlikat sig med tillvaron. Hon hade också, givet sin ålder, varit vid god hälsa ända fram till juni 2011 då hon hade drabbats av en hjärnblödning och dött efter några dagar på sjukhus.

Hennes son hade tagit hand om allt det praktiska efter hennes frånfälle. Först begravningen, sedan försäljningen av huset. Det var hennes begravning som fått Bunyasarn att fundera. Kroppen efter Rajini hade kremerats. Urnan med hennes aska hade man därefter placerat i en familjegrav på militärkyrkogården i Bangkok, precis som man hade gjort med hennes man tjugoåtta år tidigare. Helt i enlighet med buddhistiska traditioner, och så långt inga konstigheter.

Däremot hade man tydligen gjort ett avsteg från familjetraditionen när man lät strö hennes dotters aska för vinden. En av Bunyasarns medarbetare hade ställt frågan till den begravningsbyrå som familjen alltid hade använt sig av. Enligt dem hade det skett på uppdrag av modern Rajini. Det var ett önskemål från dottern och även om det innebar ett undantag från sedvänjan inom familjen var det inte något som hon själv tänkte motsätta sig.

"Vad tror du, Nadja", skrev Bunyasarn som slutord i det mail som han skickat till henne. "Är det jag som är yrkesskadad eller handlar det här om något annat?"

Det testamente som Jaidee Kunchai hade efterlämnat hade inte kunnat ge något svar på den frågan. Det var mycket kortfattat och hade upprättats av henne och hennes man Daniel Johnson i samband med att han hade inlett sin anställning på ambassaden i Bangkok. I händelse av att någon av dem dog skulle den efterlevande ärva allt. Om de båda dog samtidigt skulle hennes och hans familjer ärva hälften var. Däremot inte ett ord om hur hon ville bli begravd.

Jag tror som du, tänkte Nadja som vid det här laget hade bestämt sig för vad det här egentligen handlade om. Utan att riktigt förstå varför.

68

På måndag morgon hade Hanna Hwass äntligen – hon hade säkert ringt ett halvdussin samtal – fått tag i den åklagare på Säpo som helt uppenbart fört henne bakom ljuset när hon hade åtagit sig uppdraget att spana på Bäckström.

– Jag förstår att du är upprörd, Hanna, sa han. Men eftersom detta inte är något samtal som man för på telefon föreslår jag att vi träffas och pratar om det som hänt i lugn och ro.

– Det får i så fall bli här hos mig, sa Hanna Hwass. På mitt kontor.

– Självklart, sa åklagaren. Hur har du det om en timme? Jag tror att vi båda vill ha den här saken ur världen så fort som möjligt.

Så hade det också blivit. En ovanligt medgörlig Säpoåklagare hade inlett deras möte med att berätta att de inte längre behövde hennes tjänster.

– Ni tänker väl inte lägga ner utredningen mot den där galningen?

– Låt oss säga så här, sa åklagaren. Vi håller på att disponera om. Och om det skulle vara så att du vill avsluta ditt uppdrag där ute i Solna kommer vi naturligtvis att hjälpa dig med den saken. Vi ordnar fram en efterträdare åt dig och det kommer inte på minsta vis att kasta någon skugga över dig.

– Det kan ni bara glömma, sa Hanna Hwass. Om det är något jag inte tänker tillåta så är det att den där galningen Bäckström och hans såta kumpaner får tillfälle att skada andra oskyldiga människor. Man behöver inte vara något större snille för att räkna ut att det är den stackars änklingen Daniel Johnson som de är ute efter.

–Ja, vill du det, så. Jag tänker inte hindra dig från att stanna kvar. Hur skulle jag kunna göra det?

–Däremot kräver jag att ni ser till att jag får bevakning. Den där Bäckström är tydligen livsfarlig. Något som jag är övertygad om att ni medvetet undanhöll för mig när ni lurade på mig det här uppdraget.

–På vad sätt skulle Bäckström vara livsfarlig?

–Bland annat tycks han ju ha mördat två personer.

–Jag tror jag vet vad du tänker på. Där tror jag dock att jag kan lugna dig med att det inte riktigt gick till på det viset som du hört skallervägen.

–Hur gick det till, då?

–Två för honom obekanta personer, mycket grova brottslingar, hade berett sig tillträde till hans lägenhet. Säkert i uppsåt att skada honom eller kanske till och med döda honom. Bäckström använde sin nödvärnsrätt. Lyckades övermanna den ene med handkraft och sedan sköt han den andre i underbenet när denne försökte attackera honom med en kniv. Anledningen till att han som blev skjuten i benet dog var att han föll och slog ihjäl sig när han försökte rymma från sjukhuset genom att klättra ut genom fönstret några dagar senare. Den där som han övermannade och satte handbojor på hade råkat trilla lite olyckligt och slagit skallen i en bordsskiva. Sedan tillstötte det en blödning i hjärnan på honom som gjorde att även han dog på sjukhuset.

–Kan man tänka sig. Det är ju helt fantastiskt. Det är inte det minsta likt den historia som jag har hört.

–Det gjordes en mycket omfattande utredning. Den friade Bäckström på samtliga punkter. Jag vill till och med minnas att den dåvarande polismästaren tackade honom personligen. Jag tror att han fick någon minnesgåva också.

– Jag bryr mig inte om vad du säger. Jag kräver att ni ger mig bevakning.
– Du menar livvaktsskydd, sa Säpoåklagaren.
– Ja, åtminstone tills jag är av med den där figuren Bäckström.
– Jag lovar att göra mitt bästa, sa åklagaren. Men det kommer att ta åtminstone en dag att ordna det praktiska.
– Jag ska träffa honom om några timmar, sa Hanna Hwass. Då ska jag ha möte med min spaningsstyrka ute i Solna.
– Jo, men det är väl ute i polishuset, invände Säpoåklagaren. Där lär han väl knappast hitta på något.
– Om den mannen tror jag precis vad som helst, sa Hanna Hwass.
– I så fall får du väl använda ditt larmnummer, sa åklagaren. Själv lovar jag att höra av mig snarast, när jag kan ge dig ett besked.

Så fort åklagaren var på säkert avstånd från Hanna Hwass ringde han omedelbart upp sin gamle vän, chefen för kontraspionaget.
– Vad bra att jag fick tag i dig, sa åklagaren. Jag är rädd för att vi har fått ett problem på halsen. Det verkar som om Hanna Hwass håller på att få ett nervöst sammanbrott.
– Jag är glad att du ringde, svarade chefen för kontraspionaget. Jag är rädd för att det är betydligt värre än så, faktiskt. När kan du vara här?
– Ge mig en kvart, sa åklagaren. Värre ändå, tänkte han när han satte sig i taxin för att åka ut till det stora huset på Ingentingsgatan. Vad kan hon då ha hittat på?

Inte en kvart men tjugo minuter vilket var bra nog med tanke på köerna på Klarastrandsleden.
– Nervöst sammanbrott, om du frågar mig. Men du hade tänkt höja det budet?
– Ja, tyvärr. Vår kontakt på TV4 hörde av sig redan i morse. I går lär Hanna Hwass ha ätit lunch med en av sina bästa väninnor som arbetar som reporter på Fyrans nyhetsredaktion. Ingen dålig

lunch att döma av den kopia på deras nota som jag just fick över.
—Det är inte så illa att hon har passat på att lätta sitt hjärta för väninnan?
—Jo, tyvärr.
—Det var dumt av henne, sa åklagaren. Med tanke på alla papper hon har skrivit på.
—Jag är rädd för att det är ännu värre, sa chefen för kontraspionaget. Man lär ha spelat in hennes bekännelser.
—I så fall kan jag anhålla henne omgående och sätta henne på ett ställe där det inte finns en människa som hon kan prata med.
—Den tanken har föresvävat även mig, sa chefen för kontraspionaget.
—Själv vill hon ha livvaktsskydd, sa åklagaren.
—Vad bra, sa chefen för kontraspionaget. Det var nämligen mitt alternativ. Vi sätter på henne ett par pålitliga krafter som kan hålla koll på henne. I bästa fall kommer hon att lugna ner sig och i sämsta fall får vi lägga in henne på psyket och se till att hon får alla stämplar som en riktig galning behöver. I det läget kommer TV4 att slänga inspelningarna i papperskorgen.
—Inte så dumt. Vad tror du om att dessutom ge henne en skyddad adress? Så att hon liksom inte går att få tag i?
—Ett utmärkt förslag, instämde chefen för kontraspionaget. Vi har just, av omtanke om hennes välfärd, gjort en hotbildsanalys som visar att det är absolut nödvändigt att vi tar henne till en säker adress.
—Återstår egentligen bara ett problem, sa åklagaren.
—Du tänker på vår kära GD, hon som ska lämna huset nu på fredag.
—Precis, sa åklagaren. Vad säger vi till henne?
—Ingenting, sa chefen för kontraspionaget. Av omtanke om hennes sinnesfrid valde vi att tiga. Precis som hon brukar säga till oss när hon inte vill säga något. Att det ska vi bara vara glada över att vi slipper höra.
—Broder, sa åklagaren och markerade med höjd högerhand fast

utan glas. Det är ingen slump att vi är goda vänner, du och jag.
– Själarnas gemenskap, sa chefen för kontraspionaget. Den enda grunden för verklig vänskap.
– Speciellt om man jobbar på ett sådant här ställe, instämde åklagaren. Och inte vill riskera att bli galen, alltså.

69

På måndag morgon hade Ankan Carlsson fått en lysande idé redan när hon låg kvar i sängen och stretchade lite innan det var dags att kliva in i duschen. Det var två omständigheter som hade fått tankarna att gro medan hon låg och sov och veckla ut sina kronblad i samma ögonblick som hon vaknade och slog upp sina blåa ögon.

Först samtalet med Edvin och det han berättat om sin vistelse på scoutlägret. Sedan det som Peter Niemi hade sagt till henne någon vecka tidigare när de diskuterat var deras okände gärningsman kunde tänkas gömma undan en människa som han hade mördat: på något ställe som bara han känner till, enligt Niemi. Kanske ett ställe som han hittat under sin barndom, tänkte Annika Carlsson.

På lägret ute på Ekerö hade det funnits sjöscouter under mer än femtio år. Säkert var i stort sett alla bekanta med det klassiska utflyktsmålet Ofärdsön, säkert måste åtminstone någon av dem ha hittat en hoprasad och övervuxen jordkällare under alla dessa år.

Långt senare i livet har han tagit med sig sin kvinna på en segeltur på Mälaren. Kanske till och med för att visa henne ett ställe som betydde mycket för honom på den tiden då han var barn. Sedan har de börjat bråka, det ena har gett det andra och slutsumman har blivit det värsta som kan hända. Enda trösten i det elände som han hamnat i är att han har ett säkert ställe där han kan gömma undan hennes kropp.

Det är klart att det är på det viset. Någon av alla de där alltidredo-killarna som har gjort det, tänkte hon. Dessutom var det ju så praktiskt för en gångs skull att hon redan hade en utmärkt uppgiftslämnare som hade åtskilligt att berätta utan att för den skull på minsta vis vara inblandad i det som hänt. Det var nämligen hennes magkänsla – hela vägen ut till hennes fingertoppar – fullständigt övertygad om. Gustav Haqvin Furuhjelm var en man höjd över varje misstanke, tänkte Annika Carlsson.

Den här gången hade de träffats på hans kontor som låg på Storgatan på Östermalm, bara ett par kvarter från huset där han bodde. Verkar inte gå någon nöd på lille Haqvin, tänkte Annika när hon klev in i hallen till den gamla paradvåning som man tydligen hade gjort om till kontor.

– Trevligt att se dig, Annika, sa Haqvin. Vi sätter oss på mitt rum så får vi vara i fred.

– Jag är glad att du kunde träffa mig med så kort varsel. Jag trodde nästan att du skulle vara ute på böljan den blå.

– Den här veckan är det jobbet som gäller. Men till helgen. Då tänkte jag sätta kurs igen, sa Haqvin. Slå dig ner, förresten, sa han och nickade mot karmstolen som stod framför hans skrivbord. Vad kan jag hjälpa dig med?

– Jag ser att din stol är större än min, noterade Annika Carlsson, log och nickade mot honom.

– Jag får skylla på min far, sa Haqvin. Han var noga med sådant. Samtidigt var det viktigt för honom att skillnaden inte fick vara för stor. Så att hans besökare tog illa upp, alltså.

– Det är ett par saker som jag skulle vilja fråga dig om, sa Annika Carlsson. För att jag ska kunna göra det måste jag berätta lite hemligheter för dig.

– Sådana som du vill att jag ska behålla för mig själv.

– Ja.

– Du behöver inte oroa dig, sa Haqvin. Det trodde jag att jag hade sagt. Jag är inte den skvallriga typen.

Nej, du är väl inte det, tänkte Annika Carlsson. Sedan hade

hon berättat att de hittat kvarlevorna efter en död kvinna ute på Ofärdsön. Att det mesta talade för att hon hade blivit mördad, men hur hon blivit det kunde hon inte gå in på. Om hon hade blivit mördad ute på Ofärdsön visste man inte, men det var där som mördaren hade gömt kroppen. När han gjort det visste man heller inte, men det mesta talade för att det hade skett under de senaste fem till tio åren.

– Under den perioden har jag bara varit i land där en gång, sa Haqvin. Det var för en månad sedan när jag skulle plocka upp lille Edvin.

– Tisdagen den 19 juli, sa Annika Carlsson.

– Det stämmer säkert.

– Innan dess då?

– Ja, under de där somrarna när jag var grabb och låg på lägret på Ekerö var vi ju där jämt. Jag och alla andra kompisar.

– Men senare då? När du blivit vuxen?

– Någon gång, säkert under tiden som jag var ledare. Senare också kanske. Men inte under de senaste tio åren.

– Inga grillpartyn, bad eller andra friluftsaktiviteter?

– Nej, sa Haqvin. I så fall finns det betydligt bättre ställen.

– Men om du skulle gömma en kropp då?

– Ja, då finns det inget bättre ställe, sa Haqvin. Ofärdsön måste vara det bästa stället i hela Mälaren om du ska gömma en död kropp. Dessutom finns det ju vildsvin på ön sedan en femton, tjugo år tillbaka. Det vet du säkert att vildsvin inte har några problem med att äta av kadaver.

– Jag förstår hur du tänker, fortsatte Haqvin. Den som gömde den där kvinnans kropp ute på Ofärdsön måste ha varit där tidigare. Det är någon som känner till stället.

– Hur många gör det, då?

– Ja, de som bor där ute till att börja med. Säkert ett par hundra. Folk som seglar på Mälaren och har haft anledning att kliva i land där, säkert några hundra till, trots att det inte är något populärt ställe om du ska gå i land.

−Om vi tar sådana som du, då? Gamla sjöscouter? Men inte för gamla. Sådana som är i ungefär din ålder.

−Nu börjar det brännas, sa Haqvin, log och skakade på huvudet. Måste vara hundratals. Eller kanske snarare tusen om vi ska gå tillbaka trettio till fyrtio år i tiden. Jag har en fråga, förresten, om det är okej.

−Det lär väl visa sig, sa Annika Carlsson.

−Jag tycker att det är ett mysterium att ni hittade henne, sa Haqvin. Om hon nu hade legat där i tio år, som du säger, bland alla grisar och rävar. Det är ju en ren djungel nu för tiden. Det var det även när jag var grabb, fast då fanns det inga vildsvin där. Men räv och grävling fanns och en massa rovfåglar som också ger sig på döda kroppar. Havsörn exempelvis. Men även korpar, kråkor, skator och måsar ger sig ju på kadaver.

−Du är en riktig liten naturmupp, Haqvin.

−Nja, men jag har faktiskt varit med om att bärga ett sjölik en gång. Det var utomskärs, i Östersjön. Utanför Trosa skärgård. Kroppen låg och flöt precis i vattenlinjen och anledningen till att vi upptäckte den var alla måsar som satt på den. Som satt och åt på kroppen, alltså.

−Det kan inte ha varit så trevligt, sa Annika Carlsson.

−Nej, instämde Haqvin. Men ibland är det ju så att du är tvungen att göra saker ändå. Trots att de kanske inte är så trevliga.

Ja, sådan är du säkert också, tänkte Annika Carlsson. Artig, väluppfostrad, ordhållig, plikttrogen, inte skvallrig, alltid redo.

−Om vi återvänder till Ofärdsön, sa Annika Carlsson samtidigt som hon tog fram en karta över ön som hon lade på skrivbordet mellan dem.

−Okej, sa Haqvin och lutade sig fram för att se bättre.

−Om man kliver iland vid den där tilläggsplatsen, sa Annika Carlsson och visade på kartan.

−Ja.

−Femtio meter från stranden ungefär, uppe på det där berget till höger ligger en gammal trädkoja.

-Ja, sa Haqvin och log. Det var jag och mina kompisar som byggde den. Det var vårt utkikstorn. Vi byggde en till, men den ligger ut mot sundet på andra sidan udden ett par hundra meter bort.

-Jag vet, sa Annika. Vi har hittat båda.

-Gediget arbete, sa Haqvin och log. Pappa var ju både arkitekt och byggmästare och mitt äpple har väl inte trillat så långt från päronträdet.

-Femtio, kanske sextio meter nedanför er koja, nere vid tillläggsplatsen alltså, kant i kant med där berget börjar, ligger en gammal jordkällare, sa Annika Carlsson samtidigt som hon gjorde ett kryss på kartan för att visa var den låg.

-Nej, sa Haqvin. Där finns ingen gammal jordkällare. Jag vet att det finns en gammal husgrund längre in på ön. Det är möjligt att det ligger någon jordkällare där, men inte nere vid tilläggsplatsen.

-Jo, sa Annika Carlsson. Precis där jag satt krysset finns en gammal jordkällare.

-Har jag väldigt svårt att tro, sa Haqvin och skakade på huvudet. Jag och mina kompisar måste ha varit där kanske hundra gånger. Vi har bott och sovit där. Om det hade legat en jordkällare där skulle vi ha hittat den.

-Du ska strax få se bilder på den, sa Annika Carlsson och nickade mot sin pärm som hon lagt på skrivbordet. Den måste ha byggts någon gång i mitten på artonhundratalet. När mina kolleger hittade den var den både hoprasad och övervuxen med buskar och bärris.

-Låt mig gissa, sa Haqvin. Det var där ni hittade kroppen efter den där kvinnan.

-Ja, det var mina kolleger som gjorde det. Med hjälp av den likhund som de hade med sig.

-Helt övervuxen, sa du.

-Ja, vad tycker du själv? frågade Annika Carlsson och visade en bild på jordkällaren som den sett ut innan hennes kolleger hade börjat gräva fram den.

– Och så här ser det alltså ut nu när vi har grävt fram den, sa hon och gav honom nästa bild.

– Märkligt, sa Haqvin och skakade på huvudet medan han lät blicken vandra mellan de två bilderna. Vi brukade ha våra grillpartyn där nere. Och allt annat vi höll på med. När vi badade, alla sjöslag som vi hade i viken där man lägger till. Vi hade ju vårt tält där också. Och det där repet som jag berättade om. Det där som vi använde när vi svingade oss ut i vattnet. Det måste ju ha suttit i tallen där, alldeles ovanför. Men nu när jag ser bilderna förstår jag varför vi aldrig hittade den.

– Enligt våra tekniker är det faktum att hon lades i jordkällaren också skälet till att vi hittade hennes kvarlevor. Mest delar av skelettet som du säkert förstår. Hon var för väl gömd helt enkelt, vildsvin och havsörn kom helt enkelt inte åt henne.

– Då kan du stryka mig från listan över misstänkta, sa Haqvin och log. Jag hade ingen aning om att det fanns någon jordkällare där.

– Ingen av dina kompisar heller?

– Nej, självklart inte. Om någon av oss hade råkat hitta den skulle ju alla andra ha vetat om det. Du får stryka oss från listan över misstänkta gärningsmän.

– Dig har jag redan strukit, sa Annika Carlson. Annars skulle jag inte ha suttit här.

– Ja, då kan du stryka mina kompisar också, upprepade Haqvin. Det som en av oss visste, det visste alla.

– Du berättade för mig att när ni åkte ut till den där ön så brukade ni alltid ha en massa mat med er?

– Ja. Vi åt ju som hästar. Mat och läsk och grillkol och utegrillar, två stycken. Tält att sova i, luftmadrasser, om vi hade tillstånd att stanna över natten.

– Kan du ge några exempel på vilket käk som ni tog med er?

– Ja, allt sådant där som man äter när man är i den åldern, grillkorv och djupfrysta hamburgare, bröd, limpa mest, Kalles kaviar, naturligtvis. Sådan där ost på tub. Ingen hälsokost direkt, men

sådant man gillar när man är grabb. Som är lätt att laga i ordning.
 – Den här då, sa Annika Carlsson och tog fram en bild på en gammal och ganska rostig burk med Bullens pilsnerkorv.
 – Bullens pilsnerkorv, sa Haqvin och log. Förtjust och förvånad på samma gång.
 – Ja, bekräftade Annika Carlsson. Är det något som du känner igen?
 – Det är klart jag gör. Det är en klassiker. Vet inte hur många gånger som jag suttit och värmt Bullens direkt i burken. Bara att ställa den direkt på glöden i brasan. Inga kastruller och sådant där. Sedan när den var varm fiskade du upp en korv ur burken, det kunde du göra med en vanlig pinne. Sprutade på lite senap och ketchup och sedan var det klart att äta.
 – Så Bullens var något av en favorit?
 – Ja, sa Haqvin. Med risk för att du sätter på mig handbojor kan jag erkänna att det finns en hygglig chans att det är lille Haqvin som har norpat den där burken ur sin snälla mammas skafferi. Det var ju så vi provianterade när vi seglade över till gården ute på Stallarholmen. Familjens gård, alltså. Först bjöd mamma på bullar och saft. Sedan brukade vi göra en räd i skafferiet innan vi seglade tillbaka till Ekerö.
 – Just den här burken låg faktiskt i jordkällaren där vi hittade kvarlevorna efter vårt mordoffer, sa Annika.
 – Men det är omöjligt, sa Haqvin. Hur skulle den ha hamnat där?
 – Det vet jag inte, sa Annika Carlsson. Jag hade hoppats att du skulle kunna hjälpa mig med det.
 – Nej, jag förstår ingenting, sa Haqvin. Inte den blekaste.
 – Däremot vet vi att den måste ha hamnat där långt före den döda kroppen. Någon gång på åttiotalet. Sannolikt 1982 eller 1983. Inte tidigare, kanske senare.
 – Men det var ju då som jag och mina kompisar mer eller mindre bodde därute.
 – Så vi kanske inte ska utesluta att den kommer just från din mammas skafferi.

–Nej, visst, men jag förstår fortfarande inte hur den hamnat i den där jordkällaren.
–Den låg för övrigt invirad i den här plastpåsen, sa Annika Carlsson och räckte över nästa bild. Det är en sådan där vanlig fryspåse på tio liter, om du nu undrar.
–Det är klart den gjorde, sa Haqvin samtidigt som han slog sig själv i pannan med höger handflata.
–Polletten trillade just ner, sa Annika Carlsson och log.
–Klart den gjorde, sa Haqvin, suckade och skakade på huvudet på nytt. Du hörde säkert hur det skramlade till i mitt tomma huvud. Drygt trettio år senare. Tack vare dig, Annika.
–Skönt att höra, sa Annika. Nu får du berätta för mig.
–Rymmare och fasttagare, sa Haqvin.
–Ursäkta?
–Rymmare och fasttagare, upprepade Haqvin. Och det kan mycket väl ha varit sommaren 1982 eller 1983. För drygt trettio år sedan. Det är först nu som jag äntligen fattar hur han bar sig åt.
–Vem då, sa Annika Carlsson. Vem var det som bar sig åt?
–Räven, sa Haqvin som plötsligt verkade ganska så nöjd med sig själv.

70

På måndag morgon hade Nadja hittat två miljoner till. Hon hade inte ens behövt anstränga sig för att göra det. När hon inlett sin kartläggning av Jaidee Kunchai och Daniel Johnson hade hon skickat en fråga till samtliga svenska försäkringsbolag om Jaidee Kunchai haft någon livförsäkring hos dem. Den som hennes mans arbetsgivare hade ordnat åt Daniel Johnson och hans hustru ingick redan i deras förundersökningsmaterial. Nu hade den fått sällskap av en till. En grupplivförsäkring som Jaidee tecknat genom sitt fack, Jusek, där hon hade gått med ett halvår innan hon och hennes man hade startat sitt företag 2002. Beloppet var på två miljoner kronor. Förmånstagare var hennes man. Pengarna hade betalats ut sommaren 2005, ett par månader efter det att Jaidee Kunchai hade dödförklarats.

Fyra miljoner totalt, och nu har du åtminstone så du kan betala den där lägenheten på Gärdet som du köpte, tänkte Nadja.

Även Oleszkiewicz hade gjort en upptäckt som möjligen kunde bidra till deras utredning eller i vart fall till ett bättre arbetsklimat än det som nu rådde. Därför hade han gått in till sin chef Evert Bäckström och utbett sig ett kortare enskilt samtal.

 – Hur lång tid tar det då? frågade Bäckström.
 – Två minuter, svarade Oleszkiewicz.
 – Jag lyssnar, sa Bäckström.
 – Det är en sak som jag har tänkt på, sa Oleszkiewicz. Varför

333

Hwass sätter sig på tvären så fort vi vill titta på Daniel Johnson. Jag menar, det är väl rutin i sådana här sammanhang. Att man kollar maken, alltså. Det var åtminstone vad jag fick lära mig när jag gick på skolan.
– Så då slogs du av tanken att Hwass kanske har andra motiv, sa Bäckström. Att de känner varandra. Att de kanske till och med har haft ihop det.
Grabben är ju inte helt väck, tänkte Bäckström.
– Ja, sa Oleszkiewicz. De är ändå i samma ålder, har bott i samma stad.
– Har de haft det, då? frågade Bäckström.
– Det kan i vart fall inte uteslutas, sa Oleszkiewicz. De läste nämligen straffrätt ihop. Gick samma kurs höstterminen 1992 på universitetet här i Stockholm. Fast Johnson tog aldrig någon juristexamen. Blev kanske för mycket för honom. Han läste ju ekonomi samtidigt. Den biten fixade han. Han blev civilekonom på Handels.
– Det säger du, sa Bäckström. De har läst juridik ihop.
– Det är visserligen många som läser samtidigt. Den terminen som jag gick var vi fler än hundra på min kurs. Samtidigt är det så att när man har seminarier och gruppaktiviteter är man indelad i betydligt mindre grupper. Kanske tjugo personer, trettio som mest.
– Ta reda på det, då, sa Bäckström. Har vi tur kanske vi äntligen kan bli av med kärringen.

Själv hade Bäckström haft viktigare saker för sig samma morgon. Han hade bestämt sig för att han skulle låta göra en rekonstruktion av deras offers ansikte. Att med utgångspunkt från det kranium som man hade hittat försöka göra en porträttskulptur av ansiktet. Han hade till och med ringt Niemi om saken.
– Tror jag inte på, sa Niemi. För det första tror jag inte att det går, med tanke på att vi inte har något fullständigt kranium att jobba med. För det andra brukar sådant där ta månader och

kosta skjortan. Vi har visserligen försökt någon gång, men det har aldrig gett något som vi inte redan visste.
– Niemi, sa Bäckström. Jag är inte dum i huvudet. Jag hade tänkt att vi skulle göra det med en lite annorlunda metod. Du vet den där rödhåriga konstnärstjejen som brukar hjälpa oss med fantombilder. Den där...
– Jag vet, avbröt Niemi. Du tänker på Nora Wiström.
– Precis, sa Bäckström. Hon är väl både tecknare och skulptör?
– Ja, sa Niemi. Hon målar också. Hon är en mycket begåvad konstnär. Jobbar mycket med datorteknik när hon gör sina fantombilder åt oss, till exempel.
– Antag att man ger henne några bra ansiktsfoton på Jaidee Kunchai. Sådana saknar vi ju inte. Plus foton på de delar av kraniet som vi har. Så ber vi henne att göra en skulptur på henne. Med utgångspunkt från bilderna och kraniet alltså.
– Låter som ett tvättäkta fall av bevisförvanskning, sa Niemi. Om du nu inte tror att Nora skulle ha träffat Jaidee så att vi kan betrakta det som en vanlig fantombild där hon är vittnet som sett personen och dessutom ritat av henne.
– Klart hon inte har, sa Bäckström. Nora har väl aldrig träffat Jaidee. Men det vore kul att skrämma skiten ur Hwass. Hon har nämligen inte en susning om hur sådant här går till. Hon tror säkert att det är något som du kan göra i din dator på någon timme högst. Sedan föreslår jag att vi går ut med bilden i Brottsplats Sverige och ser om vi får några tips från tittarna.
– Varför berättar du det här för mig, suckade Niemi.
– Så att du ska hålla käften när jag visar upp vårt lilla konstverk för vår kära åklagare.
– Men då förstår jag precis hur du menar, sa Niemi.
– Vad bra, sa Bäckström.
– Vadå bra, sa Niemi. Jag är fortfarande tveksam.
– Att vi ändå är överens, sa Bäckström.
Visserligen med en finnkoling, men det är ju inte alltid man kan välja, tänkte Bäckström så fort han lagt på luren.

# 71

Med hjälp av sina kontakter vid polisen i Phuket hade Akkarat Bunyasarn försökt att i detalj kartlägga hur det hade gått till när man arbetat med att fastställa Jaidees identitet borta i Thailand. Redan på eftermiddagen den 26 december visste både polisen i Thailand och polisen i Sverige att Jaidee Johnson Kunchai fanns med bland de saknade. Polisen hemma i Sverige hade i stort sett omgående börjat samla in det underlag som fanns om de svenskar som hade anmälts försvunna medan deras thailändska kolleger även de hade satt upp henne på sina listor över sådana personer.

De åtgärder som därefter vidtagits när det gällde identifieringen av just Jaidee hade däremot inte följt samma rutiner som hade gällt för i stort sett alla andra svenska medborgare som försvunnit i samband med tsunamin. Nästan alla de svenska offer som hittats döda i Khao Lak hade förts till två buddhistiska kloster i närheten. Endast ett fåtal av dem hade hamnat i Phuket på det stora uppsamlings- och identifieringscentrum som man hade upprättat där.

Den sannolika förklaringen till det, enligt Bunyasarn, var dels att man hade betraktat Jaidee som thailändska och inte som svenska, dels att hennes man både hade ordnat med transporten av Jaidees kropp och följt med när den kördes från hotellet i Khao Lak till identifieringscentrumet i Phuket. Jaidees döda kropp och hennes före detta man hade åkt i samma bil, konstaterade Bunyasarn, och de hade anlänt till Phuket mitt på dagen den 29 december. Där fanns också Jaidees mamma på plats sedan flera timmar tillbaka. Dagen därpå, efter den inledande identifieringen i Phuket, hade begravningsbyrån tagit över och kört henne till Bangkok dit hon anlänt sent på kvällen samma dag. På nyårsdagen hade hennes kropp kremerats.

På allt detta fanns det också papper. Hos polisen i Phuket, hos deras kolleger vid den nationella polisen i Bangkok och hos polisen i Sverige. Som så ofta när handlingar om samma sak upprättas av flera fanns det också oklarheter om vem som egentligen hade gjort vad. Bunyasarn hade försökt att få ordning på de delvis motstridiga uppgifterna.

De första svenska poliserna, kriminaltekniker och utredare, hade anlänt till Thailand på nyårsafton men de hade börjat arbeta på plats – i de två klostren öster om Khao Lak och på identifieringscentrumet i Phuket – först på nyårsdagens eftermiddag. Ungefär samtidigt som Jaidee hade blivit kremerad på begravningsbyrån i Bangkok. Den enda rimliga slutsatsen av det var att den svenska polisen inte kunde ha varit inblandad i den första identifieringen av henne.

Det fanns också dokument som bekräftade detta. En polisrapport som upprättats av polisen i Phuket, som talade om var och när Jaidee hade hittats och att hon identifierats av anställda på hotellet, sin make och sin mamma. Rapporten innehöll även en kortfattad beskrivning av hur detta hade gått till. Dessutom fanns det en blankett, upprättad av polisen i Phuket den andra januari 2005, som visade att man till den svenska polisen som fanns på plats hade överlämnat ett halsmycke och en necessär som hade tillhört Jaidee Kunchai samt dessutom "DNA Evidence Material" som kom från henne, och som hade "förpackats särskilt".

Halsmycket och necessären hade återlämnats till hennes man på hans arbetsplats på ambassaden i Bangkok. Det hade skett redan fjorton dagar efter tsunamin och det var den svenska polisens sambandsman som hade skött det praktiska. Daniel Johnson hade givetvis fått kvittera allt som han hade fått tillbaka. Halssmycket, necessären och det som hade legat i den.

Där fanns i stort sett allt det som brukade finnas i kvinnors necessärer: mascara, läppstift, ögonskugga, nagellack, till och med en tub med tandkräm. Däremot ingen tandborste och ingen hårborste, inte ens en kam. Det som saknades störde både Akkarat Bunyasarn och Nadja Högberg.

– DNA Evidence Material, sa Bunyasarn med en talande axelryckning som Skype förmedlade till Nadja från andra sidan jordklotet. Är det blod, vävnad eller benmärg som man tagit från hennes kropp? Eller är det något annat? Eller är det både och?

– Har du pratat med din thailändske kollega som var på plats borta i Phuket? frågade Nadja.

– Ja, sa Bunyasarn. Det är en bra kollega, så det är inte det som är problemet.

– Vad säger han, då? frågade Nadja.

– Att han inte minns, svarade Bunyasarn. Vilket kanske inte är så konstigt med tanke på att han arbetade med att identifiera hundratals av sina landsmän under någon månad. Jaidee var bara en i mängden.

– Jag ska se om jag kan få fram något här hemma, sa Nadja. Så mycket vet vi ju i alla fall att det där DNA-materialet som ni lämnade över till oss i Phuket blev analyserat här i Sverige. På vårt nationella kriminaltekniska laboratorium, förresten. Det var de som tog fram hennes DNA-profil och som sedan hittade samma profil i våra DNA-register.

– Lycka till, Nadja, sa Bunyasarn och log på nytt. Låt oss hoppas att de gjorde det med hjälp av en vanlig tandborste.

72

Det fjärde mötet med spaningsgruppen hade inletts klockan 13.00, måndagen den 22 augusti. Hanna Hwass och hennes spaningsstyrka som nu hade minskat till fyra poliser och en civilanställd utredare. Bäckström, Stigson, Olsson och Oleszkiewicz samt Nadja Högström.

Hwass hade kommit tio minuter för sent och verkade påtagligt stressad. Av okända skäl hade hon valt att sätta sig vid andra ändan av bordet, så långt bort från Bäckström som möjligt. Någon ursäkt för sin sena ankomst hade hon heller inte gett. Däremot hade hon noterat Annika Carlssons frånvaro.

–Jag saknar kommissarie Carlsson, sa Hwass. Var är hon någonstans?

–Hon skulle visst hålla förhör med någon om de där konstiga fynden ute på ön i Mälaren. Jag tror att han är någon höjdare inom scoutrörelsen. Men det har tydligen dragit ut på tiden, sa Bäckström.

–Du kan inte vara lite mer konkret? Varför ska hon prata med scoutrörelsen om det?

–Jag vet faktiskt inte, sa Bäckström och suckade. Enklast är väl att du frågar henne själv när hon dyker upp.

–Har vi fått fram något annat? sa Hwass.

Inte så mycket, tyvärr, enligt Bäckström. Besöket på Migrationsverket hade inte gett något. Om det någon gång hade funnits några papper om Jaidee på det stället fanns det i vart fall inga numera. Däremot skulle det tydligen finnas en hel del information om henne i en vetenskaplig undersökning där hon hade ingått i materialet. Problemet med det var att professorn som hade gjort den vägrade att lämna ut den.

– Han vägrar alltså att lämna ut sitt material, sa Hwass. Med vilka argument då, om jag får fråga?

– Det är en hon, sa Kristin Olsson. Hon heter Åsa Lejonborg och är professor i genusforskning vid universitetet i Linköping. Det är en studie om thailändska kvinnor som gift sig med svenska män. Det är hennes avhandling. Jag har ett exemplar av den som du kan få låna om du vill. Fast den är på engelska.

– Tack, det är bra ändå, sa Hwass och snörpte på munnen. Varför vägrar hon att lämna ut sitt material, då?

– Ja, det är den där vanliga vetenskapliga sekretessen med anonymitet och allt det där, sa Stigson och såg lika svävande ut som det han just hade sagt.

– Har ni pratat med universitetsförvaltningen nere i Linköping? frågade Hwass.

– Neej, sa Stigson medan både Olsson och Oleszkiewicz nöjde sig med att skaka på huvudet.

– Då får ni väl göra det då, sa Hwass. Skulle de fortfarande vägra är det väl inte värre än att jag skriver ett föreläggande så vi får ta det den formella vägen.

– Ja, vill du göra det, sa Bäckström och log.

Det här blir bättre och bättre, tänkte han.

– Börja med att prata med förvaltningen, sa Hwass. Gör klart för dem att det handlar om en mordutredning. Har vi fått fram något annat?

Tyvärr, tyvärr, enligt Bäckström. Genomgången av deras egna register hade inte gett något. Inte minsta ledtråd till hur det kunde komma sig att just Jaidee Kunchai verkade ha dött två gånger. Lika illa med NFC nere i Linköping. Där fanns inga

uppgifter. Dessutom var det svårt att få tag i dem som jobbade där.
— Kurser, konferenser, internutbildningar, suckade Bäckström.
Ja, det vet väl du, förresten, tillade han och nickade mot Hwass. Jag vill minnas att du berättade att du hade haft ett rent elände när du försökte prata med dem.
— Mer än vad jag minns, sa Hwass. Det måste ju finnas massvis med svenska poliser som var på plats nere i Thailand med anledning av tsunamin. Har ni försökt prata med någon av dem?
— Ja, fast många av dem är ju pensionärer numera, och ett par av dem är döda. En av dem har tyvärr blivit lite gaggig, så honom ska vi nog undvika.
— Han är också pensionerad, sa Hwass och det var mer ett konstaterande än en fråga.
— Nej, sa Bäckström. Han jobbar faktiskt kvar. På halvtid. Sitter nere på hittegodset här i Stockholm.
— Är det godsspaningsroteln du menar? frågade Hwass.
— Ja, eller hittegodset, som vi konstaplar säger. Han heter Wijnbladh, kriminaltekniker. En av de där riktigt gamla uvarna. Han och jag har känt varandra sedan åttiotalet.
— Men nu har han blivit gaggig?
— Ja, jag är rädd för det, sa Bäckström och suckade.
— Men vänta nu, sa Hwass som inte längre försökte dölja sin irritation. Någon måste det väl ändå finnas som var med borta i Thailand och som ni kan prata med.
— Säkert, sa Bäckström. Jag har bett Stigson här att försöka få fram en lista på alla kolleger som var där, så någon ska vi nog hitta.
— Det får vi innerligt hoppas, sa Hanna Hwass och tittade på sitt armbandsur. Till nästa möte vill jag dessutom att alla är på plats så att vi åtminstone kan göra en avstämning av var vi står. Om det inte är någon som har något att tillägga avslutar jag det här mötet.
— Jag har faktiskt en sak som jag vill fråga dig om, men jag

skulle vilja göra det mellan fyra ögon, sa Bäckström.
 —Jag har inte det minsta till övers för den typen av hemlighetsmakerier. Om du inte kan säga det här och nu kan det säkert vara.
 —Ja, det var mest av omtanke, sa Bäckström och suckade. Men visst.
 —Omtanke, fnös Hanna Hwass och reste sig samtidigt som hon stoppade ner sina papper i portföljen. Det var nog bland det dummaste jag hört. Även i den här församlingen.

Bäckström hade knappt hunnit tillbaka till sitt rum förrän det ringde på hans telefon och eftersom han redan visste vem det var svarade han omgående.
 —Bäckström, sa Bäckström med den milda stämma som man kunde begära av en sådan som han.
 —Bra att jag fick tag i dig, Bäckström, sa hans nye polismästare. Du får ursäkta, men jag är faktiskt lite orolig.
 —Om det är något som jag kan hjälpa dig med så ställer jag givetvis upp, sa Bäckström. Ty vem vore jag annars? Som icke bistod en broder i nöd.
 —Tack för det, Bäckström, sa Carl Borgström. Stort tack. Men jag har fått ett intryck av att det närmast råder fullt krig mellan dig och dina utredare och vår åklagare.
 —Nu förstår jag ingenting, sa Bäckström. Vi har just avslutat vårt veckomöte och gjort en avstämning av utredningsläget och det var inga som helst problem. Det hela rullar på och vad vår åklagare beträffar tycker jag nog att hon var precis som vanligt. Korrekt och intresserad om du frågar mig.
 —Så hon verkade inte aggressiv eller så?
 —Nej. Hon var precis som vanligt.
 —Men det var ju skönt att höra. Hon var varit på mig, som du säkert förstår. Flera gånger i själva verket, och nu senast, det var alldeles innan jag ringde dig, blev jag faktiskt lite orolig för henne.
 —Själv märkte jag inte något sådant. Vilket jag tycker är skönt.

Varför skola mänskor strida, varför skall det flyta blod, varför skall så många lida, blott för någras övermod? Tänkvärda ord, Borgström. Tänkvärda ord ur vår andliga sångskatt, sa Bäckström.

–Ja, verkligen, sa Borgström. Men innan hon var på mig, och hon var rent ovettig ska du veta, så ringde vår chef nerifrån receptionen och berättade att Hwass tydligen hade ett par livvakter från Säpo som stod där nere och väntade på henne.

–Det kan ju förklara saken, sa Bäckström. Då är det säkert något annat som bekymrar henne. Någon hotbild som dykt upp. Någon galen bankdirektör som hon kommit ihop sig med när hon satt på Ekobrottsmyndigheten.

–Så det tror du?

–Ja, vad skulle det annars vara? sa Bäckström. Här hos oss är allt frid och fröjd.

Där fick du lite gott att suga på, tänkte Bäckström så fort han avslutat samtalet.

En till, tänkte Carl Borgström. Dels ett fruntimmer som bara verkade tokig i största allmänhet, som skrek och härjade och tydligen kände sig hotad också. Dels en nära medarbetare vars galenskap verkade vila på en solid kristen grund.

73

Under de där somrarna på Ofärdsön för mer än trettio år sedan brukade Haqvin och hans kamrater leka rymmare och fasttagare och för att öka spänningen hade de hittat på en speciell variant av leken. Några timmar innan det var dags att äta middag fick en av dem rymma med deras gemensamma matsäck. Om han lyckades hålla sig gömd mer än två timmar var matsäcken hans. Ville någon av de andra ha något att äta var de tvungna att betala pengar till honom för att få sin mat. Eftersom det inte var någon konst att gömma sig på Ofärdsön hade man också avgränsat ett mindre område runt deras utkikstorn. Den som var rymmare fick inte bege sig utanför det området, han hade bara fem minuter på sig att gömma sig och han fick inte flytta på sig medan man letade efter honom. Efter två timmar avbröts jakten. Fasttagarna fick ta sig till trädkojan och vänta på att rymmaren skulle återvända till dem. Detta för att han inte skulle behöva avslöja sitt gömställe till nästa gång.

Deras rymmare brukade alltid åka fast. Även Haqvin, den gången då han lagt sig i vattnet nere i viken och försökt andas genom ett vasstrå.

– Ovanligt korkat av mig, konstaterade Haqvin drygt trettio år senare.

– Så de fick tag i dig, sa Annika Carlsson.

– Ja, jag höll ju på att dränka mig själv, och när jag stack upp huvudet för att kunna andas såg de mig.

—Så rymmaren åkte alltid fast?
—Ja, nästan alltid.
—Det var ingen som försökte fuska då?
—Nej, sa Haqvin. Scouthedern. Bröt du mot den var det inget som du kom undan med.
—Och alla åkte fast?
—Ja, utom en av oss, sa Haqvin. Han åkte aldrig fast.
—Och han fuskade inte?
—Nej, sa Haqvin. Trodde jag inte ens på den tiden. Nu har jag ju dessutom fattat var han gömde sig. Fast han var en ovanligt listig typ. Han smeknamn var förresten Räven, som ju ska vara listig som du säkert vet.
—Minns du vad han hette på riktigt? frågade Annika Carlsson.
—Vi körde med sådana där smeknamn, sa Haqvin. Jag kallades för Hacke, eller Hacke Hackspett. Räven kallades för Räven eller Jerka Räven.
—Jerka?
—Ja, Erik, då alltså. Erik på slang blir ju Jerka. Det var ingen som kallade mig för Haqvin, mer än pappa och mamma, förstås. Alla andra sa Hacke.
—Hette han något mer än Erik? frågade Annika Carlsson.
—Låt mig tänka, sa Haqvin Furuhjelm och kliade sig för säkerhets skull i sin blonda kalufs. Egentligen hette han väl inte Erik...
—Erik hette inte Erik, upprepade Annika Carlsson.
Haqvin verkar inte vara någon raketforskare direkt, tänkte hon.
—Vad jag menar är att han var som jag, alltså. Jag heter ju Gustav Haqvin. Haqvin är visserligen mitt andranamn, men det är också mitt tilltalsnamn.
—Vad hette han mer än Erik, då?
—Daniel, sa Haqvin. Erik Daniel Johnson, så hette han.
—Erik Daniel Johnson, tilltalsnamn Daniel, sa Annika Carlsson.
En liten värld, tänkte hon.

– Precis, instämde Haqvin. Han hade inget emot att vi kallade honom för Räven. Kallade man honom för Danne så blev han sur däremot.

– Den här Erik Daniel Johnson, sa Annika Carlsson. Är det någon som du har haft kontakt med senare?

– Nej, aldrig. Tror inte jag har träffat honom annat än de där somrarna på scoutlägret. Tre somrar tror jag att det var, 1981, 1982 och 1983. Men det kan jag ju ta reda på om du vill.

– Men efter det har du aldrig träffat honom?

– Nej.

– Varför inte det, då? frågade Annika Carlsson. Ni var båda sjöscouter, lika gamla, intresserade av båtar och segling. Det var inte så att ni blev osams, eller så?

– Nej, sa Haqvin. Vi levde väl i olika världar helt enkelt.

– Vilken värld levde han i, då?

– Jag minns att hans pappa var något slags lärare, sa Haqvin. En ganska korrekt farbror som jag minns honom.

– Du har träffat honom, sa Annika Carlsson.

– Ja, sa Haqvin. Han kom ut till scoutlägret någon av de där somrarna. Han hade seglat ut. Jag var till och med ombord på hans båt.

– Daniels pappa hade en båt?

– Ja, en Vega som jag minns det. Inget märkvärdigt men inte dåligt heller. En svensk båt, drygt åtta meter, jag har för mig att den var alldeles ny också.

– Vet du vad, Haqvin?

– Nej?

– Du ska ha tack, sa Annika Carlsson. Egentligen borde jag ge dig en liten medalj också, men det har jag ingen med mig så det får vi ta senare.

– Helt i sin ordning, sa Haqvin. Fundera på det där med seglingen.

74

Så fort Annika Carlsson hade kommit tillbaka till polishuset hade hon gått direkt in på Bäckströms rum.
—Hur gick det på mötet med vår åklagare? frågade Annika Carlsson.
—Alldeles utmärkt, sa Bäckström. Kärringen hänger redan på repet men jag tänkte låta henne leva veckan ut. Vad kan jag göra för dig, då?
—Det är Daniel Johnson som har gjort det, sa Annika Carlsson.
—Ja, vem skulle det annars vara, sa Bäckström och ryckte på axlarna. Det fattar väl alla.
—Inte jag, sa Annika Carlsson. Men nu har jag fattat det.
—Vad fick dig att ändra dig, då?
—Att jag kan knyta honom till vår fyndplats, sa Annika Carlsson.
—Hur lyckades du med det?
—Tack vare dig och den där korvburken som du tjatade om.
—Kan man tänka sig, sa Bäckström.

—Det är en liten värld, konstaterade Bäckström så fort Annika hade berättat om förhöret med Furuhjelm.
—Den är faktiskt ännu mindre, sa Annika. Strax innan jag skulle gå plockade Furuhjelm fram ett gammalt fotoalbum från de där somrarna på scoutlägret.
—Det fick du med dig? frågade Bäckström.

—Ja, och du kan vara helt lugn, för jag har säkert tio bra bilder på Daniel Johnson. I kortbyxor och uniform. Han var för övrigt en riktig liten sötnos redan på den tiden. Fast det var en annan bild som jag tänkte på. Nämligen den här, sa Annika Carlsson samtidigt som hon gav den till Bäckström.
—Tre små scouter, sa Bäckström. Varav en verkar ha brutit benet. Honnör gör de också.

Precis som på min tid i scouterna, tänkte Bäckström. Den var visserligen kort men några honnörer borde han väl ändå ha hunnit med.

—Vilka är de då, tror du? frågade Annika Carlsson.
—Den där blonde grabben som står till höger på fotot är väl sannolikt Furuhjelm. Han till vänster, den mörke måste väl vara Daniel Johnson. Han i mitten, han med det gipsade benet? Inte en aning, faktiskt.
—Du ska få en ledtråd, sa Annika Carlsson. Alla de här grabbarna hade tydligen smeknamn på varandra. Haqvin Furuhjelm kallades för Hacke eller Hacke Hackspett, Johnson kallades för Räven för att han var så listig och han som står i mitten kallades för Karl-Bertil Jonsson för att han var så snäll.
—Karl-Bertil Jonsson?
—Ja, du vet den där tecknade julsagan av Tage Danielsson. Den som handlar om den snälle Karl-Bertil Jonsson som jobbade extra på posten vid jul och som var så snäll att han snodde med sig julklappar som han sedan åkte runt och delade ut till de fattiga.
—Nej, sa Bäckström. Den har jag aldrig sett.

Måste ha varit en riktig stolle, tänkte Bäckström. Vad ska fattiga med julklappar till?

—Han hette i själva verket Carl Bertil, Carl med C och utan bindestreck mellan Carl och Bertil.
—Vad hette han mer då? I efternamn, alltså.
—Borgström. Carl Bertil Borgström.
—Som vår egen polismästare, sa Bäckström.
—Högst densamme, sa Annika Carlsson.

– Det är ju en riktigt lösmynt jävel, sa Bäckström. Du tror inte att det är så illa att han fortfarande kan ha kontakt med Daniel Johnson?

– Vet ej, sa Annika Carlsson. Det är det jag tänker kolla.

– Varför har han gipsat benet? Hade han åkt på däng, eller?

– Nej, han hade visst trillat ner från något träd när de höll på och byggde en koja.

– Ja, i så fall måste det vara Borgström, sa Bäckström. Det är bara sådana som han som ramlar ner ur träd.

75

Dagen efter det fjärde mötet med spaningsgruppen var en tisdag, och i Nadjas fall hade det varit en bra dag då hon fått mycket uträttat. Till och med hittat ett troligt motiv till det som hon numera var övertygad om var det som hade hänt. Det näst vanligaste motivet av de två som det nästan alltid handlade om.

Redan på morgonen hade hon tagit itu med Annika Carlssons önskemål om ytterligare utredning av Jaidee Kunchais och Daniel Johnsons gemensamma affärer. Enligt ett förhör som Annika Carlsson hade hållit med den ekonomiansvariga skulle det ha funnit ansenliga tillgångar i deras bolag, något som i vart fall inte hade framgått av de handlingar som upprättats när bolaget skulle likvideras efter det att Johnson hade sålt det. Nadja hade begärt in ytterligare underlag och där hade hon hittat en kapitalförsäkring som bolaget hade tecknat redan under sitt första verksamhetsår, 2002.

Det var en intressant konstruktion som dels gav ägarna en möjlighet att mot avkastning placera bolagets beskattade vinstmedel i försäkringen, dels innehöll en livförsäkring som skulle skydda företagets ägare, Daniel Johnson och Jaidee Kunchai, om någon av dem skulle råka avlida. Förmånstagare var den efterlevande ägaren och det var också skälet till att den tillgången hade tagits bort ur balansräkningen redan året innan bolaget såldes. Ur skattemässig synpunkt var det helt i sin ordning och Daniel Johnson kunde lyfta redan beskattade pengar ur bolaget. Därefter återstod inte mycket mer än skulder på några hundra tusen kronor, vilka man hade kvittat mot diverse lösöre och de kunder och kundkontakter som den nye ägaren hade fått ta över.

Enligt det avtal som upprättats i samband med försäljningen hade Daniel Johnson fått en krona vid försäljningen av sitt aktiebolag och om han hade tagit emot den eller inte var ointressant med tanke på försäkringen, tänkte Nadja när hon ringde upp Bäckström för att informera honom om vad hon hade upptäckt.

– Pengar, sa Bäckström och det lät nästan som om han smakade på ordet. Det begriper väl alla. Han och hans kära hustru grep väl tillfället i flykten, helt enkelt.

– Ja, instämde Nadja. Jag har svårt att se hur man planerar en tsunami.

– Sedan gick det som det gick. De började bråka om pengarna. Han satte en kula i huvudet på henne och grävde ner henne på en ö i Mälaren där han varit på somrarna när han var barn. Sjöscout var han också, fanskapet.

– Alltid redo, instämde Nadja.

– Hur mycket pengar talar vi om totalt?

– Med de där två första livförsäkringarna som han lyfte ut redan 2004 är det totalt tjugofem miljoner, lite drygt till och med, sa Nadja.

– Tjugofem miljoner, upprepade Bäckström. Det är ju också pengar.

– Ja, sa Nadja. Frågar du mig tycker jag nog att det borde ha räckt åt dem båda.

– Mycket vill ha mer, sa Bäckström och lät precis som om han visste vad han talade om.

Efter samtalet med Bäckström hade Nadja ätit lunch. Inte i någon av de två personalmatsalarna som låg i huset utan i fikarummet på roteln för grova brott. Hennes egen rödbetssoppa och hembakade piroger med grovmalet fläskkött och mycket lök som hon värmt i mikrovågsugnen. Om Bäckström hade varit här skulle vi säkert ha tagit en sup också, tänkte Nadja. Precis som på vilken polisstation som helst i hennes gamla hemland.

Efter lunch hade Nadja gjort ännu ett försök att få ett svar på frågan om vilket underlag man hade använt sig av nere på Statens kriminaltekniska laboratorium, den tidigare motsvarigheten till Nationellt forensiskt centrum, när man efter tsunamin hade tagit fram Jaidee Kunchais DNA-profil. Det var visserligen snart tolv år sedan, men med tanke på alla register som sådana som hon hela tiden förde borde det väl ändå finnas en anteckning om saken. Eller att det till och med var så lyckat att det fanns någon där nere som var precis som hon och kom ihåg det ändå.

För en gångs skull hade det också varit på det viset, trots att det hade börjat som vanligt. Först hade hon kopplats runt mellan olika personer som ingenting visste men i bästa fall hade någon annan som de kunde hänvisa till, och efter ett halvdussin försök hade hon till sist fått prata med en kvinnlig DNA-expert som i stort sett omgående hade förklarat att Nadja tyvärr hade hamnat helt fel. Dessutom lät hon både glad och vänlig när hon sa det.

– Det låter som om du ska prata med någon sådan där arkivmänniska. Själv är jag biolog. Sitter nere i källaren hela dagarna och duttar med mina provrör.

– Jag vet, sa Nadja. Jag är själv likadan, fast för mig är det mest papper och penna. Matematik och tillämpad fysik.

– Jag är övertygad om att dina arbetskamrater älskar det du gör, svarade biologen och fnissade förtjust.

– Klart de gör, sa Nadja. De slipper ju räkna ut det själva.

Tur är väl det, tänkte hon.

– Tolv år gammalt, sa du. Dödförklarad 2004. Inget brott.

– Ja, sa Nadja.

– Det låter nästan som tsunamin borta i Thailand, konstaterade biologen. Vi hade en del att göra här nere den gången det hände.

– Hon omkom i tsunamin, sa Nadja. Hon var dessutom thailändska. Men hon var gift med en svensk man och hade bott här

i åtskilliga år, så hon var även svensk medborgare. Trettioett år gammal när hon dog.
 —Låt mig gissa, sa biologen. Det var inte så att hon hette Jaidee Kunchai? Gift med någon Johnson? Jag har för mig att han överlevde.
 —Ja, sa Nadja. Det stämmer bra det.
Undrens tid är inte förbi, tänkte hon.
 —Henne vet jag allt om. Det var jag som tog fram hennes profil. Det var en fullständig profil om jag inte minns fel, och bättre än så kan det ju inte bli. Henne behöver du inte leta efter i våra register. Jag är ganska säker på att hon rensades ut så fort hon hade blivit dödförklarad. Allt annat hade varit ett lagbrott och den registeransvarige som vi hade på den tiden var en mycket sträng man. Jurist.
 —Så alla papper om henne är bortrensade?
Typiskt, tänkte Nadja. Vem kan lita på under i den tid där vi lever.
 —Det är jag fullkomligt övertygad om, sa biologen. Den enda som vet något om henne på det här stället är jag. Hon ingår nämligen i min doktorsavhandling och anledningen till att jag minns henne är att hon också var den enda thailändaren som fanns med i mitt material. Med tanke på var det hela hände hade jag en föreställning om att de borde ha varit fler, jag menar att det fanns ju fler än tusen thailändska kvinnor i Sverige vid den här tiden som hade ihop det med svenska karlar, så det hade inte varit så konstigt.
 —De kanske inte var sådana som åkte till Khao Lak, sa Nadja.
 —Precis vad jag tänkte också, sa biologen.
 —Men alla papper om henne är utrensade?
 —De som låg i arkiven, ja. De gick väl genom papperstuggen samtidigt som de raderades i registren. Men mina papper finns naturligtvis kvar. Det är ju materialet till min avhandling och sådant kastar man inte. På det här stället har vi dessutom regler om att vi ska spara vårt forskningsmaterial.
 —Jag skulle inte kunna få titta på dem?

—Det är klart att du får, sa biologen. Vart skulle vi annars ta vägen, sådana som du och jag, om vi inte hade varandra. Ge mig en halvtimme bara, så jag hinner gräva fram rätt låda.
—Du ska få mitt nummer, sa Nadja. Vart skulle vi annars ta vägen, sådana som du och jag, tänkte hon.

Nadjas nya själsfrände hörde av sig redan efter tjugo minuter och nu satt hon med Jaidees uppgifter på skrivbordet framför sig. När tsunamin inträffade hade hon jobbat halvtid på SKL medan hon skrivit klart sin doktorsavhandling om DNA. Den hade en speciell inriktning och handlade om de problem som kunde bli aktuella när man skulle ta fram en DNA-profil med hjälp av lite mindre vanliga underlag. Allt från äppelskruttar, spottloskor, kläder, snoriga näsdukar, cigarettfimpar och örhängen till tandborstar, kammar och hårborstar.

—Det här är hur intressant som helst, sa biologen. Vet du vad jag håller på med nu, förresten?
—Nej, sa Nadja. Men du får gärna berätta.
—Luften du andas ut, sa biologen. Förutsatt att den hamnar på en lämplig yta så tror jag att vi kommer att fixa det ganska snart. Det knepiga är det där med tiden. Utandningsluft är flyktigt material. Det har delvis med den omgivande temperaturen att göra.
—Det låter helt fantastiskt, sa Nadja som dessutom menade det hon sa.
—I Jaidees fall hade jag tillgång till tre olika underlag. Det var hennes hårborste, hennes kam och hennes tandborste. Det står i mina papper och nu när jag kikar i dem minns jag till och med hur både hårborsten och kammen såg ut.
—Det gör du?
—Ja, hårborsten var en sådan där fin sak. I svart trä, sannolikt ebenholts, med silverinfattningar, medan kammen var gjord i elfenben. Det är numera förbjudet som du vet. Typiska sådana där orientaliska föremål. Säkert gamla också. Att jag inte minns

tandborsten är kanske inte så konstigt. Det var väl en vanlig tandborste i plast, röd eller rosa kanske, med tanke på användarens kön. Hårborsten och kammen skickade vi tillbaka till beställaren, det var Rikskriminalpolisen, som du säkert vet, så fort jag var klar med dem. Om jag nu ska gissa återlämnades de därefter till hennes man. Med tanke på att det inte handlade om något brott och dessutom om föremål med ett ekonomiskt värde måste det ju ha gått till på det viset.

– Tandborsten, då? Skickade ni tillbaka den?

– Om det var en sådan där vanlig tandborste är jag ganska säker på att vi inte gjorde det. Det är inget som de närstående brukar fråga efter. Vem vill ha tillbaka en sådan? Men den här hårborsten och kammen, däremot, de gick säkert tillbaka.

– Tror jag också, instämde Nadja.

Och det är väl inte värre än att jag själv går upp och sätter mig där och rotar genom deras gamla pärmar och lådor, tänkte hon.

– Enligt mina noteringar säkrade jag alltså ett antal hårstrån, både sådana som hade hårsäckarna kvar och sådana där de saknades. De kom från kammen och hårborsten. Dessutom säkrade jag celler från hennes kropp, huvudet och munhålan, och de kom alltså från kammen respektive tandborsten. Efter analysen jämförde jag min profil med den som Rikskriminalen hade skickat till oss och som tydligen hade funnits på Migrationsverket.

– Och det blev alltså en plus fyra, konstaterade Nadja.

– Ja, fattas bara, sa biologen med känsla bakom orden. Allt annat hade varit en ren skam med tanke på det material som jag hade fått. Hårstråna och cellerna från skalpen och gommen kom från Jaidee Kunchai. Sannolikheten att de skulle ha kommit från någon annan kan du bara glömma. Den är högst en på några hundra miljoner.

– Du kanske undrar varför jag är så intresserad av det här, sa Nadja.

– Nej, sa biologen. Jag förstår precis varför du är så intresserad av det här. Helst hade du velat ha material som vi hade tagit direkt

från hennes kropp under kontrollerade omständigheter. Som en vanlig tops från munhålan eller ett blodprov, sådant kroppseget material som vi tagit från benmärgen eller tandpulpan, hennes vävnader, inälvor. Jag vet precis vad som stör dig.
– Ja, det anade jag nog redan, sa Nadja.
– Exakt, och det hade jag också tänkt berätta för dig, sa biologen. Det är en viktig reservation, nämligen. Det kan mycket väl vara så att någon av mina kolleger fick sådant material från Jaidees kropp. Eftersom hennes kropp hade återfunnits håller jag det till och med för troligt. De som dog där borta hade utsatts för både hög yttertemperatur, starkt solljus och saltvatten och det är inte bra om du ska säkra ett DNA. De tekniker som jobbade där var naturligtvis medvetna om den saken och därför försökte de också plocka fram allt tänkbart underlag som de kom över.
– Det är inte så lyckat...
– Nej, avbröt biologen. Det är inte så lyckat att någon av mina kolleger också höll på med en avhandling när Jaidee hamnade här. Så att vi även skulle ha papper om sådant material som kom från henne tror jag du kan glömma. Däremot kanske det finns kvar hos polisen. Det var ju de som gjorde beställningen och skickade över det underlag som hamnade här.
– Vi får hoppas på det bästa, instämde Nadja trots att hon befarade det värsta. En helt annan sak förresten.
– Ja?
– Det är inte så att du gillar rysk mat? sa Nadja. Piroger, rödbetssoppa, kall inkokt stör och saltgurka med sur grädde och sådant där?
– Jo, sa biologen. Dessutom är jag vansinnigt förtjust i riktig rysk vodka. Jag var på semester i Sankt Petersburg för bara en månad sedan. En helt fantastisk stad.
– Vad bra, sa Nadja. Då ska du få mitt nummer. Ring mig när du har vägarna förbi Stockholm.
– Gud, så trevligt, sa biologen. Du råkar inte ha en balalajka också?

—Jo, sa Nadja. Jag har till och med två, faktiskt. Kan du spela balalajka?
—Nej, sa biologen. Men du kanske kan lära mig. Så kan vi sjunga Kalinka... och skåla med varandra.
—Jag lovar att göra mitt bästa, sa Nadja.
Du olvonbuske fin, tänkte hon.

Innan hon gick hem för dagen hade hennes bekant uppe på Rikskriminalen hört av sig. Han hade redan klarat av det som hon hade bett honom om i mailet som hon hade skickat bara några timmar tidigare. På hösten 2005 hade man återlämnat en hårborste och en kam till Daniel Johnson. Däremot ingen tandborste. Johnson hade själv varit uppe hos polisen i Stockholm och hämtat både kammen och hårborsten.

—Jag ska maila över kvittot som han skrev på, sa hennes bekant. Så fort jag har skannat in det. Det där med tandborsten tycker jag heller inte är så konstigt. Vem vill ha tillbaka en sådan? Mitt tips är att den blev kvar nere på SKL och att de såg till att den destruerades så fort de tagit DNA från den.

—Men du hittar inga uppgifter om att ni skulle ha skickat ner något annat DNA-underlag? Något som de hade säkrat från hennes kropp?

—Nej, sa hennes bekant. Vilket numera betyder att det inte finns några sådana uppgifter. Däremot ska jag ge dig namnen på de kolleger som hade hand om den där biten när det begav sig. Någon kanske minns något.

—Ja, vad snällt av dig, sa Nadja. Det är väl så jag får göra. Att jag pratar med dem.

76

Samma dag som Nadja hade haft en bra dag i polishuset ute i Solna hade Bunyasarns två medarbetare, Surat Kongpaisarn och Chuan Jetjirawat, flugit från Bangkok till Phuket knappt tusen mil sydöst om Solna för att följa upp de spår som de hade funnit på hotellet i Khao Lak vid sitt förra besök. Skulle man leta efter någon eller något var det lättare att hitta det man letade efter om man gjorde det på plats. Det visste varje riktig polis.

Enligt den faktura som de tagit med sig från hotellet hade makarna Johnson-Kunchai kvällen före tsunamin först ätit middag på hotellet. Därefter hade de beställt en bil från hotellets limousinservice som hade kört dem från hotellet till en nattklubb i Phuket, The Golden Flamingo, som låg mitt i nöjeskvarteren och var ett av de bättre ställena i staden.

Enligt den körjournal som deras chaufför hade skrivit hade han hämtat dem på hotellet vid halvelvatiden på kvällen och lämnat av dem utanför Gyllene Flamingon en halvtimme senare.

Några timmar därefter, strax efter klockan tre på morgonen, hade samme chaufför hämtat upp dem utanför nattklubben och kört dem tillbaka till hotellet. Det var Daniel Johnson som hade beställt körningen, sannolikt på sin mobil, och den här gången var det sammanlagt sju personer i bilen. Vilka de andra var framgick inte, eftersom det var Johnson som gjort beställningen och fått den uppsatt på sin hotellräkning. En av passagerarna var troligen hans hustru men vilka de övriga fem var visste man inte.

Den som möjligen hade kunnat ge ett svar på den frågan var limousinchauffören själv. Problemet med honom var att han hade omkommit i samband med tsunamin. Det hade varit hans lediga dag och på morgonen hade han gått ner till stranden nedanför hotellets personalbostäder för att ta ett morgondopp. Tsunamin hade dränkt honom och spolat upp honom femtio meter på land. Kvar fanns den bil han brukade köra och den körjournal som han antecknade sina körningar i.

– Vad tror du om det här? frågade Jetjirawat. Daniel Johnson och sex andra som åker tillbaka till hotellet. Vilka är det mer än han?
– Hans fru, sa Kongpaisarn. Du har väl sett bilderna på henne. Det var inte en kvinna som jag skulle lämna kvar på ett sådant ställe som Gyllene Flamingon.
– Inte jag heller, instämde Jetjirawat. Men de andra fem, då?
– Andra människor som bodde på samma hotell, sa Kongpaisarn. Vad skulle de annars dit att göra mitt i natten? Klockan var ju fyra på morgonen när de kom fram. Båda barerna på hotellet hade redan stängt. De åkte hem för att sova.
– Tror jag också, sa Jetjirawat. Men det är antalet som stör mig. Jag tycker att det är en för mycket.
– Jag håller med dig. De som bodde på hotellet var ju nästan bara par. Några av dem hade visserligen med sig sina barn, men det verkar ju mest ha varit småungar. Det är väl inga som du släpar med dig till ett sådant ställe som Gyllene Flamingon. De hade ju inte ens blivit insläppta där.
– Några av dem hade i och för sig barn som var i tonåren, invände Jetjirawat. Men det känns också fel. Om du frågar mig så tror jag att någon eller några av dem raggade upp någon på klubben som de tog med sig med sig hem till hotellet.
– För att ha ett vanligt swinger-party, sa Kongpaisarn och flinade.
– Ja, det är väl det som de har oss till, sa Jetjirawat. Alldeles för många av dem i alla fall.

Tsunamin hade dödat fler än femtusen personer enbart i området runt Khao Lak. Flertalet av dem var thailändare. Hundratals saknades fortfarande och eftersom alla förstod att det var havet som hade tagit dem hade man sedan länge slutat att leta efter dem. Kvar fanns de handlingar som polisen låtit upprätta i samband med försvinnandet och i Phuket fanns det en person som hade väckt Bunyasarns och hans kollegers intresse.

Den som fått fart på deras polisiära instinkter var deras svenska kollega Nadja Högberg, född Ivanova, som satt i polishuset i Solna tusen mil bort. Konkret handlade det om en ung kvinna i ungefär samma ålder som Jaidee Kunchai som dessutom var lik henne till det yttre enligt den signalementsbeskrivning som fanns i den thailändska polisens papper. Hon hade anmälts försvunnen av sin arbetsgivare ett par dagar efter tsunamin när hon inte hade dykt upp på jobbet. Det som polisen därefter hade fått fram talade starkt för att hon inte höll sig undan frivilligt. Alla hennes personliga tillhörigheter verkade finnas kvar i den lilla lägenhet inne i Phuket som hon hyrde. Sista gången hon använt sin mobiltelefon var tio timmar innan tsunamin slog till.

I övrigt visste man inte så mycket mer om henne och det huvudsakliga skälet till att Kongpaisarn och Jetjirawat hade återvänt till Phuket var för att tala med hennes arbetsgivare som anmält henne försvunnen och som förhoppningsvis visste mer. Numera var han pensionär och hans stora intresse var att fiska i havet utanför Phuket tillsammans med sina gamla vänner som levde samma slags liv som han. Vid tiden för tsunamin hade han varit chef för Gyllene Flamingon. Kvinnan som han anmält försvunnen hade arbetat som värdinna på hans klubb. En kvinna som att döma av de bilder som de fått från sina kolleger i Phuket mycket väl kunde ha varit syster till Jaidee Kunchai.

– Yada Ying Song, sa Kongpaisarn och log ironiskt mot den före detta nattklubbschefen. Låter som ett typiskt thailändskt namn.

Det är ju så hon heter i din anmälan. Du kan inte berätta för mig vad hon egentligen hette?

– Det var hennes artistnamn, sa nattklubbschefen. Yada eller Ying, Ying Song, Yada Song. Det räckte gott för mig. Dessutom var det bra för henne också. Minskade risken för att sådana som du och dina kolleger skulle slå klorna i henne. Diskretion är viktigt i den bransch som jag arbetade i. Det gäller både gäster och anställda.

– Så du vet inte vad hon egentligen hette, upprepade Kongpaisarn.

– I så fall hade jag sagt det när hon försvann, sa nattklubbschefen. Jag brukade kalla henne för Yada. Det var en förtjusande ung kvinna. Hon var vacker, trevlig, våra gäster uppskattade henne. Inga problem med droger och sådant. Jag saknar henne.

– Det är klart du gör, sa Kongpaisarn. Hon jobbade väl hos dig som prostituerad och själv slapp du betala. Ska det vara så svårt att klämma ur sig vad hon hette?

– Ja, sa nattklubbschefen. Som jag just sa så jobbade hon hos oss som värdinna. Hon såg till att gästerna trivdes, hjälpte till med serveringen om det behövdes, tog hand om de gäster som var särskilt viktiga för oss. Vad hon gjorde när hon gick hem från klubben lade jag mig aldrig i.

– Nej, varför skulle du göra det så länge hon följde med dina gäster hem till deras hotell?

– I så fall vet du mer än jag, suckade nattklubbschefen. Du undrar om jag låg med henne? Nej, det gjorde jag inte. Låg hon med någon annan? Det vet jag inte. Skulle hon ha följt med någon av herrarna hem om ni hade besökt Flamingon? Har jag väldigt svårt att tro. Dessutom släppte vi aldrig in sådana som ni på Flamingon. De enda som fick komma in var de av era kolleger som var där för att hämta sina mutor.

– Är det här någon som du känner igen? frågade Jetjirawat och gav den före detta nattklubbschefen en förstoring av fotot som satt i Daniel Johnsons pass.

– Nej, sa nattklubbschefen och skakade på huvudet. Ser ut som en trevlig ung man. Men varför skulle jag känna igen honom?
– Vi har anledning att tro att han besökte din klubb natten före tsunamin, sa Kongpaisarn.
– Han och tusen andra, sa nattklubbschefen och log. Nu blir jag nästan lite orolig för dig.
– Det är väl inte värre än att vi åker dit och tar med oss alla gamla kvitton där gästerna betalat med kreditkort, insköt Jetjirawat.
– Lycka till, sa den gamle nattklubbsvärden. På Flamingon har man alltid betalat med kontanter. Det var därför som jag såg till att det fanns två bankomater runt hörnet.
– Du är inte särskilt hjälpsam, sa Kongpaisarn. Vad tror du om att jag och min kollega kör ner dig till finkan så att du får fundera på saken?
– Jag tänkte faktiskt ta en tur i morgon med en av mina bästa vänner, den som jag oftast fiskar tillsammans med. Han är chef för kriminalpolisen här i Phuket. Nej, jag tror inte att det skulle få mig att minnas bättre. Jag tror till och med att det är större chans att ni får sova i finkan än jag. Om ni nu skulle få för er att släpa dit mig, alltså.
– Okej, sa Kongpaisarn. Jag hör vad du säger. Men anledningen till att vi sitter här är ju att vi försöker hitta din gamla värdinna. Yada, Yada Ying, kalla henne vad du vill.
– Vad bra. Om ni hittar henne lovar jag till och med att ni ska få följa med mig ut på havet och fiska.
– Vad tror du själv, då? frågade Jetjirawat.
– Att havet tog henne, sa den gamle nattklubbschefen. Och jag har väldigt svårt att tro att två små snutar från Bangkok skulle kunna ändra på den saken.

Bara en halvtimme innan vågorna från tsunamin bröt in över stranden nedanför hotellet där Daniel Johnson och Jaidee Kunchai bodde hade någon som arbetade i hotellets reception beställt en taxi till hotellet i Daniel Johnsons namn. Ett bra exempel på det vanligaste spåret i ett sammanhang som detta. Ett sådant som inte hade gett något. Kongpaisarn och hans kollega Jetjirawat hade varken hittat den anställde på hotellet som gjort beställningen, eller taxichauffören som tagit emot den. Inte ens hans bil. Återstod att prata med Johnson själv.

– Vad tror du, Surat, sa Chuan Jetjirawat när de satt på planet på väg hem till Bangkok. Ska vi inte be chefen att vi får åka till Sverige och hålla förhör med honom? Jag har hört att de svenska tjejerna ska vara väldigt snygga.

– Inte som våra, sa Kongpaisarn. Det lär väl vara snö där redan, så det tror jag inte på. Det får den där svenska kollegan klara av. Dessutom är det väl hon som är skyldig oss en tjänst vid det här laget.

Hon skulle ju kunna vara syster till Jaidee, tänkte Nadja när hon drygt ett dygn senare tittade på fotografierna av "Yada Ying Song" som Bunyasarn just hade mailat över till henne. Låt oss innerligt hoppas att hon inte är det. I vart fall inte någon okänd enäggstvilling, tänkte hon.

77

Bäckström hade just vaknat ur sin middagsslummer, denna hälsobringare som fler kloka människor än han borde ta till sig istället för att ständigt jaga efter vind. Han hade legat kvar i sängen och sträckt på sig – ett lagom mått av motion icke att förglömma – medan han funderade på om han skulle inleda återstoden av dagen med en kall öl eller kanske en lätt gin och tonic med mycket is och en liten citronskiva på toppen.

Dessa ständiga beslut, tänkte Bäckström medan han satte på sig morgonrocken, och i samma ögonblick hade det ringt på hans dörr. En försynt men samtidigt lite uppfordrande signal och eftersom han visste att lille Edvin hade börjat skolan och var tillbaka i stan igen hade han inte brytt sig om att kontrollera besökarens identitet på sin bevakningsskärm. Han hade öppnat dörren, helt enkelt, och där stod han ju, den käre gossen. Dessutom verkade han både vaksam, alert och kanske en liten aning orolig.

– Vad trevligt att se dig, Edvin, sa Bäckström. Vad kan jag hjälpa dig med, då?

– Jag tror vi har ett skarpt läge, kommissarien, sa Edvin samtidigt som han nickade för att bekräfta det han just sagt. Är det okej om jag kommer in?

– Självklart, sa Bäckström. Mästerdetektiven Edvin Milosevic. Kliv på, vet jag.

Fem minuter senare satt de i hans soffa. Bäckström hade hällt upp en kall pilsner till sig själv och gett lille Edvin ännu en av alla de läskedrycker som gossens mor hade förbjudit honom att bjuda hennes son på. Den här gången en Fanta. Fungerade för övrigt alldeles utmärkt tillsammans med mycket is och en slurk vodka även om han kanske borde vänta något år innan han tipsade Edvin om den saken, tänkte Bäckström.

– Vad kan jag hjälpa dig med, Edvin? frågade Bäckström samtidigt som han höjde sitt glas.

– Med Dödskallemördaren, sa Edvin. Jag tror han tänker mörda mig också, faktiskt.

– Vet du vad, Edvin, sa Bäckström. I ett sådant här läge, som det du nu beskriver, är det viktigt att man inte skenar åstad. Om man är en riktig detektiv, som du och jag, alltså. Därför vill jag att du börjar med att berätta för mig varför du tror att Dödskallemördaren vill mörda dig också.

– Hur vill kommissarien att jag ska börja? frågade Edvin.

– Jag vill att du ska börja från början, sa Bäckström. Vad var det som först väckte dina misstankar?

– Det var i morse, när jag skulle gå till skolan, sa Edvin.

– Jag lyssnar, sa Bäckström.

Skolan började halv nio. Den låg på Pipersgatan, hundra meter från Stockholms rådhus där tingsrätten hade sina lokaler. Från huset där Edvin bodde var det knappt en kilometers promenad till skolan, om man gick närmaste vägen. Enligt Edvin brukade det ta mellan tio minuter och en kvart beroende på om det hände något intressant på vägen. Dessutom tyckte han om att komma till skolan i god tid så att han kunde prata med sina kamrater innan lärarna tog över deras samvaro.

När han lämnade huset där han bodde var klockan en minut över åtta på morgonen. Innan han klev ut på gatan hade han också gjort den vanliga kontrollen som Bäckström hade lärt honom. Vilka personer och fordon som fanns i närheten, att allt var som vanligt och att inget avvek från det normala. Det enda han noterat var en bil som han inte hade sett tidigare. En liten röd Audi. I förarsätet satt en man, men några närmare iakttagelser av honom hade han inte kunnat göra på grund av bilens tonade rutor. Edvin hade antagit att det var någon som skulle hämta någon som bodde där. När Edvin kommit fram till korsningen uppe vid Fleminggatan hade han ändå, för säkerhets skull, gjort den där extra kontrollen som Bäckström också sagt åt honom att göra. Han hade stannat, tagit fram sin mobiltelefon och låtsats prata i den medan han försökt se vad föraren av den röda Audin hade för sig.

Den hade nu lämnat parkeringsplatsen, föraren var fortfarande ensam i bilen, även han verkade prata i sin telefon samtidigt som han krypkörde uppför gatan. Edvin hade stoppat på sig mobilen, tagit till vänster på Fleminggatan, gått höger in på Polhemsgatan, promenerat förbi det stora polishuset, och därefter tagit en rejäl omväg till skolan. Det hade tagit honom tio minuter extra och den röda Audin hade hela tiden följt efter honom. När han klivit in genom porten till skolan, klockan var då tjugo minuter över åtta, hade den passerat förbi ute på gatan efter cirka tjugo sekunder. Därefter hade han inte sett den, vare sig under sin skoldag eller då han hade gått hem för en timme sedan.

Edvins "sammanfattande bedömning" var dock att föraren av den röda Audin hade följt efter honom till skolan på morgonen. Varför skulle han annars ha observerat honom hela tiden under den omväg som han tagit?

– Utmärkt, Edvin, sa Bäckström och nickade gillande. Det här har du skött helt enligt boken. Du har varit noga med tidsangivelserna och jag uppskattar särskilt den där lilla detaljen då du fick honom att passera förbi alla övervakningskamerorna vid polishuset.

– Tack, kommissarien, sa Edvin och nickade. Ganska nöjd han också som det verkade.

– När vår misstänkte kör förbi kamerorna vid polishuset är klockan åtta noll åtta. Jag har alla noteringar i min spaningsbok, sa Edvin och höll upp den lilla svarta anteckningsbok som Bäckström hade gett honom i julklapp året innan.
– Det är inte så lyckat att du kunde ta en bild på fanskapet med din mobilkamera? frågade Bäckström.
– Tyvärr inte, sa Edvin och skakade på huvudet. Jag vågade inte väcka hans misstankar i onödan.
– Klokt, instämde Bäckström.
– Men numret på bilen har jag naturligtvis, sa Edvin. Det lade jag på minnet innan jag klev ut genom porten. XPW 302, det är en röd Audi RS Q3. Det är deras minsta sportmodell. Den kostar en hel del pengar också. Ungefär sexhundratusen och det är ju inte billigt, precis.
– Utmärkt, Edvin, upprepade Bäckström. Jag förstår att du har slagit på den.
– Ja, sa Edvin. Jag googlade på den i bilregistret.
– Vad fick du fram om ägaren? frågade Bäckström.
– Inte så mycket. Han bor här i Stockholm. På Öregrundsgatan på Gärdet. Han är född 1970, ogift, inga barn och jobbar tydligen på regeringskansliet. Det sista är ju väldigt skumt. Det har pappa berättat.
– Jaha, ja. Vad säger pappa, då?
– Att alla som jobbar där är skurkar som lever på folkets bekostnad och tar alla deras pengar.
– Din pappa är en klok man, instämde Bäckström. Han som äger den där bilen, då. Har han något namn?
– Han heter Daniel Johnson, sa Edvin.
Jag ska döda den jäveln, tänkte Bäckström samtidigt som han nöjde sig med att le och nicka.
– Vad tror du om honom, då? frågade han.
– Att det är han som är Dödskallemördaren, sa Edvin som plötsligt hade svårt att dölja sin förvåning. Varför skulle han annars spana på mig? Så jobbar han ju på det där stället, också.

När Edvin lämnade Bäckström en kvart senare hade han fått med sig ett par goda råd på vägen. Inte säga något till sin mamma och pappa. Däremot ringa på hos Bäckström innan han gick till skolan nästa dag. Om de hade tur så kanske de kunde ta Dödskallemördaren på bar gärning, förklarade Bäckström. Och om Edvin kände sig det minsta orolig måste han lova att han ringde till Bäckström.

Därefter hade Bäckström ringt till Ankan Carlsson.
– Lyssnar, chefen, sa Annika Carlsson. Vad kan jag göra för dig?
Inte det du tror, tänkte Bäckström.
– Ta med dig de där båda Olsson med s och z och den där masjäveln och kom hem till mig, omgående, sa Bäckström.
– Är det något som har börjat röra på sig? frågade Annika Carlsson.
Skit också, tänkte hon.
– Vi tar det sedan, sa Bäckström.

78

Bäckström hade bytt från morgonrock till bermudashorts och hawaiiskjorta för att inte i onödan genera sina besökare. Enligt sin telefonsvarare arbetade han ju i hemmet och att han valt att inte göra det i uniform kunde väl knappast förvåna någon. Vad det nu spelade för roll, tänkte Bäckström. Det var ju ändå han som bestämde.

Eftersom han behövde en öl till för att kunna tänka klart hade han tyvärr varit tvungen att bjuda sina medarbetare också och samtliga hade varit ouppfostrade nog att tacka ja. Till och med Ankan Carlsson trots att hon väl som vanligt körde bilen.

– Jag tror det står några i kylen. Ta en till mig också, sa Bäckström. Ska inte du köra, förresten, tillade han och nickade åt Ankan Carlsson.

– Vad gör en liten bärs för skillnad, sa Annika Carlsson och flexade med skuldrorna. Skulle du bjuda på fler är det väl inte värre än att den får stå här över natten.

Ankan Carlsson hade hämtat pilsner åt samtliga. Fem öl och ett glas till Bäckström, men hon hade åtminstone haft den goda smaken att hålla fingrarna borta från alla hans små aptitretare.

Bäckström hade inlett det hela genom att på sitt vanliga samlade och effektiva vis redogöra för vad Edvin hade berättat för honom och medan han gjorde det kunde han se hur Ankan Carlssons ögon smalnade betänkligt.

369

– Jag ska döda den jäveln, sa Ankan så fort Bäckström var klar.
– Låt oss vänta med det, sa Bäckström. Daniel Johnson lär inte springa ifrån oss. Har vi några andra förslag? frågade han.
– Du tror inte att grabben jagat upp sig i onödan, då, föreslog Stigson. Eller att det helt enkelt är en tillfällighet. Dessutom, om jag fattade dig rätt, kan vi ju inte vara hundra på att det var Johnson som körde. Jag menar, han kan ju ha lånat ut sin bil till någon som han kände.
– Som bara åker runt på stan och spanar in småkillar, fnös Kristin Olsson. Visst. Och hur troligt är det, då?
– Jag tror heller inte på tillfälligheter, sa Bäckström och skakade på huvudet.
– Och inte jag, sa Ankan Carlsson medan såväl Olsson som Oleskiewicz nickade instämmande.
– Däremot är jag ganska övertygad om att Daniel Johnson är en typisk kontrollfreak, fortsatte Ankan. Han kan liksom inte låta bli. Även om han innerst inne fattar att han borde ligga lågt.
– Tror jag också, sa Kristin Olsson. Jag fick åtminstone det intrycket när jag hörde den där Caroline som hade jobbat hos honom. Att han var en riktig slarver, när det gällde honom själv, men att han samtidigt kunde hänga upp sig på en massa konstiga detaljer när det handlade om andra människor. Grejer som han bara vägrade att släppa.
– Hans andra hustru, sa Annika Carlsson, hon som jag pratade med, henne hade han ju förföljt. Hon hade ju till och med varit tvungen att skicka sin brorsa på honom för att skrämma skiten ur honom och få honom att lägga ner.
– Okej, sa Bäckström. Då återstår den intressanta frågan om vem av oss som har låtit käften springa före sitt klena förstånd. Hur kan det komma sig att Daniel Johnson över huvud taget har en aning om vad vi håller på med? Det har inte stått en rad i tidningarna, inte ett ord på nätet. Det sista har jag just kollat nämligen. Ändå tycks han ju veta vad vi håller på med.
– Dessutom känner han tydligen till lille Edvin, sa Annika

Carlsson. Hans namn står inte ens med i våra papper. Han är ju minderårig. Ligger under särskild sekretess som vittne. Det har jag sett till, så det är lugnt.
– Okej, sa Bäckström. Vem har pratat bredvid mun?
– Ingen av oss som sitter här, sa Annika Carlsson. Nadja, Niemi och Hernandez kan du också glömma. Sjöpolisen, hundföraren? Visst, de har ju sett honom, men vet knappast vad han heter och bor och de har inte en susning om Daniel Johnson.
– Ge mig något bra förslag, sa Bäckström.
– Jag har följt upp det där som jag berättade för chefen, sa Oleszkiewicz. Att Hwass och Johnson har läst straffrätt tillsammans på Stockholms universitet. Hösten 1992. Kanske i tunnaste laget, men lite mer har jag ändå fått fram.
– Vad är det? frågade Bäckström.
– För det första att de faktiskt tentade på samma dag. Lite klent det också, men ofta är det partaj efteråt och då kan det ju hända en del. Några vill fira och andra vill dränka sorgen.
– Vad fick de för betyg? frågade Bäckström.
– Hwass blev godkänd, och det är ingen höjdare på den kursen, men Johnson däremot blev med beröm godkänd. Högsta betyg.
Kan man tänka sig, tänkte Bäckström.
– Har du fått fram något mer? frågade han.
– Ja, faktiskt, sa Oleszkiewicz. På de där lite längre kurserna får man ju ofta skriva små uppsatser, analysera rättsfall och så där. Sedan brukar man lägga fram uppsatsen på ett seminarium och då får någon annan i gruppen där man går vara opponent.
– Och Hwass gick i samma seminariegrupp som Johnson, sa Bäckström.
– Ja, sa Oleszkiewicz, men det intressanta är att det var hon som var opponent när han lade fram sin uppsats.
– Det säger du, sa Bäckström. Du skulle inte kunna ordna fram en kopia på den där uppsatsen han skrev?
– Den ligger i chefens mail, sa Oleszkiewicz. Det är ett avgörande från Högsta domstolen. Det handlar om ett gammalt mord

i Hälsingland på trettiotalet där den åtalade till sist frikändes av HD för att de ansåg att åklagaren inte kunde styrka offrets identitet med tillräcklig säkerhet. Det var sin hustru som han skulle ha mördat och både tingsrätten och hovrätten köpte åtalet, fast i hovrätten blev det med utslagsröst, så då hamnade det märkligt nog i Högsta domstolen trots att det ju handlade om bevisning. Där blev han alltså frikänd. Av en enig högsta domstol. Man ansåg att den kvinna man hittat inte med säkerhet behövde vara hans fru. Hon hade legat ute i drygt ett år och på den där tiden hade man ju inte DNA och sådana prylar.

– Det säger du, sa Bäckström. Det säger du, upprepade han. Det här blir bättre och bättre, tänkte han.

– Rätta mig om jag har fel, sa Stigson, men om nu kärringen Hwass skulle känna Johnson, eller ännu värre ha haft ihop det med honom, borde väl det vara jävsgrundande? Så fort hon blev klar över vem det handlade om borde hon väl ha sagt ifrån sig ärendet?

– Om hon nu tror det, sa Oleszkiewicz. För det första verkar det ju vara så att hon har väldigt svårt att fatta att det här handlar om Daniel Johnson. Hans första fru Jaidee Kunchai omkom ju i tsunamin, so what? Alltså kan hon inte ha blivit mördad och dumpad på en ö i Mälaren flera år senare.

– Vad är det andra då, sa Stigson.

– Ja, att hon helt enkelt har glömt honom. Det är ju ändå drygt tjugo år sedan de pluggade ihop.

– Enkel fråga, sa Bäckström. Vad vet vår kära åklagare om lille Edvin?

– Hon vet att den som hittade kraniet var en sjöscout ute på Ekerölägret och att han gjorde det på Ofärdsön när han skulle plocka svamp, sa Annika Carlsson.

– Men hon vet inte vad han heter och hon har inte en aning om Edvins anknytning till mig?

– Nej, sa Annika och skakade på huvudet. Det har jag väldigt svårt att tro. Hon bad heller inte att få veta vad vårt vittne hette

eller var han bodde. Hade hon gjort det hade hon naturligtvis fått veta det. Hur skulle jag kunna hindra henne från det?
– Då finns det ju en annan möjlighet, sa Bäckström.
– Du tänker på vår nye polismästare, sa Annika Carlsson. Jag sliter med frågan, om du undrar.
– Jo, men vänta nu, sa Stigson. Det var de som låg i sjöscouterna tillsammans för drygt trettio år sedan. Hur många kompisar från när du var grabb är det som du fortfarande har kontakt med? Dessutom, vad vet Borgström om vårt ärende? Att vi hittat ett kranium på en ö ute i Mälaren. Hade han vetat att det var en annan sjöscout och att det var samma ö där han tydligen trillade ner ur ett träd och bröt benet borde väl hela polishuset i Solna ha vetat om det vid det här laget.
– Ja, jag håller med dig, sa Bäckström och nickade. Borgström är visserligen en lösmynt jävel, i hans lilla huvud är det nog bara tungan som får plats, men här vet han ju inte så mycket.

Hur många umgicks fortfarande med sina bästa barndomskompisar efter trettio år, tänkte Bäckström. Själv hade han aldrig haft några, vare sig då eller senare. Måste vara någon annan.

Återstod en del praktiska problem som de hade diskuterat över ännu en pilsner som Bäckström fått bjuda på.
Stigson hade åtagit sig att ta fram de övervakningsbilder på Johnsons bil som borde finnas från när den hade passerat förbi alla övervakningskamerorna utanför det stora polishögkvarteret på Polhemsgatan. Om lille Edvins tidsangivelse stämde borde det vara lätt nog, och själv hade han en gammal kurskamrat från Polishögskolan som numera jobbade vid skyddet på polishuset.
– Vad gör vi med Edvin, då? frågade Annika Carlsson. Pratar med föräldrarna? Fixar fram bevakning? Om det kniper kan jag köra honom till plugget.
– Jag tror vi struntar i det, sa Bäckström. Dels är det dumt att skrämma upp honom och hans föräldrar i onödan. Dels tror jag faktiskt inte att Johnson skulle ge sig på honom.

– Det köper jag, sa Annika Carlsson. Vad tror du om alternativet då? Att jag åker hem till lille Johnson och skrämmer skiten ur honom? Frågar vad han och hans bil hade för sig i morse, mer än att spana in en liten gosse som gick till skolan. Det där vanliga pedofilärendet där de plötsligt är misstänkta och som brukar få dem att börja klättra på väggarna. Särskilt när de får veta att man är tvungen att kolla deras alibi med deras arbetskamrater.

– Jag förstår hur du tänker, sa Bäckström. Jag har i och för sig inga problem med den biten.

– Vad är problemet då, sa Annika Carlsson.

– Om du hittar på något sådant vill du ju ha en chans att se hur han reagerar, också. Det har vi ju faktiskt inte. I nuläget har vi noll koll på vad Daniel Johnson håller på med. Får vi bara en normal åklagare tror jag att det hela kommer att lösa sig. Då kan vi till och med skruva in en mikrofon i muggen hans för att kolla hur ofta han springer och pinkar.

– Jag har en idé, sa Kristin Olsson.

– Jag lyssnar, sa Bäckström samtidigt som han fyllde sitt tomma glas med sin tredje pilsner, den som han hade hämtat åt sig själv, för fler än två tänkte han inte bjuda de andra på.

– Jag hade ingen aning om vem Edvin var, sa Kristin Olsson. Mer än att den som hittat kraniet var en sjöscout som bodde i samma hus som du.

– Och, sa Bäckström.

– Det tog mig fem minuter att hitta honom, sa Kristin Olsson. Edvin är tydligen det enda barnet som bor i den här kåken. Namn på honom, hans föräldrar, kompisarna, vilken skola han går i. Bilder på honom. Hans intressen. Allt det där som du hittar på nätet.

– Vilket får dig att tro att Johnson har gjort likadant, konstaterade Bäckström.

– Ja, sa Kristin Olsson. Jag tror till och med att jag kan ta reda på det. Utan att be åklagaren om lov.

– Vet ni vad, sa Bäckström. Vi ses i morgon på jobbet. Det får bli tidigt. Klockan åtta på mitt rum får vi ha ett litet krigsråd.

—Vad tror du om klockan tio, föreslog Annika Carlsson med oskyldig min. Jag är upptagen fram till tio, nämligen.
—Okej då, sa Bäckström. Men nu får ni ursäkta mig. Jag har ett viktigt möte som väntar.

Sedan hade han följt dem till dörren. Annika Carlsson var den sista som gått ut. Precis innan hon gjorde det hade hon böjt sig fram mot Bäckström, stoppat in sin blöta tunga i hans öra och viskat till honom.

—Ring om du ångrar dig, Bäckström.

Lyckligtvis hade han fått ut henne också utan att någon av de andra hade märkt vad hon just hade gjort. Sedan hade han låst dörren med dubbla slag och hällt upp en rejäl konjak för att få stopp på sin hjärtklappning.

79

Annika Carlsson hade inte haft en tanke på att låta Edvin gå ensam till skolan. Att Bäckström skulle följa med honom klockan åtta på morgonen höll hon också för osannolikt. Dessutom behövde hon hämta sin bil som hon lämnat kvar kvällen innan. När hon gjort det hade hon parkerat längst upp på gatan, hundra meter bortanför porten till huset där både Bäckström och Edvin bodde.

En minut i åtta hade Bäckström tittat ut på gatan. Iförd en fotsid rökrock i rött siden och svarta tofflor hade han ställt sig på trottoaren och med fältherremin kontrollerat att allt var i sin ordning. Sedan hade Edvin kommit ut ur porten. Bäckström hade klappat honom på huvudet och sagt något till honom innan han försvunnit in i huset igen.

Edvin hade varit lika vaksam som en mycket liten indian när han gått uppför gatan, fullt upptagen med att titta åt alla håll samtidigt, och för att inte skrämma honom hade Annika vevat ner rutan och ropat på honom.

– Hallå, Edvin. Är du på väg till plugget, ropade Annika och vinkade åt honom. Lilla gubben, tänkte hon, och om det inte hade varit för att hon just hade fått något i halsen så skulle hon ha gett honom en stor kram.

Edvin verkade både glad och lättad när han såg henne.

– Annika, sa Edvin. Vad gör du här?

– Jag skulle hämta bilen, sa Annika som inte ville genera honom i onödan. Vill du ha skjuts till skolan?

– Ja, sa Edvin. Så kan jag visa dig vilken väg jag gick när Dödskallemördaren följde efter mig i går.

Ungefär samtidigt som Annika Carlsson körde Edvin till skolan satt Jan Stigson och hans kollega och gamla kurskamrat och tittade på inspelningarna från de sammanlagt åtta övervakningskameror som bevakade entrén till polishögkvarteret på Polhemsgatan.

Edvin fanns med på samtliga när han promenerade förbi på gatan. Tio sekunder senare hade den röda Audin passerat, lika långsamt som om den ensamme föraren i bilen egentligen letade efter en parkeringsplats. Trots de tonade rutorna och solglasögonen som föraren bar fanns det ändå flera bra bilder på den man som satt bakom ratten.

– Säg till om ni behöver hjälp med att analysera bilderna, sa Stigsons kollega.

– Jag hör av mig i vilket fall, sa Stigson. Du ska ha stort tack för hjälpen.

– Så lite, sa kollegan. Hälsa den jäveln från mig också när ni plockar in honom.

Sedan Annika Carlsson hade lämnat av Edvin utanför skolan körde hon direkt tillbaka till polishuset i Solna. Att den röda bilen hade följt efter Edvin från hans bostad till skolan var hon numera fullständigt övertygad om. Lika säker på det som att det var Daniel Johnson som hade kört den. Återstod egentligen bara ett problem: hur Johnson kunde känna till Edvin. Varken deras åklagare eller den nye polismästaren borde ju göra det. Alldeles oavsett om de kände Johnson och fortfarande hade kontakt med honom.

Någon hade sagt något till någon som hade pratat med fel person. Någon av alla de hundratals poliser som varje dag passerade genom polishuset i Solna, tänkte Annika Carlsson. Hög tid att prata med Toivonen som var högste chef för Solnapolisens kriminalavdelning och dessutom den som visste mest om vad som rörde sig i huvudet på alla hans kolleger.

– Vad tror du, sa Annika Carlsson en halvtimme senare då hon satt på Toivonens rum och just hade lättat sitt hjärta.

– Jag tror den du letar efter sitter här, sa Toivonen samtidigt som han suckade och skakade på huvudet.

– Va, sa Annika.

Vad är det han säger, tänkte hon. Toivonen som knappt pratade med sig själv.

– Minns du när vi fick in det där ärendet? frågade Toivonen. Jag minns att du mailade mig samma kväll.

– Det var den nittonde juli, det var en tisdag, sa Annika Carlsson.

– Okej, sa Toivonen. Dagen därpå, det måste det väl ha varit, så var Borgström på mig och frågade om det hade hänt något. Då nämnde jag att vi hade hittat ett kranium med ett kulhål i dagen innan. På en ö ute i Mälaren, det tror jag också jag nämnde.

– Då tände han på alla cylindrar, sa Annika Carlsson.

– Jo, visst. Han ville pracka på oss en åklagare, men det lyckades jag avvärja med de där vanliga argumenten.

– Trist att du inte nådde ända fram, sa Annika Carlsson och flinade.

– Ja, jag förstår vad du menar, sa Toivonen och suckade ännu en gång. Någon dag senare, måste ha varit i slutet på den veckan, så sprang jag på Borgström nere i Solna Centrum. Han skulle prompt bjuda mig på en fika och sedan började han tjata igen. Om hur det gick med det där kraniet, om det var vi själva som hade hittat det, och ja, du vet. Då berättade jag att det var en liten kille som hade gjort det. Och att anledningen till att ärendet hade hamnat hos oss var att grabben bodde i samma hus som Bäckström.

– Men han frågade aldrig efter namnet på honom?

– Nej, men med tanke på det jag tyvärr sa så kan det väl inte ha varit så svårt att ta reda på. En liten kille som bor i samma hus som

Bäckström. Tror knappast att det kryllar av ungar i den kåken.
 —Vad gör vi nu? frågade Annika Carlsson.
 —Det enklaste är väl att vi frågar Borgström, sa Toivonen. Om han fortfarande har någon kontakt med Johnson.
 —När ska vi göra det, då?
 —Nu, sa Toivonen. Jag skulle ändå träffa honom för att prata om allt annat elände. Har du någon bra bild på Johnson?
 —Flera stycken, sa Annika. Kan jag bara låna din dator, så.

—Vad trevligt, sa deras nye polismästare fem minuter senare när Toivonen och Annika Carlsson hade slagit sig ner på hans rum. Vad kan jag hjälpa er med?
 —Är det här någon du känner igen? frågade Toivonen och räckte över ett foto på en leende Daniel Johnson.
 —Ja, verkligen, sa Borgström och log. Det är en av mina gamla barndomsvänner. Han jobbar på UD numera. En mycket framgångsrik man. Enligt vad som glunkas i korridorerna nere i Arvfurstens palats ska han visst bli ambassadör i något av våra grannländer.
 —Ni har fortfarande kontakt, insköt Annika Carlsson.
 —Ja. Inte varje dag naturligtvis men vi ses till och från. Senast var väl för någon månad sedan då vi var på samma middag på Sällskapet. Ja, Lilla Sällskapet, alltså. Vi är båda medlemmar och den som bjöd var en gemensam bekant som just hade flyttat tillbaka till Sverige efter att ha jobbat utomlands en massa år. Varför undrar ni det, förresten?
 —Det var inte så att du råkade berätta för Johnson att vi hade hittat ett kranium på en ö ute i Mälaren? sa Toivonen.
 —Det var väl det där vanliga som man pratar om. Om vad som händer på jobbet, ni vet. Jo, jag är ganska säker på att jag sa det. Varför gjorde jag det, då? Förmodligen för att vi båda hade tillbringat somrarna där ute i Mälaren. Jag vet inte om jag har sagt det, men både Daniel och jag har ett förflutet inom sjöscouterna. Vårt läger låg ute på Ekerö.

– Du råkade inte berätta något mer? frågade Toivonen.
– Nu förstår jag inte hur du menar, sa Borgström som plötsligt hade slutat att le.
– Det var inte så att du råkade berätta att den som hittat det var en liten kille som bor i samma hus som kollegan Bäckström, sa Toivonen.
– Ja, han frågade ju om hur vi hade hittat det och då sa jag nog det. Att anledningen till att det hade hamnat hos oss var att upphittaren var en liten kille som bodde granne med Sveriges mest kända polis.
– Det var dumt av dig, sa Toivonen.
– Ursäkta?
– Det var jävligt dumt av dig, upprepade Toivonen.
– Med tanke på vad jag sa så tycker jag att det var väl både intetsägande och ganska harmlöst.
– Då ska jag förklara varför det inte var det. Varken harmlöst eller intetsägande, sa Toivonen.

– Herregud, sa Borgström fem minuter senare. Vad har jag ställt till med? Det här är ju förskräckligt. Vad gör vi nu?
– Till att börja med tror jag att det vore bra om alla höll käften, sa Toivonen.
– Jo, men vi måste väl göra en anmälan, sa Borgström. Jag har ju faktiskt gjort mig skyldig till ett sekretessbrott.
Karl-Bertil Jonsson mår inte bra, tänkte Annika Carlsson som nöjde sig med att nicka. Och någon ond människa är han inte.
– Som sagt, sa Toivonen. Om vi nu bara håller käften så kommer det förhoppningsvis att ordna sig ändå. Jag har varit med om värre.
– Ni är alldeles för hyggliga mot mig, sa Borgström. Med tanke på vad jag har ställt till med, alltså.

Klockan tio hade de krigsråd på Bäckströms rum. Annika Carlsson berättade att hon hade hittat deras läcka.

–Det där vanliga snackandet, utan onda avsikter, sa Annika Carlsson. Om jag ska säga något till hans försvar så verkade han närmast förtvivlad när han förstod vad det handlade om.
 –Innebär det att vi ska släppa Hwass? frågade Oleszkiewicz.
 –Nej, varför då? frågade Bäckström. Om hon också råkar ha pratat bredvid mun tänker jag inte låta henne komma undan med det. Jag tänkte ge henne en rak fråga, bara.
 –Där har jag ett förslag, sa Annika Carlsson.
 –Vad är det då?
 –Att vi låter Toivonen fråga henne. Då fattar hon ju att det måste vara fler än vi som undrar.
 –Ja, varför inte, sa Bäckström och ljusnade.
 Det liderliga stycket är inte helt bakom flötet, tänkte han.
 –Om du undrar över bilderna på Johnson och hans bil så har jag gett dem till Niemi, sa Stigson. Han lovade att kika på dem omgående.
 –Bra, sa Bäckström.
 –Vad gör vi nu då? frågade Kristin Olsson.
 –Nu ska vi ha möte, samtliga, sa Bäckström. Sätta oss och stämma av läget så att vi äntligen kan få någon ordning på den här utredningen.
 –Hur gör vi med åklagaren? frågade Nadja.
 –Det är klart hon ska vara med, sa Bäckström. Jag ska själv prata med henne. Vi ses klockan ett.

Så fort han blivit ensam på sitt rum hade Bäckström ringt upp Hwass och förklarat för henne att han tyvärr varit tvungen att kalla till ett extra möte med spaningsgruppen.
 –Utan att informera mig först? sa Hwass. Det var dumt av dig, Bäckström. Det är nämligen jag som leder den här utredningen.
 –Det är därför jag ringer nu, sa Bäckström. Vi är tvungna att träffas, så det blir klockan ett på det vanliga stället.
 –Jag är tyvärr upptagen i eftermiddag. Däremot kan jag på måndag. Så därför...

–Det har hänt saker, avbröt Bäckström. Och det är inget som kan vänta till på måndag. Det var tråkigt att du inte kan komma, men i så fall blir vi tvungna att ta det utan dig.
–Och vad är det då, som är så allvarligt?
–Inget som vi kan prata om på telefon, sa Bäckström.
–Jag hör av mig, sa Hwass och sedan hade hon bara lagt på luren.
–Så kärringen vägrar komma hit, sa Annika Carlsson.
–Det är klart hon kommer, sa Bäckström. Inte för att hon vill komma utan för att hon är ännu mer rädd för vad som kan hända om hon inte kommer. Hon är lika mycket kontrollfreak som den där lilla UD-nissen Johnson.
–Jag tror du har en poäng där, sa Annika Carlsson och nickade.
–Sedan var det en sak till som jag tänkte be dig om, sa Bäckström.
–Äntligen, sa Annika och log brett. Fast stäng dörren först så vi kan ta det i lugn och ro.

80

Precis som Bäckström hade förutskickat hade Hanna Hwass infunnit sig till deras möte. Till och med anlänt fem minuter innan det skulle börja. Toivonen hade kontaktat henne för att meddela att han avsåg att sitta med för att informera sig om utredningsläget. Dessutom var det en sak som han ville prata med henne om. Mellan fyra ögon.

– Vad är det då? frågade Hanna Hwass.

– Det går rykten här i huset om att du och Daniel Johnson känner varandra, sa Toivonen. Att ni läst juridik tillsammans och att du bland annat har opponerat på en uppsats som han har skrivit.

Hanna Hwass var inte ens förvånad över dessa närmast äreröriga rykten, även om just det här kanske tog priset bland alla dumheter som hon tvingats lyssna på från sina utredare. Självfallet kände hon inte Johnson. Hade hon gjort det skulle hon inte ha åtagit sig att leda utredningen. Hon visste inte ens vem han var. Att hon skulle ha opponerat på en uppsats som han skrivit för tjugofem år sedan när de tydligen läst straffrätt ihop var en annan sak. Hon hade opponerat på åtskilliga utan att lägga författaren på minnet.

– Så det kan du hälsa dem, sa Hanna Hwass.

– Jag har inga problem med att du gör det själv, sa Toivonen med en talande axelryckning.

– Enklast vore ju om de gjorde som jag sa åt dem, sa Hwass. Istället för att ägna sig åt att spana på sin förundersökningsledare.

–Det tror jag inte de har gjort, sa Toivonen. Det här om dig och ditt eventuella samröre med Johnson var uppgifter som de hade fått ändå.
–Kan man tänka sig, sa Hwass och tittade av någon anledning på klockan.
–Jag har förstått att det är problem i utredningen, sa Toivonen.
–Jag har inga problem, sa Hanna Hwass. Annat än med dina kolleger som inte gör det jag ber dem om.
–Och de anser att du lägger dig i saker som du inte förstår dig på, sa Toivonen.
–I så fall tycker jag att ni ska verka för en lagändring så att ni själva får leda era förundersökningar. I avvaktan på en sådan tänkte jag sköta det hela enligt mitt uppdrag. Min nya chef börjar nu på måndag. Med tanke på allt som dina utredare har hittat på ser jag mig tyvärr nödsakad att ta ett samtal med henne.
–Självklart, sa Toivonen. Och om du undrar har jag redan pratat med vår polismästare.
–Vad bra, sa Hwass och reste sig med ett ryck. Då kan vi med fördel avsluta det här samtalet.

Spelet kan börja, tänkte Bäckström. Alla var på plats. Både Niemi och Hernandez hade infunnit sig. Plus Toivonen. Och Hanna Hwass som var dramats huvudperson, vilket hon knappast hade en aning om, och för säkerhets skull hade hon satt sig så långt bort från Bäckström som det var möjligt. Av hennes uppsyn att döma tänkte hon tydligen inte ge sig utan strid.
–Stilla min nyfikenhet, Bäckström, sa Hwass. Vad är det som har hänt som är så ohyggligt viktigt att jag måste lägga om hela min planering för att kunna rusa iväg till det här mötet?
–Det var utmärkt att du kunde komma, sa Bäckström. Så att vi kan informera dig om den allra senaste händelseutvecklingen.
–Vad är det då? frågade Hwass.
–Vi är numera säkra på att vårt mordoffer på Ofärdsön är Jaidee Kunchai, sa Bäckström.

—Intressant, sa Hwass med en röst som dröp av ironi. Själv är jag nämligen övertygad om att Jaidee Kunchai förolyckades i samband med tsunamin i Thailand för tolv år sedan. Hittills har jag heller inte sett någonting som ger mig anledning att ändra på den uppfattningen.

—Vad gäller det DNA som man säkrade där borta tycks man ha gjort ett allvarligt misstag. Det DNA som man lämnade över till sina svenska kolleger kommer från Jaidee Kunchais tillhörigheter, bland annat hennes tandborste. Det kommer inte från hennes kropp.

—Vad du säger är alltså att man har identifierat en okänd kvinna som tydligen använde sig av Jaidees tandborste?

—Nej, det tror jag inte hon gjorde, sa Bäckström. Hon var ju redan död, så hon behövde inte borsta tänderna. Allra minst med någon annans tandborste. Det var något som hennes man slog i den lokala polisen i Phuket när han gav dem sin hustrus necessär och påstod att den hörde till liket som låg där. Som alltså inte var hans fru.

—Jaha, ja. Och själv skulle han och de anställda på hotellet ha förväxlat Jaidee Kunchai med en helt obekant kvinna, som dessutom hittades i huset där Kunchai och Johnson bodde.

—Inte Johnson, sa Bäckström. Han visste att det inte var hans fru. De båda anställda däremot handlade nog i god tro. Kroppen på den här kvinnan, och speciellt huvudet, var illa åtgånget och jag tror inte att de tittade särskilt noga. Dessutom hade hon ju Kunchais nattlinne och smycken på sig. Så den biten hade han redan ordnat.

—Den här okända kvinnan... var kom hon ifrån då?

—Henne tror vi att de plockade upp på en nattklubb inne i Phuket natten före tsunamin. En prostituerad. Sedan tog de med henne till hotellet där de bodde.

—De, sa Hwass. Du säger de. Jag tolkar det som att även Jaidee Kunchai skulle ha varit inblandad i det här.

—Ja, självklart, sa Nadja. Daniel Johnson och hans fru har

385

genomfört ett försäkringsbedrägeri tillsammans. Det sammanlagda brottsbeloppet är på drygt tjugofem miljoner kronor.
– Men det var ju skönt att höra att de inte behövde mörda den där okända prostituerade kvinnan. För den biten tog ju tsunamin hand om. Hur planerade de den, förresten?
– Sådant där biter inte på mig, sa Nadja. Så det kan du bespara mig och alla andra som sitter här. Vad de gjorde var att de grep tillfället i flykten. Kvinnan som de hade tagit med sig till hotellet omkom i tsunamin. Daniel Johnson och Jaidee Kunchai överlevde. Någon av dem, eller båda, fick då den goda idén att genomföra det här bedrägeriet.
– Den här tidigare helt okända kvinnan, sa Hwass. Vet vi vem hon är?
– Våra thailändska kolleger jobbar med den saken, sa Nadja. Jag tror det kommer att lösa sig. Är det någon på hotellet som har sett henne? Ingen som vi har fått tag i. Chauffören som körde Johnson, Jaidee, henne och några andra gäster till hotellet omkom i tsunamin. Jag tror ändå att även den biten kommer att lösa sig.
– Men Jaidee Kunchai lever i alla fall?
– Nja, ända till dess att hennes man skjuter henne, sa Bäckström. Någon gång för fem till tio år sedan. Men i vart fall ett par år efter tsunamin.
– Varför gjorde han det då? frågade Hwass.
– Av det där vanliga skälet, sa Bäckström med en talande axelryckning. Att de började bråka om pengarna.
– Ja, men detta är ju en helt fantastisk historia, sa Hanna Hwass. Har ni något mer? Något mer konkret, om jag så säger?
– Två ganska tunga saker, faktiskt, sa Bäckström och fällde upp sin dator. Bland annat har vi gjort en rekonstruktion av hur vårt offer ute på Ofärdsön såg ut medan hon levde. Vi har en särskild expert som håller på med sådana där saker och hon har alltså använt sig av bland annat kraniet som vi hittade ute på den där ön. Om du tittar på bilden där, sa Bäckström medan han knappade på sin dator och fick fram bilden av en ansikts-

kontur rakt framifrån där man lagt in ett kranium och delar av en underkäke.

—Jaha, sa Hwass och skakade på huvudet. Och hur ska jag tolka detta?

—Vänta ska du få se, sa Bäckström och knappade fram nästa bild. Ett foto i samma storlek på Jaidee Kunchais ansikte taget rakt framifrån.

—Jag förstår fortfarande inte poängen, sa Hwass.

—Men nu gör du det säkert, sa Bäckström och lade bilden på Jaidee Kunchai över ansiktskonturen med kraniet.

—Jag ser ett foto på Jaidee Kunchai, sa Hwass.

—Vi andra ser nog mer än så, sa Bäckström. Vi ser en perfekt överenstämmelse mellan fotot på henne och kraniet. Inte minst när det kommer till hennes tänder. Sannolikheten för det är ganska liten om det skulle vara något annat kranium än Jaidees. Vår expert har redan gjort ett stort antal jämförelser med motsvarande bilder på andra thailändska kvinnor. Ingen av dem är ens i närheten.

—Det här är ju rena spekulationer med hjälp av sådan där datoriserad bildteknik. Ni hade något mer, sa Hwass samtidigt som hon skakade avvärjande på huvudet.

—Ja, det är jag, sa Annika Carlsson. Om ni ursäktar att jag käkar medan jag pratar. Jag har inte fått i mig en bit på hela dagen.

—Visst, visst, sa Hwass. Vad är det du har kommit fram till då som är så avgörande?

—Det är tydligen så att Daniel Johnson stalkar den unge man som hittade vårt kranium, sa Annika Carlsson. Bäckström, kan du köra övervakningsfilmerna som vi har på honom och Johnson.

—Självklart, sa Bäckström och knappade på sin dator medan Annika Carlsson med hjälp av en vanlig smörkniv av trä började bre ut ett tjockt lager med keso- och grönsaksblandning på en skiva mörkt bröd.

—Här kommer alltså vårt lilla vittne, sa Bäckström och visade den filmsekvens när Edvin promenerade förbi det stora polis-

huset, medan åklagare Hwass verkade mer intresserad av Annika Carlssons bestyr med sin smörgås än av bilderna på Edvin.
– Gud så gott, sa Annika Carlsson och svalde en rejäl tugga. Ja, ursäkta. Men vem kommer här då, tror ni? Åkande efter vårt lilla vittne?
– Jaha, ja. Den där röda Audin, sa Bäckström. Det är alltså Johnsons bil.
– Ja, sa Stigson. Bilen och personen som kör den finns på bilder som tagits av totalt åtta olika övervakningskameror som sitter på Polhemsgatan på den sida av polishuset där entrén ligger. De bilderna togs åtta minuter över åtta i går morse. Det är Daniel Johnsons bil. Ingen som helst tvekan. Registreringsnumret har vi. Han finns med på samtliga kameror. Dessutom har vi gott hopp om att han ska finnas med på fler kameror i de omgivande kvarteren.
– Han som kör, då? Vad vet vi om honom? frågade Bäckström med oskyldig min.
– Daniel Johnson, sa Stigson. Det är vi redan ganska säkra på. Snart kommer vi att ha ännu bättre bilder på honom.
– Men herregud, sa Hwass. Det här måste väl ändå vara en ren tillfällighet?
– Det tror jag inte ett ögonblick, sa Annika Carlsson och såg på Hwass med mycket smala ögon. När grabben går hemifrån står Johnson redan och väntar på honom utanför hans port. Sedan följer han efter honom hela vägen till skolan. Totalt två kilometer. Grabben har lagt märke till honom hela tiden. Han mår inte bra när han väl lyckas ta sig in i skolan. Vad tror åklagaren om det då? Det är väl ändå ett jävla märkligt sammanträffande, avslutade Annika Carlsson samtidigt som hon tog ett djupt tag med smörkniven i burken med keso- och grönsaksblandning.
– Det måste vara en ren tillfällig...
– Hoppsan, sa Annika Carlson samtidigt som hon bröt av smörkniven som hon höll i handen. Jag har fått den av min brorson, han har gjort den i slöjden, men det är väl inte värre än att jag

får be honom om en ny, sa Annika och placerade de två bitarna av den gamla på bordet framför sig.

–Du får ursäkta mig, fortsatte Annika, jag avbröt dig visst?

–Ja, vad jag skulle säga var att jag ändå tror att det är en ren tillfällighet. Det är ju väldigt mycket trafik i det området så dags på morgonen.

–Jag hör vad du säger, sa Ankan Carlsson samtidigt som hon sopade ner resterna av sin måltid i en plastpåse. Jag tror inte som du. Jag tror att han förföljer vårt vittne. Sannolikt för att han vill skrämma skiten ur grabben. Varför nu Daniel Johnson skulle göra det? Han förväntas ju inte känna till vare sig vad vi håller på med eller vem vårt vittne är. Hans fru dog ju i tsunamin. Vad har han att oroa sig för? Eller vad säger du, Hwass?

–Ursäkta mig, sa Hanna Hwass, skakade avvärjande på huvudet och satte handen för munnen. Sedan reste hon sig, stoppade ner papperen i sin portfölj och gick rakt ut ur rummet.

81

– Okej, sa Annika Carlsson när hon klev in på Bäckströms rum en halvtimme senare. Jag är polis, inte skådespelerska. Det där med smörkniven som du gav mig som jag skulle bryta av. Vad var det för något?
– För att få kärringen att ta sitt förnuft till fånga, sa Bäckström. Du ska ha tack förresten. Nu slapp jag sätta tjänstevapnet i pannan på henne medan jag provklickade.
– Jag fattar. Kanske inte den vassaste kniven i lådan, sa Annika Carlsson och nickade.
– Nej, sa Bäckström. Smörknivar i trä är ju inte det. Att det råkar vara Hwass öknamn kan man ju inte lasta dig för. För det hade ju du ingen aning om.
– Men själv tycktes hon veta om det, konstaterade Annika Carlsson.
– Ja, man fick onekligen det intrycket, sa Bäckström och flinade förnöjt.
– Vet du vad, Bäckström, sa Annika Carlsson.
– Nej.
– För det första tycker jag inte om att bli utnyttjad, sa Annika Carlsson. För det andra får jag ibland för mig att du faktiskt är en jävligt dålig människa.
– Tack för en lysande insats, sa Bäckström. Men nu får du ursäkta.
– Du behöver inte ens be mig gå, sa Annika Carlsson. Just nu är jag skittrött på dig.

Fem minuter senare stod Nadja i dörren till Bäckströms rum. Hon hade inte ens kommit in och satt sig trots att han nickat mot sin besöksstol.

—Jag ångrar att jag berättade för dig om åklagarens öknamn, sa Nadja. Jag har pratat med Annika. Du har tydligen utnyttjat henne också.

—Kan man tänka sig, suckade Bäckström. Ni har redan hunnit prata ihop er. Själv tycker jag att det fungerade alldeles utmärkt.

—Ibland blir jag allvarligt orolig för dig, sa Nadja. Sedan hade även hon gått därifrån.

Hanna Hwass hade kommit nerrusande i receptionen efter mötet och hennes båda livvakter hade genast förstått att det måste ha hänt något allvarligt. Det hade det också, enligt Hwass. Hon hade just blivit hotad till livet på mötet med sin spaningsstyrka.

—På mötet, sa den ene av dem. Hur då?

—Hon bröt av en smörkniv, sa Hanna Hwass. Mitt framför ögonen på mig. Det var den där gräsliga kvinnan som ser ut som en kroppsbyggare.

—Annika Carlsson?

—Ja, just hon. Hon verkar fullkomligt livsfarlig. Jag vill att ni griper henne för grovt olaga hot. Jag vill att ni gör det nu. Det är en order.

—Vänta nu, Hanna. Nu tar vi det lilla lugna. Janne här hämtar bilen så kan du berätta i lugn och ro, sa den andre samtidigt som han utväxlade ett talande ögonkast med sin kollega.

Så fort kriminalinspektör Jan Persson vid Säpos livvaktsrotel hade kommit ut på gatan ringde han upp sin chef.

—Jag är rädd för att Hwass har blivit tokig, sa Persson.

—Hur tokig, då?

—Skogstokig.

—Du kan inte ge mig ett exempel?

– Hon påstår att Ankan Carlsson, du vet... Att Ankan skulle ha hotat henne.
– Jo, jag vet, sa hans chef. Jaha, ja. Ja, Ankan kan ju vara väldigt skrämmande.
– Jo, sa Persson. Men så är hon jävligt snygg också.
– Det vet jag. Vad har hon hittat på nu?
– Hon skulle visst bre en macka och då råkade hon tydligen bryta av smörkniven när hon skulle fixa med pålägget.
– Intressant, sa chefen. Vad vill vårt skyddsobjekt att vi ska göra åt det, då?
– För det första att vi omgående ska gripa Ankan Carlsson. Något som både Gustav och jag gärna överlåter till kollegerna på insatsstyrkan. Sedan kräver hon att vi kör henne direkt hem. Hon vill inte tillbaka till stället som vi fixat åt henne. Hon har nämligen kommit på att hon tydligen hålls fången där. Om vi inte gör som hon säger ska hon omgående ringa någon kompis som jobbar på TV4 och berätta om alltihop.
– Det är Gustav och du... Gustav Åkerman... som har hand om henne?
– Ja.
– Vad säger han då?
– Han är helt enig med mig. Hwass har blivit spritt språngande galen. Precis som vi befarade redan för några dagar sedan.
– Okej, sa chefen. Kör ut henne till Huddinge då, till det där vanliga stället. Så ska jag ringa till åklagaren så får han fixa det praktiska.

82

—Är du nöjd nu, Bäckström? frågade Annika Carlsson så fort Bäckström hade klivit in på kontoret på fredag morgon.
—Det beror på, sa Bäckström. Men visst, jag har haft sämre dagar. Berätta.
—Vår kära åklagare är sjukskriven. Lär ha fått ett nervöst sammanbrott. Vårdas för närvarande på den där särskilda avdelningen på psyket ute i Huddinge.
—Illa, sa Bäckström som talade av egen erfarenhet. Det är inget kul ställe.
—Nej, jag har förstått det, sa Annika Carlsson.
—Så nu vill du att vi gör en insamling och skickar ut lite blommor och en ask choklad, föreslog Bäckström.
—Nej, sa Annika Carlsson. Däremot ringde Hwass nya chef och berättade att hon själv tänkte ta över ärendet och att hon ville träffa samtliga i utredningen redan på måndag morgon klockan nio.
—Vem är det, då? frågade Bäckström.
—En av dina favoriter, sa Annika Carlsson. Hon som hade hand om den skurkaktige advokaten som råkade dö i en hjärtattack när han brottades med vår gamle kollega Rolle Stålhammar.
—Lisa Lamm, sa Bäckström.
—Lisa Lamm, bekräftade Annika Carlsson.
—Kan inte bli bättre, sa Bäckström.
Äntligen någon som gör som man säger åt dem, tänkte han.

– Var det något mer, tillade han.
– En sak till, sa Annika Carlsson. Jag är fullkomligt övertygad om att om inte du rycker upp dig och beter dig som en normal människa kommer det att gå alldeles åt helvete för dig. Det är bara en tidsfråga.
– Jag tackar för din omtanke, sa Bäckström. Det känns skönt att ha någon som verkligen bryr sig.

Strålande tider, härliga tider, tänkte Bäckström när han äntligen satt i taxin på väg till sin vanliga fredagskrog. Därefter åt han lunch, besökte sin fysioterapeut och när han väl steg in i sin bostad för att ta sin lilla middagsslummer – innan det var dags att ta itu med alla aftonens begivenheter – ringde det på hans telefon.

Det var den läkare på Huddinge sjukhus som hade ansvaret för åklagare Hwass och anledningen till att han ringde Bäckström var att han hade förstått att Bäckström var den som hade arbetat närmast åklagare Hwass veckorna innan hon hade drabbats av en "hastigt påkommen psykisk insufficiens".

– Ja, jag hörde det, sa Bäckström. Det är ju en förskräcklig historia. Du måste verkligen hälsa henne från alla oss på jobbet och säga åt henne att hon måste krya på sig.
– Det lovar jag, sa läkaren. Det blir hon säkert glad åt att höra. Anledningen till att jag ringde var dock för att höra om du eller någon annan av dina kolleger har lagt märke till något på sista tiden. Om hon ändrat sitt beteende eller så, menar jag.
– Nu när du säger det så. De senaste dagarna, eller veckorna kanske, så har hon ju ibland verkat väldigt frånvarande. Korta stunder, alltså. Det liksom kommer och går.
– Hur menar du då? frågade doktorn.
– Jo, plötsligt bara kunde det vara som om hon inte var med oss längre. Men annars var hon ju som vanligt, om du frågar mig.
– Det är inget annat som du vill berätta, sa doktorn som plötsligt verkade påtagligt intresserad.

—Jag vet inte, sa Bäckström. Det är inte sådant man gärna pratar om.

—Oroa dig inte, försäkrade doktorn. Jag har ju tystnadsplikt och dessutom ligger det i hennes intresse att vi kan bli klara över hennes sjukdomshistoria.

—Ja, i så fall, sa Bäckström. För några dagar sedan hände det faktiskt en sak som gjorde mig lite orolig.

—Vad var det då? sa doktorn.

—Det var när jag stod och väntade på hissen på jobbet, sa Bäckström. Då kom hon fram till mig och plötsligt grabbade hon tag i min kavaj och väste något och då såg hon fullkomlig vansinnig ut. Det var lite chockartat, faktiskt.

—Minns du vad hon sa? frågade doktorn.

—Ja, det var något om att hon minsann visste att jag pratade bakom ryggen på henne och sa att hon var paranoid.

—Vad hände sedan, då?

—Det var det som var så konstigt. I nästa ögonblick blev hon så där frånvarande igen. Så då släppte hon taget om min kavaj, och så gick hon bara därifrån.

—Det måste ha varit en obehaglig upplevelse.

—Ja, sa Bäckström. Men jag hoppas verkligen att hon inte har drabbats av någon mer allvarlig åkomma. Att det bara är sådan där vanlig utbrändhet.

—Ja, det får vi verkligen hoppas, suckade doktorn. Du ska ha stort tack för hjälpen. Det du berättade för mig är viktiga saker.

—Du måste hälsa henne så gott, sa Bäckström.

Där fick den lille hjärnskrynklaren lite att skrynkla med, tänkte han.

IV

Ett rävgryt kan visserligen ha
många utgångar men några av dem
går ju faktiskt att täppa till

83

Måndagen den 29 augusti hade den nyutnämnda överåklagaren Lisa Lamm sitt första möte med spaningsstyrkan. Hon hade ägnat helgen åt att läsa igenom utredningsmaterialet och även pratat med både Annika Carlsson och Nadja. Med tanke på den trista historiken kring deras ärende avsåg hon att själv ta hand om det, trots hennes upphöjelse till överåklagare och den administrativa börda som den innebar. Dessutom tyckte hon det var trevligt att få träffa dem igen och frånsett ett par nya ansikten så kände de ju redan varandra.

–Ja, sa Lisa Lamm, log och tittade av någon anledning på Bäckström. Jag tror precis som ni. Det här är ett försäkringsbedrägeri som Jaidee Kunchai och Daniel Johnson har planerat och genomfört tillsammans. De grep helt enkelt tillfället i flykten. Senare har de blivit osams, sannolikt om hur de ska dela upp pengarna. Daniel Johnson har skjutit sin fru och gömt kroppen ute på Ofärdsön. Vad som återstår är att styrka det. Just den här gången blir vi nog tvungna att göra det in i minsta detalj, är jag rädd.

Bäckström hade nöjt sig med att nicka instämmande.

Pang på rödbetan, bara, tänkte han. Plötsligt en fullt fungerande åklagare trots att det var ett fruntimmer. Ganska snygg var hon också, fast lite i magraste laget.

Det som till sist hade övertygat Lisa Lamm var den omständigheten att Daniel Johnson tydligen hade spanat på deras lilla vittne. Enda skälet till det måste vara att Johnson var inblandad i det som hade hänt ute på Ofärdsön och, med tanke på de övriga omständigheter som kommit fram, högst sannolikt som gärningsman. Någon annan logisk förklaring fanns inte. Dessutom fanns det både praktiska och juridiska skäl som talade starkt för att det övergrepp i rättssak som han i så fall hade gjort sig skyldig till gentemot Edvin kunde fungera som ett spett när de försökte bryta upp det som deras utredning egentligen handlade om.

– Enda problemet med det är att för att jag ska kunna åtala honom på den punkten bör jag helst ha ett fungerande mordåtal i botten, konstaterade Lisa Lamm. Som ni säkert vet kan man få upp till åtta års fängelse för grovt övergrepp i rättssak. Mig veterligt är det aldrig någon som har fått det, men med tanke på att det här dels handlar om ett mord, dels att vårt vittne är en liten kille på tio år, tänkte jag nog göra ett allvarligt försök.

– Jag är helt överens med dig, sa Annika Carlsson. Stigson har den här biten som specialuppgift. Dessutom kommer han att få hjälp redan i morgon av Felicia Pettersson som jobbar här på roteln. Då är hon tillbaka från sin semester.

– Du då, Nadja? frågade Lisa Lamm.

– Jag sliter med den där gamla frågan om man verkligen kan dö två gånger, sa Nadja.

– Hur tänkte du lösa den, då? frågade Lisa Lamm.

– Genom att försöka klarlägga identiteten på den kvinna som faktiskt dog där borta i Khao Lak. Just nu har jag bara ett artistnamn på henne. Ja, och så min övertygelse, förstås. Att det är henne som det handlar om.

– Så finns det väl en del hål att täta här hemma också, sa Lisa Lamm. Själv saknar jag till exempel förhör med de kolleger till er som hade hand om identifieringen där borta i Thailand.

– Det gör jag också, sa Nadja. Men nu är det på gång. Toivonen har dessutom lovat att vi ska få hjälp med åtminstone en förhörsledare till. Skulle vi behöva yttre spaning på någon har han lovat att hjälpa till med det också.

– Låter väl alldeles utmärkt, instämde Lisa Lamm.

Vad fan håller de på med, tänkte Bäckström. Hög tid att peka med hela handen. Det var ju faktiskt han som var chef.

– Vad gäller det övergripandet arbetet tänkte jag att vi gör så här, avbröt Bäckström. Vi har ju sex frågor som vi vill ha svar på. För det första vem som är vårt offer. Normalt brukar det inte vara något problem men den här gången är det tyvärr så. Att det är Jaidee Kunchai förstår vi väl alla som sitter här. Återstår att få alla andra att inse den självklarheten. Sedan har vi de där gamla klassikerna, var, när, hur och varför blev hon mördad, fortsatte han. Kan vi bara få någon ordning på dem lär väl den sjätte besvara sig själv. Nämligen att det var karlen hennes som gjorde det.

– Oroa dig inte, Bäckström. Jag lovar att vi ska ta hand om det praktiska på bästa sätt, sa Annika Carlsson.

– Vilket samtidigt självfallet inte ska hindra oss från att plocka fram alla tänkbara försvårande fakta om Daniel Johnson. I prioriterad ordning och i logisk tidsföljd. Givetvis utan att i onödan väcka den björn som det handlar om.

– Det är redan noterat, sa Annika Carlsson.

– Har ni något behov av tvångsmedel? frågade Lisa Lamm.

– Att få kika i Johnsons dator, sa Bäckström. Hur han har googlat på både mig och vårt vittne.

– Det tror jag borde gå att ordna, sa Lisa Lamm. Enbart med vårt övergrepp i rättssak.

– Bra, sa Bäckström. Vad väntar ni på? Ut och jobba, vet jag. Senast fredag vill jag att lille Johnson sitter i finkan. Han har ränt omkring alldeles för länge.

84

Inte väcka den björn som sover och en som sannolikt inte skulle göra det var Daniel Johnsons äldsta syster, Sara Johnson, född 1963 och sju år äldre än han själv.

Det var åtminstone Kristin Olssons bestämda uppfattning sedan hon gått igenom syskonens gemensamma bakgrund som ett underlag innan hennes chef Annika Carlsson tog beslutet om man skulle höra systern eller inte.

– Du har det i din mail, sa Kristin Olsson.

– Vad tror du om en mycket kort så kallad muntlig föredragning, suckade Annika Carlsson och nickade trött mot sin dator som hon just hade stängt av.

– Okej, sa Kristin. Förstår precis vad du menar.

– Så vad väntar du på, sa Annika samtidigt som hon log och lutade sig tillbaka i stolen.

Sara Johnsons pappa hette Sven-Erik Johnson. Han var född 1935 och hade arbetat som gymnasielärare i olika naturvetenskapliga ämnen på Bromma gymnasium. Hennes mamma hette Margareta, född 1936, och föräldrarna hade gift sig 1962. Året efter föddes Sara och två år senare hennes syster Eva. Deras mamma hade dött i cancer 1970 när Sara var sju år gammal och hennes syster Eva var fem. Några år senare hade deras far inlett ett förhållande med en ensamstående kvinnlig kollega, Maria Swedin, född 1940, som hade en son från ett tidigare förhållande med en "okänd fader", Daniel Swedin, född 1970.

Sven-Erik Johnson och Maria Swedin hade gift sig 1975 och strax efteråt hade Sven-Erik Johnson adopterat Daniel, som då var fem år gammal. I samband med giftermålet och adoptionen hade Maria Swedin och hennes son bytt efternamn till Johnson. Familjen Johnson – Pappa Sven-Erik, den nya mamman Maria, systrarna Sara och Eva samt deras adoptivbror Daniel – hade året innan flyttat till ett radhus i Ålsten.

Fem år senare, 1980, hade även Sven-Erik Johnsons andra fru dött i samma sjukdom som den första, cancer. Sara var då sjutton år, hennes syster Eva femton och deras adopterade lillebror hade just fyllt tio.

– Hänger du med? frågade Kristin.

– Det är klart som kristall, sa Annika. En föredömlig föredragning. Vad händer sedan då?

– De bor kvar i det där radhuset ute i Ålsten, sa Kristin. Pappa Sven-Erik har inte gift om sig igen. Den första som drar därifrån är Eva Johnson. Det tycks hon ha gjort så fort hon tagit studenten. Det var 1983, då var hon arton år gammal.

– Vad gör hon sedan, då?

– Hon flyttar till London, sa Kristin. Utbildar sig till terapeut och sedan många år tycks hon ha jobbat som yogalärare. Hon bor fortfarande kvar där. Är engelsk medborgare. Hon är både gift och skild med en engelsman och har två vuxna söner. Det tycks ha gått bra för henne. Det står massor om henne på nätet. Eget yogainstitut, skrivit böcker om yoga, håller kurser och föreläsningar. Just nu är hon tydligen i norra Indien. Dit tycks hon åka ett par gånger per år.

– Vad gör hon där? frågade Annika.

– Vet ej, sa Kristin. Yoga är inte min grej. Finner inre frid kanske.

– Har hon någon kontakt med sin yngre bror?

– Står i vart fall inte ett kommatecken om det på nätet, sa Kristin.

– Storasystern, Sara. Vad vet vi om henne?
– Det är en intressant person, sa Kristin. När hennes pappas andra fru dör är hon sjutton år gammal. Men hon kommer att vara skriven på samma adress i ytterligare tio år. Fram till 1990. Det är samma år som hennes adopterade lillebror flyttar därifrån. Då går han första året på Handels och bor i en studentlägenhet på Söder. Jag får för mig att hon bor kvar hemma tills Daniel försvinner därifrån.
– Som något slags reservmamma?
– Ja, eller för att hjälpa sin pappa. Jag får ett intryck av att hon kan vara pappas duktiga flicka.
– Men det är inget sådant, sa Annika och vickade på högerhanden.
– Nej, sa Kristin och skakade på huvudet. Det tror jag inte. Däremot att hon beundrar honom. Verkligen gillar honom. Han verkar vara en riktig hedersman. Jag hittade lite på nätet som hans gamla elever hade skrivit om honom. Tycks ha varit en väldigt bra lärare.
– Det där med att hans dotter gillar honom. Är det också något som du har hittat på nätet?
– Nej, jag hittade det i förordet till hennes doktorsavhandling.
– Avhandling? Hoppsan. Vad gör hon för något?
– Hon är cancerspecialist. Professor, jobbar som forskare på Karolinska. Ensamstående, inga barn, god ekonomi, inga noteringar hos oss. Flitig som ett bi verkar hon också vara. Skrivit massor med artiklar i olika medicinska tidskrifter.
– Jag förstår hur du tänker, sa Annika Carlsson och nickade. Den äventyrliga lillasystern som tar första chansen att dra iväg. Hennes duktiga storasyster som stannar kvar för att hjälpa pappa, ta hand om lillebror och allt det andra praktiska.
– Ungefär så. Och jag hittar inga aktuella kontakter mellan henne och hennes adopterade lillebror heller, om du undrar.
– Pappa Sven-Erik, då? Han lever fortfarande?
– Ja, fast jag får för mig att han sjunger på sista versen. Sedan ett

halvår tillbaka är han intagen på ett vårdhem ute i Bromma. Det verkar vara ett sådant där ställe som du hamnar på när du ska dö. Radhuset i Ålsten såldes förresten för knappt ett år sedan. Fram till dess var pappan skriven på den adressen.

—Hur gammal är han? Vad var det du sa? Född...

—Född 1935, han ska fylla åttioett om ett par månader.

—Hur gör vi med Sara, då? Pappas duktiga flicka.

—Jag tycker att vi ska prata med henne. Jag får för mig att det är en bra människa. Jag kikade på några foton av henne. Hon ser åtminstone ut som en bra människa. Kloka ögon.

—Och vit rock har hon också, sa Annika Carlsson och log.

—Till och med det, faktiskt. På några av dem i alla fall. Jag hittade en jobbintervju med henne i en tidning. Pappas duktiga flicka och jag får för mig att pappa nog är ganska stolt.

—Okej, sa Annika Carlsson och nickade. Då gör vi det.

—Vilka är vi? frågade Kristin.

—Du och jag, sa Annika Carlsson och log. Vad trodde du? Att jag skulle be Bäckström, eller?

—Nej, jag kan ringa henne. Ska vi ta det hos henne eller hos oss?

—Låt henne avgöra det, sa Annika Carlsson. Hon är ju ändå professor. Dessutom är det gångavstånd till Karolinska.

85

Dagen därpå hade Annika Carlsson och Kristin Olsson hållit förhör med Sara Johnson på hennes arbetsplats på Karolinska Institutet. Sara Johnson hade både vit rock och kloka ögon och hon hade börjat med att uttrycka sin uppskattning.

– Jag har förstått att det är min lillebror, min adoptivbror, Daniel som ni vill prata om.

– Ja, sa Annika Carlsson och nickade.

– Jag uppskattar verkligen att ni tog det samtalet med mig och inte med min pappa, sa Sara Johnson.

– Vi har förstått att han är sjuk, sa Annika. Vi såg att han var skriven på ett vårdhem ute i Bromma.

– Ja, han är döende tyvärr. I samma sjukdom som tog livet av min mamma. Men i övrigt är han som han alltid har varit. Lika klar i huvudet. Vilket väl tyvärr inte är någon hjälp för honom just nu.

– Vi beklagar verkligen, sa Annika Carlsson.

– Det är som det är, konstaterade Sara Johnson. Min pappa tillhör den där sorten som knappt finns längre. Han är hederlig, hygglig, har alltid gjort rätt för sig och alltid ställt upp för andra. Dessutom är det en begåvad man. Jag kommer att sakna honom mycket. Men nu är det ju inte honom ni vill prata om utan om Daniel.

– Ja, sa Annika Carlsson.

– Vad har han hittat på den här gången, då?

–Det är med anledning av en utredning som vi håller på med, sa Annika Carlsson. I nuläget kan vi inte utesluta att vi är fel ute och att det hela kommer att läggas ner.
–Men du vill inte säga mer än så?
–Nej, sa Annika Carlsson. Dels får jag inte, dels vore det för tidigt med tanke på hur lite vi vet.
–Antag att ni har rätt då, sa Sara Johnson.
–Då är jag rädd för att det är ganska allvarligt, sa Annika Carlsson.
–Min adoptivbror är tyvärr inte särskilt lik min far, sa Sara Johnson som hade nöjt sig med att nicka. Det som är lite konstigt är att han inte är särskilt lik sin mamma Maria heller. Hon var en glad och charmig människa som kom in i mitt liv när jag bara var en tio–elva år gammal. Definitivt inte en elak styvmoder. Maria var inte särskilt lik min riktiga mamma, men när hon gick bort tror jag att det tog min far lika hårt som när mamma dog. Pappa har inte haft det så lätt. Men han har aldrig låtit det gå ut över sina barn. Det är ju sådan han är.
–Daniel, då, sa Kristin. Vad kan du berätta om honom?
–Daniel har alltid varit en slarver. När han var liten var han en söt slarver. När han flyttade hemifrån och började på Handels var han en charmig slarver.
–Men du har fortfarande kontakt med honom, sa Annika Carlsson.
–Sedan hans första fru omkom i tsunamin – det förmodar jag att ni känner till?
–Ja, sa Annika och nickade.
–Ja, sedan dess har jag pratat med honom kanske tio gånger. Mailat honom några gånger. Senaste gången vi träffades måste ha varit en fem, sex år sedan. Det var dagen före midsommarafton. Han kom för att hämta nycklarna till pappas segelbåt som han skulle låna. Pappa låg på sjukhus. Hans första canceroperation. Det var här på Karolinska, förresten. Han var ganska dålig, faktiskt.

– Din far, har han någon kontakt med Daniel?
– Nej, sa Sara Johnson. Av det enkla skälet att Daniel inte tycks vilja ha någon kontakt med pappa. Det är det som stör mig mest. Inte minst med tanke på vad min pappa gjorde för honom när han växte upp. Det var ständiga utryckningar för att Daniel hade hittat på något. Inga märkvärdiga saker i och för sig, skolk, tjejer, alkohol, hasch vid ett par tillfällen, men pappa var inte så glad. Och Daniel lyckades alltid krångla sig ur det hela utan att någon egentligen fattade hur han bar sig åt.
– Jag tror jag förstår hur du menar, sa Annika Carlsson.
– Med Daniel är det tyvärr så enkelt att han bara bryr sig om sig själv. Ja, och så sin första fru, då. Jaidee. Hon och min adoptivbror älskade varandra. Det är jag helt övertygad om. Tyvärr tror jag att det berodde på att de var väldigt lika.
– Du har träffat henne?
– Några gånger. Bland annat när de höll på med det där företaget som de hade startat. Då var Jaidee på mig för att hon ville ha hjälp med ett sjukhusprojekt borta i Thailand. Som något slags gratiskonsult. Fast när de gifte sig blev vi inte bjudna. Varken Eva, jag eller vår pappa. Daniel och hans första fru var inte sådana där människor som gav saker. De var sådana som ville ha saker.
– Men din syster och du har kontakt?
– Ja, vi gillar varandra. Eva är lite speciell, men det är en bra människa. Hon har två pojkar också. Vuxna män sedan länge. Gifta, har egna barn. Det har gått bra för båda. Jag är en mycket stolt moster.
– Och Eva och dina systersöner träffar fortfarande din far?
– Så fort de har tillfälle, så. Senaste gången som Eva träffade honom var på hemmet ute i Bromma för några månader sedan. Innan hon försvann på sin årliga utflykt till Indien.
– Du är ju läkare, insköt Kristin Olsson. Det här med din adoptivbror låter ju inte så bra. Har du någon idé om vad det beror på?
– Jag är onkolog. Inte psykiatriker, sa Sara Johnson. Min lillasyster är utbildad terapeut. Dessutom en insiktsfull människa.

Hon är heller inte lika hämmad som jag när det kommer till att säga saker om andra människor. Inte ens om sin bror.
—Vad säger hon då, sa Annika Carlsson. Om Daniel, alltså.
—Att han är en tvättäkta psykopat, sa Sara Johnson. Enligt henne är det så enkelt att vissa människor blir det utan att man kan peka på någon enkel orsak. Men att det varken är pappas, mitt eller hennes fel. Inte hans mamma Marias fel heller.
—Jaidee, då? Har din syster träffat henne?
—Ja, det har hon. Inte så många gånger men tillräckligt många för att kunna ge ett omdöme. Hon brukade beskriva Daniels och Jaidees relation som "a match made in hell". Det låter ju inte så snällt kanske, men vad hon menade var att allt egentligen bara handlade om dem. Tyvärr tror jag att hon har rätt även om jag drar mig för att tala illa om den som är död.
—Du nämnde något om en segelbåt som din pappa äger. Jag har förstått att segling är hans stora intresse.
—Ja, fast sedan han blev sjuk har det ju inte blivit så mycket. Men han hade ett antal bra år innan dess. Från det att han blev pensionär till dess att han blev sjuk på allvar var det bara segling mest hela tiden. Jag tror det var pappas bästa tid i livet. Trots att han alltid har ställt upp för andra och bryr sig för att han verkligen tycker om människor så tycker han om att vara ensam också. Vi har pratat om det.
—Vad sa han då?
—Att han tyckte att det gjorde det lättare att tänka. Att han fick tänka till punkt utan att bli avbruten. Jag tror att jag är lite som han, faktiskt.
—Är du också intresserad av segling? frågade Kristin.
—Det kan konstapeln hoppa upp och sätta sig på, sa Sara Johnson och log för första gången under deras samtal. Jag och min syster har seglat sedan vi var så små att det knappt fanns några flytvästar åt oss. Dessutom är det min båt numera. Jag fick den av pappa samtidigt som han sålde huset i Ålsten.
—Din bror, då? Är han också seglare?

– Ja, segla kan han nog. När han var liten grabb brukade han vara på sjöscouternas läger på somrarna. Men han seglade även senare. När han gick i gymnasiet och även sedan han börjat på Handels. Det var väl ett sätt för honom att träffa sina kompisar, och tjejer inte minst. Det senare har nog alltid varit hans stora intresse.

– För fem sex år sedan, sa Annika Carlsson. När han kom till dig för att hämta nycklarna till båten. Vem skulle han ut och segla med den gången?

– Jag vet faktiskt inte, sa Sara Johnson. Jag frågade inte ens. Dels förutsatte jag väl att det var ännu någon kvinna i hans liv. Dels var väl pappa det enda jag tänkte på då.

– Han var nyopererad och låg på sjukhus och mådde dåligt, sammanfattade Annika Carlsson.

– Ja, det minns jag att jag frågade Daniel om. När han tänkte besöka pappa.

– Vad sa han då?

– Att han lovade att göra det så fort han kom hem efter helgen.

– Gjorde han det?

– Nej, sa Sara Johnson och skakade på huvudet. Men jag minns att jag hittade nycklarna till båten i mitt postfack här på jobbet när jag kom tillbaka efter helgen.

– Din adoptivbror låter inte som någon särskilt trevlig människa, sa Kristin Olsson.

– Nej, sa Sara Johnson. Men det är väl därför ni är här. Eller hur?

– Den där båten, insköt Annika Carlsson. Vi skulle inte kunna få titta på den?

– Ingen skulle bli gladare än jag, sa Sara Johnson. Jag hade nämligen inbrott i den för ett par veckor sedan. Det var en av medlemmarna i båtklubben som upptäckte det. Jag åkte ut och tittade på den, naturligtvis. Dörren till kajutan var uppbruten men i övrigt saknade jag ingenting.

– Har du gjort någon polisanmälan?

−Ja, både en polisanmälan och en anmälan till försäkringsbolaget. Från försäkringsbolaget har jag inte hört något men era kolleger har faktiskt redan svarat. Det tog bara en vecka för dem. Så där gick det undan.

−Jaha, vad sa vi då, sa Annika Carlsson och log.

−Att utredningen var nedlagd, sa Sara Johnson. Ej spaningsresultat, vill jag minnas att det stod.

−Ja, ibland går det undan, sa Annika Carlsson.

−Jag har förstått det, sa Sara Johnson och log på nytt. Men visst kan ni få titta på min båt. Nycklarna kan ni få nu. Jag har dem på min nyckelknippa.

−Vad bra, sa Annika Carlsson. Som tack för det så lovar jag att vi ska göra vårt bästa. Fingeravtryck och allt det där, du vet.

−Det är en gammal Vega, pappas båt alltså. Pappa köpte den redan i slutet på sjuttiotalet men den är fortfarande i skick som ny.

−Har den något namn?

−Självklart, sa Sara Johnson. Den heter Anniara, med två n. Det är en gammal tradition. Att segelbåtar ska döpas efter kvinnor, att namnet helst ska börja och sluta med ett a och att det ska innehålla sju bokstäver. Min pappa har alltid varit noga med sådant.

−Var ligger den någonstans? frågade Kristin Johnson.

−Jag ska googla fram en färdbeskrivning åt er, sa Sara Johnson och nickade mot datorn som stod på hennes skrivbord. Hon ligger där hon alltid har legat. Vid en båtklubb ute vid Hässelby strand. Vid Lambarfjärden, det är en del av Mälaren som ni säkert vet.

−En helt annan sak, sa Annika Carlsson. Hände det att din pappa eller du brukade handla mat på Lidl när ni skulle ut och segla?

−Ja, sa Sara Johnson. De har ett storköp ute i Bromma. Varför undrar du det?

−Vi har hittat en bärkasse därifrån, sa Annika Carlsson.

– Ja, den kan mycket väl ha kommit från båten, sa Sara Johnson.
– Det är hyggligt av dig att du ställer upp, sa Kristin Olsson.
– Jag gjorde ju det, sa Sara Johnson. Men det är en sak som jag måste be er om.
– Att vi inte ska prata med din pappa utan att få ditt godkännande, sa Annika Carlsson.
– Ja, sa Sara Johnson. Det var precis det som jag tänkte be er om.
– Jag lovar, sa Annika Carlsson. Om vi måste prata med honom lovar jag att be dig om lov först.
– Då är vi överens, sa Sara Johnson och nickade. Du ska få mitt kort med alla uppgifter. Med tanke på det som jag håller på med är jag en sådan där människa som man alltid kan få tag på. Oavsett tid på dygnet.

– Du frågade aldrig om de hade något salongsgevär, sa Kristin Olsson när de satt i bilen på väg tillbaka till polishuset i Solna.
– Nej, sa Annika Carlsson. Men det beror inte på att jag glömde bort det utan på att jag tänkte vänta med det.
– Och när hon berättade om det där inbrottet bestämde du dig för att lägga ner den biten.
– Ungefär så, sa Annika Carlsson. Tills vidare åtminstone.
– Den där midsommarafton för fem sex år sedan. Första gången som hennes pappa blev opererad för cancer, på Karolinska tydligen. Det måste ju gå att ta reda på vilket år det var.
– Klart det gör, sa Annika Carlsson. Det var det jag tänkte be dig göra, men du bör nog prata med Lisa först så att hon kan ordna den formella biten. Sjukhusen brukar vara ganska noga med den.
– Jag löser det, sa Kristin. Fan, vad spännande det är förresten. För mig alltså. Min första mordutredning och plötsligt går den som på räls. Vad tror du om det här andra då, som hon berättade om? Vad får du för känsla, liksom?

—Jag tror att hon har räknat ut vad det handlar om, sa Annika Carlsson.
—Skulle hennes bror ha försagt sig menar du?
—Nej, sa Annika Carlsson och skakade på huvudet. Det tror jag inte ett ögonblick.
—Du tror att hon har räknat ut det ändå?
—Ja, sa Annika Carlsson. Jag tror att hon har räknat ut det ändå. Det förstod jag när hon bad oss att vi inte skulle prata med hennes pappa.
—Det tror jag också, sa Kristin Olsson.

86

Anniara låg där hon alltid brukade ligga när hon inte var ute på sjön. Vid en brygga som ägdes av en båtklubb ute vid Hässelby strand ett par mil väster om Stockholm. Niemi och Hernandez hade kommit dit tidigt på morgonen. De hade med sig allt de behövde för att kunna göra sitt jobb och nycklarna till grinden vid bryggan och dörren till kajutan hade de fått av Annika Carlsson dagen innan.

Niemi hade gjort sin första reflektion om deras senaste ärende redan innan de klev ut på bryggan. Arton båtar låg vid bryggan, tio motorbåtar och åtta segelbåtar. Näst längst ut låg Vegan. Välskött som det verkade, men både äldre och mindre än de farkoster som omgav henne.

– Om jag kom hit för att stjäla tycker jag att vår Anniara är ett märkligt val.

– Ja, sa Hernandez. Man får ju ett intryck av att det skulle finnas mer att plocka med sig i de andra båtarna.

– Tror jag också, sa Niemi. Om jag inte kom hit för att ta med mig något särskilt.

– Som ett gammalt salongsgevär, sa Hernandez.

– Eller bara för att kolla att det inte var något annat som jag hade glömt.

– När upptäckte den där andra båtägaren att någon hade brutit upp kabindörren till Johnsons båt?

– Enligt anmälan skulle det ha varit tidigt på måndag morgon den 25 juli. Den som gjorde anmälan har tydligen platsen bredvid. Han och hans fru hade varit ute och seglat under helgen och när de lade till här på morgonen upptäckte han det. När de stack ut på fredag eftermiddag hade han inte sett något däremot. Någon gång under den helgen alltså.

– Vänta nu, sa Hernandez. Den där middagen som Toivonen berättade om, då vår nye polismästare hade träffat sin gamle kompis Johnson och tydligen pratat bredvid mun.

– Den var på fredagen den 22 juli, sa Niemi.

– Övervakningskameror? Har du sett någon?

– Nej, sa Niemi. Det beror på att det inte finns någon. Jag frågade honom som gjorde anmälan, nämligen. Vi får glädjas åt det lilla.

– Hur menar du då?

– Johnson verkar ju vara en riktig kontrollfreak, sa Niemi. Jag gillar sådana. Som ränner omkring och städar på fel ställen hela tiden.

Niemis och Hernandez undersökning av Anniara hade tagit hela dagen. En snygg och välhållen båt. Man hade gått igenom den från aktern till fören och givetvis skruvat loss durken till kölsvinet. Noga letat igenom alla stuvningsutrymmen, lådor och skåp. Ombord hade man hittat allt det där som man kunde förväntas hitta på en segelbåt. Allt ifrån en gasolflaska under spisen till flytvästar, fendrar, rep, två signalraketer, en båtshake, en verktygslåda och en rulle med blått segelgarn. Inne på den lilla toaletten fanns ett husapotek och några rullar med toalettpapper. Diverse matvaror, en oöppnad flaska med whisky, en förpackning med sex flaskor mineralvatten och två burkar med mellanöl som stod i det lilla kylskåpet.

I en garderob hade man hittat ett seglarställ, en extra oljerock och två par gummistövlar. Dessutom både ett spinnspö och en plastlåda med fiskedrag, ett vanligt metspö och en håv. Däremot varken något salongsgevär eller någon ammunition till ett sådant.

Dessutom fanns allt det där andra som man kunde förvänta sig, som en bunt med gamla tidningar, sjökort, ett fotoalbum med pärmar av brun plast innehållande bilder som hade tagits under olika färder med Anniara. Mest fotografier av Sven-Erik Johnson och hans båda döttrar i varierande åldrar och bara några stycken på hans adoptivson Daniel.

Man hade säkrat ett dussin fingeravtryck på de ställen där någon som varit ute i samma ärenden som Niemi och Hernandez kunde tänkas ha avsatt dem. När man skruvade bort durken i kajutan hade man hittat spår av blod som runnit längs insidan av skrovet på babords sida. Sådana spår som bara sådana som de brukade hitta, hur noga någon annan än hade varit i sina försök att avlägsna dem.

– Om vi nu antar att någon har lagt sig att sova på soffan där. Det är väl den kojplats som jag skulle välja om jag skulle sova ombord. Med huvudet i höjd med det ställe där det runnit blod ner i kölsvinet, sa Hernandez.

– På babords sida, med huvudet mot fören, konstaterade Niemi. Det är så du och din sambo sover när ni är hemma.

– Ja, sa Hernandez. Fast vi har en dubbelsäng, så då hade det hamnat i madrassen i stället. Vilket ju hade varit bättre för dig och mig.

– Ja, sa Niemi och nickade. Något DNA från det här ska vi nog inte räkna med.

När Niemi och Hernandez åkte tillbaka till polishuset på kvällen medförde de dels ett större antal foton där de dokumenterat sin undersökning av Anniara, dels fotoalbumet med det hundratal fotografier som tagits av båtens ägare Sven-Erik Johnson eller av andra personer som varit med ombord. Dessutom en rulle med blått segelgarn samt olika förpackningar med de spår av fingrar och blod som de hade hittat ombord.

– Fast inget salongsgevär, suckade Hernandez när de svängde ner i garaget.

– Man kan inte få allt, sa Niemi. Just nu längtar jag mer efter en kopp starkt kaffe, faktiskt.

87

Att åstadkomma ett vattentätt åtal handlade i praktisk och polisiär mening om att åstadkomma en gärningsbeskrivning som inte innehöll några hål som var så stora att de kunde släppa igenom en friande dom. Sedan Lisa Lamm hade tagit över som förundersökningsledare hade spaningsstyrkan blivit kraftigt förstärkt. Redan under den första veckan i september uppgick den till femton personer. Kriminalinspektören Felicia Pettersson vid roteln för grova brott, som hade återvänt efter en månads semester, plus det halvdussin utredare och spanare som Toivonen hade lånat ut till deras utredning. Samtliga arbetade numera med samma sak. Att åstadkomma ett hållbart åtal mot Daniel Johnson. Vad deras spaningsledare, kriminalkommissarie Evert Bäckström, sysslade med var däremot mer oklart. Sannolikt, om man hade frågat honom själv, med att leda och fördela arbetet samt se till att det genomfördes på bästa sätt.

Felicia Pettersson och Jan Stigson hade letat efter övervakningskameror längs den väg som Daniel Johnson hade kört när han följt efter lille Edvin på hans väg från huset där han bodde till skolan där han gick. De hade hittat bilder på bilen och dess förare som tagits av ytterligare tre kameror som fanns utplacerade längs vägen. Stigson var nöjd. I stort sett hela Johnsons bilfärd den där morgonen var numera dokumenterad. Felicia Pettersson var inte lika nöjd.

– Men vänta nu, sa Felicia. Vad gör han sedan då?
– Han åker väl till jobbet, sa Stigson och såg ut som man gör när man inte förstår frågan.
– Och han jobbar på UD, nere vid Gustav Adolfs torg.
– Precis.
– Då borde han ju ha dykt upp på jobbet strax efter halv nio den här morgonen.
– Tror jag också, instämde Stigson.
– Vad gör han av bilen då? frågade Felicia. Där nere, i de kvarteren, vimlar det väl inte av lediga parkeringsplatser direkt. Han har väl knappast tagit med sig bilen upp på kontoret.
– Bra, Felicia, sa Stigson. Bra. Nu fattar jag precis vad du menar.

Redan dagen därpå hade de hittat de bästa bilderna av Daniel Johnson och hans bil. De var tagna av övervakningskameran i ett parkeringshus som låg på Malmskillnadsgatan alldeles i närheten av Johnsons arbetsplats. Där hyrde Johnson en parkeringsplats sedan drygt två år tillbaka. Femton minuter efter det att han passerat förbi Edvins skola på Pipersgatan på Kungsholmen hade han parkerat sin bil på sin egen plats, klivit ur den och försvunnit i riktning mot utgången till parkeringshuset. Bilderna var tagna mellan klockan 08.36 och 08.37 på morgonen och mer perfekta bilder än så på Daniel Johnson och hans bil fanns inte.

Annika Carlsson saknade ett gammalt salongsgevär. Varken Sven-Erik Johnson, någon av hans två döttrar eller hans adoptivson hade licens på något vapen. Den enklaste förklaringen var naturligtvis att Daniel Johnson ändå, trots att han saknade vapenlicens, hade haft med sig ett salongsgevär den där midsommarhelgen för fem år sedan då han och hans första hustru hade seglat runt på Mälaren. En fråga som lämpligen kunde anstå till dess att man hade honom i säkert förvar i polishuset i Solna.

En annan möjlighet, med tanke på att det var ett gammalt vapen, var naturligtvis att det hade funnits inom familjen och till sist hamnat ombord på Sven-Erik Johnsons båt. Kanske för att han ville skrämma iväg måsar som skitade ner däcket, som Peter Niemi hade föreslagit. Om det var det vapnet som Daniel Johnson hade använt den där helgen för fem år sedan fanns det ju sedan en månad tillbaka goda skäl att bryta sig in i adoptivfaderns båt och se till att göra sig av med det.

Annika Carlsson hade fortsatt sitt sökande med att titta igenom det fotoalbum som Niemi och Hernandez hade tagit med sig från båten. Själva hade de haft viktigare saker att ta itu med och gamla semesterbilder i ett album var inget som sprang ifrån en tekniker. Hunnen ungefär till mitten av albumet hade hon hittat geväret. I händerna på en cirka femton år gammal, glad och solbränd lillasyster Eva. Vad hon siktade på var oklart. Det var i vart fall inte på fotografen. Rimligen var det hennes pappa Sven-Erik som tagit den bilden, tänkte Annika Carlsson. Helt säkert en sådan där pappa som förmanade sina barn att man absolut inte fick sikta på en annan människa, tänkte hon samtidigt som hon ringde upp hennes storasyster Sara.

– Jag har en fråga till dig, sa Annika Carlsson.

– Vad är det du vill veta?

– Jo, jag har förstått att din pappa brukade förvara ett gammalt salongsgevär ombord på sin segelbåt, sa Annika Carlsson.

– Jaha, ja, sa Sara Johnson. Du har tittat i det gamla fotoalbumet som låg i båten.

– Ja, just det, sa Annika. Men när mina kolleger var där ute i går så hittade de inte något vapen. Du har ingen aning om vart det har tagit vägen?

– Jo, sa Sara Johnson. Det var det första som jag städade ur båten när pappa blev riktigt dålig för ett år sedan. Dels det där gamla geväret som jag tror att han fått av sin pappa, min farfar alltså, dels ett par små askar med ammunition. Det är ju inget som ska ligga och skräpa i en båt som nästan aldrig används.

– Du har ingen aning om var det finns nu? frågade Annika Carlsson.

– Få se nu, sa Sara Johnson. Sist jag såg det stod det i garderoben i min hall. Själv ligger jag i sängen i samma lägenhet och om en timme ska jag åka till jobbet, så enklast är väl att du tittar förbi och hämtar det. Du vet var jag bor?
– Ja, sa Annika Carlsson. Vi ses om en halvtimme.

Efter det att Jaidee Kunchai hade dödförklarats hade Daniel Johnson kommit över tjugofem miljoner kronor. Fyra miljoner hade han använt till att köpa en bostadsrätt. Drygt sexhundratusen hade gått till en ny bil, och eftersom hans utgifter säkert var större än den lön som han hade kvar efter skatt borde han ju ha gjort av med ytterligare ett par miljoner under de senaste tolv åren, tänkte Nadja Högberg.
Återstod ändå närmare tjugo miljoner och den intressanta frågan var de pengarna numera befann sig. Nadja hade redan en teori om vart de tagit vägen, men för att kunna pröva den behövde hon hjälp av Lisa Lamm för att få ut olika uppgifter om Daniel Johnsons privatekonomi.

Kristin Olsson hade fått ut uppgifter från Karolinska sjukhuset om när Sven-Erik Johnson hade opererats för cancer för första gången. Det var onsdagen den 22 juni 2011, två dagar före midsommarafton. Dagen därpå hade Daniel Johnson kommit hem till sin syster och hämtat nycklarna till båten. Nycklar som han återlämnat i hennes postfack på jobbet efter helgen. Tidigast måndagen den 27 juni, tänkte Kristin Olsson.
Undrar när hon dog, tänkte hon. "Sannolikt någon gång mellan fredag den 24 juni och natten till söndag den 26 juni", skrev hon i det mail som hon skickade till sin chef Annika Carlsson.

Annika Carlsson hade läst Kristins mail i stort sett omgående. Det var en sak som störde henne. Varken Daniel Johnson eller Jaidee Kunchai verkade vara den typen som ville fira midsommar ombord på en gammal segelbåt där de lagade sin egen mat och sov i varsin trång koj i en kvav och instängd kajuta. Allra minst med tanke på vädret i Stockholmstrakten midsommaren 2011. Även denna polisiära självklarhet fanns förstås beskriven i Kristin Olssons mail. På torsdagen hade det varit rent bedrövligt. Det hade regnat i stort sett hela dagen till långt fram på kvällen. På midsommaraftons morgon hade det klarnat upp och när det väl var dags för att dansa runt stången, sjunga räven raskar över isen och hoppa säck med en sked med en potatis på i munnen, hade det varit riktigt hyggligt. Mot kvällen hade det mulnat på igen och på lördagen hade det växlat mellan uppehållsväder, mulet och regn. Först på söndagen hade solen visat sig på allvar, molnfri himmel och närmare tjugofem grader varmt mitt på dagen.

Låter knappast som en helg som man ville tillbringa ombord på en segelbåt, tänkte Annika.

Speciellt inte om man kände till vädret innan, vilket de ju borde ha gjort. Makarna Johnson-Kunchai hade högre krav än så på livet. Ett diskret och romantiskt värdshus på landet. En god middag som lagades och serverades av andra. Bra viner att välja bland och en bred säng med manglade lakan att sova i. Allt på ett ställe där risken för att någon skulle känna igen Daniel Johnson och hans sedan sex och ett halvt år döda hustru var så liten som möjligt. Vem kan svara på det då? tänkte Annika Carlsson. Haqvin, vem annars.

– När kastar vi loss? frågade Haqvin så fort han hade hört vem det var. Cio-Cio San ligger vid bryggan ute på Djurgården, så det kan vi fixa inom en timme. Om du vill.

– Anledningen till att jag ringde var att jag ville fråga dig om några saker som har med min utredning att göra. Ibland är du faktiskt väldigt barnslig, Haqvin. Jag hoppas att du är medveten om det.

Vad fan sa jag så för, tänkte Annika Carlsson.

– Ja, jag vet, sa Haqvin. Ber så mycket om ursäkt. Vad var det du ville veta?

– Antag att du och någon du gillar ska segla på Mälaren över midsommar. Så är det dåligt väder. Regn och elände. Ni bestämmer er för att gå iland istället. Ta in på något bra ställe och äta en god middag och allt det där.
– Vad talar vi för prisklass? frågade Haqvin.
– Bara det bästa, sa Annika Carlsson. Pengar är inget problem och både du och kvinnan som du har med dig är vana vid ett sådant liv. Samtidigt vill ni inte synas tillsammans. Det måste vara ett diskret ställe.
– Vi pratar vänsterprassel, alltså, sa Haqvin.
– Ja, sa Annika Carlsson.
Med en död, tänkte hon.
– Varifrån kommer vi då? frågade Haqvin.
– Från Stockholm, sa Annika Carlsson.
– Jo, det förutsatte jag. Men var ligger båten som vi seglar med? När vi kastar loss, alltså?
– Ute vid Hässelby strand, vid Lambarfjärden. Vi sticker någon gång på morgonen på midsommarafton och räknar med att äta lunch på det där stället jag pratar om.
– När är det här då? frågade Haqvin. Vilket år alltså?
– På midsommarafton 2011. För fem år sedan, sa Annika Carlsson.
– Ja, jag vet ju var jag skulle ha hamnat om jag inte hade varit jag, alltså. Jag är nämligen något av en kändis där nere genom att familjen har en gård ute på Stallarholmen.
– Var skulle du ha hamnat då, om du inte hade varit du?
– På det absolut bästa stället i hela Mälaren vid den tiden. Det enda stället om du sticker från Hässelby på morgonen och vill äta lunch i hygglig tid. Gripsholms Värdshus. Femstjärnigt ställe. Det ligger i Mariefred. Bästa som fanns på den tiden för stockholmare med hygglig ekonomi som ville prassla i lugn och ro på midsommarafton.
– Tack, Haqvin, sa Annika Carlsson.

Cio-Cio San, tänkte Annika Carlsson så fort hon hade lagt på luren. Det var tydligen så hans båt hette. Låter nästan lite thailändskt, tänkte hon medan hon gick in på Google.

"Cio-Cio San", läste hon. "Ordagrant 'liten fjäril' på japanska, i överförd bemärkelse Fröken Fjäril, vilken är den kvinnliga huvudpersonen i Puccinis opera Madame Butterfly."

Det är klart, tänkte Annika Carlsson. Hur jävla dum kan man bli. Haqvin är ju precis som lille Edvin. En segelnörd och en Kalle Blomkvist-nörd oavsett yttre skillnader som inte hade det minsta att göra med den som det längst därinne handlade om. De är två små romantiker som båda gillar dig, tänkte hon.

Först därefter hade hon ringt upp Gripsholms Värdshus. Fått tala med en vänlig kvinnlig receptionist, förklarat vem hon var, att det gällde en polisutredning och att hon gärna fick kontrollringa om hon ville.

– Ja, men då gör jag gärna det, sa receptionisten. Ibland händer det faktiskt att folk inte är de som de påstår sig vara.

En minut senare hade hon ringt upp Annika Carlsson genom polishusets växel.

– Vad bra att du ringde, sa Annika Carlsson.
– Vad kan jag hjälpa dig med? frågade receptionisten.
– Jag letar efter en person som kan ha bott hos er under midsommarhelgen 2011. Sannolikt har han checkat in på midsommarafton, när han checkade ut vet jag inte, men han heter i alla fall Daniel Johnson. Svensk medborgare, född 1970.
– Det ska nog inte vara några problem i så fall, sa receptionisten. Vi är lite gammaldags på det här stället, så förutom den där vanliga blanketten som man får fylla i för vi även en gammaldags hotelliggare. Dem har vi kvar ända sedan vi öppnade värdshuset härnere för mer än trettio år sedan.
– Okej, sa Annika Carlsson. Hur gör vi nu?
– Jag ska strax äta en försenad lunch, sa receptionisten. Sedan kan jag plocka fram den där liggaren och kolla om han bodde här då. Vill du ha det på mail eller vill du att jag ska ringa?

– Ta det som är mest praktiskt för dig, sa Annika Carlsson.
– Då blir det nog ett mail, sa receptionisten.

En timme senare låg svaret i Annika Carlssons inbox. Daniel Johnson hade bokat ett dubbelrum från midsommarafton fram till söndagen två dygn senare. Han och den som han eventuellt hade haft med sig hade ätit lunch och middag på hotellet på midsommarafton. Dagen därpå endast frukost på rummet. På söndag förmiddag efter frukost, som han hade ätit nere i matsalen, hade han betalat sin räkning med sitt eget kreditkort. Hotellfakturan var på sammanlagt tiotusen kronor och huvuddelen av den kostnaden utgjordes av champagne och dyra viner som han hade beställt in. Kopia på fakturan, hans kreditkort, blanketten som han fyllt i när han checkat in samt hans namnteckning i hotellets liggare fanns bifogade. I övrigt hade receptionisten inget mer att berätta. Daniel Johnson var ingen som hon kände eller ens kände igen. Några uppgifter utöver dem hon hade lämnat fanns heller inte. Var det något mer som Annika Carlsson ville veta så fick hon gärna höra av sig igen.

Fan, Annika, tänkte Annika Carlsson. Du ångar ju fram som ett lok. Det här går alldeles för fort. Vad gör du för fel, tänkte hon.

88

Under Lisa Lamms första vecka som förundersökningsledare hade man hållit förhör med tre av de poliser som varit på plats i Thailand för att arbeta med identifieringen av de svenska offren för tsunamin. En av dem hade varit där som insatschef, en annan som utredare och den tredje som kriminaltekniker. Samtliga var numera pensionärer, men i själ och hjärta var de fortfarande fungerande poliser och en värdig utmaning för varje förhörsledare om de var på det humöret.

En av dem hade man varit tvungen att höra två gånger och dessutom göra kompletteringar på telefon. En annan hade krävt en dagsutflykt till Värmland. Efter pensioneringen hade han flyttat hem till Filipstad och han hade ingen tanke på att åka till Stockholm. Ville man prata med honom fick det antingen bli på telefon eller också i Filipstad. Den tredje, kriminalteknikern, hade varit förhållandevis tillmötesgående, vilket gjorde liten skillnad eftersom han i alla sakfrågor hade varit rörande överens med sina gamla kolleger.

Det arbete som de svenska poliserna hade uträttat i Thailand var ett unikt exempel på identifiering av offer vid katastrofer. En föredömlig insats, till och med så föredömlig att den saknade motstycke. Trots mycket stora praktiska svårigheter – hetta, starkt solljus, saltvatten och kroppar som ofta varit illa tilltygade – hade man lyckats identifiera samtliga femhundrafyrtiotre svenska offer som återfunnits.

En bidragande orsak till det var det goda samarbetet med kolleger från andra länder. I några fall hade svenska poliser hjälpt till med identifieringen av medborgare med annan nationalitet än svensk och att det tydligen var thailändsk polis som hjälpt dem med ett svenskt offer var både naturligt med tanke på omständigheterna, hennes dubbla medborgarskap bland annat, och invändningsfritt i en yrkesmässig mening. De thailändska kriminalteknikerna hade hög kompetens och var väl medvetna om de problem som måste lösas. Just därför hade alla som arbetade med detta uppdrag, oavsett varifrån de kom, sett till att säkra ett så brett underlag som möjligt för den identifiering som måste göras.

Så även vad gällde identifieringen av Jaidee Kunchai. Att man också hade tagit material från hennes kropp betraktade de som en självklarhet. Att det underlag som tagits från hennes kropp i så fall hade destruerats efter genomförda analyser visade bara att man hållit sig till gällande regler och rutiner. Att alla uppgifter om detta därefter hade rensats ut ur polisens register visade bara att man hade följt sekretesslagstiftningen. Jaidee Kunchai hade dödförklarats för snart tolv år sedan. Hon hade aldrig varit misstänkt för något brott och att hennes DNA-profil hamnat i svenska register berodde på de regler som Migrationsverket följde. Det var också därför som hon inte längre fanns kvar där.

– Att jag inte minns just henne är kanske heller inte så konstigt, konstaterade insatschefen. Med tanke på alla de andra där borta som vi jobbade med. Närmare femhundrafemtio som vi hade hittat och femton som vi fortfarande saknar. Jag har haft lättare uppgifter under min tid som polis.

– Jag förstår precis vad du menar, sa förhörsledaren.

De som hade skött förhören var två gamla uvar som Toivonen hade lånat ut. Kriminalinspektörerna Peter Bladh och Johan Ek. Peter Bladh var en rutinerad pappersvändare som aldrig hetsade upp sig i onödan. Johan Ek var känd för sitt osvikliga minne och sin simultankapacitet. Att höra vad den som han pratade med faktiskt sa samtidigt som han läste av hans eller hennes kroppsspråk. Tillsammans var de en aktningsvärd motståndare även för de svåraste bland dem som man skulle höra. Som till exempel gamla kolleger som själva hade gjort samma sak.

Förhören med de svenska poliserna som varit med borta i Thailand hade tagit dem hela veckan. När det hela var klart och dokumenterat på fredag eftermiddag hade de gått till det vanliga stället och druckit ett par öl tillsammans.

– Vad tror vi om det här då? frågade Bladh.

– Själv tror jag att det mycket väl kan vara som de säger, sa Ek.

– Ja, de verkar ju inte direkt missnöjda med sina egna insatser.

– Även om det betyder att någon måste ha dött två gånger, sa Ek och log.

– Nej, sa Bladh, suckade och skakade på huvudet. Antingen är det någon som har gjort något fel någonstans, eller också finns det en förklaring som vi har missat. Men fråga mig inte hur, för det har jag ingen aning om.

– Skål, sa Ek och höjde sitt glas. Vad tror du om en till pilsner, förresten?

– Fredag efter jobbet, instämde Bladh. Vad ska man annars med den till.

89

Mitt i veckan hade Nadjas nya själsfrände vid NFC hört av sig. Inte för att hon hade vägarna förbi Stockholm och ville passa på att avnjuta en rysk måltid samtidigt som hon lärde sig grunderna i att spela balalajka, utan istället för att berätta vilken jubelidiot hon var.

– Det var en sak som jag tydligen glömde bort att berätta för dig, suckade hon. Det var inget som jag teg om. Jag hade bara glömt bort det helt enkelt. Det är ju så i det här jobbet. Så fort man löst ett problem försöker man låta bli att tänka på det.

– Ja, instämde Nadja. Det är sådant som händer hela tiden. Vi får ta det nu istället.

– Då ska jag göra det, sa Nadjas själsfrände vid NFC.

I samband med att hon hade säkrat Jaidee Kunchais DNA hade hon nämligen hittat DNA även från en annan kvinna i form av tre olika hårstrån från Jaidees hårborste. Av kvinnans profil att döma hade hon samma thailändska ursprung som Jaidee, men det fanns inga tecken på något släktskap mellan dem. Det här var inte ovanligt med tanke på det underlag som hon hämtade sitt DNA ifrån. Ibland var det snarare regel än undantag. Folk som hade burit samma kläder, rökt på samma cigarett eller bara lånat ett örhänge av varandra. I värsta fall fick hon försöka särskilja blandade DNA, som kom från två eller flera personer. I det här fallet hade hon sluppit det. Med undantag för tre hårstrån från

Jaidees hårborste kom allt annat som hon hade säkrat från Jaidee. Någon annan kvinna hade tydligen vid något enstaka tillfälle, särskilt ofta kunde det inte ha varit, använt Jaidees hårborste för att borsta sitt eget hår. Det enklaste alternativet var väl att tjejen som städat deras rum på hotellet i Khao Lak hade gjort det. Eller att någon som Jaidee kände eller bara hade umgåtts med hade lånat Jaidees badrum och även passat på att fixa till håret.

Givetvis hade hon kvar DNA-profilen även på den okända kvinnan. Den hade hon ju behövt för sitt elimineringsarbete innan hon slutligen kunnat bestämma sig för att det underlag hon arbetade med kom från Jaidee Kunchai. Eftersom hon hade haft hårsäckarna kvar på samtliga tre hårstrån – hon som lånat hårborsten måste ha tagit ordentliga tag mot skalpen – så hade hon fått fram en fullständig profil, och Nadja skulle givetvis få en kopia på den.

Nadja hade tackat så mycket för det. En intressant komplettering som hon skulle fundera på. Erbjudandet om rysk middag och lite balalajka på maten stod givetvis kvar. Så fort hon hade vägarna förbi.

Dagen därpå hade Nadja skrivit en promemoria om det som hänt. Översatt det mest väsentliga till engelska och mailat över en kopia till Bunyasarn där hon dessutom bifogat DNA-profilen på den okända kvinna som vid något tillfälle måste ha använt Jaidees hårborste.

"Det är visserligen ett långskott. Men vem vet? Du kanske hittar henne i era egna register", skrev Nadja.

Akkarat Bunyasarn hade hört av sig bara ett dygn senare för att meddela att den DNA-profil som han fått av Nadja fanns i ett av den thailändska polisens spaningsregister. Inte för att kvinnan själv var straffad utan för att hon umgicks med flera män som stod högt upp på den thailändska polisens önskelista. Det DNA som han hade fått kom från en thailändsk kvinna som var född i Bangkok 1974. Hon hette Yada Songprawati och allt som han och hans kolleger hittills hade fått fram talade för att hon hade arbetat som värdinna på Gyllene Flamingon i Phuket vid tidpunkten för tsunamin och att hon var identisk med den saknade kvinna som de hittills bara hade känt under hennes artistnamn, Yada Ying Song.

Det märkliga med henne var att hon fortfarande verkade vara i livet. Bland annat hade hon tagit ut ett nytt pass på våren 2006 och under de följande fem åren vid ett flertal tillfällen ansökt om turistvisum för att kunna besöka bland annat Sverige och USA. Ytterligare undersökningar var därför nödvändiga och Akkarat Bunyasarn lovade att höra av sig omgående så fort han hade något mer att berätta.

Undrar vad som hände med Jaidees eget pass, tänkte Nadja. Men eftersom detta var en rutinåtgärd i sådana här sammanhang och hon dessutom hade ett svagt minne av att hon sett någon anteckning om saken hade hon inte behövt leta särskilt länge bland deras utredningshandlingar för att hitta svaret. Jaidee Kunchai hade haft två pass. Ett thailändskt och ett svenskt. När hon och hennes man åkt till Khao Lak för att fira jul och nyår hade hon lämnat dem kvar i bostaden i Bangkok.

Redan i slutet på januari, då man var klar över att hon var död, hade hennes man lämnat in dem på den svenska ambassaden där han ju dessutom arbetade. Därefter hade båda passen makulerats. Jaidee Kunchai behövde dem inte längre.

Nej, vad skulle hon med dem till, tänkte Nadja. Ingen ville väl ta risken att åka omkring med ett pass som tillhörde en död person. Än mindre lämna in det i samband med en visumansökan. Jaidee behövde ett nytt pass från någon som var tillräckligt lik henne och som fortfarande antogs vara i livet. Trots att det egentligen var tvärtom den här gången.

90

Med tanke på allt som hade hänt ville Lisa Lamm ha ett nytt möte med sin spaningsstyrka. När hon sprungit på Bäckström i korridorerna på polishuset hade hon tagit upp saken med honom.
– Vad tror du om i morgon, sa Bäckström. I morgon bitti, tillade han för säkerhets skull.
– Ja, det är klart det, sa Lisa Lamm. Vem vill sitta på jobbet en fredag eftermiddag?
– Vad tror du om klockan tio, föreslog Bäckström. Jag har en del att stå i på morgonen.
Bäst att passa på, tänkte han.
– Låter utmärkt, sa Lisa Lamm. Så slipper jag gå upp mitt i natten.

Så nu satt de där, fast i ett större rum, eftersom de numera var dubbelt så många.
– Okej, sa Bäckström. Då gör vi en ny avstämning av spaningsläget. Utan en massa onödigt tjafs, tillade han för säkerhets skull samtidigt som han projicerade deras sex frågor på bildskärmen på väggen.
– Vårt offer som vi hittade ute på Ofärdsön. Är vi fortfarande överens om att det är Jaidee Kunchai? Samtliga hade nickat. Nadja hade dessutom berättat om det senaste som man fått fram om den kvinna som felaktigt identifierats som Jaidee borta i Phuket.
– Tidigare har hon fått gå under sitt artistnamn, Yada Ying

Song. Ni vet den där nattklubbsvärdinnan som anmäldes försvunnen efter tsunamin.

– Vad heter hon nu då? frågade Peter Bladh.

– Vi lutar åt att hon är identisk med en kvinna som heter Yada Songprawati, född 1974 i Bangkok, sa Nadja utan att gå in på några detaljer. Våra thailändska kolleger har lovat att återkomma så fort de har något mer att berätta.

– Låter bra det, sa Johan Ek och utväxlade av någon anledning en blick med Peter Bladh. Så kan jag ringa upp de där gamla kollegerna som var där och berätta att vi tyvärr har hittat en liten plump i deras protokoll.

– Hälsa dem från mig, sa Bäckström. Vad tror vi om de där vanliga hur, var och när, då?

– Jaidee Kunchai blev skjuten, sa Niemi. Ett skott genom höger tinning med hjälp av ett så kallat salongsgevär som Hernandez och jag faktiskt tror att vi har hittat. Det tillhör Daniel Johnsons adoptivfar och han brukade förvara det ombord på sin segelbåt. Vi har fått tag i både vapnet och ett par askar gammal ammunition, Remington Long Rifle i kaliber .22. Alltihop är redan nere i Linköping. De har lovat att ta det med förtur. Men det ser ganska bra ut, som sagt.

– Ni har provskjutit lite innan ni skickade ner det, sa Bäckström.

– Fattas bara, sa Hernandez som inte verkade ha det minsta dåligt samvete för den sakens skull.

– Brottsplats, då? frågade Bäckström.

– Vi tror att det hände ombord på den där segelbåten som Johnson hade lånat av sin pappa, sa Niemi. Vi hittade spår av blod, nämligen. Det är blod från en människa men något DNA kan vi nog tyvärr inte hoppas på. Det har skvalpat runt nere i kölsvinet med en massa vatten. NFC har fått även det, för säkerhets skull.

– Ni hade hittat fingrar också, sa Bäckström som tydligen var väl påläst.

– Ja, sa Niemi. Men vi väntar fortfarande på Daniel Johnsons fingrar så att vi får något att jämföra med.
– Det ska vi nog kunna ordna, sa Bäckström och log ett förnöjt leende.
– Vad gäller tidpunkten, sa Annika Carlsson, verkar det ju ganska säkert att han checkar ut från hotellet på söndag förmiddag den 26 juni och att han har lämnat tillbaka nycklarna till båten till sin syster morgonen därpå. Brottstidpunkt någon gång mellan söndag förmiddag och natten till måndag, 26 till 27 juni 2011.
– Lite trångt om tid, sa Niemi.
– Ja, det stör mig också, instämde Annika Carlsson. Men jag är ännu mindre förtjust i alternativet. Att han skulle ha gjort det före midsommarafton, innan han tar in på det där värdshuset i Mariefred.
– Och sammantaget talar det ju starkt mot en planerad gärning, sa Lisa Lamm.
– Det kan gå fort när man börjar bråka, sa Bäckström. Vad har vi för motiv då, fortsatte han.
– Ett försäkringsbedrägeri, eller rättare sagt tre stycken, på sammanlagt tjugofem miljoner, sa Nadja. Åtminstone två gärningsmän i samverkan. Daniel Johnson och Jaidee Kunchai.
– Samtliga brott tyvärr preskriberade vid det här laget, konstaterade Lisa Lamm. Hade vi suttit här för en månad sedan hade jag i vart fall kunnat åtala på det sista av dem när Daniel Johnson fick ut drygt tjugo miljoner på den där företagsförsäkringen.
– Ja, Johnson får väl skicka en bukett blommor till din företrädare, sa Bäckström. Hur är det med henne, förresten?
– Läget lär vara oförändrat, sa Lisa Lamm. Jag pratade med hennes läkare igår.
– Låt oss hoppas på det bästa, sa Bäckström utan att gå närmare in på vad det skulle vara.
– Har vi någon koll på vad Johnson har för sig just nu? frågade Lisa Lamm.

– Hur menar du då? frågade Bäckström.

Hon tänker väl inte plocka in honom i dag, tänkte Bäckström. Då skulle ju hela hans fredag gå upp i rök.

– Han är i Bryssel, sa Felicia Pettersson. Han är där tillsammans med sin högste chef, kabinettssekreteraren, det var något EU-möte om situationen i Östersjön.

– Jaha, och när kan han förväntas återvända? sa Bäckström.

Gudskelov, tänkte han.

– Han ska vara tillbaka på jobbet här i Stockholm på måndag morgon, sa Felicia Pettersson.

– Okej, sa Lisa Lamm och nickade. Om det nu skulle visa sig att det är rätt vapen som vi har hittat tänkte jag plocka in honom omgående.

– Hämtning utan föregående kallelse, sa Bäckström.

Låter som ljuv musik, tänkte han.

– Nej, sa Lisa Lamm. Jag tänkte anhålla honom som skäligen misstänkt för mord och brott mot griftefriden, grovt övergrepp i rättssak och grov stöld. Det där sista gäller inbrottet på segelbåten, om det nu är någon som undrar. Jag beklagar också att jag inte kan delge honom misstanke om grovt bedrägeri och jag ber ännu en gång om ursäkt för de problem som en av mina medarbetare har vållat er.

Lisa Lamm är verkligen ingen dumskalle, tänkte Bäckström. Trots att hon var fruntimmer och lite i magraste laget för hans smak.

91

Redan på måndagen hade Peter Niemi fått besked från NFC om det material som han hade lämnat in. Visserligen bara muntligt och på telefon, men eftersom det var tydligt nog och deras skriftliga utlåtande skulle komma senare samma vecka hade han ringt upp Lisa Lamm.

– Det där med blodet som vi hittade i båten var precis som jag befarade, sa Niemi. Det är mänskligt blod, så långt stämmer det, men det är också det enda som de kan säga. Själv har jag fått för mig att det måste ha handlat om ganska mycket blod men det är de inte villiga att skriva under på.

– Det löser sig, sa Lisa Lamm. Vad hade de mer att komma med?

– Rullen med blått segelgarn som vi hittade bitar av på vår fyndplats ute på ön. Det är samma slags garn som finns på rullen som vi tog med från pappa Johnsons båt. Dessutom tydligen ovanligt. Tyskt fabrikat, säljs inte i Sverige.

– Snörbitarna från fyndplatsen, kommer de från den rulle som ni hittade på båten?

– Vet ej, sa Niemi. Bara att det är samma slags garn och att det tydligen är ovanligt.

– Bra nog, konstaterade Lisa Lamm. Vad fick vi mer?

– Sedan blir det ännu bättre. Den där ammunitionen som vi fick av pappa Johnsons dotter är väldigt ovanlig. Remington slutade tillverka den redan i början på femtiotalet. Kulan som vi hittade i kraniet stämmer med kulorna hon gav oss. Det är de helt säkra på därnere i Linköping. Något sådant där metallurgiskt hokus pokus.

– Hur mycket ammunition lämnade Johnsons dotter över till oss?

– Två askar på vardera femtio skott. Tjugo fanns kvar i den ena och trettiotvå i den andra.

– Så man måste ha skjutit en del genom åren, sa Lisa Lamm.

– Jo, de där bilderna som fanns i fotoalbumet som vi hittade på båten tyder ju på det. Mest målskytte som det verkar. Man har skjutit på burkar och papptallrikar och sådant där. Inte på folk.

– Skönt att höra, sa Lisa Lamm.

– Jo, sa Niemi. Fast en gång verkar det ju ändå som om någon har gjort det.

– Kulan i kraniet matchar bössan?

– Ja, det verkar så. En plus tvåa enligt NFC, men anledningen till att de inte vill ge den mer tror jag främst är att den är omantlad och blev rejält tillplattad när den gick genom skallbenet på henne. En plus tvåa är inte dåligt.

– Jag vet, sa Lisa Lamm. Och om jag tolkat dig rätt är den samlade bilden ännu bättre. Vapnet, ammunitionen, rullen med segelgarn, att det är människoblod som ni hittade i båten.

– Nej, jag tänker inte klaga, sa Niemi. Jag är nöjd.

– Det är jag också, sa Lisa Lamm. Så jag tänker hämta in honom och anhålla honom redan i morgon bitti. Jag förstår av Annika Carlsson att han ska vara på jobbet hela veckan, så det bästa blir väl om vi plockar upp honom i hans bostad.

– Och du vill att jag och kollegerna gör en husrannsakan där, sa Niemi.

– Precis, sa Lisa Lamm. Har du folk till det?

– Det löser vi, sa Niemi. Har du några önskemål i övrigt?

– Ja, hans dator naturligtvis, eller om han nu har en sådan där smart telefon. Allt det där andra överlåter jag till dig. Det kan du mycket bättre än jag.

– Det är en annan sak som jag har tänkt på, sa Niemi. Som du kan påminna kollegan som ska höra honom om. Du minns kanske det blåa nattlinnet som hon hade på sig när de hittade henne i det där huset. Det var ju Jaidee Kunchais nattlinne, men knappast Jaidees kropp som det verkar.
– Ja, sa Lisa Lamm. Det minns jag. Vad är problemet?
– Vart det tog vägen, sa Peter Niemi. Det borde Johnson kunna svara på, tycker jag.
– Jag förstår hur du tänker, sa Lisa Lamm. Sover man i ett nattlinne i den värmen så borde det finnas åtskilligt med DNA på det.
– Ja, och drar du på det på någon annan som är så nerblodad som kroppen lär ha varit borde även den personens DNA ha hamnat där. Två olika DNA på samma linne, och något säger mig att vi i så fall har båda profilerna.
– Jaidee Kunchai och Yada Songprawati, sa Lisa Lamm.
– Precis som på den där hårborsten, konstaterade Niemi.
– Jag ska se till att Johnson får frågan, sa Lisa Lamm.

Niemi är bra, tänkte Lisa Lamm så fort hon lagt på luren. Varför hade ingen annan sagt något om nattlinnet? Förmodligen för att de hade glömt det.

Trevlig kvinna, den där Lamm, tänkte Niemi, så fort han avslutat samtalet. Snygg och vältränad var hon också. Verkade vara en sådan där som kunde ta vara på både sig själv och andra.

92

Annika Carlsson och hennes kollega Jan Stigson hade hämtat Daniel Johnson i hans bostad på Gärdet strax före klockan åtta på morgonen. Det var Johnson som hade öppnat när hon ringt på dörren. Med ett frågande leende på läpparna.
Annika Carlsson hade förklarat vem hon var och visat sin polislegitimation. Fått samma frågande leende till svar.
– Jaha, och varför vill ni prata med mig?
– Vi har några saker som vi måste fråga dig om, sa Annika Carlsson. Det är därför du är tvungen att följa med oss till polishuset i Solna.
– Vad är det då? frågade Johnson, som fortfarande mest verkade vänligt intresserad.
– Det kan jag tyvärr inte säga, sa Annika Carlsson, men jag är övertygad om att vår åklagare kommer att berätta det för dig. Hon sitter redan och väntar.
– Hoppsan, sa Daniel Johnson. Om jag ska träffa henne vill jag nog ha min advokat med mig.
– Självklart, sa Annika Carlsson. Vad heter han, då?
– Johan Eriksson, sa Johnson. Det är ingen jag känner, men efter vad jag läst och hört lär han ju vara den bästa.

Så fort de hade lämnat lägenheten hade Niemi och Hernandez tagit över. Husrannsakan och beslag av mobilen och datorn men inget av det som de hade gjort hade gett något särskilt.

Daniel Johnson bodde tydligen ensam i den trerumslägenhet som han ägde. Där fanns inga spår av någon annan mer frekvent besökare. Lägenheten var välmöblerad enligt konventionell smak. Den var välstädad och att döma av de kvitton man hittade anlitade han tydligen en städfirma som tog hand om den saken. Hans dator var ny, inköpt för en månad sedan, och när han så småningom fick frågor om den saken förklarade han det med att den gamla var mer än fem år gammal när han bestämde sig för att byta ut den. Han hade tänkt göra det långt tidigare, men det hade liksom inte blivit av. Han hade anlitat samma företag som förra gången han köpt en dator. Vad de hade gjort med hans gamla hade han ingen aning om, men han förutsatte att de hade slängt den. Enklast vore väl att man frågade dem. Kvittona hade han kvar. De fanns i den vanliga pärmen där han förvarade sådant.

Ingenting hade gett något av intresse. Ingenting som stack ut, möjligen med ett undantag. På sitt nattygsbord hade han ett inramat fotografi av sin första fru, Jaidee Kunchai.

Niemi och Hernandez hade pratat om det. Om han nu hade mördat henne fem år tidigare var det en märklig påminnelse om något som han rimligen borde försöka skjuta undan. Om det nu inte var så att han räknat ut att sådana som Niemi och Hernandez förr eller senare skulle komma hem till honom och hade ställt fram det av det skälet. När Annika Carlsson hade ringt på hans dörr, innan han gick och öppnade, till exempel.

–Eller också är det bara så att både du och jag är yrkesskadade, sa Hernandez och ryckte på axlarna.

–Jo, men medge att lite konstigt är det allt, sa Niemi.

När Johnson fick frågan verkade han inte riktigt förstå den. Han hade mängder med foton på sin avlidna hustru. Det som stod bredvid hans säng hade han själv tagit på deras första gemensamma semester. Vad var det för konstigt med det? Hon var ju den människa som hade betytt mer för honom än alla andra människor tillsammans. Han tänkte på henne varje dag och han saknade henne hela tiden.

Totalt hade polisen hållit fyra förhör med Daniel Johnson. Därefter hade han upphört att svara på frågor. Han hade sagt allt han hade att säga. Han hade inget mer att tillägga, och detta hade han meddelat förhörsledaren, som var kriminalinspektören Johan Ek, när det fjärde förhöret hade avslutats. För säkerhets hade man ändå hållit ett femte som Daniel Johnson hade tigit sig igenom medan hans advokat svarat för hans räkning. Hans klient hade sagt sitt. Han och hans klient hade pratat utförligt om detta. I saklig mening var de helt överens. Det hade blivit ett mycket kort förhör. Mindre än fem minuter.

Daniel Johnsons inställning till det som nu hände hade varit klar och tydlig redan från första början. Han förstod helt enkelt inte vad polisen pratade om. Hans fru Jaidee hade omkommit i tsunamin. Han hade själv varit med. Bevittnat det med egna ögon. Från det att katastrofen hade slagit till ända fram till dess att man hade spridit hennes aska för vinden uppe i bergen norr om Bangkok.

Daniel Johnson hade haft svar på alla de frågor som polisen ställt till honom om den tragedi som drabbat honom och hans hustru. Utskriften av förhören med honom omfattade mer än tvåhundra sidor. De svar han gav upptog hälften av dessa och de följde alla samma mönster utifrån samma givna utgångspunkt. Hans hustru Jaidee Kunchai hade omkommit i tsunamin för snart tolv år sedan. Det var allt.

För att belysa detta räcker det med ett enstaka exempel. Anledningen till att det dröjt mer än ett dygn innan han med hjälp av ett par av hotellets anställda kunnat bära ut sin hustru ur den strandvilla som de hade hyrt var det kaos som rådde på området runt hotellet. När han först hade försökt göra det hade både polisen och hotellets säkerhetspersonal hindrat honom eftersom de ansåg att det fanns en uppenbar risk för att huset skulle rasa ihop. Det var först dagen därpå som han hade fått möjlighet att leta efter henne.

Det första förhöret hålls av kriminalkommissarie Evert Bäckström. De följande tre, eller fyra om man nu ska vara formell, hålls av hans kolleger kriminalinspektörerna Johan Ek och Peter Bladh med Ek som förhörsledare och Bladh som hans bisittare. Advokaten Eriksson har varit närvarande vid samtliga och vid det inledande förhöret finns även åklagaren Lisa Lamm på plats.

Jämfört med de följande förhören har det första också en mer improviserad karaktär. Förhörsledaren hoppar från ett ämne till ett annat, punktvisa nedslag i en större och ännu icke specificerad akt av anklagelser, uppblandade med något slags sociala kommentarer och frågor av allmän karaktär.

– Ja, det är en sak som jag undrar över, innan vi börjar så att säga, sa Bäckström, samtidigt som han både suckade och kliade sig i huvudet. Hur du vill bli tilltalad. Om jag ska kalla dig Johnson eller departementsrådet eller om det går bra med Daniel?

– Vad föredrar du själv?

– Daniel. Om det är okej för dig. Det sparar ju åtminstone tid.

– Ja, men säg det, då.

– Vad bra, sa Bäckström. Jo, Daniel, då är det en sak jag undrar över. När du bar ut din fru ur det där huset så hade hon ett blått nattlinne på sig.

– Ja, det stämmer.

– Vad hände med det sedan?

– Ursäkta?

– Saken är den att vi har det ju noterat i förhör som våra thailändska kolleger hållit med personalen där borta som var med och hjälpte dig, det blåa nattlinnet som hon hade på sig alltså, men sedan tycks det ha försvunnit på vägen. Finns inte med i våra förteckningar över din hustrus olika tillhörigheter.

– Men det är väl inte så konstigt, sa Daniel.

– Orkar du berätta om det? frågade Bäckström.

– Ja, sa Daniel Johnson. Innan vi körde Jaidee till Phuket, till det där identifieringsstället, så svepte vi hennes kropp i lakan från hotellet. Det var jag och personalen som hjälptes åt att göra det.

Då tog jag av henne nattlinnet. Det var ju alldeles blodigt.
– Jag förstår, sa Bäckström.
– Sedan gav jag det till personalen.
– Vet du vad de gjorde med det då?
– Jag förmodar att de slängde det. Jag menar, ett blodigt nattlinne. Det är väl inget man vill spara på.
– Nej, sa Bäckström. Jag förstår precis vad du menar.
– Vad bra, sa Daniel Johnson. Men du har ingen aning om hur jag mådde.
– Nej, sa Bäckström. Hur skulle jag kunna ha det? Men jag förstår precis hur du menar. En helt annan sak däremot som jag undrar över.
– Ja?
– Efter din hustrus död fick du ju ut en väldig massa pengar. Totalt tjugofem miljoner svenska kronor på tre olika försäkringar, om jag räknat rätt.
– Ja, det stämmer.
– Jag har förstått att du köpte en lägenhet för en del av pengarna.
– Ja, en bostadsrätt. Den där dina kolleger dök upp i morse.
– Vad fick du ge för den, då?
– Fyra miljoner. Om inte det här som vi råkade ut för hade hänt skulle vi ha bott kvar i Bangkok åtminstone ett år till. Men jag var ju sjukskriven och blev hemskickad till Stockholm. Vår gamla lägenhet hade vi sålt när vi flyttade. Jag måste ju ha någonstans att bo.
– Ja, självklart, instämde Bäckström. Det måste vi väl alla, så det är inget konstigt med det.
– Vad är det då som du undrar över?
– Jag tänkte på resten av pengarna, sa Bäckström. Vart tog de vägen?
– De har jag gett till Jaidees familj. Hennes mamma och hennes bror. Jag förde över dem till Thailand så fort de betalades ut. Jag orkade inte ens tänka på de där pengarna.

– Nej, det kan jag förstå, sa Bäckström. Men rent praktiskt, då? Vem skötte det hela åt dig?
– Jaidees bror hjälpte mig, sa Daniel Johnson. Han är amerikansk revisor. Firman han jobbar på är en av världens största revisionsbyråer. De har även kontor här i Stockholm, så det var de som hjälpte mig. Ja, och så banken förstås, SE-banken. Jag har papper på alltihop, varenda krona. De står i en pärm i mitt arbetsrum.
– Jag tror dig, sa Bäckström. Jag skulle ha gjort likadant. Vem bryr sig om pengar när något sådant har hänt.

Bäckströms inledande förhör varade i drygt en timme. Därefter hade Lisa Lamm tagit över och förklarat att Daniel Johnson var skäligen misstänkt för fyra olika brott. Mord på sin hustru Jaidee, brott mot griftefriden för att han efteråt försökt gömma hennes döda kropp, grov stöld alternativt försök till grov stöld i samband med att han skulle undanröja bevisning samt övergrepp i rättssak som riktade sig mot ett av deras vittnen. När hon sedan hade frågat Daniel Johnson om hans inställning till detta hade han skakat på huvudet och utväxlat en blick med sin advokat.
– Jag förstår ingenting, sa Daniel Johnson. Jag skulle tydligen ha mördat min fru som dog i tsunamin för tolv år sedan. Det där andra som jag skulle ha gjort? Jag har inte en aning om vad ni pratar om ens.
– Jag tolkar det som att du förnekar brott på samtliga punkter, sa Lisa Lamm.
– Ja, jag förstår ju inte ens vad du pratar om. Vad hade du väntat dig?
– Jag har ändå beslutat mig för att anhålla dig, sa Lisa Lamm.
– Varför blir jag inte förvånad, sa Daniel Johnson. Men nu vill jag prata med mitt ombud. Bara han och jag.
– Självklart, sa Lisa Lamm. Dessutom tror jag att han kan redovisa de olika skälen till våra misstankar mot dig. Ge dig en mer detaljerad bakgrund, så att säga.

– Vad bra, sa Daniel Johnson. Varken du eller din medhjälpare har lyckats särskilt bra med den saken.

– Vad tror vi om det här, då? frågade Lisa Lamm så fort hon och Bäckström hade blivit ensamma med varandra.

– Johnson är ingen dumskalle, sa Bäckström. Han kommer att hjälpa oss med allt som vi annars kan dänga till honom med. Allt annat kommer han att neka till. Då tänker jag inte enbart på hans före detta hustru. Hur skulle han ha kunnat mörda henne? Hon hade ju redan förolyckats i tsunamin. Det har han dessutom papper på, som våra egna kolleger har skrivit under.

– Ge mig ett annat exempel också.

– Finns hur många som helst, sa Bäckström. Om vi tar den där midsommarhelgen som han tillbringade på det där värdshuset i Mariefred. Självklart var han där ensam.

– Han hade hyrt ett dubbelrum.

– Han gillar väl att ha gott om plats när han sover, sa Bäckström. Eller lite reservutrymme om han skulle råka ragga upp någon.

– Han har ätit både lunch och middag nere i matsalen, sa Lisa Lamm.

– Ja, och jag har sett notan, sa Bäckström. Den förtäringen hade jag lätt klarat på egen hand. Kan vi hitta servitrisen som serverade honom och hans eventuella sällskap? En midsommarafton för fem år sedan? Glöm det. Om jag fick tag i en sådan som var villig att vittna om det skulle jag påstå att hon ljög.

– Ja, sa Lisa Lamm. Jag noterade också Jaidees frånvaro i alla skriftliga handlingar.

– Och i övrigt var han väl ute på Mälaren och seglade. Ensam givetvis, det lär ju vara själva grejen för många sådana där seglare.

– Vad gör vi nu då?

– Vi kör som vanligt, sa Bäckström. Är det han som gjort det? Klart han har. Förr eller senare slinter väl tungan på honom. Den brukar göra det med sådana som han när de har suttit i häktet ett tag.

93

Efter att Daniel Johnson suttit anhållen i ett dygn hade Lisa Lamm begärt honom häktad. En begäran som hon haft framgång med. Daniel Johnson hade häktats på sannolika skäl misstänkt för bland annat mord. Nästa förhandling skulle hållas om fjorton dagar.

Nere på NFC hade man numera tillgång till såväl hans fingeravtryck som hans DNA och det var med anledning av de förra som man hade hört av sig till Peter Niemi redan dagen efter det att Johnson hade häktats. Johnsons fingeravtryck hade säkrats på tre olika ställen i den segelbåt som numera ägdes av hans äldsta syster. Dessutom hade man hittat dem på ställen där man normalt inte hade anledning att placera sina fingrar, bland annat under durken i kajutan.

Ännu en dag senare hade hans syster Sara hört av sig på telefon till Annika Carlsson. Hon hade pratat med sin pappa som då uttryckt önskemål om att få prata med någon av de poliser som utredde de allvarliga brottsmisstankarna mot hans son.

– Han har ju läst det som står i tidningarna som du säkert förstår, sa Sara Johnson. Eftersom han är den han alltid är ville han ta det direkt med er.

– Har du någon aning om vad han vill prata om? frågade Annika Carlsson.

– Möjligen om det där gamla salongsgeväret, sa Sara. Men i övrigt vet jag inte. Han är väl allmänt orolig över det som händer, helt enkelt.

– Jag pratar gärna med honom, sa Annika Carlsson. När vill du att jag ska göra det?
– Så fort som möjligt, sa Sara Johnson. Med tanke på hur han mår finns det nog inte så mycket tid kvar, är jag rädd.
– Jag kan göra det i eftermiddag, om du vill.
– Låter alldeles utmärkt, sa Sara Johnson. Jag pratade med honom för bara en liten stund sedan och i dag tycks vara en uthärdlig dag för honom. Är det okej om jag sitter med under ert samtal?
– Självklart, sa Annika Carlsson. Du kan till och med få skjuts om du vill. Är du på jobbet?
– Ja.
– Går det bra om jag plockar upp dig om en timme?
– Det blir utmärkt, sa Sara. Ring när du står här utanför.

Samtalet med Sven-Erik Johnson hade hållits på hans rum på det sjukhem ute i Bromma där han vårdades. En lång, mager man, iförd vit skjorta, välpressade gråa byxor och svarta tofflor på fötterna. Han hade samma kloka blåa ögon som sin äldsta dotter. Dessutom var han tydligt märkt av den död som redan satt och väntade på honom bredvid sängen där han mestadels låg.
– Det var snällt att kommissarien kunde ta sig tid, sa Sven-Erik Johnson och nickade vänligt mot Annika Carlsson.
– Säg Annika, sa Annika Carlsson och log.
– Om du lovar att kalla mig Sven-Erik, sa Sven-Erik Johnson
– Det gör jag gärna, sa Annika Carlsson. Dessutom är det en sak som jag vill att du ska veta. Om jag bara hade kunnat välja hade jag gärna besparat dig det här som jag och mina kolleger håller på med.
– Jag har ingen anledning att klandra er för det, sa Sven-Erik Johnson. Ibland finns det saker som man måste göra, oavsett hur tungsamt det kan vara. Om det är någon som det finns skäl att gräla på skulle det väl i så fall vara min son.
– Ja, sa Annika. Men utan honom skulle du och jag aldrig ha träffats. Inte jag och Sara heller.
– Har Daniel dödat sin fru?

– Ja. Det finns starka skäl till att tro det. Själv är jag tyvärr övertygad om att han har gjort det.
– Så Jaidee dog aldrig i tsunamin?
– Nej, sa Annika Carlsson. På den punkten är vi alla övertygade. Den som dog och felaktigt blev identifierad som Jaidee var en annan kvinna som hon och Daniel hade träffat kvällen innan och tagit med sig till hotellet där de bodde.
– Och det här är något som de har kokat ihop tillsammans?
– Ja, det verkar så.
– Varför har de gjort det då?
– Ett försäkringsbedrägeri. Daniel fick ut sammanlagt tjugofem miljoner kronor på Jaidees livförsäkringar.
– Och flera år senare blir de osams och han dödar henne.
– Ja, ungefär så tror vi tyvärr att det har gått till.
– Jaidee och Daniel var aldrig bra för varandra. De var alldeles för lika. De lockade fram det sämsta hos varandra.
– Det finns en del som tyder på det, sa Annika Carlsson.
– Jag har förstått att ni hittade henne ute på Ofärdsön, sa Sven-Erik Johnson. Med tanke på allt som Daniel vet om den ön sedan han var därute som grabb verkar det ju som en händelse som föregåtts av en tanke.
– Ja, det är nog ingen slump.
– Och allt det här hände den där midsommaraftonen när han lånade min segelbåt? frågade Sven-Erik Johnson.
– Om det är någon tröst finns det åtskilligt som talar för att det inte var något som han hade planerat att göra. När han lånade din båt alltså.
– Det tror ni?
– Nej, inte tror, sa Annika Carlsson och skakade på huvudet. Jag är ganska övertygad om att han inte hade planerat att göra något sådant. De blev väl osams helt enkelt och då råkade han döda henne.
– Hur konstigt det än kan låta så känns det faktiskt som en tröst för mig, sa Sven-Erik Johnson.

– Det som hände är verkligen inte ditt fel, sa Annika Carlsson.
– Nej, sa Sven-Erik Johnson och skakade på huvudet. Men med tanke på det som hände kanske jag skulle ha låst in det där gamla salongsgeväret som jag fick av min pappa. Däremot hade jag ingen aning om att man numera behöver ha licens för ett sådant. När jag fick det, det var någon gång efter kriget, behövde man inte det.
– Nej, jag vet, sa Annika Carlsson.
– Mina döttrar brukade ha det för att skjuta prick med, sa Sven-Erik Johnson och log mot sin äldsta dotter. Ja, kanske inte Sara så mycket, men jag minns att Eva var väldigt förtjust. En gång försökte hon till och med skjuta en mås med det. Då minns jag att jag grälade på henne och sedan fick det stå inlåst tills hon lovade att inte göra om det. Fast Daniel... Jag tror aldrig ens att jag har sett honom hålla i det.
– Det är väl inte så konstigt, sa Sara. Hur gammal var han när du köpte Vegan? Nio, tio år om jag inte minns fel. Det är väl inget som man sticker i händerna på en liten grabb. Dessutom var han ju nästan aldrig med oss ute på sjön. Han umgicks hellre med sina kompisar.
– Nej, det är sant, sa Sven-Erik Johnson. Tror du att det är någon mening med att jag försöker prata med Daniel? Jag har visserligen knappt pratat med honom under de senaste tio åren och det är säkert sex sju år sedan jag såg honom senast. Men han är ju ändå min son.
– Om du vill träffa honom ska jag försöka ordna det, sa Annika Carlsson. Däremot tror jag inte att det är någon idé att du försöker prata förstånd med honom.
– Jag kanske är lite gammaldags, sa Sven-Erik Johnson, men jag har alltid tyckt att man ska ta ansvar för sina handlingar.
– Jag är tyvärr rädd för att Daniel inte delar den uppfattningen, sa Annika Carlsson.
– Den förlorade sonen, sa Sven-Erik Johnson. Hur det nu gick till.

– Jag tror inte att det beror på dig, sa Annika Carlsson. Det är sådant där som ofta händer ändå. Utan att det är någons fel, alltså.
– Det tror jag också, sa Sven-Erik Johnson. Men om jag nu hade fått välja, så.
– Om du ändå vill träffa honom ska jag naturligtvis hjälpa dig, upprepade Annika Carlsson.
– Nej, sa Sven-Erik Johnson och skakade på huvudet. Det är nog för sent, är jag rädd. Att jag tycker att det är tråkigt att han inte vill träffa mig är heller ingenting som någon av oss kan göra någonting åt.
– Jag har en fråga till dig. På din båt hittade vi en rulle blått segelgarn. Du minns inte var du köpte den?
– Jo, det var på en långsegling till Kiel som jag gjorde ensam. Måste ha varit året innan jag blev sjuk, 2010 alltså. Om du undrar hur jag vet det så säkert beror det på att det är enda gången som jag seglat dit.
– Men det var väl bra att du kom ihåg det. Om det är något som du tror att jag kan hjälpa dig med är det bara att du säger till, sa Annika Carlsson.
– Du har redan hjälpt mig, Annika, sa Sven-Erik Johnson. Det ska du ha tack för. Om du nu vill ha ett litet omdöme med dig på vägen, jag är ju ändå gammal lärare som du säkert vet...
– Ja, det tar jag gärna, sa Annika Carlsson och log.
– Vad bra, sa Sven-Erik Johnson och log även han. Jag tycker att du verkar vara en lika bra människa som mina båda döttrar. Det som hände med Daniel har jag aldrig blivit klok på.
– Tack, sa Annika. För ditt omdöme, alltså. När jag gick i skolan var de inte alltid så bra.
– Kan jag mycket väl tänka mig, sa Sven-Erik Johnson. Gymnastiken hade du säkert inga problem med och att du inte alltid höll med dina lärare är väl inte hela världen. Fast nu när jag ändå har dig här, det är en sak som du skulle kunna fråga Daniel om.
– Vad är det då?
– Min kära sjösäck, sa Sven-Erik Johnson. Var han gjorde av den.

– Försvann den i samband med att han lånade båten av dig?
– Ja, och när jag till sist fick tag i min son på telefon lovade han faktiskt att han skulle lämna tillbaka den. Han hade bara lånat den. Behövde den tydligen för att bära sina prylar i.
– Men det gjorde han aldrig?
– Nej, sa Sven-Erik Johnson.
– Varför har du inte sagt det, sa Sara Johnson. Det måste ju ha varit den där sjösäcken som Eva och jag gav dig i julklapp året innan du blev sjuk.
– Ja, precis, sa Sven-Erik Johnson. Även om jag kanske inte kommer att ha så mycket användning av den i framtiden så kanske du kan ha det. Båt har du ju redan.

– Den där sjösäcken, påminde Annika Carlsson, när de en halvtimme senare satt i bilen på väg tillbaka till sina respektive jobb. Vad handlar det om? Jag vet ju vad en sjösäck är, så det är inte det jag undrar över.
– Nej, sa Sara Johnson. Det var en julklapp som jag och Eva gav till pappa och jag har ett bestämt minne av att det var julen innan han blev sjuk. För sex år sedan alltså.
– Kan du beskriva den? frågade Annika.
– Ja, jag har till och en bild på den i något album därhemma. Det var min syster som köpte den i London. Hon bor ju där som du vet. Det var en rejäl historia, i gammal impregnerad segelduk och med lädersköningar och handtag i läder. Dyr var den också. Dessutom hade jag broderat pappas initialer på den, med det där blåa segelgarnet som vi brukade ha i båten. Hans initialer med stora bokstäver, SEJ, Sven-Erik Johnson, plus ett gammalt latinskt citat i förkortning. NNE. Navigare Necesse Est.
– Vad betyder det, då?
– Att segla är nödvändigt, sa Sara med ett småleende. Pappas favoritcitat. Navigare necesse est. Vivere non est necesse.
– Det där sista då? Vad betyder det?
– Ja, det är ju det som är så sorgligt. Med tanke på pappa, alltså,

och hur han mår. Att segla är nödvändigt, att leva är inte nödvändigt.

– Jag tror han tänker på det som en tröst, sa Annika Carlsson.

– Själv vill jag förskräckligt gärna ha tillbaka den där sjösäcken, sa Sara Johnson. Så om ni skulle hitta den i samband med någon husrannsakan hemma hos Daniel gör jag anspråk på den.

– Jag lovar att prata med mina kolleger, sa Annika Carlsson.

– Vet du vad, sa Sara Johnson. Sväng förbi min lägenhet så ska du få en bild på den.

En halvtimme senare klev Annika Carlsson in på Peter Niemis rum.

– Har du fem minuter? frågade Annika Carlsson.

– Självklart, sa Peter Niemi och slog ihop pärmen som han hade suttit och bläddrat i.

– Vad är det här, sa Annika Carlsson och räckte över bilden som Sara Johnson hade gett henne.

– Att döma av granen som jag ser i bakgrunden och alla glada miner på de totalt fem personer som finns med på samma bild får jag för mig att det handlar om ett vanligt svenskt julaftonsfirande. Till ytterligare stöd för detta har jag så den handskrivna texten på baksidan av fotografiet, "Julafton i Ålsten, 2010". Är det något mer jag kan hjälpa kommissarien med?

– Att du slutar larva dig, sa Annika Carlsson. Den där stora gråa väskan som står mitt i bilden, är det något som du och Hernandez hittade bland Johnsons tillhörigheter när ni gjorde husis hemma hos honom?

– Nej, sa Peter Niemi och skakade på huvudet. Om du frågar mig ser det ut som en sådan där gammal engelsk sjösäck i impregnerad segelduk med läderskoningar och läderhandtag.

– En julklapp till Daniel Johnsons pappa från hans båda döttrar Sara och Eva.

– Nej, sa Peter Niemi och skakade på huvudet. Det är inte något som vi har hittat.

– Var finns den nu, då?

– Om den fanns i Sven-Erik Johnsons segelbåt när hans son lånade den är jag rädd för att den numera ligger någonstans på botten av Mälaren.

– Vad tror du om att försöka hitta den?

– Det tror jag inte på, med tanke på att Mälaren är en av landets största sjöar, sa Peter Niemi. Om jag begärde pengar för något sådant är jag helt övertygad om att jag skulle få nobben av höga vederbörande. På goda grunder, så jag skulle inte ens ta illa upp.

– Ja, jo. Jag hör vad du säger.

– Jag lovar att tänka på saken, sa Peter Niemi och suckade. Men du ska nog inte hoppas på något, är jag rädd.

94

I media hade man skrivit oväntat lite om "en hög tjänsteman i regeringskansliet som blivit anhållen som misstänkt för att ha mördat sin fru". Ingenting om tsunamin, ingenting om några detaljer, motiv eller liknande. Däremot att han försökt gömma hennes kropp på en ö i Mälaren.

Vad har hänt med Bäckström? tänkte Ankan Carlsson. Har han tappat kontakten med sin egen favoritreporter, för den typen av extrainkomster brukar han ju aldrig missa?

Det hade han inte gjort den här gången heller men däremot hade han plötsligt stött på oväntade problem trots att det från början verkat lika lovande som vanligt när han ringt och berättat för sin favoritreporter att det var stora saker på gång.

De hade träffats för att äta middag på det vanliga stället, men till skillnad från alla tidigare tillfällen hade hans kontakt verkat märkbart ointresserad. Börjat prata om att han hade andra källor som uppenbarligen inte delade Bäckströms uppfattning och att man nog ville ha mer på fötter innan man gjorde en Bäckströmare av den här historien.

– Vadå, Bäckströmare? frågade Bäckström.

– Ett litet internt uttryck bara, förklarade reportern.

– Jaha, och vad fan hände med meddelarskyddet? frågade Bäckström surt. Om ni inte gillar det som ni får kanske det finns andra som gör det.

Så fort han kommit hem hade han ringt upp sin andre favoritreporter som arbetade på den näst största kvällstidningen och därmed inte var lika stadd vid kassa som den förste, men som alltid brukade ta det som bjöds. Den här gången hade han varit avvisande och till och med oförskämd. Som han och hans kolleger hade fattat saken, enligt sina säkra källor, satt deras konkurrent redan med samma historia och hade ändå valt att vänta med den. Med tanke på den person som det ytterst handlade om fanns det ju dessutom politiska implikationer i det hela.

– Hur menar du då? frågade Bäckström.

– En hög svensk diplomat som man har tänkt utnämna till vår ambassadör i Litauen. Skulle han ha mördat frun vore det ju rena julafton för ryssarna och med tanke på vad vi här på tidningen anser om dem är väl inte det ointressant.

– Det hade jag ingen aning om, sa Bäckström.

– Vad skönt att höra, sa reportern. Så det är inget som du har hört från dina ryska kontakter, då?

– Vilka ryska kontakter, sa Bäckström. Jag har inga ryska kontakter.

– Vad bra, upprepade reportern. Men vi här på redaktionen är alltså inte intresserade.

Vad fan är det som händer, tänkte Bäckström. I vanliga fall skulle han ju så här dags kunna räkna hem åtminstone fem siffror. Inte behöva lyssna till en massa politiska konspirationsteorier.

95

För en gångs skull hade det gått betydligt fortare än vanligt och rättegången mot Daniel Johnson hade inletts redan i mitten av oktober vid Stockholms tingsrätt. Lisa Lamm hade åtalat honom för mord alternativt dråp, brott mot griftefriden, försök till grov stöld och övergrepp i rättssak.

På tingsrättens kansli hade man tydligen förutskickat att det kunde bli en komplicerad historia och satt ut fem dagar för att genomföra det hela. Dessutom två reservdagar, för säkerhets skull. Tillika hade man förstärkt domstolens sammansättning till två lagfarna domare och fyra nämndemän. Men även i rätten hade processen löpt smidigare än vanligt. Reservdagarna hade man inte behövt använda och den avslutande dagen hade man varit klar med slutpläderingar och allt det praktiska redan till lunch.

Daniel Johnson hade hållit fast vid samma historia som tidigare. Hans hustru hade omkommit i samband med tsunamin för snart tolv år sedan. En för honom obegriplig tragedi och det värsta som kunde hända en människa. Till och med värre än det han nu utsattes för som var enbart obegripligt, "som i en roman av Franz Kafka". Att han sju år senare skulle ha mördat sin redan döda hustru och gömt undan hennes kropp på en ö i Mälaren. Oavsett hur det skulle sluta kunde det inte bli värre för honom eftersom han redan förlorat den människa som betytt mer för honom i hans liv än alla andra tillsammans.

Hans försvarare hade gjort mer än vad man egentligen hade rätt att begära. Förklarat det faktum att man hittat hans klients fingeravtryck inne i kajutan på faderns segelbåt med att de mycket väl kunde ha hamnat där vid något tidigare tillfälle, som under den midsommarhelg för fem år sedan då han lånat den för att segla på Mälaren. Inte för att Johnson varit där nu för att städa undan eventuell bevisning. Att fingeravtryck inte hade någon datumstämpel torde ju vara bekant för de flesta och enligt hans egen erfarenhet brukade sådana som bröt sig in hos andra vara noga med att bära handskar på händerna.

På samma sätt var det med det övergrepp i rättssak som hans klient enligt åklagaren skulle ha gjort sig skyldig till. De bilder som var tagna med övervakningskameror i kvarteren runt polishuset stämde väl överens med den förklaring som Johnson själv hade lämnat. Att han före jobbet hade tänkt överraska en gammal bekant som bodde där, kört runt i kvarteren för att hitta en parkeringsplats, till sist gett upp och istället åkt till sitt arbete.

I allt väsentligt hade det givetvis handlat om åtalet för mord och det efterföljande brottet mot griftefriden och här hade advokat Eriksson bland annat gjort precis det som Nadja Högberg ett par månader tidigare hade förutsett att han skulle göra.

Han hade kallat in två av de poliser som varit med borta i Thailand när det hela hade hänt och låtit dem vittna. Enligt deras samstämmiga och bestämda uppfattning hade Jaidee Kunchai omkommit i tsunamin. Hon hade hittats i huset som hon och hennes make hyrt. Därefter identifierats av sin make, sin egen mor och två anställda på hotellet som kände henne väl till utseendet. Offret hade burit Jaidees halssmycke och hennes nattlinne och på det identifieringscentrum i Phuket dit man sedan fört den döda kroppen hade man säkrat DNA-underlag som bortom varje rimligt tvivel visade att den döda kvinnan var Jaidee Kunchai.

Därefter hade advokat Eriksson även visat filmerna från både begravningsakten och ceremonin när Jaidees aska hade strötts för vinden. Däremot hade han inte låtit backa filmen för att göra ett omtag på det ställe där Daniel Johnson hade sjunkit ihop och satt sig på marken medan han vaggade sitt huvud i händerna. Av domstolens reaktioner att döma behövdes det inte. Två av domstolens ledamöter hade satt handen mot pannan och sänkt blicken när den scenen spelades upp.

Återstod den tekniska bevisningen och olika konstiga sammanträffanden som Eriksson själv inte betraktade som särskilt övertygande. Ett hundra år gammalt vapen där det fanns tusentals av samma modell, med samma ballistiska egenskaper, som fortfarande var i bruk. En patron till detta gevär som det säkert fanns ännu fler exemplar kvar av. En plus tvåa på NFC:s skala som påstods binda vapnet till kulan. Inte någon plus fyra, inte ens en plus trea. God grund för att hysa rimligt tvivel.

Som avslutning hade advokaten starkt ifrågasatt det motiv som åklagaren hade anfört för att förklara orsaken till denna minst sagt märkliga historia. Om det nu handlade om ett försäkringsbedrägeri som Daniel Johnson skulle ha genomfört tillsammans med sin hustru var det onekligen lite märkligt att han hade fört över i stort sett alla pengar som försäkringsbolagen hade betalat ut – närmare tjugo miljoner kronor – till sin före detta hustrus familj.

Var fanns motivet? Vad fanns det för pengar att bråka om sju år senare när han skulle ha mördat henne? För att nu inte tala om den närmast ofattbara kyla som både han och hans dåvarande hustru måste ha gett prov på när de "grep tillfället i flykten". Mitt i en katastrof av rent helvetiska proportioner. Att både Daniel Johnson och Jaidee Kunchai i så fall hade varit med om planen förnekade ju inte ens åklagaren. Oenigheten mellan Eriksson och åklagaren på den punkten handlade om att medan han var övertygad om att Jaidee Kunchai hade omkommit så hävdade åklagaren att hon hade överlevt.

Även Lisa Lamm hade skött sin uppgift långt utöver vad man normalt kunde begära. I rent pedagogisk mening hade hon också haft det betydligt svårare. Steg för steg hade hon ändå genomfört den och börjat med det som allt egentligen handlade om: vem det var som egentligen hade omkommit i samband med tsunamin i Thailand.

Enligt Lisa Lamm var det inte Jaidee Kunchai utan en thailändsk kvinna som hette Yada Songprawati. Hon hade arbetat som nattklubbsvärdinna i Phuket på den klubb som makarna Johnson hade besökt natten före tsunamin. Efter stängning hade hon följt med dem till deras strandvilla och det var hon som hade mist livet i tsunamin.

Om detta hade Detective Superintendent Akkarat Bunyasarn vittnat på telefon från Bangkok. Samtalet var dessutom förmedlat via Skype så att man kunde titta på honom medan han pratade. För åklagaren hade han varit ett bra vittne. Punkt för punkt, detaljerat och på perfekt engelska hade han berättat om anledningen till att man numera hade kunnat avföra Yada Songprawati från den thailändska polisens lista över personer som saknades efter tsunamin. Yada Songprawati hade på felaktiga grunder först identifierats som Jaidee Kunchai. De två hotellanställda som gjort det hade handlat i god tro och vad DNA-bevisningen beträffade hade den skett med hjälp av Kunchais tillhörigheter, en tandborste, en hårborste och en kam. Allt detta numera utrett och klarlagt.

Väl klar med detta hade Lisa Lamm tagit itu med den övriga bevisningen. Börjat med att berätta om Daniel Johnsons märkliga kännedom om den minst sagt dolda plats där man hittat Jaidees kropp, klarat av den tekniska och övriga bevisningen och genomgående kommit till andra slutsatser om styrkan i den än vad försvaret hade gjort. Avslutat med att ge sin syn på motivet och vad den hävdade gåvan från Daniel Johnson till Jaidees familj egentligen stod för. Jaidee var ju fortfarande i livet. De var sams och hade hela tiden haft kontakt med varandra. Ända fram till midsommarhelgen 2011 då han hade mördat henne. Att föra över pengarna till Thailand var ett praktiskt sätt att dölja dem. Det hade på intet vis försvårat för Johnson att dra vinning av dem. Det som hade fått honom att döda sin hustru var andra omständigheter som inträffat flera år senare.

Tingsrätten i Stockholm hade behövt fjorton dagar för att tänka över saken. Därefter hade domstolens majoritet dömt Daniel Johnson till arton års fängelse för mord, brott mot griftefriden, försök till grov stöld och övergrepp i rättssak. En av nämndemännen hade skrivit sig skiljaktig och ville frikänna honom på samtliga punkter. Han hade inga problem med den ursprungliga identifieringen av Jaidee Kunchai som gjorts borta i Thailand. Tvärtom fann han den mycket övertygande. Vilka misstag och förväxlingar som därefter hade skett undandrog sig hans bedömning.

Bilddokumentationen från både begravningen och när askan efter Jaidee Kunchai hade strötts ut hade stärkt honom ytterligare i hans övertygelse. Enligt hans bestämda uppfattning talade Daniel Johnsons beteende starkt för hans oskuld.

Ännu en nämndeman hade varit skiljaktig när det kom till detaljer. Hon ville döma för dråp men inte för mord och frikänna Johnson för åtalet som gällde stöld och övergrepp i rättssak eftersom hon ansåg bevisningen otillräcklig.

Bäckström var nöjd. Visserligen skulle han ha föredragit att Johnson fått livstid men eftersom domen mot honom skulle överklagas såg han fram mot att Svea hovrätt klarade av den detaljen. Förekomsten av vanliga virrpannor utan en aning om juridiska realiteter var ju trots allt mindre på det stället än i Stockholms tingsrätt. Låt vara att den ändå var alldeles för hög.

De övriga i spaningsstyrkan delade i allt väsentligt Bäckströms uppfattning.

Lisa Lamm var mer bekymrad än vad hon ville säga. Samtidigt hade hon uttryckt sin förvissning om att hovrätten nog var mer kompetent att bedöma saken än vad tingsrättens minoritet hade varit.

Därefter hade försvaret överklagat den fällande domen och yrkat att Johnson skulle frikännas. Lisa Lamm hade anslutit till överklagandet med samma yrkanden som hon drivit i tingsrätten. Daniel Johnson själv hade bytt ut sin försvarare och enligt ett uttalande som advokat Eriksson gjort till media hade det skett i bästa samförstånd.

– Vem ska han ha istället då? frågade Bäckström Lisa Lamm så fort hon hade berättat det för honom.

– Tydligen en annan Eriksson, sa Lisa Lamm och log. Tore "Totalförsvaret" Eriksson.

– Tore Totalförsvaret Eriksson, upprepade Bäckström som hade svårt att dölja sin förvåning. I så fall är ju Johnson till och med tokigare än vad jag trodde.

– Säg inte det, sa Lisa Lamm. Och vad har han egentligen att förlora?

V
Äntligen! Ett riktigt meddelande
från den andra sidan

96

När det riktiga meddelandet från den andra sidan till sist kom handlade det inte om tillfälliga sammanträffanden, som när pastor Fredrik Lindström och skådespelaren Bullen Berglund hade gett sina bidrag till utredningen. Det hade varit slumpens skördar och vanligt människoverk i förening. Det här däremot var äkta vara. Den som hade hört av sig var bevisligen död. Låt vara att han varit ute i god tid med det som han hade haft att säga och att han överbringat sitt budskap med hjälp av modern mänsklig teknik.

Några dagar efter det att tingsrätten hade avkunnat domen mot Daniel Johnson hade hans syster Sara ringt till Annika Carlsson för att meddela att deras far hade dött två dagar efter det att domen hade meddelats. När hon hade städat upp bland hans saker hade hon hittat en film som hennes far ville att hon skulle lämna över till Annika och hennes kolleger.
– Har du någon aning om vad det handlar om? frågade Annika Carlsson.
– Ja, sa Sara. Jag har tittat på det. Det är en inspelning som han har gjort på sin mobiltelefon och sedan laddat ner på sin dator som bilaga till ett mail som han vill att jag ska skicka över till dig. Min pappa var inte dålig på det där med datorer. Dessutom hade han ju undervisat i det på gymnasiet under en massa år när han var lärare.

– Vad handlar det om, då?
– Eftersom han vänder sig direkt till dig så är det väl enklast att jag skickar över det till din dator så kan du titta på det. Men det handlar alltså om den där sjösäcken som tydligen fortfarande är försvunnen. Pappa har en idé om var ni kan hitta den.
– Jag är rädd för att den har hamnat på botten av Mälaren, sa Annika Carlsson.
– Ja, med Jaidees övriga tillhörigheter som hon hade med sig, sa Sara Johnson.
– Det tror vi också, sa Annika Carlsson. Problemet är att Mälaren innehåller en förskräcklig massa vatten.
– Jag vet, sa Sara Johnson. Men enligt min käre far finns det ett ställe som ni kanske borde titta lite extra på. Med tanke på var Daniel gömde hennes kropp, alltså. I vissa avseenden är ju min adoptivbror närmast lite tvångsmässig i sitt beteende.
– Var ligger det stället?
– Ute i Lambarfjärden. Bara ett par distansminuter från bryggan där jag har båten, sa Sara. Enligt pappa lär det vara det djupaste stället i Mälaren.
– Okej, sa Annika. Skicka över det så fort du kan. Du har min mailadress på kortet som jag gav dig.
– Du har det inom en minut, sa Sara Johnson. Med tanke på straffet som han fick spelar det förmodligen ingen roll, men eftersom pappa ville att du skulle ha det, så blir det så.

Sven-Erik Johnson hade filmat sig själv på sin mobilkamera. Och precis som hans dotter hade sagt hade han talat direkt till Annika Carlsson.
– Hej Annika, sa Sven-Erik Johnson. Det var trevligt att få träffa dig. Du verkar vara en rejäl och bra tjej och hade jag bara själv fått välja hade jag gärna träffat dig fler gånger.
– Detsamma, sa Annika Carlsson och nickade mot Sven-Erik Johnson.
– Anledningen till att jag vill prata med dig är den där gamla

sjösäcken som jag fick av mina döttrar i julklapp för några år sedan och som min son tydligen lade beslag på när han lånade min båt över midsommarhelgen den där gången. Jag läste ju i tidningen om domen han fick, så ärligt talat vet jag inte om det har någon betydelse längre. Själv skulle jag dock vilja sätta punkt för den här sorgliga historien för egen räkning, sa Sven-Erik Johnson samtidigt som han sträckte sig efter ett glas vatten utanför bild och tog ett par försiktiga klunkar innan han ställde tillbaka glaset.

– Ursäkta, sa Sven-Erik Johnson och strök sig över läpparna. Ja, sjösäcken, ja. För en massa år sedan, när Daniel var en tretton fjorton år gammal, och vi var på väg hem till bryggan i Hässelby strand, så pekade jag ut det som jag trodde var det djupaste stället i Mälaren. Det ligger ute i Lambarfjärden, ett par distansminuter från bryggan, och det var lätt att hitta även på den tiden innan alla människor fick tillgång till både GPS och ekolod. Det finns nämligen tre olika landmärken som gör att du kan bestämma positionen på det.

– Ett antal år senare, det måste väl ha varit någon gång i början på det här nya millenniet, var jag ute med en god vän som hade en betydligt dyrare båt än jag med både ekolod och GPS ombord, och när jag pratade med honom om det och visade på mina landmärken så påstod han att jag hade fel. På det stället som jag hade pekat ut för Daniel var det bara trettio meter djupt, mindre än hälften så djupt som det var bara ett par hundra meter därifrån. Ursäkta mig, Annika, sa Sven-Erik Johnson och sträckte sig på nytt efter sitt vattenglas.

– Så vi åkte dit, jag fick ta ut mina landmärken och med hjälp av ekolodet var det ju enkelt nog att se att han hade rätt och jag hade haft fel. Det var ganska exakt trettio meter på det ställe som jag hade trott var det djupaste i hela Mälaren, konstaterade Sven-Erik Johnson samtidigt som han ställde tillbaka sitt glas.

– Eftersom jag är en man som försöker lära mig av mina misstag så antecknade jag GPS-koordinaterna som min gode vän gav mig. Ja, så minns jag att vi skålade på saken också. Jag fick aldrig tillfälle att berätta om det för Daniel. Det var ungefär då som vi började förlora kontakten med varandra. Men koordinaterna hade jag ju kvar i min gamla anteckningsbok. Så dem har du nu fått i mailet som jag bett att Sara ska skicka dig.

– Som sagt, Annika, sa Sven-Erik Johnson, log och nickade igen mot kameran, det vore kanske skönt om vi äntligen kunde få något slut på den här historien. Men oavsett vilket var det i alla fall trevligt att jag fick tillfälle att träffa dig.

Så fort Annika Carlsson hade lyckats svälja ner klumpen i halsen ringde hon upp Peter Niemi på hans telefon.
– Vad kan jag göra för dig då, Annika, sa Peter Niemi.
– Fel fråga, sa Annika Carlsson. Har du din dator i närheten?
– Sitter vid den just nu, sa Peter Niemi.
– Då ska du få ett mail, sa Annika Carlsson. När du har tittat på det kan du ringa upp mig och tacka för allt som jag har hjälpt dig med.

Det dröjde mer än en timme innan Peter Niemi hörde av sig.
– Ursäkta att du fick vänta, sa Peter Niemi. Det tog en stund innan jag fick de praktiska bitarna på plats. Men nu är det klart, så jag och några av dykarna från vår nationella insatsstyrka ska börja leta sjösäck redan i morgon bitti.
– Vad bra, sa Annika. Det är ingenting som du har glömt?
– Ja, ursäkta. Du ska ha stort tack, tusen tack, Annika.
– Så lite, sa Annika Carlsson.

97

En av de tre dykarna från Nationella insatsstyrkan hade hittat den gamla sjösäcken redan på eftermiddagen under den första dagens dykningar. Den låg på tjugoåtta meters djup, bara ett tjugotal meter från den punkt där den skulle ha legat enligt de koordinater som Sven-Erik Johnson hade gett dem. En fullt naturlig avdrift med tanke på avståndet från vattenytan till botten och den omständigheten att den hade legat där i drygt fem år. Botten där den låg bestod mestadels av sten, grus och sand och när säcken hittades var den till hälften övertäckt av sand. Den verkade vara i alldeles utmärkt skick, men innan man tog upp den till ytan hade man ändå placerat den i en större behållare av plast och markerat exakt var den hade legat.

Säcken var hårt packad. Den innehöll dels närmare trettio kilo småsten som använts som sänke – påtagligt lika de småstenar som det fanns gott om vid tilläggsplatsen ute på Ofärdsön – samt Jaidee Kunchais olika tillhörigheter. Högst sannolikt samtliga tillhörigheter som hon haft med sig när hon anlänt till Arlanda på morgonen onsdagen den 22 juni 2011 med ett tidigt plan från New York. Allt enligt den flygbiljett som man hittade i en försluten plastficka tillsammans med hennes pass, utfärdat på Yada Songprawati men med Jaidee på fotot, hennes mobiltelefon, ett par kreditkort utställda på samma Yada Songprawati samt pengar till ett sammanlagt belopp av sextusen kronor i amerikanska dollar, thailändska bath och svenska kronor. Dessutom ett häfte med resecheckar från American Express till ett sammanlagt värde av tvåtusen dollar.

Där fanns också en hel del kläder, flera par skor, en baddräkt och en resenecessär. Däremot saknade man den resväska som hon ju rimligen måste ha haft med sig när hon steg på planet i New York.

Heller ingen anteckning om någon hotellbokning i Stockholm, tänkte Peter Niemi som var van att leta efter sådant som man borde ha funnit men inte hade hittat. Den sannolika förklaringen till det, tänkte han, var väl att hon hade bott hemma hos Daniel Johnson och att det som saknades hade blivit kvar där.

Sammantaget var det som Niemi och hans kolleger funnit i den gamla sjösäcken en kriminalteknisk guldgruva som inte bara gav svar på vad hon hade haft för sig under sitt sista besök i Sverige utan även kunde berätta åtskilligt om vad hon gjort mellan tsunamin och den dag då hon faktiskt hade dött, med största sannolikhet söndagen den 26 juni 2011.

Redan veckan därpå hade man ett extrainsatt möte med Lisa Lamm och spaningsstyrkans ledning, Evert Bäckström, Annika Carlsson, Peter Niemi, och – givetvis – deras analytiker Nadja Högberg.

– En nyfiken fråga, sa Annika Carlsson. Har vi någon aning om var hon har bott under alla de här åren mellan januari 2005 och midsommar 2011?

– Enligt de thailändska kollegerna verkar det som om hon bott i Thailand. Antingen hemma hos sin mamma i Bangkok eller i familjens sommarhus i norra Thailand. Sedan har hon gjort en del längre resor på tremånadersvisum, till både USA och Sverige.

– Som ni säkert förstår är jag tvungen att informera Johnson och hans ombud om den här nya bevisningen, sa Lisa Lamm.

– Ja, så att vi äntligen kan få något slut på det där tjafset om att en människa kan dö två gånger, sa Bäckström. Det var inte en dag för tidigt.

VI

Ett problem med rävar är att de gräver nya utgångar hela tiden

98

Advokaten Tore "Totalförsvaret" Eriksson var en halv meter längre och dubbelt så fet som kriminalkommissarie Evert Bäckström. Han var stark som en pålkran, uthållig som en maratonlöpare och en fullkomligt livsfarlig motståndare i alla tänkbara juridiska sammanhang som hade med brott att göra. Han pratade med stark norrländsk dialekt och missade heller inget tillfälle att uttrycka sin respekt och beundran för "Sveriges främste kriminalpolis" Evert Bäckström, som samtidigt hatade honom djupt och innerligt och tog varje tillfälle att tala illa om Tore Totalförsvaret Eriksson.

När Lisa Lamm hade presenterat den nya bevisningen för Eriksson hade han tackat henne av hela sitt hjärta. Hög tid att man fick någon ordning på den här historien och själv hade han redan avsatt en hel dag för att gå igenom det som nu framkommit med sin klient.

Den dagen hade han sannolikt använt till att instruera Daniel Johnson i den manöver som på juristprosa och i det trängre sällskapet kallades för "att göra nittio grader". Principerna för denna rörelse var enkla nog. I just det här fallet att aldrig säga emot åklagaren och hennes poliser så fort det handlade om saker som de ändå kunde bevisa. I allt övrigt – sådant som var osäkert eller i vart fall svårare att leda i bevis – skylla ifrån sig på alla andra inblandade. Företrädesvis sådana som inte hade så mycket att säga över huvud taget. Som till exempel Jaidee Kunchai och hennes mamma Rajini som ju praktiskt nog var döda sedan mer än fem år tillbaka.

– Var står vi nu då? frågade Lisa Lamm när hon pratade med advokaten Tore Eriksson på telefon.

– Det där inbrottsförsöket på båten, det förnekar han fortfarande bestämt. Jag tror dessutom att jag kan få fram ett alibi åt honom om du kan hjälpa till med lite utredningsresurser. Vi skulle bland annat behöva höra en del av medlemmarna i båtklubben. Han har också varit mycket bortrest under tiden som kan vara aktuell, så jag tror nog att det ska kunna lösa sig.

– Är det något mer? frågade Lisa Lamm.

Suck, tänkte hon.

– Ja, det där med att han skulle ha följt efter den där lilla grabben, det förnekar han ju bestämt. Övergrepp i rättssak? Icke, sa Tore Totalförsvaret Eriksson och skakade på sitt väldiga huvud trots att den han pratade med bara satt med en annan telefon i handen.

– De tre försäkringsbedrägerierna, då?

– Du menar de där som är preskriberade?

– Ja, sa Lisa Lamm.

– Dem vidgår han naturligtvis. Fattas bara.

– Men det var väl hyggligt av honom. Har jag fel om jag tror att det var hans hustru som var den drivande i det sammanhanget?

– Du har helt rätt, Lisa, sa Totalförsvaret. Vilket väl inte minst styrks av att han lämnat över alla pengarna till hustrun och sin gamla svärmor.

– Det finns inget som han erkänner, då?

– Jo, självklart, sa Totalförsvaret. Det där brottet mot griftefriden erkänner han oförbehållsamt, även om jag själv ifrågasätter att det handlar om ett grovt brott.

– På vilka grunder ifrågasätter du det, då?

– Ja, han blev väl panikslagen helt enkelt, suckade Totalförsvaret. Plötsligt så händer det bara. Då blir han helt förvirrad.

– Du menar när han har skjutit sin hustru i huvudet. Det är då

som han grips av panik och blir helt förvirrad.
– En ren olyckshändelse om du frågar mig. Hans hustru hade tydligen varit rejält påtänd den där kvällen när de låg med båten ute vid Ofärdsön. Hon tryckte i sig både det ena och det andra. Hon hade levt ett rent helvete med honom och plötsligt hade hon plockat fram det där gamla geväret och hotat med att skjuta honom om han inte sålde sin bostadsrätt och följde med henne tillbaka hem till Thailand.
– Vad hände sedan då?
– Ja, när han vägrade hade hon plötsligt satt pipan mot pannan på sig själv och när han försökte ta ifrån henne bössan hade hon vridit på huvudet samtidigt som hon tryckte av. Det var därför som skottet hade tagit i tinningen på henne. Där har jag för övrigt låtit genomföra en del egna kriminaltekniska undersökningar.
– Kan man tänka sig, sa Lisa Lamm. Jag ser fram mot att få ta del av dem, verkligen.
– Jo, det kan jag förstå. Sedan har jag ett annat förslag också.
– Vad är det då?
– Jag tänkte faktiskt ge dig en lista på allt som jag och Daniel bedömer som relevant i hela det här målet, ända från tsunamin och hur det gick till när han bar ut den där Yada ur huset där i Khao Lak. Nattlinnet hon hade på sig var för övrigt hennes eget. Fast i samma färg som det som hans hustru hade.
– Ja, vart tog det vägen, då? Hustruns nattlinne, alltså.
– Det hade hon lämnat in till tvättinrättningen på hotellet dagen före tsunamin. Enligt Johnson hade de fått tillbaka de grejorna ett par veckor senare. Det var något bud som lämnat in det på ambassaden.
– Smycket då? Det där dyra halssmycket. Hade Jaidee gett bort det till Yada Songprawati?
– Nej, inte alls, sa Tore Totalförsvaret. Men jag förstår hur du tänker, Lamm. Det vidgår Daniel att Jaidee hade gett till honom och att han satte det runt halsen på Yada när han skulle lyfta fram henne från under den där sängen.

– Men i övrigt har han bara försökt hindra sin hustru från att försöka skjuta sig själv?
– Ja, helt rätt uppfattat, sa Tore. Vad identifieringen i Phuket beträffar var det hans svärmor som skötte den ruljangsen. Det var någon thailändsk krimmare som skulle ta ett prov på kroppen, men då hade Johnsons svärmor bara stuckit åt honom Jaidees necessär och sedan hade den militärpolis som var den som förde befälet på platsen tagit den där krimmaren avsides och talat förstånd med honom.
Så kan det ju mycket väl ha gått till, tänkte Lisa Lamm.
– Ser fram mot att få läsa den där listan du har, sa hon.
– Jo, sa Tore. Det kan krävas en del nya vittnen och undersökningar och så, och då kan det ju vara praktiskt om vi är överens redan från början.

– Daniel Johnson har gjort nittio grader, konstaterade Bäckström dagen därpå när han och Lisa Lamm hade träffats för att diskutera den senaste utvecklingen av deras ärende.
– Och vad gör vi åt det, då?
– Bortsett från allt tjafs som vi nu slipper ifrån så kör vi väl samma som i tingsrätten. Ska du lyckas med nittio grader så ska du göra det redan innan du hamnar i rättssalen, sa Bäckström.
– Ja, med tanke på hans trovärdighet och vad han sa i tingsrätten, så, sa Lisa Lamm.
– Daniel Johnson är en fullfjädrat psykopat, sa Evert Bäckström. Så vi ska nog räkna med att han kommer att göra sitt bästa.

99

Daniel Johnson hade mycket riktigt gjort sitt bästa i hovrätten och tidvis hade han till och med varit lika övertygande som när han framträtt på den video som man visat i tingsrätten där han sjunkit ihop på marken och vaggat sitt huvud i händerna medan en buddhistmunk strött askan efter Yada Songprawati för vinden.

Den här morgonen då allt hände hade han tillbringat natten på soffan ute i vardagsrummet medan hans hustru och deras gäst legat i sovrummet. Skälet till det var att han hade druckit för mycket kvällen innan, det var inte ett uttryck för något moraliskt avståndstagande eftersom det liv som han och Jaidee levde byggde på ett gemensamt val som de båda tidigt hade gjort. Det var också därför som de bestämt sig för att vänta med att skaffa barn. Yada hade de för övrigt lärt känna redan ett år tidigare då de besökt Gyllene Flamingon inne i Phuket.

När han vaknat på morgonen, bara en timme före katastrofen, hade han tassat in i badrummet för att inte väcka Jaidee och deras gäst som låg i sängen och sov. Han hade duschat, borstat tänderna, satt på sig shorts, sandaler och en skjorta innan han gått upp till anläggningens huvudbyggnad för att köpa de första tidningarna som skulle komma efter julhelgen och dricka en kopp kaffe. Eftersom det inte fanns några tidningar på hotellet hade han istället tagit en promenad längs stranden till ett café knappt en kilometer längre bort. Där fanns det både tidningar och kaffe och det var också där han satt och läste när Jaidee plötsligt dök upp en kvart senare, bara tio minuter innan allt det hände som skulle förändra deras liv. Hon hade varit inne i receptionen på deras hotell och tittat efter honom. Förstått vart han tagit vägen och gått efter honom till samma café där de båda suttit åtskilliga gånger förr under sina besök i Khao Lak.

Caféet där de satt låg trettio meter högre än stranden och när de fyra vågorna dragit förbi hade de knappt blivit blöta om fötterna. Kvar fanns kaoset runt omkring dem, bilderna i deras ögon, dånet i deras öron, den fullständiga frånvaron av ordnade tankar i deras huvuden. Livet sammanfattat i ett antal fysiska reflexer för att överleva.

När de en timme senare satt sig i säkerhet uppe på vägen till Phuket har det som hänt också satt en idé i hans hustrus huvud. En enkel tanke om hur de ska göra sig själva ekonomiskt oberoende men i övrigt låta allt fortsätta som förut.

Allt det obegripliga som sedan händer, där hans hustru och hans svärmor tar över det praktiska så att han själv slipper tänka. Visst, det är han som bär ut Yada ur huset nere vid stranden, sedan han satt på henne sin hustrus smycke, samma smycke som han fått av Jaidee drygt ett dygn tidigare när de båda insett den möjlighet som erbjuds, som han burit i fickan på sina shorts innan han hängt det runt halsen på Yada Songprawati. Men tiden närmast efter har det obegripliga berövat honom förmågan att kunna tänka och hans hustru och hans svärmor har istället gjort det åt honom.

När askan efter Yada Songprawati sprids för vinden är det inte sorgen som slår honom till marken. Hur skulle den kunna göra det? Bara en timme tidigare har han ju pratat med Jaidee på sin mobiltelefon. Hon har ringt honom för att ge honom styrka att hålla ihop, för snart är allt det nödvändiga över och deras nya liv kan ta sin början. Det är istället det obegripliga som tagit över hans huvud som får honom att sjunka ihop, sätta sig ner på marken som ett litet barn och vagga huvudet i händerna.

Sex och ett halvt år senare lever han och Jaidee ett annat liv. Ett liv som han skulle ha avstått från om han hade vetat hur det skulle bli. Det är också då som deras gemensamma liv tar slut. En söndag efter midsommar, en dag då de seglat på Mälarens vatten, förtöjt sin båt för natten vid den ö som sammanfattar minnena av hans barndoms somrar. De börjar bråka med varandra och allt går över styr precis som den där förmiddagen i Khao Lak sju år tidigare. Hur han försöker ta ifrån sin hustru det gamla salongsgeväret, hur ett skott brinner av och hur han sedan gjort ännu ett försök att göra det obegripliga begripligt. Det var det liv som Daniel hade levt efter den katastrof som låtit honom överleva.

Hans advokat hade dessutom kallat tre nya vittnen. Ett av dem var en av medlemmarna i båtklubben ute vid Hässelby strand som tillsammans med anteckningar i Daniel Johnsons kalender på UD talade för att han sannolikt hade alibi för inbrottet i sin fars segelbåt. Förutsatt att vittnet inte talade mot bättre vetande eller bara hade misstagit sig och att de anteckningar som Daniel Johnson hade gjort i sin kalender överensstämde med verkligheten.

Ett nytt vittne hade hörts på telefon från Thailand och samtalet hade förmedlats via Skype. Vittnet och Jaidee Kunchai – som hon hade känt under namnet Yada Songprawati – hade varit nära väninnor under flera år efter tsunamin och hon var väl förtrogen med Jaidees missbruk av såväl amfetamin som kokain, hennes bisexualitet och hennes labila psyke. Enligt vanlig svensk rättegångsstandard var det närmast ett karaktärsmord. Enligt Tore Totalförsvaret Eriksson, som gjorde ett stort nummer av vittnesmålet i sin slutplädering, var det tyvärr nödvändigt för att man rätt skulle kunna förstå det förhållande som Daniel Johnson och Jaidee Kunchai hade levt i och det både starka och destruktiva inflytande som hon hade haft över sin man.

Det tyngsta vittnet var en mycket framstående forensisk expert på skottskador som Tore Eriksson hade kallat in från Tyskland. Han var både utbildad läkare och kriminaltekniker. Under många år hade han arbetat som forensisk expert vid den nationella kriminalpolisen, Bundeskriminalamt, i Wiesbaden. Efter sin pension hade han övergått till privat konsultverksamhet. Han hade vittnat som expert vid hundratals rättegångar i Tyskland, men även runt om i Europa.

Vad beträffade det sätt på vilket Jaidee Kunchai hade blivit skjuten var han inte enig med den beskrivning som hans svenska kolleger hade gett i tingsrätten. Däremot hade han funnit åtskilligt som talade för att det kunde ha gått till på det vis som Daniel Johnson hade berättat i den kompletterande delen av förundersökningen som hade lagts fram inför förhandlingen i hovrätten.

–Vad tror vi om det här som handlar om skjutningen, då? frågade Lisa Lamm efter den sista rättegångsdagen och för en gångs skull var det inte Bäckström utan Niemi som fick frågan.

–Ja, sa Niemi. Om Johnson hade haft den goda smaken att klämma ur sig det redan under den inledande förundersökningen utesluter jag inte att jag hade hållit med honom.

–Men nu, då? Vad tror du nu?

–En duktig elev, sa Niemi. Med en fenomenal lärare. Eriksson är för övrigt född i Haparanda precis som jag. Men det visste du kanske redan. Tore Totalförsvaret Eriksson är en levande legend i Tornedalen.

–Nej, sa Lisa Lamm. Det visste jag inte, men att ni båda är norrlänningar har ju knappast undgått mig.

–Och sådana ljuger ju aldrig, sa Niemi och log.

–Nej, sa Lisa Lamm. Ni lär ju inte göra det.

100

Rättegången i hovrätten hade inletts redan den första veckan i december och även där hade rätten fått en förstärkt sammansättning. Fyra lagfarna domare och två nämndemän mot normalt tre plus två. Eftersom alla existentiella frågor numera hade kunnat avföras från dagordningen hade man nöjt sig med att sätta ut tre dagar och en reservdag. Den senare hade man aldrig behövt utnyttja och domen man kommit fram till hade meddelats klockan elva på morgonen fredagen den 17 december. Med tanke på allt annat som samtidigt hade hänt i Sverige hade den i stort sett förbigåtts med tystnad i samtliga medier, undantaget några enstaka notiser i dagspressen och en mycket kort artikel i Dagens Nyheters Stockholmsbilaga. Även domen var kortfattad. Inklusive bilagor var den på drygt femtio sidor, vilket var märkligt av flera skäl, inte minst eftersom rätten varit djupt oenig i sin bedömning.

En av de fyra lagfarna domarna samt båda nämndemännen hade frikänt Daniel Johnson på tre av de fyra åtalspunkterna och de hade gjort det utifrån samma argument.

Den bevisning som åklagaren hade anfört mot honom hade enligt dem inte uppfyllt kravet på att göra det bortom rimligt tvivel. Därför hade de också valt att fria honom för mord alternativt dråp, övergrepp i rättssak och försök till grov stöld samtidigt som de dömt honom för brott mot griftefriden, ett brott som han dessutom hade erkänt.

Tre av de lagfarna domarna hade däremot gått helt på åklagarens linje och dömt honom för mord, brott mot griftefriden, övergrepp i rättssak och försök till grov stöld. När man så i enlighet med lagens bokstav – att det var det mildare alternativet som gällde vid lika röstetal – summerat det hela hade det varit enkelt nog att komma fram till en dom. Svea hovrätt hade dömt Daniel Johnson för brott mot griftefriden till två års fängelse samt friat honom på de övriga åtalspunkterna.

Lisa Lamm och alla poliserna i hennes spaningsstyrka hade skakat på huvudet. Lamm tänkte begära prövningstillstånd hos Högsta domstolen. Inte för att hon trodde att HD skulle bevilja det utan enbart av det skälet att hon inte längre hade något att förlora.

Sedan hovrättens friande dom hade blivit offentlig hade kriminalkommissarien Annika Carlsson tagit tre djupa andetag innan hon ringde upp Haqvin Furuhjelm. Det var för övrigt första gången i hennes liv. I vanliga fall brukade nämligen de som det handlade om ringa henne. Inte tvärtom.
– Hej Haqvin, sa Annika. Du undrar kanske varför jag ringer dig?
– Nej, faktiskt inte, sa Haqvin. Jag tror att du har ångrat dig och vill följa med ut och segla. Problemet är att det inte går.
– Varför inte? frågade Annika Carlsson.
– Hon ligger på varvet, sa Haqvin. Hon vilar upp sig inför sommaren.
– Vad gör vi i så fall? frågade Annika Carlsson.
– Bra fråga, sa Haqvin. Har du några förslag?
– Ja, faktiskt, sa Annika Carlsson. Jag ringde för att tacka dig för att du ställde upp och att det skar sig i slutändan beror verkligen inte på dig.
– Det är som det är, sa Haqvin. Det var väl han som gjorde det?
– Ja, sa Annika Carlsson. Det är klart att han gjorde.
– I så fall är vi två som tror det, instämde Haqvin. Det är vis-

serligen mer än trettio år sedan jag träffade honom men jag är helt enig med dig. Han var lite för listig för min smak redan på den tiden.

–Men det är ju inte du, Haqvin, sa Annika Carlsson och tog för säkerhets skull ännu ett djupt andetag.

–Hur menar du då? frågade Haqvin.

–Jo, sa Annika Carlsson. Egentligen hade jag tänkt bjuda dig på Gröna Lund. Sedan skulle vi ha haft femkamp där jag spöade skiten ur dig och efter det skulle vi ha käkat hamburgare och druckit några bärs och jag skulle ha betalat hela kalaset. Problemet är att de stängde för tre månader sedan.

–Jag förstår precis vad du menar, sa Haqvin. Jag har samma problem som jag sa. Cio-Cio San ligger ju på varvet sedan ett par månader.

–Då så, sa Annika Carlsson. Då föreslår jag att vi ses i kväll så ska jag bjuda dig på en bra middag på ett trevligt ställe uppe på Söder. De har bra kött och till och med hyggliga rödviner för sådana som dig.

–Första gången i mitt liv, faktiskt, sa Haqvin Furuhjelm. Första gången som en kvinna bjuder mig på middag på krogen.

–Klarar du det då? frågade Annika.

–Jag tror det, sa Haqvin.

Åtta timmar senare ställde Annika Carlsson den avgörande frågan. Efter en flaska vin, fem starköl, en konjak och en calvados, två alldeles utmärkta grillade biffar och en nota som hon snart skulle betala.

–Jag har funderat på en sak, sa Annika Carlsson. I vanliga fall brukar jag inte göra det, men just den här gången har jag gjort det.

–Vad är det då? frågade Haqvin.

–Om det här är vår första eller tredje date, sa Annika Carlsson.

–Frågar du mig är jag fullkomligt övertygad om att det är vår tredje, sa Haqvin.

– Vad bra, sa Annika Carlsson. I så fall föreslår jag att vi åker hem till mig, så får du se hur en sådan som jag bor.
– Eller till mig, sa Haqvin. Så kan du se hur jag bor. Dessutom bor jag närmare än du.
– Jag vet hur du bor. Det har jag redan räknat ut. Jag är ju polis. Har du glömt det, eller?
– Nej, sa Haqvin.
– Bra, sa Annika Carlsson. Om du beställer en taxi fixar jag notan.

Ett par dagar efter det att Annika Carlsson hade träffat sitt före detta vittne Haqvin Furuhjelm hade hennes chef Evert Bäckström ett möte med sin trogne vän och medarbetare Slobodan Milosevic. Först hade de pratat om gemensamma affärer men ganska snart kom de in på mer väsentliga frågor.
– Jag såg i tidningen att den där figuren som har hotat min son kom undan med två års fängelse, konstaterade Slobodan. Berätta, när kommer han ut?
– Inte till sommaren, sa Bäckström. Men till hösten. De har redan flyttat honom från häktet till en mer öppen anstalt. Det där med att Högsta domstolen skulle ge oss prövningstillstånd för att ändra på den saken tror jag tyvärr att vi kan glömma.
– Min son mår inte bra, sa Slobodan. Jag har frågat honom, men han påstår att det är okej. Att han och hans kompisar i detektivaktiebolaget där han är styrelsens ordförande har full koll på Dödskallemördaren.
– Medan du undrar vad Johnson har för sig, sa Bäckström.
– Ja, det är klart, sa Slobodan. Med tanke på hur min grabb mår.
– Tre sorters smörgåspålägg till frukost, tre mål lagad mat om dagen, eget rum med teve, sa Bäckström.
– Låter nästan som om jag borde flytta hemifrån, sa Slobodan. Var någonstans får man det, då?
– På klass två-avdelningen på anstalten i Österåker, sa Bäckström. Den ligger ute i Åkersberga. Vad jag förstod skulle han

jobba i tvätteriet så att han kunde umgås med alla andra oskyldigt dömda.
— Låter inte som något ställe som mina gamla kamrater brukar hamna på, sa Slobodan.
— Skönt att höra, sa Bäckström. Själv får jag för mig att sådant alltid går att ordna.
— Tror jag också, sa Slobodan och höjde sitt glas. Skål, Bäckström.
— Skål, svarade Bäckström. Är det något mer som jag kan hjälpa Edvin med är det bara att du frågar.

EPILOG

Två dagar före lucia hade marinen inlett ännu en ubåtsjakt på Hårsfjärden i Stockholms södra skärgård och den här gången hade man "helt säkra indikationer" på att en mindre ubåt av okänd nationalitet befann sig på svenskt vatten. För vilken gång i ordningen var det naturligtvis ingen som visste, numera hade man till och med tappat räkningen på de gånger som man jagat dem, men till skillnad från vad som hänt vid alla tidigare tillfällen hade den här jakten avslutas redan dagen därpå med en fullständig framgång. Den avgörande orsaken till det var de två amerikanska attackhelikoptrar som man hade fått låna av sin nya militära samarbetspartner samt de amerikanska rådgivare som ingick i besättningen. Sist men inte minst en helt ny och tidigare oprövad målsökande robot för just ubåtsjakt, The Ghostfinder.

Tidigt på morgonen hade man fått tydliga signaler från två av de varningsbojar som sedan länge fanns på Hårsfjärdens botten. Den operative chefen hade gett sitt godkännande och den skytt som fanns ombord på helikoptern hade tryckt på knappen så fort man var klar över att det fanns något stort därnere som rörde sig längs botten. Spökfinnaren hade gjort resten och de dykare som man därefter skickade ner kunde i stort sett omgående bekräfta att det numera låg en mindre ubåt på totalt åtta meters längd på Hårsfjärdens botten och att den – bortsett från ett decimeterstort hål i skrovet på babords sida – verkade vara i stort sett intakt. Redan på luciadagen hade man bärgat den, fört den till marinbasen på Muskö och inlett den tekniska undersökningen. Inne i ubåten fanns tre besättningsmän, samtliga döda men i övrigt i ett skick som var gott nog för de rättsmedicinska och kriminaltekniska åtgärder som väntade.

De framgångsrika jägarna hade delat upp sitt byte precis som vilket jaktlag som helst. Själva ubåten hade i största hemlighet flugits över till USA, där den hamnat på den amerikanska underrättelsetjänstens laboratorium i Arlington i Virginia, några mil söder om Washington DC, medan de tre besättningsmännen och deras fåtaliga tillhörigheter hade fraktats ner till Nationellt forensiskt centrum i Linköping.

Samtliga inblandade i jakten, såväl jägare och drevfolk som jaktvärden själv, hade ålagts absolut och fullständig tystnad. Den svenska regeringen, överbefälhavaren och generalstaben hade tigit som muren och redan inom loppet av några timmar visste i stort sett alla medier och medborgare i västvärlden vad som hade hänt. Allt var kort sagt precis som det brukade vara i det jaktliga sammanhanget när man fällt ett riktigt storvilt.

Att ubåten helt saknade nationalitetsbeteckningar och att besättningen inte bar några id-handlingar var kanske inte så märkligt med tanke på uppdragets karaktär, men även i allt övrigt hade de som skickat iväg den gjort sitt bästa. Inte minsta siffra, bokstav, eller någon annan mänsklig symbol som kunde ge någon vägledning om farkostens ursprung. Än mindre några tillverkningsnummer eller firmamärken på dess delar. Samma sak med besättningen. Inga tandlagningar, tatueringar eller etiketter i kläderna som kunde ge någon anvisning om deras vanliga hemvist.

En gammalt påstående inom underrättelseverksamheten är att allt som det står i mänsklig makt att dölja står det också i mänsklig makt att avtäcka, och den här gången hade det tagit en vecka att besanna den tesen. Den amerikanska underrättelsetjänsten visste inte bara vilka olika tillverkare som levererat delarna till ubåten. Inte bara namnet på det varv som skruvat ihop dem eller det stålverk som levererat huvuddelen av skrovet. Man visste också i vilken gruva man brutit den järnmalm som hade använts. Nere på NFC hade man inte varit sämre. Deras rättsmedicinare och kriminaltekniker hade säkrat mängder med information som gav svar på allt som man behövde veta om besättningen. Så till exempel den slarvigt avlägsnade tatuering som man dokumenterat med modern skiktröntgenteknik och som visade att den som en gång burit den hade tillhört den marina delen av Spetznas.

Hög tid att göra detta offentligt och en enig västvärld och dess ledare hade rest sig som en man och pekat finger åt republiken Ryssland. Längt fram stod den svenske statsministern och den här gången hade han pekat med hela handen.

Ryssarna själva hade förnekat all kännedom om det inträffade och djupt beklagat den villfarelse i vilken en av deras närmaste grannar numera verkade leva. Till och med föreslagit alternativa och verkliga gärningsmän. Någon av alla andra grannar bland länderna runt Östersjön. Någon av medlemmarna i Nato och EU, USA, självfallet, kanske till och med ett noga förberett villospår för att föra världen bakom ljuset.

Man ville inte ens utesluta ett privat initiativ mot bakgrund av de resurser som västvärldens militärindustri numera förfogade över. Avslutningsvis hade man så uttryckt en förhoppning om att deras belackare skulle ta sitt förnuft till fånga så att det politiska läget åter skulle kunna normaliseras.

En konsekvens av det ovan beskrivna, och om den hade det inte sagts ett pip i media över huvud taget, var att den svenske kriminalkommissarien Evert Bäckström aldrig fick ta emot Alexander Pusjkin-medaljen ur den ryske presidentens hand. Just den punkten hade utgått ur programmet. Och det timslånga reportaget i den ryska statstelevisionen där han hyllades för sina remarkabla polisiära insatser hade tagits bort ur tablån för att istället ersättas av ett naturprogram om den ryska björkskogens betydelse för den ryska folksjälen och det ryska kynnet.

Det var Bäckströms egen emissarie GeGurra som fått budet om detta från sin ryske kontakt tre dagar före julafton. Programpunkten om Bäckströms insatser hade strukits men i övrigt skulle republiken Ryssland fira sitt tjugofemårsjubileum enligt planerna. Bäckström däremot fick vänta till dess att relationerna mellan Ryssland och Sverige hade normaliserats.

Bäckström hade tagit beskedet som en man. Den uteblivna medaljen bekymrade honom föga. Inte minst sedan han med hjälp av Google fått reda på att man tydligen tillverkade den i bara nio karats guld och vem ville springa omkring med en vanlig kopparbricka på bröstet? Samtidigt hade han haft svårt att förstå vad det fanns för hinder mot att de skickade honom den utlovade vodkan i sin butelj av rent guld och det schatull i långsamvuxen björk där den skulle förvaras. Det som gjort honom allra mest besviken var dock att den ryske presidenten Vladimir Putin tydligen inte var en man som stod för sitt ord.

– En bra karl håller vad han lovar, sa Bäckström när han pratade på telefon med GeGurra. Det kan du gott hälsa honom också, tillade han.

På just den punkten hade GeGurra svarat med tystnad för att istället uppehålla sig vid att det hela säkert skulle ordna sig på sikt. Det var inget fel på Ryssland, och de människor som bodde där var bra människor.

– Så, käre bror, sa GeGurra. Jag är övertygad om att allt kommer att lösa sig på sikt och på bästa sätt. Det är verkligen inte tid att kasta yxan i sjön.

Bäckström hade nöjt sig med att slänga på luren. Vad fan är det som händer, tänkte han. Vad hände med min vodkabutelj i rent guld och schatullet i långsamvuxen björk? Vad hade han fått i stället? Lite blandande utfästelser och förhoppningar från en notorisk konstbedragare och korvryttare som hans före detta vän GeGurra. Vart fan är världen på väg, tänkte Bäckström och skakade på sitt runda huvud i ensamheten hemma på Kungsholmen där han satt.

Först på julafton hade han så äntligen fått lite glada nyheter. Han och hans gode granne och medhjälpare Slobodan satt i Bäckströms vardagsrum och värmde upp före den väntande lunchen som Slobodans hustru, Dusanka, just lade sista handen vid i sitt eget kök två våningar upp i huset där de alla bodde. Givetvis assisterad av lille Edvin, älskad son men också Bäckströms mest respekterade yngre medarbetare.

Medan Bäckström och Slobodan utbytte erfarenheter om den tid de levde i, och enades om att de liv som de levde ändå gick vidare, ringde det på Bäckströms telefon. Det var en kollega som arbetade som vakthavande befäl under helgen vid polisen i Norrort som hörde av sig för att han hade saker att berätta. Bäckström hade först inte fattat vad det gällde, mer än att det tydligen handlade om hans gamla ärende Daniel Johnson, och att kollegan ville informera honom ifall någon från media skulle ta kontakt och be om en kommentar.

– Tänkte ni släppa ut honom från Österåker? frågade Bäckström som med tanke på hovrättsdomen inte ville utesluta ens det.

– Du är rolig, du, Bäckström, sa hans kollega. Hur fan skulle det gå till? Dina kolleger från tekniska var här redan i natt och bar ut honom. De tog med honom in till Stockholm. Vad hade du tänkt dig? Att vi skulle gräva ner honom på rastgården?

– Det säger du, sa Bäckström.

Äntligen börjar det likna någonting, tänkte han.

Kroppen efter den numera avlidne Daniel Johnson hade hittats på anstaltens tvätteri redan dagen innan. Tydligen hade Johnson krupit in i den stora torktumlaren och råkat komma åt knappen på utsidan, oklart hur. På den vägen var det och väl där inne hade han snurrat runt, runt, tills någon av hans medfångar upptäckt hans belägenhet och stängt av den. Bäckström hade önskat God Jul, avslutat samtalet och återvänt till sin kära favoritfåtölj och samkvämet med Slobodan medan han kortfattat redogjorde för Daniel Johnsons sista resa.

Slobodan hade inte sagt så mycket. Mest nickat. Inte ens verkat särskilt förvånad.
– Vad tror du, Bäckström? frågade han. Är det ett självmord eller en ren olyckshändelse?
– Jag lutar åt det första, sa Bäckström. Sådana där självspillingar kan vara förskräckligt uppfinningsrika när de ska till. God jul förresten, tillade han och höjde sitt glas.

Akkarat Bunyasarn hade ringt upp Nadja på det nya året. Inte för att han ville lämna någon försenad nyårshälsning utan för att han hade nyheter som han ville berätta. En bekräftelse på det som de redan hade räknat ut.

Genom sin svenske advokat hade Jaidees bror begärt hem sin systers kvarlevor till Thailand så fort tingsrätten hade dömt Daniel Johnson för mord. Med tanke på att hovrätten drygt en månad senare skulle ändra den domen var det beslut som åklagaren hade tagit möjligen förhastat, men eftersom Daniel Johnson själv inte hade haft några invändningar, hade hon ändå tillmötesgått hans före detta svågers begäran. Kvarlevorna efter Jaidee Kunchai hade förts tillbaka till hennes hemland och på nyårsdagen hade Ned Kunchai begravt sin syster enligt buddhistisk tradition.

Hennes kvarlevor hade kremerats och urnan med hennes aska hade placerats i familjegraven på militärkyrkogården i Bangkok där hon numera vilade mellan sin far och sin mor. Endast två personer hade varit närvarande under denna ceremoni. Jaidee Kunchais bror, Ned Kunchai, numera familjens huvudman, och en gammal vän till familjen som också varit kollega till Jaidees sedan länge avlidne far. En högt uppsatt militär i den thailändska armén.

– Alla bitar på plats, konstaterade Akkarat Bunyasarn när han pratade med Nadja via Skype.
– Alla bitar på plats, instämde hon.
Äntligen, tänkte hon.